연인 심청

사 랑 으 로 죽 다

연인 심청

방
민
호

장
편
소
설

다산
책방

차 례

<u>옛날 옛적에</u>
<u>고려시대에</u>

　서해도 황주 도화동이라.
　서해도란 지금의 황해도를 가리키는 고려 때 말이다. 이 이야기는 그 시절의 이야기다.
　그때도 세상은 하늘과 땅과 바다로 이루어져 있었을까?
　그랬다. 물론 이는 지금 사람들도 다 아는 사실이다.

　하지만, 그 하늘에 궁궐이 있어 옥황상제가 계셨다 하고, 또 선녀도 선관도 있었다 하면 다들 고개를 갸웃거릴 것이다.
　현대인이니까. 눈에 보이지 않는 것은 믿을 수 없으니까.
　이 작가도 오래 전에는 그랬다. 보이지 않는 것을 믿고 따르는 이를 비웃었다. 그럴법하지 않은 말에는 귀를 기울이지 않았다.
　나에 대한 믿음이 컸기 때문일 것이다.
　그보다 눈에 보이지 않는 힘으로는 세상을 바꿀 수 없다고 믿었기 때문일 것이다.
　생각해보면 그럴 일만은 아니다.

　왜 사람은 세상에 나고, 사람은 또 왜 세상을 떠나는가. 무엇 때문에 사람은 이 세상에 나서 춥고 배고프고 외롭게들 사는가. 왜 사람은 사랑하는 사람과 헤어져야 하는가.
　다들 행복하게 살고 싶어 하지만 그럴 수가 없다. 다들 이 지상에서 만복을 누리고 싶어 하지만 그렇지 못하다.
　왜 그런가.

이 세상이 도대체 어떤 곳이라 그런가.

이 알 수 없는 일에 그 옛날 사람들이 우리들보다 더 깊은 지혜를 품고 있었다 하면 우리 현대인에 대한 모독이라도 될까.

밤하늘의 별을 바라본 적이 언제였나.

도시에선 그렇게 해봤자 별 수 없고 시골에선 그렇게 하고도 꿈들을 잃었다.

하늘을 잊고 꿈을 잃어서 우리들의 영혼은 이토록 메말라버렸는지도 모른다. 보이지 않는 것, 믿을 수 없는 것을 받아들이는 능력을 잃어서 우리는 이렇게 물질에 매여 사는지도 모른다.

어느 날 이 보잘것없는 작가가 옛날 책을 보았다.

거기에, 눈에 보이지 않는 이야기, 있을 법하지 않은 이야기들이 그득했다. 보다가 깨달았다.

그 이야기들에 잠시라도 다시 귀를 기울일 수 있다면, 그것으로 옛 사람들이 생각했던 것을 되돌아볼 수 있다면, 우리는 조금 더 지혜로워질지도 모른다고.

그리하여 그 이야기의 하나를 오랜 세월이 흐르는 사이에 흐려지고 잊힌 본 뜻을 살려 독자들 앞에 내놓는다.

잠시 이 슬픈 이야기에 귀를 기울여주시라.

추운 겨울날의
따사로운 그림동화

'오늘은 꼭 붕어탕을 끓여드려야지.'

오늘 청이는 마을 방죽으로 낚시를 나갈 참이다. 이웃집 귀덕이 오빠가 낚시를 한다기에 자기도 따라가겠다고 통사정을 하다시피 했다.

벌써 며칠째 밥을 잘 못 드시는 아버지가 걱정이 되어서다.

—청아.

—네, 아버지.

청이는 아홉 살 어린 나이에도 아버지를 깍듯이 대한다.

—오늘은 입맛이 영 좋지 않구나.

심봉사는 아침에도 청이가 애써 지어놓은 밥조차 넘기지 못했다.

—아버지, 많이 아프셔요?

—글쎄 목이 너무 따갑구나. 뭐 뜨거운 국물이라도 있으면 좋으련

만.

청이는 모처럼의 아침상조차 제대로 받지 못하는 아버지가 걱정이 된다.

'오늘 낚시 가기를 기다릴 게 아니라 어제 냇가에 가서 다슬기라도 주워다 끓여드릴 걸 그랬나.'

때는 겨울이다.

이 추운 날에 어떻게 냇물에 들어가며 다슬기는 또 어디에 박혀 있는지 알 수가 있나. 청이는 여름에 본 다슬기가 눈에 어른거린다. 하지만 날이 춥다. 이런 날 냇물에 들어가는 건 아무리 아버지를 사랑하는 소녀라 해도 엄두가 나지 않는다.

'오늘 귀덕이 오빠랑 가서 붕어 한 마리라도 얻어와야지.'

—아버지, 오늘은 글공부하지 마시고 누워 푹 쉬세요.

—아니다. 글공부란 게 어디 하루라도 쉴 수 있는 것이더냐.

청이는 오늘도 아버지가 책상에 앉아 책을 외울 것이 걱정이다.

아버지 등에 업혀 동냥을 다니던 때부터 청이는 과거 급제라는 말을 수없이 들었다. 그걸 이루기만 하면 이렇듯 구차하게 목숨만 이어가는 삶에서 벗어날 수 있다고 생각하는 아버지다. 청이는 그런 날이 올 것 같지 않다. 아직 어리지만 자기 앞에는 막막한 내일만이 기다리고 있는 것 같다.

—아버지. 저 잠깐 귀덕 어머니한테 다녀올게요.

—이 추운데 왜?

—삯바느질 감이 있다고 하셨어요.

—그래? 좋기는 하다만 누가 어린 너한테 벌써 바느질을 맡긴다구.

―귀덕 어머니가 장 상서 댁에서 얻어오신 걸 저한테 나눠주신댔
어요.

―그래? 거 잘됐구나. 속히 다녀오너라.

―네. 아버지.

청이는 아버지가 숟가락질 한 번 못한 소반을 물려놓고 한 집 건
너 살고 있는 귀덕이네로 간다.

―귀덕 어머니.

―청이냐?

방 안에서 귀덕 어미의 따뜻한 목소리가 들린다.

바로 여닫이문이 열린다.

―어여 들어오너라.

―네. 귀덕이 오빠 계세요?

―낚시 갔지.

―네? 저 데리고 간다고 했는데요.

―그래. 너 오면 저 아래 방죽으로 오라고 하더구나. 아침밥 먹고
있으려니까 윤상이가 왔어.

―윤상이 오빠가요?

청이는 자기도 모르게 마음이 밝아진다.

―추운데 어서 들어와.

―바느질감은요?

―얻어다놨지. 어여 들어오래두.

그제야 청이는 섬돌에 올라 신을 벗는다. 방 안에 들어서니 자기
집과는 비교가 안 될 정도로 따뜻하다. 귀덕 어미는 마 찐 거 같이 먹

자며 부엌으로 간다.

오늘도 귀덕이 아버지 최 서방은 어디 일해주러 간 모양이다. 부지런하고 튼튼한 최 서방에게는 겨울에도 일감이 심심치 않게 들어온다.

— 겨울엔 마에 동치미가 제격이지. 너 또 아침밥 굶은 건 아니지?

— 네.

청이는 사실 오늘도 아침을 굶었다. 귀덕 어미가 가지고 들어온 마와 동치미를 보니 저절로 군침이 돈다.

— 윤상이 오빠 장 상서 댁 머슴살이 하는 먼동이 아들이죠?

먼동이는 서른 살 넘은 어른이지만 사람들은 다 그냥 먼동이라고 부른다.

— 꼭 그렇지도 않어.

— 네?

— 으응. 나중에 네가 더 크면 말해주마. 어떠냐, 맛있지?

— 네.

— 장 상서 댁이 보통 까다롭지 않으니 잘해줘야 헌다?

— 염려 마세요, 어머니.

— 염려야 하겠냐만. 그래, 양식은 안 떨어졌구?

— 네. 아직 있어요.

— 에휴. 어린것이 고생 많구나.

귀덕 어미는 청이만 보면 애잔한 마음을 금할 수 없다. 장연댁이 세상을 뜬 후로 청이를 먹여 살린 게 바로 귀덕 어미다. 마침 귀덕이가 젖 떨어질 때가 된 게 다행이라면 다행이었다.

때 되어 심봉사가 청이를 업고 길을 더듬어 젖동냥을 오면 귀덕 어미는 한 번도 마다한 적이 없다. 청이도 귀덕 어멈을 친어미처럼 따랐다. 청이에게 젖을 먹인 어머니들이 어디 한둘이더냐만 어린 청이는 용케 첫날의 젖 맛을 알아봤다. 귀덕 어미 품에 포근히 안겨 친어미의 젖을 먹듯 행복한 표정으로 열심히 젖을 빠는 청이였다.

귀덕 어미는 혹여 자기 젖이 모자라면 먼 곳도 마다 않고 애 엄마가 있는 집으로 청이를 둘러업고 갔다.

예부터 이 나라 사람들은 제 자식, 남의 자식 가리지 않고 먹이고 가르치는 풍습을 지켜왔다. 남의 자식도 사리에 어긋난 짓을 하면 길을 가다가도 서서 엄하게 꾸짖는다. 길가에 아이가 쪼그리고 앉아 있으면 배가 고프냐, 아니면 아프냐, 하고 꼭 물어 살펴준다. 남의 아이가 병을 앓다 죽기라도 하면 제 자식이 죽은 것처럼 가슴 아파한다.

귀덕 어미는 그런 이 나라 여인이다. 귀덕 어미가 아니었다면 청이가 어떻게 이날까지 목숨을 부지할 수 있었을까. 겨울에는 최 서방이 장만해놓은 땔감을 나눠주고 보릿고개 때는 쌀도 마도 아끼지 않고 나눠주었다. 하루가 멀다 하고 바가지 들고 찾아가건만 한 번도 얼굴 찌푸리는 법 없이 오히려 같이 데리고 살지 못하는 것을 안타까워하는 귀덕 어미였다. 나라님 은덕이 미치지 않는 곳에 따뜻한 이웃이 있어 심봉사 부녀는 겨우 목숨을 이어왔다.

—그래. 심봉사 어른은 평안하시구?

—네.

—그렇게 낭랑하시더니 요즘엔 더러 막히시기도 하는 것 같던데.

—네. 생각이 많으신지 글귀를 외다 말고 아무 말씀 안 하실 때도

있어요.

―그 어려운 한적들 길기는 얼마나 길어. 그만만 해도 참 대단하시지.

날이 갈수록 심봉사는 기억력이 흐려졌다. 당연한 일이다. 보이지 않는 눈으로 오로지 암송으로만 사서삼경을 외는 게 어디 쉬운 일인가. 그것도 하루이틀이 아니라 이십 년 넘는 세월이다.

청이가 외출한 동안에도 심봉사는 편치 않은 몸으로 책상다리를 하고 앉아 정신을 모아본다. 감기로 인한 미열 때문에 마음이 자꾸 흐트러지려는 걸 간신히 정돈하고 기억을 더듬는다.

오늘 심봉사가 외워보려는 경서는 『장자』다. 한적의 으뜸이라 할 수 있다. 젊은 날에 그는 이 책을 모서리가 닳도록 보고 또 보았었다.

심봉사는 잠시 무슨 생각을 하는 듯하더니 이윽고 정신을 가다듬고 서책을 펼친다. 「소요유」편을 암송하고 싶은 심봉사다.

―북명어유 기명위곤 곤지대 부지기기천리야 화이위조 기명위붕 붕지배 부지기기천리야…….

심봉사는 두 눈을 지그시 감고 「소요유」편을 암송해나간다. 그 목소리는 이미 늙은이의 것이다. 하지만 심봉사의 마음속에서 그것은 낭랑하기 그지없는 젊은이의 목소리로 변해 있다. 암송을 해나가는 심봉사의 심안 속으로 드넓은 하늘을 날아가는 날개 큰 새의 모습이 나타난다.

북명 바다에 크나큰 물고기가 한 마리 살아 이름을 곤이라 한다. 이 물고기가 변하여 큰 새가 되니 그 새의 등은 몇천 리나 되는지 알 수 없다. 이 새가 한 번 힘차게 날갯짓을 하면 그 날개는 마치 하늘에 드리운 구름처럼 넓다. 회오리바람을 타고 구만리 창공까지 날아오르고, 한 번 날갯짓을 시작하면 여섯 달을 쉼 없이 날고서야 쉰다. 저 높은 창공에 날아올라 바람을 타고 하늘을 등지고 저 남명 바다까지 날아가느니, 누구도 그 앞을 막아서지 못한다…….

아아. 심봉사는 그 아득한 창공을 나는 새가 바로 자기 자신이라고 생각한다. 멀리 저 아래 올망졸망 인간 세상이 굽어보인다. 어쩌면 저렇듯 누추하게들 사는지. 어쩌면 저렇게 어리석게들 사는지. 매미 따위나 작은 새들의 좁은 품으로 어찌 대붕의 뜻을 헤아리랴.

심봉사의 마음속 세계가 마침내 장자가 세상에 가르치려 한 대목에 이른다.

심 선비의 목소리가 한층 낭랑하게 고양된다.

—적망창자 삼손이반 복유과연 적백리자 숙춘량 적천리자 삼월취량…….

가까운 곳으로 노닐러 가는 이는 세 끼니만 있어도 배가 부르다. 하지만, 백 리를 가려는 이는 하루 전에 식량을 찧어놓아야 하고, 천 리를 가려는 이라면 석 달 동안 식량을 준비해야 한다. 작은 앎은 큰 지혜에 미치지 못하느니, 짧은 수명밖에 갖지 못한 미물의 자로 어찌 긴 삶을 가진 이의 마음을 재려 하는가.

그렇도다. 과연 그렇도다.

심봉사는 암송을 하다 말고 감탄을 한다.

기쁘다. 젊었을 때나 지금이나, 공부는 늘 그를 기쁘게 한다. 그 순간만큼은 살아 있는 것 같다. 마음에 희열이 솟는다.

『장자』의 「소요유」편을 끝까지 외우고 난 심봉사는 기가 난다. 내친 김에 이번에는 『맹자』를 마저 외워보고자 한다.

―어디 한번 읊어볼까.

심봉사는 헛기침을 두어 번 해서 목청을 가다듬는다. 걸걸한 목소리는 못 되어도 그런대로 구성지게 『맹자』의 「공손추장」 중에 '호연지기' 대목을 외워나간다.

―송인이 유민지묘지 부장이알지자러니 망망연귀하야 위기인왈, 금일에 오병의와라 여이 조묘장의와라 하야날, 기자 추이왕시지하니 묘즉고의라, 천하지부조묘장자 과의니…….

열심히 문장을 외던 심봉사가 눈을 꿈벅거리면서 더 나가지 못한다.

―과의니……? 하…… 그다음이 뭐였더라?

심봉사는 금방 자기가 외우던 구절을 다시 이어보려 한다. 하지만 그다음 문구는 저 먼 곳에서 가물거리기만 한다.

―허어. 또 잊었구만. 이 일을 어떡헌다? 『맹자』를 가지고도 이렇게 이 빠진 늙은이처럼 생각 안 나는 대목이 많으니. 큰일이네, 큰일이야.

심봉사가 망연자실 긴 탄식을 한다.

지금 심봉사가 외우지 못해 안달이 난 대목은 『맹자』가 호연지기를 말한 대목이다.

옛날에 송나라의 한 농부가 벼의 싹이 잘 자라지 않음을 안타깝게 여겼다. 그러던 어느 날, 묘한 생각이 떠올랐다. 벼 싹들을 조금씩 위로 뽑아 올려주자는 생각이 든 것이다. 무릎을 치고 들로 나간 농부는 하루 종일 그 싹들을 조금씩 위로 뽑아 올려주었다.

저녁이 다 되어 그는 집에 돌아가 얼굴에 기쁜 빛을 띄우고 자랑 삼아 말했다.

─오늘은 정말 지쳤다. 곡식들이 자라는 것을 도와주느라고 말야.

이 말을 들은 아들이 다음 날 들에 나가보았더니, 이게 무슨 일인가. 싹들이 몽땅 말라비틀어진 게 아니냐.

이 일화에 덧붙여 맹자는 말한다.

세상에 이렇듯 싹이 자라는 것을 돕겠다고 뽑아 올리지 않는 사람이 별로 없다. 김을 매지 않고 내버려두는 사람은 무익한 데 그치지만 이렇듯 무리하게 싹을 뽑아 올리는 사람은 무익함을 넘어 도리어 해가 되는 사람이다.

그러니까 맹자는 거침없이 넓고 큰 마음이란 성급하게 싹을 뽑아 올리듯 한다고 길러지는 게 아니라고 말한 것이다.

그러나 하필 심봉사가 바로 이 대목을 외우지 못하는 건 무슨 까닭인가. 눈을 뜬 다음에야 글공부도 하고 과거에도 나갈 것을, 눈도 뜨지 못한 이가 밤낮 과거만 생각하니, 이야말로 심봉사가 송나라의 농부와 다른 것이 무엇이랴.

귀덕 어멈은 그런 심봉사가 딱하디 딱하지만 차마 이제 그만 과거를 단념하라고는 말씀 여쭐 수 없다. 이제 상민이나 다름없이 된 심봉사지만, 어떤 사람에게는 제가 의지하는 것이 사라져버리는 순간 살아갈 힘을 잃어버린다는 것을 알고 있기 때문이다.

—어머니. 저도 방죽에 가볼게요.

청이는 마 하나를 맛나게 먹고는 이내 바깥으로 나가보려 한다.

—이 추운데?

—네. 귀덕 오빠가 물고기 잡아준다고 했거든요.

—그렇기는 해두.

—기왕이면 제 손으로 한 마리 잡아다 아버지께 끓여드리고 싶어요.

—에그. 우리 청인 어쩜 그렇게 효성이 깊으냐. 추우니까 이 장갑이라도 끼고 가거라.

귀덕 어미는 자기가 끼던 벙어리장갑을 청이에게 건네준다. 청이는 몇 번이나 고맙다고 인사를 하고 나와 동구 밖 들길을 걸어 방죽이 있는 곳으로 간다.

방죽이 가까워오자 얼음판에 구멍을 내고 있는 두 사내아이의 모습이 보인다.

반갑다. 어머니를 닮아 늘 너그러운 귀덕이 오빠.

그런데 청이는 귀덕이와 같이 있는 윤상이가 어쩐지 더 반갑다. 사내답게 의지가 있고 글도 할 줄 아는 오빠. 어떻게 한문을 배웠는지 알 수 없다. 청이야 다섯 살 나이에 밥은 굶을지언정 글공부는 거르지 않았기 때문이지만 머슴살이 종의 아들이 어떻게 글을 알까?

—귀덕 오빠.

—왔니?

―얼음 깨는 거 어렵지 않아요?

―다 했다. 둘이 하니까 금방이야.

―윤상이 오빤 어떻게 왔어요?

―기와집 담장 안에 틀어박혀 있어봤자 갑갑하기만 하고.

열두 살 동갑내기 사내아이들은 얼음 파는 재미에 겨울 추위도 잊었다. 귀덕이와 윤상이가 번갈아가며 힘차게 쓰레질을 한다. 두꺼운 얼음판에 구멍이 뚫리면서 이제 바야흐로 방죽물이 보일 것 같다.

―청아. 저기 방죽가에 나뭇가지들 긁어놓은 것 좀 가져와라. 불 좀 지펴야겠다.

―네.

청이는 냉큼 가서 한 아름씩 나뭇가지들을 가져온다. 윤상이가 부싯돌로 낙엽에 불을 피운다. 익숙한 솜씨다.

―와, 불붙었어요.

윤상이가 입김을 호호 불며 낙엽들을 살살 흔들어주자 마침내 불꽃이 커진다. 그러고는 불붙은 낙엽들 위에 나뭇가지를 쌓는다.

―됐다.

―하나 더 뚫을까?

―한번 해보구. 이 밑에 물풀들이 많아서 붕어들이 잘 잡힐 거야.

귀덕이가 괴춤에서 삼베 주머니를 꺼낸다.

―뭐예요?

―낚싯밥이지.

―낚싯밥? 뭘로 만들었어요?

―이거?

귀덕이가 주머니에 손을 넣어 뭔가를 쑥 빼낸다.

—에그머니.

—하하하.

윤상이도 청이가 놀라서 울상을 짓는 걸 보고 덩달아 웃는다.

귀덕이가 꺼낸 건 말린 지렁이들이다. 여름에 잡아서 말려놨다 겨울 낚시에 쓰면 그렇게 요긴할 수가 없다.

—마나 굽자.

—좋지.

윤상이가 마실 오면서 가져온 마다. 이제 셋이서 가마니를 깔고 얼음 구멍가에 나란히 앉는다.

윤상이는 대나무 낚싯대에 찌를 달고 귀덕이는 말린 지렁이를 물에 불려 미끼를 만든다. 얼음구멍 속으로 낚싯대를 드리우니, 어린 세 아이들은 한창 재미가 난다.

—오빠.

—왜?

—잡힐까?

—그럼.

—물고기가 춥다고 다들 잠만 자고 있으면 어떡하지?

—그럼 니가 깨우려무나.

—어떻게?

—물고기들아 어서 깨서 울 아버지 탕감이 되어주렴, 하고 말야.

—하하하.

윤상이가 귀덕이와 청이 얘기를 듣다가 어깨를 들썩이며 웃는다.

20

─청아, 너 그 댕기로도 물고기 잡을 수 있다?

─정말요?

─그럼. 그 빨간 댕기를 얼음 구멍 속에 드리우고 있으면 붕어들이 그게 먹을 건 줄 알고 덥석 물거든.

─에이. 설마?

─아냐. 옛날 얘기에도 그렇게 해서 잡은 애가 있잖아.

─정말요?

─얘기 속에 나오는 호랑이 말야. 하긴 경우는 좀 다르구나. 걔는 꼬리로 잡았으니까.

─에이, 뭐예요.

청이가 곱게 눈을 흘기자, 이번에는 귀덕이가 소리 내서 웃는다.

─어! 움직였어요.

─어디?

─어디?

그렇다. 금방 찌가 불쑥 솟아올랐다 밑으로 쑥 꺼져든다.

─당겨.

귀덕이가 재빨리 낚싯대를 끌어당긴다.

─와.

탐스러운 붕어가 꼬리를 치며 끌려 올라온다.

─크다.

─오늘 잘 잡히겠는데.

세 사람은 먹음직스런 탕이며 어죽을 떠올린다.

'그래. 오늘 저녁에 맛있는 어죽을 끓여드려야지.'

다 식은 밥에 탕보다 어죽을 만들어드리는 게 좋을 것 같다. 청이는 어두컴컴한 방 안에 우두커니 앉아 있을 아버지 생각이 나자 마음이 금세 어두워진다. 그런 때 청이는 아비가 마치 앓아누운 연인처럼 느껴진다. 알 수 없는 일이다.

—청아. 너 또 아버지 걱정하는구나.

귀덕이가 소년답지 않게 따뜻한 목소리로 청이를 돌아본다.

—아녜요.

—우리 오늘 많이 잡아서 어죽 끓여서 똑같이 나눠 먹자.

—윤상이 오빠도요?

—그래. 우리 집에 가서.

—좋아요. 제가 어죽 맛있게 끓일 수 있어요.

—오늘은 우리 엄마한테 해달라고 하자.

귀덕이 말에 청이는 눈물이 쏙 빠질 정도로 고맙다.

윤상이가 나뭇가지로 마를 헤집어낸다. 까뭇까뭇 노릇노릇 잘 익었다.

—먹자.

—네.

—앗, 뜨거!

날씨도 차갑고 바람도 부는 방죽이건만 청이는 오늘 춥지 않다. 이렇게 마음씨 고운 사내애들이 싸리나무 울타리라도 된 것처럼 마음이 훗훗하다.

'나는 이 오빠들에게 뭘 해줄 수 있나. 집에 있는 낡은 옷감으로 주머니라도 만들어드릴까.'

이날 청이와 귀덕이와 윤상이는 붕어를 다섯 마리나 잡았다. 귀덕 어멈은 청이가 집에서 가져온 식은 밥을 보태서 맛있는 어죽을 끓였다. 최 서방과 귀덕이와 윤상이가 한 상에서, 귀덕 어멈과 청이가 다른 한 상에서 어죽을 나눠 먹었다.

청이는 아버지 몫의 어죽을 뚝배기에 담고 삯바느질감까지 챙겨 들고 서둘러 집으로 돌아왔다.

—아버지. 추운데 왜 나와 계세요?

심봉사가 차가운 툇마루에 걸터앉아 멍하니 허공을 바라보고 있다.

청이는 방 안으로 아버지를 모시고 들어갔다.

—시장하시죠? 어죽 가져왔어요.

—그래? 어디서 나서.

—귀덕 어머니가 주셨어요.

청이는 낮 동안 방죽에서 낚시질한 얘기는 말씀드리지 않는다. 반상이 엄연한데 아랫것들 자식들하고 놀았다고 역정 내실까 염려해서다.

심봉사는 하루 종일 굶다시피 해서 그런지 어죽 한 그릇을 맛있게 비웠다.

청이는 앞이 안 보이는 아버지 세수도 도와드리고 양치질도 도와드리고 우물에 가서 설거지도 마친다. 방 안에 호롱불 켜고 나와 제 몸도 씻고 들어와 고리짝을 열고 낡은 천을 찾아본다.

—뭐 하느냐.

—삯바느질하려고요.

—그렇구나.

청이는 아버지에게 말씀드린 대로 바느질을 먼저 할 생각으로 호롱불 옆에 앉는다.

─네가 아홉 살 어린 나이에 벌써 삯바느질이구나.

─괜찮아요, 아버지. 재미도 있고요.

─네 어미의 바느질 솜씨가 참 좋았단다.

심봉사는 누운 채 허공으로 눈길을 보낸다. 꿈꾸는 듯한 이 표정은 옛날 행복했던 시절을 떠올리는 것이다.

─아버지, 어머니는 어떤 분이셨어요?

─고왔지.

─마음씨가요?

─마음씨도 얼굴도 다 고왔어.

─저는 왜 이름이 청이가 되었어요?

─니 엄마가 널 낳고 하루 만에 세상을 뜨고 나서 나중에 귀덕 어미가 베갯머리 밑에서 편지를 보았구나.

─어머니가 써놓으신 거예요?

─그렇더구나. 한문으로 써놓은 걸 글 아는 사람을 불러다 읽혀봤지. 네 이름을 청이라고 지어달라 했더구나.

─아버지, 그 편지 지금도 있어요?

─음. 그게 아마…… 귀덕 어미가 농짝 어디에 넣어놓겠다고 했지?

─농요?

─맨 아래쪽에 넣는 것 같기도 했는데.

─그래요? 아버지, 제가 한번 찾아볼까요?

─마음대로 하려무나.

청이는 싸리채로 만들어 종이를 바른 허름한 삼단 농의 맨 아래 상자를 열어본다.

있다.

구석에 한지를 말아놓은 게 눈에 들어온다. 청이는 서간을 가지고 호롱불 앞으로 와 앉는다. 붓으로 써내려간 단아한 한문 글씨들이 청이의 두 눈에 들어온다. 애기 때부터 늘 한적을 암송하는 아버지 옆에서 큰데다, 이미 여섯 살 때부터 그 한적들을 눈으로 보아온 까닭에 청이는 아홉 살 어린 나이에도 벌써 문리가 트여 막히는 데가 없다. 청이의 눈에 비친 한문 글씨가 어머니의 고운 음성이 되어 되살아난다.

청이는 행여 아버지가 서한에 마음이 상할까 소리 없이 한 줄 한 줄 읽어 내려간다.

당신. 이렇게 불러보는 것도 오랜만이네요. 열아홉 살 꽃다운 나이에 당신께 시집와 그 이태 동안 꿈같았던 시절이 떠오릅니다. 당신이 스무 살에 실명을 하시고 시부모님 돌아가시고 그나마 있던 가산마저 없어진 뒤로 마음 굳게 먹고 제 몸 고된 것 잊고 밤이 새거나 날이 저무나 당신을 위해 살았어요. 남북촌 빨래 품팔이에 해지는 줄 모르고 이 동네 저 동네 삯바느질에 밤을 까막까막 새웠어요. 밥도 얻어오고 반찬도 얻어오고 더운밥은 당신 드리고 찬밥은 제가 먹고 하였어요.

제가 살아온 모든 일이 하늘 앞에 부끄럽지 않았건만 자식 생산 못한 죄는 감당키 어려웠어요. 한밤에 당신 주무실 때 뒤뜰에 정한 수 떠놓고 얼마나 빌었던가요.

그토록 바라던 아이가 생겨났어요. 태기가 생기고 뱃속에서 아이가 뛰고 자라나고 당신이 아이를 고대하시는 기쁜 나날이 흘렀어요.

그런데 막상 산월이 바싹 앞으로 다가오니 무서워요. 제가 무사히 아일 낳을 수 있을는지, 아일 낳고도 제가 살아남을 수 있을는지, 하루하루 말 못할 두려움이 생겨요.

고생하며 살아온 보람도 없이 끝도 못 보고 죽는다면 저야 천명이 그뿐이라 단념한다 하지만 앞 못 보는 당신이 강보에 싸인 어린 것 안고 업고 이 집 저 집 문전에 젖동냥 다닐 생각하면 저절로 흐르는 눈물을 막을 수가 없어요.

사람의 일은 알 수 없으니 더 무서워요. 농 안에 아이 태어나면 입히려고 저고리며 타래버선이며 두루마기 만들어놓았으니 두고두고 입혀주세요.

아이 이름은 사내아이라면 응당 당신이 지어야 하겠지만 계집아이라면 맑을 청자를 써서 청이라고 불러주세요.

제가 왜 이렇듯 경망스러울까요. 용서해주세요.

제가 살면 얼마나 좋겠어요. 하지만 혹여 살지 못하고 아기를 못보면 나중에 지팡이 짚고 무덤에 아이 데리고 와 모자모녀 만나게 해주시고…….

청이의 두 눈에 눈물이 고인다. 생면부지 어머니를 보고 싶은 그리움이 사무쳐 눈물이 되어 흐른다. 눈물이 앞을 가려 어머니의 글발을 더 읽어 내려갈 수 없다.

—청아.

청이는 목이 멘 나머지 아버지의 부름에 대답을 못 한다.

—왜 그러느냐. 오늘 그 어죽 맛이 참 좋더구나. 며칠 뒤에 우리 또 한번 먹어보자꾸나.

—네, 아버지.

청이는 겨우 마음을 진정한다.

—아버지, 저 부엌에 나가볼게요. 불 좀 지펴야겠어요.

—그렇구나. 가만 있자. 오늘이 며칠이냐. 언제나 날이 따뜻해지려는고.

심봉사는 혼잣말을 하듯 몇 마디 말을 잇고는 입을 다문다. 어두운 소견에도 어린 딸에 대한 미안함이 가슴을 스친 까닭이다.

청이는 여닫이문을 열고 마당으로 나와 하늘을 본다.

둥그런 달님이 한 번도 만나보지 못한 어머니의 얼굴처럼 청이를 다사롭게 내려다본다.

어머니의 얼굴 위로 낮에 만난 윤상이 오빠의 얼굴이 겹쳐진다. 어쩐지 슬픔이 씻겨나는 듯하다. 하지만 자기에게는 앞 못 보는 아버지가 있다.

'방에 불을 지펴드려야지.'

청이는 어지러운 마음을 애써 가라앉히고 부엌으로 들어간다.

꿈에서 본 아버지는
어디서 만난 이일까?

세월은 무심하게 흘러간다. 이제 청이는 열다섯 살이 되었다. 있는 집안 같으면 벌써 정혼할 곳을 물색할 나이건만, 운수 좋지 못한 청이는 손에 물 마를 새 없이 빨래를 하고 젖은 손으로 삯바느질을 한다.

과년한 처녀가 되니 부끄러울망정 빨래터에 나가 동네 아낙들과 같이 어울려 빨래까지 하게 되니 차차 세상 돌아가는 이야기도 알게 되고, 누구네 집에 누가 뭐 하는지도 알게 된다.

동네 아낙들은 청이 아끼기를 제 여식 아끼듯 하나, 그래도 세상은 따뜻하지만은 않다. 없는 곳에서는 나라님 욕도 한다고, 봄날 빨래터에서 심봉사네가 입방아에 올랐다.

―어쩜 그렇게 예쁘다누?

―그러게 말야.

—누가 데려갈 것 같남.

—귀덕이지. 귀덕 엄마가 청이를 어디 이만저만 생각하나.

—맞어. 귀덕 어미 해온 걸 봐서도 그 집으로 가야지.

—이치야 그렇지만서두 청이 눈친 그게 아니던걸.

—정말야? 그 소문이 맞어?

—그렇다니. 아, 내 어저께두 밤에 둘이서 당산나무 밑에 앉았는 걸 두 눈으루 똑똑히 봤다니까.

—허어. 청이가 어쩌자고…….

—그러게 말야. 여자 팔자 뒤웅박 팔자라고. 어떤 사내 만나느냐에 인생이 달린 것을.

—허긴 윤상이가 먼동이네 자식으루 크긴 했어도 장 상서 댁 큰아드님 씨라는 건 세상이 다 알지.

—그려. 청이가 그래도 양반네 핏줄이니 윤상일 따라가는 게 이상할 건 없어.

—다들 왜 이런데. 지금 양반 상놈 따질 땐가. 사람을 봐. 귀덕인 얼마나 푸근혀. 윤상인 제 처지 때문인지 몰라도 섬뜩한 데가 있어. 한 맺힌 사내가 계집을 행복하게 해줘?

—그나저나 심봉사 나린 왜 저렇게 딸을 고생 못 시켜 안달이래?

—나리? 그 집이 언제 때 나리라고 나리야. 심봉사 어른 행실만 해도 나리 소리 듣긴 어려우리.

—왜? 또 뭔 일 있어?

—요즘엔 동네 투전방에 놀러 다니잖아. 암송 공부도 제풀에 지친 모양이구.

—말하면 뭐 해. 과거라는 게 어디 사서삼경만으로 되나? 그런데 이젠『장자』도『맹자』도 더듬거린다잖아.

—투전방에서도 상갓집 개 취급이라던데?

—돈 한 푼 안 가져오는 앞 못 보는 노인을, 노름꾼들이 뭬 좋다고 환영한다?

—실없이 눈만 꿈벅꿈벅하면서 투전놀이 소리에 입맛만 다시다 막걸리 한잔 얻어먹는 게 고작이지.

—그래서 그런지 요즘엔 자꾸 넘어지데.

—취하니 넘어질 수밖에.

—말도 마. 한 보름 됐나아? 동네 어귀에 넘어져 있기에 내가 가서 부축해드리려고…….

—자네도 당했어? 이런.

—말이 났으니 말야. 옛날에 마님 살아 계실 때도 안 그랬던감?

—뭘 말야?

—오래 되긴 했지. 하루는 내가 품앗이하러 간 마님 대신에 그날 그 댁에 점심상 들이러 갔잖았어.

—그런데?

—그 집에 무슨 양식이 있어? 하도 딱해서 우리 집에도 먹을 것 없 건만…….

—말 말어. 우리 같은 상것들이 무슨 힘이 있어. 입 잘못 놀리면 제 명에 못 사는 법야.

이 빨래터에서 어른 축에 속하는 은율댁이 한마디 한다. 병부상서 를 지낸 장씨 일문 귀에 양반 욕했다는 소리가 들어갈까 겁을 내는 것이다.

하지만 한번 터진 얘기는 금방 수그러들기 쉽지 않다.

수택이 엄마는 자기 얘기는 물러놓고 대신에 이미 잊힌 얘기를 끄집어낸다.

—제가 뭐 틀린 소리 하나요. 그 옛날에 이쁜이 년 건드려서 신세 망치게 한 것도 심봉사 양반 아녔어요. 그냥 놔뒀으면 시집가서 아들딸 낳고 잘 살았을걸. 그래놓고도 당신 혼자 눈 딱 감고 석 달 만에 양반네들끼리 혼인을 해버리니, 애가 어디 성할 일이우?

—어허, 참. 그 주둥이 그만 못 닥쳐.

—그냥 둬요. 없는 데서는 나라님도 욕한다는데. 그깟 끈 떨어진 심봉사 나리가 뭐 무섭다고.

인복이네가 입을 삐죽거린다.

—하나만 알고 둘은 모르는 소리. 초록은 동색이라고, 장씨 일문에서 이런 소리 들으면 우리네가 무사할 것 같아?

—허긴. 양반님네들 벌이는 일은 숫제 모르는 체 넘기는 게 수지.

수택이 엄마가 물러서버리자 다들 입을 다문다. 이웃한 장씨 가문에서 걸핏하면 계집종들이 매타작에 곤죽이 되는 까닭을 모르지 않기 때문이다.

—에그, 입조심들 혀. 호랑이도 제 말 하면 온다고. 저기 청이 오네.

—그럼, 청이가 양반은 아닌가베.

빨래터 아낙들이 깔깔거리는 곳으로 청이가 빨랫감을 들고 온다. 빨래터 아낙들 목소리가 좀 큰가. 청이는 동네 아주머니들이 또 아버지 얘길 하는가 해서 마음이 편치 않다.

요즘엔 아버지만 아니고 자기 얘기도 화제가 된다는 걸 알고 있는 청이다. 청이는 자기 태어나서 십오 년 내내 동네 분들에게 신세만 지고 살아온 것이 슬프고 미안하다.

고개를 숙이고 다소곳한 걸음걸이로 빨래터를 내려오는 모습에 아낙들은 다들 동정하는 마음이 일어나 입을 다문다.

인복이 엄마도, 수택이 엄마도, 다들 청이를 딱하게 생각한다.

어저께 밤에 청이는 윤상이가 담 안으로 돌을 던지는 바람에 견디지 못하고 당산나무 아래로 나갔었다.

─청아, 여기.

─오라버니.

─왜 이렇게 늦었어.

─아버지가 귀가 밝아지셔서 대뜸 무슨 소리냐고, 이상해하셔서요.

─그렇구나.

─그리고 어젯밤 꿈도 뒤숭숭해서…….

─무슨 꿈을 꾸었기에?

두 사람은 당산나무 아래 나란히 앉았다. 이곳은 밤에도 마을 어른들이 가끔 기도를 하러 들르기 때문에 마음 편치 않지만 달리 갈 곳도 없다.

─오라버니, 이거 좀 드셔요.

윤상이는 청이가 모시 천에 싸서 가져온 것을 본다.

쑥떡이다.

엊그제 삼짇날이라 다들 쑥을 뜯어다 떡을 했다. 청이도 쑥은 많이 뜯었지만 쌀이 귀해서 귀덕 어머니네 것에 합쳐서 쪄 겨우 몇 조각 얻었다.

먹성 좋은 아버지는 웬걸 이렇게 구해왔느냐고 맛있게 잡수시는데, 청이는 차마 목에 넘길 수가 없다. 한 점이라도 더 아버지 드시도록 하려는 마음 때문이다.

─아버지 드리기도 어려울 것을 뭐하러 가져왔어.

윤상이는 말은 그렇게 하면서도 청이가 떼어주는 떡을 입에 넣는다. 입안 가득 쑥 향기가 번진다. 쑥 향처럼 은은하면서도 고운 청이의 마음씨가 느껴진다.

─오라버니, 제기 차는 게 어쩜 그렇게.

청이는 삼짇날에 윤상이가 동네 총각들과 어울려 제기 차던 모습을 떠올린다.

건장하고 위엄성 있게 생긴 얼굴에 글도 할 줄 알고 씨름이며 제기며 못하는 놀이가 없으니 동네 처녀들 눈길이 죄다 윤상이 쪽으로 모인다.

삼짇날은 답청날이라고도 해서 총각 처녀들이 무리를 지어 들로 나가 새 풀을 밟는다. 이때는 사내와 계집이 서로 어울려도 크게 탓하지 않고 동네잔치에서는 서로 바라보며 사랑하는 마음을 길러내기도 한다.

청이는 그 삼짇날에 본 윤상이 모습을 떠올리고 있는 것이다.

이제 윤상이 나이 열여덟 살, 사내가 그 나이 되면 벌써 다 큰 청년이나 다름없다. 윤상이는 이제 어깨가 딱 벌어졌다. 유달리 건장해서 가슴팍도 넓다.

이렇듯 믿음직하게 잘생긴 윤상이건만 가슴속에는 늘 비감한 빛이 떠나지 않는다. 작년에 멀리 공주목으로 벼슬을 살러 간 아버지는 끝내 자기를 외면하고 말았다. 아버지를 보고도 아버지라 부르지 못하는 슬픔이 큰 가슴 밑바닥에 흘러 윤상이의 눈에는 어딘지 모르게 우울이 깃들었다.

이를 아는 청이라서 윤상이가 더 좋아졌는지도 모른다. 어려서 귀덕과 함께 겨울 낚시 갈 때만 해도 두 사람이 다 좋은 오라버니들이었다. 하지만 슬픔을 타고난 탓에 슬픔 많은 이에게 정이 끌리는 걸까. 청이는 귀덕이의 푸근함보다 윤상이의 위태로움 쪽으로 마음이 기울었다.

귀덕 어미도 이미 이를 알고 있다. 어머니 안 계신 청이에게 친어머니나 다름없는 사람이 되어준 여인네다. 마음속으로야 어찌 한 가닥 서운함이 없으랴만, 이런 것이 인연인가 하여 애써 서운함을 누르고 청이를 한결같이 덕 있게 대해준다.

청이는 어려서부터 총명했고, 이에 더하여 아버지 덕분에 인정의 기미에 예민하지 않을 수 없던 터라 이 모든 사정을 모르지 않는다. 살아온 정리를 생각하면 귀덕이 오라버니한테 시집가 귀덕 어미를 친정어머니 모시듯 하며 행복하게 살고 싶다. 그것이 자기가 멀리 시집이라도 가면 끈 떨어진 갓 신세가 되어 컴컴한 방에 앉았을 아버지를 위한 길일 것도 같다. 아버지와 떨어지면 살 수 없을 것 같은 청이다. 하지만 사람의 마음은 사리대로 움직여주지 않는다. 사랑하는 마음은 이치를 떠나 제 맘대로 흐른다.

윤상이 친아버지인 장 상서 댁 큰아드님은 시골집에는 오지도 않고 개경에만 머무르다 급기야 공주로 떠나버렸다. 호사스럽기 그지

없이 살면서도 정작 계집종을 넘봐 얻은 자식을 못 본 척하는 위인이다. 계집종이라도 처녀였다면 혹여 마음을 달리 먹었을지 모른다. 하필이면 남편 먼동이가 멀쩡하게 두 눈을 뜨고 있는데 그의 처를 건드렸다.

장 상서 댁 큰아드님은 한창 커가는 아들들이 셋이나 있었고, 뜻하지 않게 들어선 아이를 받아들이고 싶지 않았다. 결국 기껏 머리를 짜낸다는 게 낳긴 낳더라도 먼동이 아들인 셈 치자는 것이었다. 하지만 이 좁다란 동네에서 그런 임시변통이 통할 까닭이 없다. 장씨 가문에서는 쉬쉬한다고 했지만 발 없는 말이 천 리 가는 것을 막지 못한다.

그렇다 해도 장 상서 댁 큰아드님 공주 목사 장영준은 요지부동이다. 아이가 차차 자라면서 영특함을 보이는 것도 그에게는 불편한 일인 듯했다. 세 아들이 모두 공부에 뜻이 없이 유흥에 기울어가는 데 반해 윤상이는 귀동냥으로 시작한 글공부에 집념을 보였다. 산에 나무하러 가서도 서둘러 나무를 마치고 그 자리에서 한적을 펴놓고 외고 푸는 일에 매달렸다. 참외밭에 물 주러 가서도 그대로 밭둑에 주저앉아 작대기로 한자를 쓰는 일에 열중하곤 했다.

아무리 계집종 배에서 났어도 저 정도면 온전한 양반집 자제보다 낫다는 게 동네 사람들 입방아였다. 하지만 벌써 칠팔 년 전에 아버지가 벼슬을 살러 개경으로 분가해 갈 때 윤상이는 그 행렬에 끼지 못했다. 그리고 이번에도 혹시 했으나 역시 버림받고 말았다.

슬픈 사람 마음은 슬픈 이가 헤아려주는 법이다. 청이가 윤상이를 어여삐 여긴 까닭은 그의 외로움을 어려서부터 보아온 탓이다.

풍족하고 여유로운 삶 속에서 사랑을 나누는 것은 행복하다. 하지만 궁핍 속에서, 헐벗음 속에서 서로에게 스며드는 사랑은 이미 속된 지상의 것이 아니다.

　—무슨 꿈을 꾸었기에?

　윤상이는 떡을 우물우물 삼키고 묻는다.

　—무서웠어요.

　지난밤 꿈이 떠올랐는지 청이의 얼굴에는 공포가 서려 있다.

　—뭐가?

　윤상이는 청이가 앉은 쪽으로 조금 더 다가가 앉는다.

　새벽까지 삯바느질을 하다 잠이 든 청이였다. 하루 종일 눈먼 아버지 봉양에, 남의 집 일에 고단한 몸을 누이고 깜박 잠이 들었는가 했다.

　날이 어찌나 따사로운지, 청이는 어느 건장한 사내와 함께 답청놀이를 갔다. 봄을 맞은 들에는 풀꽃이 돋고 가까운 산에 핀 진달래 연분홍 꽃들은 산을 점점이 수놓고 있었다.

　사내는 건장한 어깨며 등이 분명 윤상이인 것 같다. 청이는 지금 사랑하는 오라버니와 함께 설레는 마음을 숨기고 들밭을 걸어 냇물 가로 가는 중이다.

　물가에는 버드나무도 물이 올랐다. 냇둑에 오르니 냇물가에는 흰 모래사장이 펼쳐져 있고 연록빛 물이 느리게 흐르고 있다.

　청이는 사내를 따라 냇둑 위를 멀리멀리 물을 거슬러 걸었다. 둑길이 점차 좁아지면서 산기슭에 가까워졌다. 냇물도 자꾸 좁아져 개울물처럼 얕아졌다.

　—우리, 어디 가는 거예요?

청이는 얼굴에 웃음기를 띠고 기쁜 목소리로 물었다. 그런데 앞에 가는 사내는 아무 말이 없다. 청이는 왠지 모르게 불안해졌다.

―오라버니. 우리, 어디 가는 거예요?

다시 묻는 말에도 사내는 역시 아무 말이 없다. 청이는 점점 더 불안해지는 중에도 사내가 하는 일이려니 하고 산속을 따라 점점 더 깊이 들어간다.

어느새 주위는 아름다운 봄빛이 사그라들고 어둡고 춥고 쓸쓸한 빛을 띤다.

―오라버니!

더 무서워진 청이가 앞서 걷는 사내의 옷이라도 붙잡으려는 순간, 사내가 갑자기 뒤를 돌아본다.

그런데 이게 웬일인가. 조금 전까지 윤상이라고 생각했던 건장하고 젊은 사내는 어디로 가고 추레한 옷에 얼굴 가득 주름살이 잡힌 늙은 사내가 턱, 하니 버티고 선 게 아닌가.

―아악!

청이는 놀라서 소리를 지르려는데 소리가 입 밖으로 나오지를 않는다. 설상가상으로 늙은 사내가 청이를 향해 바싹 다가선다. 겁에 질린 청이는 소리를 지르며 뒤로 물러서지만 늙은 사내는 청이 얼굴에 자기 얼굴을 바싹 들이댄다.

―아악! 오라버니. 살려주세요.

청이는 외마디 비명을 질렀다. 비명이 마침내 소리가 되어 입 밖으로 나오면서 청이는 겨우 꿈에서 깨어났다.

―뭔데 그려?

아랫목에서 코를 골며 자고 있던 심봉사가 그 서슬에 부스스 잠이 깼다.

—아, 아니에요. 꿈을 꿨어요.

—그래? 그럼 더 자거라.

심봉사는 도로 코를 드르렁 곤다.

'아버지였어. 아버지.'

청이는 놀란 가슴을 진정시키며 방금 전 꿈에 본 사내 얼굴을 다시 떠올린다. 입가에 잔뜩 침을 흘리며 쥐수염에 주름투성이 얼굴을 자기에게 들이대던 남자, 그것은 분명 아버지 심봉사였다. 아버지는 아버지인데 아주 같지는 않았다. 어디선가 한 번 먼 옛날에 만났던 것 같은 사람이건만, 그리고 그것이 아버지인 것도 같건만, 아버지와 아주 똑같은 사람이 아닌 것도 같다.

'아버지가 무슨 일로 꿈에 그렇게 나타나셨나.'

청이는 윗목에 자기를 향해 모로 누워 잠들어 있는 아버지의 얼굴을 새벽 어스름 빛에 의지해 건너다본다.

잠에 취한 얼굴이다. 유난히 세월에 지쳐 보이는 얼굴이다.

청이가 철들면서 본 아버지는 타고난 천성으로 야망이 컸다. 그리고 그만큼 뜻을 이루지 못하는 절망이 커서 그것이 독이 되어 하루하루 타락을 향해 가는 위태로운 이였다. 청이는 그런 아버지가 비록 앞은 못 볼지언정 마음만은 깨끗한 선비이길 얼마나 바랐는지 모른다. 그러나 언젠가부터 아버지는 밥상을 앞에 두고도 품격을 잃어버렸다.

비록 아버지께 삼첩반상 한번 제대로 갖추어드리지 못한 청이지만 밥 한 공기 국 한 그릇을 올리더라도 깨끗한 음식을 드리려 애썼고, 수저며 밥공기며 찬그릇들도 항상 정갈하게 유지하고 가지런히 정돈했다.

청이는 비록 겉으로 표시내지 않아도 한 공기의 밥이 저 땅에서 제게 오기까지 땀 흘린 사람들의 수고로움에 깊이 감사하는 마음을 품었다. 자기가 밥을 먹고 봄나물을 먹는 것은 우주에 가득한 생명의 원기가 자기를 살림이니, 자기는 이를 통해 우주에 합류하고 자기 또한 이 우주의 순환에 소중한 고리가 된다고 여겼다. 그리고 자기가 입에 넣는 모든 곡식은 쌀이든 기장이든 귀리든 다 똑같이 소중하여 아무리 소박해 보이는 음식이라도 허투루 대하는 법이 없었다.

반면에 아버지는 식탐이 많았다. 감기가 걸리거나 체해서 먹을 힘을 잃어버리지 않는 한 맛있는 것, 기름진 것을 배불리 먹고 누워 쉬기를 좋아했다.

하루 종일 서책을 만지작거리는 일 외에는 이렇다 할 소일거리 갖지 못한 아버지가 먹는 일에 탐닉하는 것을 청이는 그런대로 이해할 수 있었다. 하지만 한번 맛의 기쁨에 현혹되면 더 맛있는 것을 찾게 되고, 기름진 음식이 주는 만족에 빠지면 매일 고기를 먹지 않으면 견디기 어렵게 된다.

유족한 이가 맛있게 배불리 먹는 일은 아름답지 못해도 자연스럽다 하겠지만, 궁핍한 이가 충족되지 않는 만족을 찾아 헤매는 것처럼 비참한 일도 없다. 더구나 심봉사네처럼 삯일 없이는 목숨을 이어갈 수도 없는 처지에 먹을 것에 눈 밝히는 것처럼 비천해지는 경우도 따로 없다.

청이는 아버지가 요즘 들어 더 원시적인 기쁨에 갈급해 하는 것을 보아왔다. 그러면서 이제야 어릴 적 기억으로 어렴풋이 흐리게 남아 있는 불쾌한 느낌들의 이유를 깨닫게 되었다. 아버지가 이렇듯 사람들에게 천대를 당하기란 앞을 못 보고 가산이 없어서가 아니라 행동거지가 깨끗하지 못해서였다.

지난겨울에 청이는 모처럼 짬이 나서 동네 아낙들 모여 이야기 나누는 집에 밤마을을 갔다.

그날은 만복이네 집에 아낙들이 모였다. 대문이랄 것도 없는 집에 방이라고는 청이네처럼 달랑 하나뿐이었다. 만복이 아버지가 이 근방에 호가 난 노름꾼이라 그나마 초가집에라도 사는 게 다행이라고 했다.

어디서나 생활에 익숙해진 아낙네들은 웃음소리가 크다. 방 안에서 한참 이야기꽃이 피었는데, 그중에 언뜻 심봉사 운운하는 소리가 들린다. 청이는 툇마루에 올라서려다 말고 자기도 모르게 귀를 기울인다.

─댁네도 그랬다구?

─그렇다니까. 아 어린 딸내미 업고 젖동냥 온 어른이 어린애가 젖 빠는 소리에 마음이 동해선…….

─동해선?

─거, 아주머니 젖이 참 실한가보우, 하잖던감?

아낙들이 깔깔거리고 야단이 났다. 청이는 얼굴이 화끈거려 움직일 수가 없다.

─그때만 해도 내가 새댁이라 부끄럼이 많았어.

─지금은 아니란 말이네?

아낙네들이 또 까르르 웃음보를 터뜨린다.

만복이 엄마는 기가 살아서,

─얼마나 부끄러. 내가 얼굴이 벌게져서, 야아, 하고 겨우 넘기려
는데. 아, 이 양반이 뭐라는 줄 알아?

─내, 엊저녁부터 내내 굶었더니 배가 고파 죽겠다우.

어느 아낙네가 만복이 엄마 말을 받아 심봉사 말투를 흉내 내는
바람에 좌중은 또 한 번 난장판이 된 모양이다.

청이는 서러운 눈물을 왈칵 쏟아냈다. 소리 없이 울고 있는 청이
귀에 차마 입에 올릴 수 없는 소리가 들렸다.

─새댁, 나도 그 동냥젖 한번 얻어먹을 수 있겠소. 내, 너무 허기가
져서 말야.

또 아낙네들의 뒤집어지는 소리가 요란하다.

그 순간 청이는 정신이 아득해졌다. 그 자리에서 그만 쓰러질 뻔한
것을 겨우 툇마루 기둥을 붙잡았다. 그러면서도 행여 인기척이 날까
무서워 혼미한 정신을 바싹 잡아당겨 살그머니 마당을 빠져나왔다.
눈물이 줄줄 흘러 주체할 수가 없었다. 청이는 제가 차라리 죽어 없
어지는 게 나을 것 같았다.

'세상에 혈육이라고는 아버지와 나뿐인데. 아버지가 이렇게 놀림
받는 세상에서 어떻게 살아가야 하나.'

청이는 윤상이에게 새벽녘에 꾼 꿈 이야기를 해주었다. 윤상이는
청이의 이야기를 들으면서 표정이 점점 심각해졌다.

─꿈이 안 좋구나. 꿈은 실제와는 반대라던데. 그랬으면 좋겠다.

―꿈에서 깨고 보니 아버지가 너무 가엾었어요.

청이는 아버지가 무서웠다는 말은 하지 않았다. 사실 요즘 청이는 아버지가 무섭기까지 했다. 그것이 꿈이 되어 그렇게 나타난 것인지도 몰랐다.

왜 그렇게 살아가실까. 단념할 건 깨끗이 단념하고, 처지에 맞게 삶의 보람을 찾으려고 하면 얼마든지 기쁘게, 사람들의 칭송을 받으며 살아갈 수도 있을 것을. 청이는 마음의 혼돈에서 벗어나지 못하고 점점 더 깊은 수렁 속으로 빠져들어가는 듯한 아버지를 가엾다 못해 무섭게까지 여기고 있었다.

―청아.

윤상이가 이윽고 청이를 부른다. 청이는 윤상이를 말없이 바라본다. 청이를 바라보는 윤상이의 눈은 슬픈 빛을 띠고 있다.

―너나 나나 아버지답지 못한 아버지 때문에 고생이구나. 아버지는 하늘과 다름없는 분이지. 그런데 우리의 그 하늘엔 먹구름이 껴 있어. 이 하늘을 걷어내지 않고는 사람답게, 보람 있게 살 수 없을 거야.

―오라버니.

청이는 윤상이의 마음을 얼마든지 헤아릴 수 있었다. 크고 너그럽고 든든한 아비다운 아비를 갖지 못한 슬픔 때문에 윤상이도 자신도 어둠 속에 물들어 있었다. 청이는 처연한 눈빛으로 윤상이를 바라보았다. 윤상이도 슬픈 눈으로 청이를 바라보았다.

'불행한 나처럼 슬픈 오라버니.'

청이는 이 슬픈 사내를 위해서라면 손가락이라도 잘라서 태울 수 있을 것 같았다. 하지만 자기에게는 아버지가 있었다. 평생 모시고 섬

겨야 하는 아버지로 인해 자기는 윤상이를 따를 수는 없을 것 같았다.

서로의 슬픔이 커서, 서로가 상대방이 안고 있는, 제 것보다 더 큰 슬픔을 동정해서 두 사람은 서로를 깊이 사랑했다.

윤상이 팔을 뻗어 청이의 어깨를 감싸 안았다. 청이는 가만히 윤상의 품 안에 들었다.

윤상의 몸에서 청이에게로 따뜻한 사랑의 체온이 전달되어왔다. 청이는 윤상의 크고 따뜻한 몸속으로 스며들고 싶었다. 그러면 얼마나 아늑할 것인가.

얼마나 시간이 흘렀을까.

청이는 걱정할 아버지를 생각하여 윤상이를 보내고 집으로 돌아왔다.

—어디서 그렇게 늦게까지 있다 오는 게야?

심봉사가 의관을 차리고 툇마루에 앉아 있다가 한마디 한다.

아니나 다를까. 그런 심봉사 목소리에 근심이 묻어 있었다. 과년한 딸을 걱정하는 마음에, 그 딸이 없으면 제 손으로 무엇 하나 해낼 수 없는 막막함이 얹혀 심봉사의 목소리엔 불안이 스며 있다.

—아버지, 어디 가시게요?

—나, 마실 좀 다녀와야겠다. 하루 종일 방 안에만 있었더니 좀이 쑤시누나.

—밤인데 어디 가시려고요?

—앞 못 보는 사람이 밤이면 어떻고 낮이면 어떠냐. 저 건넌말 투전방에나 가서 사람들 노는 소리나 듣고 와야겠다. 그 골팬가 뭐라나 하는 게 여간 재밌는 게 아니다.

―밤길 위험하니, 제가 모셔다드릴게요. 개울도 건너야 하고.

―지팡이로 딱딱 짚으면서 건너면 되는데, 뭘.

―그래도…….

―그럼, 그러자꾸나.

청이는 돌아오던 바람으로 아버지를 모시고 동구 밖 길을 걸었다.

오늘따라 하늘이 맑다. 청이는 걸으면서 하늘을 올려다본다.

아직 보름은 멀었지만 달빛도 밝고 밤하늘에 은싸라기처럼 흩어진 별들이 아름답다.

나는 어느 별에서 여기로 온 걸까.

아버지는 또 어디서 와서 나와 이렇게 아비와 딸이 되었을까.

청이는 막막한 생각을 하며 아버지 팔을 잡고 천천히 걸었다.

길가 풀숲에선 벌써 풀벌레들이 울었다.

멀리서 개 짖는 소리가 들려왔다.

지팡이를 짚고 더듬더듬 걸음을 걸으며 따라오는 아버지를 바라보며 청이는 아버지가 눈을 뜰 수 있으면 얼마나 좋을까 생각했다.

징검다리를 건널 때는 그 마음이 더욱 간절해졌다. 눈만 뜨면 아버지 마음도 밝은 눈을 따라 환하게 변할 수 있을 것 같다.

개울을 건너자 이제 금방 이웃 마을이다. 아버지가 마실 다니는 투전방은 바로 그 어귀에 있다.

―아버지. 이제 다 왔어요.

―안다. 아까부터 시끌벅적한 소리가 들렸어.

―들어가보세요. 돌아오실 때 제가 모시러 올게요.

―아니다. 언제 파할지 모르는데. 내 여기서 밤새 놀다 막걸리 한

잔 얻어먹고 들어갈 테다. 넌 돌아가서 편히 쉬어라.

─그래도 되겠어요?

─무슨 걱정이냐. 겨울도 아니고. 오늘 하루 종일 글공부를 했으니 밤엔 머릴 좀 식혀야겠다.

─네. 그럼 조심해서 돌아오셔요.

─아무 염려 말래두.

심봉사는 되는 대로 청이를 안심시키고는 방 안을 향해,

─이보셔들. 잘들 지내셨나. 지난번에 너무 재밌어서 또 놀러 왔어.

하고 소리를 친다.

─누구여?

방 안에서 걸걸한 목소리가 흘러나온다. 만복이 아버지 목소리다.

─제길. 심학규 어른일세. 돈냥이나 가진 놈은 코빼기도 안 뵈고.

─그래도 양반님네가 이런 델 찾아주는 게 어디여.

방 안에서 왁자지껄 웃음소리가 터진다.

─상걸인이나 다름없는 분도 양반 핏줄이면 무조건 양반이야?

또 웃음소리가 낭자하던 끝에 문이 왈칵 열린다.

─들어오시우, 어르신.

─고, 고마우이.

심봉사는 감읍해하는데, 방 안의 얼굴이 문밖에 있는 청이를 발견한 모양이다.

─심 소저. 우리가 잘 모시고 있다 보내드릴 테니 걱정 마시우.

─네에. 잘 부탁드려요.

청이는 방 안을 향해 다소곳이 고개를 숙이고 아버지가 더듬더듬

섬돌 위로 올라가는 것을 끝까지 다 보고서야 돌아선다.

홀로 집으로 돌아오는 길을 청이는 호젓한 마음으로 걷는다. 아버지를 모시고 올 때와 달리 혼자서 걷는 걸음은 가뿐하기까지 하다.

아비가 지붕이 되고 울타리가 되는 것이 순리인 세상인데, 자기는 거꾸로 아비를 봉양하며 살아가야 한다. 청이는 개울을 건너 동네로 돌아오는 길을 걸으며 생각한다.

무슨 뜻이 있겠지. 사람마다 운명이 다른 것은 사람마다 제각기 다른 뜻을 가지고 살아가라는 하늘의 뜻이겠지. 아, 내가 이 세상에 나온 것은 어떻게 살라는 하늘의 뜻일까.

청이는 곧장 집으로 돌아가지 않고 당산나무가 있는 곳으로 간다.

아까 윤상이 오라버니와 함께 앉아 있던 정다운 자리를 본다. 윤상이와 자신의 인생은 어떻게 펼쳐질지 생각한다.

두 손을 모으고 수백 년 마을을 지켜온 당산나무를 향해 고요히 머리를 조아린다.

천지신명이시어.

저를 당신의 뜻대로 이끌어주소서.

청이의 눈가에 다시 이슬이 맺혔다.

아버지가 새 삶을 얻을 수 있게 해주소서.

눈가에 맺힌 눈물이 방울져 내렸다.

윤상이 오라버니가 슬픔에서 벗어나게 해주소서.

저를 위해서는 아무것도 바라지 않겠나이다.

청이는 어느새 가슴 깊은 곳에서 차오르는 소리 없는 울음을 울고 있었다.

돈으로 눈을 뜰 수
있으리라 믿다니

—허, 눈으로 직접 보면 얼마나 재밌을꼬.

심봉사는 동이 틀 무렵이 되어서야 노름방에서 나온 참이다.

밤새 노름꾼들 사이에서 환성과 탄식을 들으며 뜨거운 열기에 휩
싸여 있던 터라 심봉사는 마치 자기가 노름을 직접 한 것처럼 지쳐버
렸다.

노름방에는 늘 술이 따르게 마련이다. 심봉사는 노름꾼들 사이에
어울리면서 막걸리도 몇 잔 얻어 마셨다.

—됐다!

—에그.

—아까워. 에이.

노름꾼들은 돈을 따고 잃는 것에 미친다. 그보다도 승패가 가름되
는 그 순간순간들에 미쳐버리는 것이라 해야 더 맞을 것이다.

보통 사람들은 평생에 몇 번 겪을까 말까 한 성공과 실패의 달고 쓴 맛을 하룻밤 사이에 수십 번, 몇백 번씩 경력하는 까닭에 노름꾼들은 저마다 그렇게 주름 천지에 고된 삶을 살아온 자들의 인상을 뒤집어쓰게 되는지도 모른다.

물주 하나에 다섯 명이 어울리는 골패를 보느라 심봉사는 마치 자기가 골패를 하는 것처럼 손에 땀을 쥐는 밤을 보냈다. 사실 보는 게 아니라 듣는 것이지만 노름하는 소리는 마치 눈으로 직접 보고 있는 것 같은 실감을 준다.

숨소리에, 넋두리에, 농에, 욕지거리에, 환성과 탄식에, 심봉사는 자기 오감이 죄다 열린 것 같은 감흥을 느꼈다.

—허. 그게, 참. 오묘해. 오묘해.

심봉사는 일찍 일어난 농부들이 들에 나갈 시간에 집으로 돌아가면서도 아직 밤의 시간에 푹 빠져 있다.

눈 뜬 노름꾼들 같으면 아침햇살이 도무지 귀찮고 거북살스러울 것을 눈 안 보이는 심봉사는 밤이 돌아 아침이 온 것을 느끼지 못한다. 노름방 동네 동구 밖에 있는 정자나무 옆에 앉아 지친 몸을 쉬며 간밤에 놀던 일들을 되살려내면서 밤의 시간을 엿가락처럼 늘여보려고 애를 쓴다.

그런데 아직 심봉사가 복기하지 않은 게 있다. 혼잣말로도 아직 발설하지 않은 게 있다. 노름방에서 그 사내들 틈에 끼어 앉아서 술상을 보고 농탕질거리를 일삼던 여인네 말이다.

—아유. 오늘도 쇠북이 아버지가 따는 겨?

—글쎄. 오늘 좀 붙네 그려.

―뺑덕 어미 꼬린 또 쇠북이 아버지한테 살랑거릴 모양이네.

　―에이구. 돈 잃고 계집 잃고. 에휴, 답답허다. 어, 뭐해, 뺑덕 어미. 술 한잔 안 올리고.

　―아따. 내가 만복이 아버지 아니고 누굴 사랑해줄라고.

　뺑덕 어미가 목소리 가득 음탕한 교태를 실어 돈 잃은 만복이 아버지 화를 녹여낸다. 뺑덕 어미가 만복이 아버지 잔에 술 채우는 소릴 들으면서 심봉사는 자기도 모르게 입맛을 다셨다.

　―아따. 그년의 사랑은 많기도 허다.

　노름꾼 하나가 힐난을 하자,

　―하룻밤 사랑은 사랑 아닌가.

하며 뺑덕 어미가 뾰로통, 하고 토라지는 시늉을 한다. 사내들이 너털웃음을 터뜨린다.

　―술값이 얼마여. 돈 도로 잃기 전에 내가 먼저 셈해둬야겠네.

　―세 냥이 쪠금 더 되는데요.

　―옜다. 닷 냥.

　엽전들이 방바닥에 떨어지는 쩔그럭 소리가 난다.

　―에그. 인심도 좋으셔.

　―곳간에서 인심 나는 법. 뺑덕 엄마, 너무 쇠북이네한테만 매달리지 마셔.

　―새옹지마가 하룻밤에도 수십 번이니께.

　―그리고 말이 나서 말이지만 쇠북이 아버지가 아들 이름하곤 다르다 이 말여.

　―아니, 그게 무슨 말씀이유?

뺑덕 어미가 의아스럽다는 듯이 묻자,

―무슨 말은 무슨 말. 쇠불알은 못 달고 다닌단 말이지.

사내들이 또 허허들 거린다.

―아니, 그게 정말이우? 그럼 난 돈도 필요 없는데.

뺑덕 어미 대거리에 사내들이 또 웃는다. 심봉사는 맞은편에 앉은 뺑덕 어미 분 냄새를 맡느라 코를 킁킁거린다. 눈은 감아서 가릴 수 있지만 귀와 코는 막을 수가 없다.

―심 선비 어른. 이 뺑덕 어미가 얼마나 이쁜지 아셔유?

―두말하면 잔소리지. 양귀비가 따로 없지.

또 웃음보들이 터진다.

―몸매는 어떻구.

―좀 통통해서 그렇지 얼마나 굴곡져.

―젖통은 말해 뭣 허구.

심봉사는 그게 다 자기 놀리느라고 눈짓 주고받으며 하는 소리들인 줄 모르고 눈을 꿈벅거리며 노름꾼들이 말하는 뺑덕 어미의 몸매를 머릿속에 그려내느라 여념이 없다.

―말이 났으니 말이지 내가 젊었을 땐 개경서 꽤 괜찮았어.

―그럴 거야. 암. 그러고도 남지.

―아유. 날 낳아준 건 어머니, 아버지여도 날 알아주는 건 큰솔이 아버지밖에 없다니까. 술 한잔 받어.

뺑덕 어미 나이 벌써 마흔을 넘겼으니 이 바닥 여자로서는 벌써 시들어진 꽃이 된 지 오래다.

개경에서 기생으로 놀던 옛날 시절에도 남자들 시선을 사로잡는

여잔 못 됐다. 덜컥 경아전 노릇을 하는 사내의 아이를 낳고 버림을
받은 뒤로는 기방에서도 물러나 주막집의 창기로나 떠돌았다.

빵덕이가 장성하여 황주 관아에서 일하던 계집종과 눈이 맞아 따
로 살림을 차려 나간 뒤로는 이곳 도화동으로 물러나 주막과 노름방
을 겸해 근근이 입에 풀칠을 한다.

심봉사는 그래도 빵덕 어미의 그 교태스러운 목소리가 싫지 않다.
코를 벌름거리니 분 냄새에 섞여 여자의 살 냄새까지 실려오는 듯
하다.

—아, 그러지 말고 심 선비 어른께도 한잔 따라드려.

—그럴까요.

빵덕 어미가 주섬주섬 일어나 심봉사 옆으로 오더니 심봉사에게
막걸리 잔을 쥐어준다. 그 바람에 심봉사는 빵덕 어미한테 손목을 잡
힌다. 빵덕 어미가 술을 따르는데 분 냄새가 코를 찌른다. 심봉사는
자기도 모르게 마음이 울렁거린다.

—고것 참.

심봉사는 허리를 펴고 일어나서 입맛을 다신다. 동네 천덕꾸러기
가 되어 값싼 동정은 받아봤을지언정 딸애나 귀덕 어미 말고는 아무
여자도 말 한번 제대로 붙여주지 않는다. 그러던 차에 빵덕 어미가
자기 손을 잡은 것이다.

—허. 고것 참.

심봉사는 지팡이를 더듬어 길을 걸어가면서도 자꾸 그 생각뿐이다.

이윽고 개울이다. 집으로 가려면 징검다리를 건너 쭉 더 걸어가야
한다. 심봉사는 한껏 심란해진 마음으로 지팡이를 짚어 징검다리를

건넌다. 어째 개울물 소리가 요란하다.

밤새 뜬 눈으로 자기가 직접 노름을 한 것이나 진배없었던 까닭에 머리가 어질어질한 것도 같다.

―술이 안 깨서 그런가.

하지만 술도 술이요 노름도 노름이지만 그보다 노름방에 비집고 들어앉아 있던 뺑덕 어미 때문임을, 그 산란한 마음의 주인인 심봉사만은 알지 못한다.

징검돌이 왜 이렇게 안 짚이나 하고 입속말을 하던 찰나 심봉사는 그만 발을 헛디디고 개울에 처박히고 만다.

―엇, 차거. 사람 살려, 사람.

심봉사는 개울물에 엎어지는 순간 본능적으로 외마디소리를 질러댄다.

―사람, 사람…….

심봉사는 연거푸 외치려다 말고 말문을 닫는다. 개울이 뜻밖에도 얕았기 때문이다. 겨우내 가물었다가 우수, 경칩 지나 물이 겨우 늘었으나 원체 깊지 않은 개울이다.

―엇, 차가워. 에휴.

심봉사가 물속에서 어쩌지 못하고 있는데, 문득 인자하면서도 걱정스러운 목소리 하나가 다가온다.

―이 손, 잡으시오.

―예? 고맙소.

심봉사는 허겁지겁 다가오는 손을 잡으려고 허우적거린다. 목소리의 주인공이 손을 잡아 일으켜준다.

—이리 올라오시오.

—고맙소.

심봉사는 목소리가 이끄는 대로 경중경중 더듬더듬 겨우 징검돌을 밟아 개울을 벗어난다.

—자. 이리 내려오시우.

개울가에 내려선 심봉사는 그제야 장탄식을 한다.

—에휴. 내가 전생에 무슨 죄를 져서.

자기를 구해준 사람이 서 있지도 않은 곳을 향해 머리를 깊이 조아린다.

—물에 빠져 오도 가도 못하게 된 사람을 구해주셔서 고맙소이다.

—거, 다행이옵니다. 댁이 어디신지요? 이대로 혼자서는 못 가시겠습니다.

—여기서 멀지는 않습니다. 그나저나 실례올시다만 거 뉘신지요? 제가 이렇게 앞을 못 봐놔서.

—소승은 저 몽운사 화주승이올시다.

—그렇습니까? 다 죽은 사람 살려주어 고맙소이다. 은혜가 백골난 망이올시다.

—무슨 말씀을. 이제 보니 안 되겠소. 저에게 업히시오.

—원, 아닙니다. 다 젖은 몸을 뉘에게 업히겠소? 길이나 수월케 가도록 앞장이나 서주시오.

—소승은 새벽부터 산길을 내려왔더니 하나도 춥지 않소이다. 물에 빠진 이를 부축해드리는 것도 공덕을 쌓는 일, 어서 업히시오.

심봉사는 그러잖아도 기운이 없던 터라 더 사양하지 않고 화주승

등에 업힌다.

―어쩌다 그렇게 눈이 머셨소?

―날 때부터 그런 건 아니올시다.

―허어. 그러면 어쩌다가?

―며칠 사이에 그만 이렇게 되었다우.

―허, 괴롭게 사셨겠습니다 그려.

―이르다 뿐이오.

화주승은 사내가 하나도 무겁지가 않아서 조금 놀란다. 간신히 호구를 이어가는 까닭에 아무리 식탐 있는 심봉사라도 몸에 살이 붙을 수 없었다.

―눈동자도 다들 멀쩡하다고 하는데 왜 눈이 안 보이는지 모르겠다우.

―다 전생의 업보겠소만, 부처님 전에 정성을 바치면 눈을 뜰 수도 있지요.

화주승 말에 심봉사는 귀가 번쩍 뜨인다.

―스님. 나 좀 잠깐만 내려주시오.

화주승이 자기도 쉴 겸 심봉사를 잠시 내려놓는다.

―지금 뭐라 하셨소. 눈을 뜰 수도 있다 하셨소?

―부처님 원력이면 못 이룰 게 없다오. 신심을 가지고 정성을 바치면 반드시 눈을 뜰 수 있을 게요.

―저, 정말이우?

―소승이 아침 바람에 안맹한 사람을 실없이 희롱하겠소이까.

―정성을 바친다……는 게 무슨 뜻이오이까?

—말씀은 드릴 수 있으나 선비님 행색을 보니 쉬운 일이 아니라서요.

심봉사는 조바심이 난다. 눈을 뜬다니. 삼십 년 넘게 광명을 못 본 눈이 세상을 볼 수 있다는 데야 무슨 짓을 못하랴.

—사람을 죽이라면 모르거니와 그렇지 않다면야 무슨 일인들 못하리까. 제발 알려주시오.

—허. 그렇다면 말씀은 드리겠소만…… 부처님 전에 공양미 삼백 석만 바치면 소원을 이룰 수 있소이다.

—삼, 삼백 석이라 하셨소?

—광명을 보는 일이니 그만한 정성이 필요치 않겠소이까? 허나 정성이 뭣보다 앞서는 일이니 딱히 삼백 석을 다 채워야 하는 건 아니겠지요.

—내, 당장 삼백 석 시주하리다. 틀림없이 삼백 석 할 것이니, 권선문 어딨소? 내놓으시오.

—허, 성미도 급하시오. 권선문 명부야 소승이 바랑에 넣고 다니는 하오만.

심봉사가 조급증에 화를 버럭 낸다.

—아니. 행색만 보고 나를 업신여기시는 게요? 내 이래 봬도 대대손손 벼슬하던 심 씨 가문 종손 심학규요. 이만한 것 장만 못 해서야 어디 이 도화동에서 행세하겠소이까.

화주승은 못내 못 미더워하면서도 바랑에서 붓과 먹통, 그리고 권선문을 꺼낸다.

화주승은 자못 정성을 들여 잘 쓰는 한문으로 붓글씨를 써내려간다. 화주승이 써내려가는 동안 심봉사는 당장이라도 눈을 뜰 것처럼 얼굴이 환해진다.

'흐흐, 눈을 뜬다. 눈을 떠. 내가 이렇게 쉬운 길이 있는 줄 진작 왜 몰랐더냐. 흐흐, 개천에 빠지길 천만다행이지. 밤새 노름하길 천만다행이고.'

—자, 옜소이다. 한번 보시구려.

—스님, 지금 농담하시우? 다 됐으면 지금은 못 보니 내 눈 뜬 다음에 보리다.

심봉사는 밤샌 것도, 개울에 빠진 것도 잊어버리고 신이 났다.

—권선문 꼭 챙겨주시우.

—소승이 잘 넣어두기는 하겠소만. 거, 댁이 어디신지 가봅시다.

—참, 여기가 어디쯤이더라? 스님, 여기가 어디쯤이오?

—저쪽에 인가들이 보이긴 합니다만.

—스님이 날 놀리시우? 저기가 어딘지 내가 어떻게 안단 말요? 아무 데로나 내 집으로 갑시다.

화주승은 속으로 혀를 끌끌 차며, 그러나 내색은 하지 않고 앞장을 선다. 눈 뜬다는 말에 기운을 차린 심봉사도 화주승의 발소리를 따라 신이 나서 걷는다.

청이가 아버지 마중을 나오다 두 사람을 보고 달려온다.

—아버지.

―오냐. 청이구나.

―먼 길 혼자 걸으시느라 얼마나 힘드셨어요?

―아니다. 참, 인사 드리거라. 내가 오늘 귀인을 만났지 뭐냐?

―네에. 스님, 이렇게 동행해주셔서 감사하옵니다.

―그뿐 아니다. 날 개울에서 건져주셨다.

―그래서 이렇게 젖으셨군요. 감기 걸리실까 걱정이네요.

깜짝 놀란 청이는 화주승께 머리를 조아리고 합장을 한다. 화주승
도 서둘러 합장을 한다.

―예서 집이 얼마나 남았느냐?

―몇 걸음만 더 걸으시면 되어요.

―그래? 우리 이 스님 공양 좀 하시도록 하자꾸나.

―네에. 스님, 누추하지만 저희 집에 잠시 머물러 아침이라도 드시
지요.

―나무관세음보살. 소저, 고맙소이다.

청이는 아버지와 화주승을 집으로 모신다. 화주승은 사립문을 들
어서면서 속으로 탄식을 한다. 언제 지붕을 이었는지 모를 지경으로
여기저기 헤집어진 초가지붕에 집칸이라고는 달랑 방 한 칸, 부엌 한
칸이 고작이다. 공양미 삼백 석은커녕 쌀 석 되도 바치기 어려울 살
림살이다.

―이리 올라 앉으시우.

심봉사는 툇마루에 화주승을 앉히고는 방 안에 들어가 젖은 옷을
갈아입고 나온다. 심봉사에게는 이런 일만 해도 시간이 한참 걸리지
않을 수 없다. 마음이 급하다 보니 갈아입을 옷을 찾아 입고 옷고름

매는 시간이 갑절은 걸린다.

―잠시 앉아 계시어요. 조반 차려 올리겠나이다.

―나무관세음보살.

청이는 부엌에 들어가 아버지와 화주승께 올릴 겸상을 차린다. 자기가 먹으려던 밥을 화주승께 올리는 것이야 서운할 게 없으나 반찬거리가 없는 게 큰 걱정이다. 날이면 날마다 맨 잡곡밥에 간장이나 찍어 먹고 김치나 얹어 먹던 집에 귀한 손님이 오셨으니 큰 걱정이다.

그나마 밥이 마침 제 몫까지 있었던 게 다행이라고 생각하며 청이는 정성을 다해 밥상을 차린다. 국 대신 찬 숭늉이라도 올려 밥상을 내간다.

―스님, 찬이 하나도 없사옵니다. 이거라도 맛있게 드셔주세요.

―나무관세음보살. 감사히 먹겠습니다.

―청아. 왜 찬이 이거뿐이냐.

밥상을 더듬던 심봉사가 청이에게 역정을 낸다.

―아버지, 죄송해요.

―찬이 많으면 어떻고 적으면 어떻습니까. 이렇게 내오신 정성이 귀하지요.

―그래요? 허, 말씀 한번 잘하시오. 자, 그럼 드십시다.

화주승에게 낯이 깎이는 게 못마땅한 심봉사다. 화주승이 벌써 자기 집 살림살이를 꿰뚫어본 줄은 알지 못한다.

앞 못 보는 세월이 길다보니 자기 집 모양이 어떤지 모른다. 어머니, 아버지 살아 계시고 곽 씨 부인 살아 있던 그 젊은 시절의 집만을 생각하고, 작고 좁으나마 윤이 나겠거니 한다. 밥을 먹으면서도 그런 집에 젊은 날 그대로 늠름한 자기가 눈을 새로 떠서 새 인생을 살 수 있겠구나 생각한다.

―에그, 또 부딪쳤구랴. 먼저 드슈.

―아니오. 심 선비께서 먼저 뜨시지요.

이렇다 할 반찬 없이 간장에 김치뿐이니 두 사람의 젓가락이 자꾸 부딪힐 수밖에 없다.

―그래, 어디로 탁발을 가시는 길이었소?

―오랜만에 나온 길이라 이번에는 안악, 신천, 송화 지나 장연까지 두루 다녀볼까 합니다.

―하! 봄이라 꽃구경이 즐거우시겠소.

심봉사가 부러운 듯 허공에 대고 눈을 껌벅인다. 도화동이란 복사꽃 피는 마을이란 뜻이니, 심봉사도 젊어서 눈 뜨고 있을 때는 동네마다 피어 있는 복사꽃 구경에 시간 가는 줄 모르던 때가 많았다.

―꽃구경도 꽃구경이오만 몽금포에 가면 송나라 배들이 어찌나 우람한지 참 볼만하오이다.

―요즘도 송나라와 왕래가 잦소?

―이르다 뿐이옵니까. 송상들이 예성강 벽란도에 오가는 것이야 어제오늘 일이 아니옵니다만, 요사이 몇 년간 몽금포로 건너오는 배들이 부쩍 늘었지요.

―아니, 뭘 다 실어 나른답디까?

―송상들이 우리 고려에 가지고 오는 거야 비단이 으뜸이고 차에, 서적에, 서역에서 가져온 상아까지 없는 게 없지요.

—허. 그렇소이까. 가져오면 가져가는 게 있지 않겠소?

　—송상들이 원하는 거야 인삼이 으뜸이오만, 금은동에 나전칠기며 안 찾는 게 없소이다. 요즘에는 처녀들까지 사간다고도 하더이다.

　—아니? 웬 처녀들을 다 사간단 말이오?

　들도 보도 못한 일에 심봉사 두 눈이 휘둥그레진다.

　—그야 송나라 서울 남경에서 고려 처녀들이 인기가 있어서겠지요. 그뿐 아니라 남경으로 돌아가는 뱃길이 원체 험하다 보니 무사히 바다 건너게 해달라고 용왕께 바칠 처녀까지 구한다 하오이다.

　—허어. 그렇소이까. 아무리 장사가 이문이 남는 일이라 해도 산 사람까지 바다에 던지고서 돈을 구하면 뭘하고 약을 구하면 뭘한다누.

　—세상 돌아가는 건 소승이 보기에도 어지럽기 짝이 없더이다. 다들 재물에, 출세에, 여색에 눈멀어 갈급해하고. 뜻대로 안 구해진다고 화내고. 이 모든 게 다 부질없는 일임을 깨닫지 못하니까요.

　—지당한 말씀이우. 목소릴 들어보면 노인도 아니신데. 어찌 그리 세상을 잘 보신단 말이오. 부럽수. 나도 눈만 뜨면 공맹만 공부 말고 부처님 말씀도 공부하고 싶소이다.

　—부처님 공부야 눈 안 뜨시고도 얼마든지 하실 수 있지요.

　—스님이 날 놀리시우. 공부를 어찌 눈 안 뜨고 하우. 내가 눈멀고도 이날까지 공부를 포기한 적 없건마는 그렇게 선명하던 구절들이 하루하루 볕에 물 마르듯이 사라져버리는 걸 막을 수 없더이다.

　—마음 공부는 눈으로 하는 것도, 서책으로 하는 것도 아니지요.

　—허어, 스님도 참.

　심봉사는 이 스님이 공부를 제대로 안 해본 사람이려니 한다.

―스님. 나는 눈만 뜨면 늦었다고 낙심 않고 유한 없이 공부를 해보려우. 스님만 믿수.

―저야 무슨 힘이 있겠소이까. 다 부처님이 행하시는 일이옵지요. 소승은 이만 일어서야겠소이다.

―그러시우? 아무튼 내, 꼭 약조하리다. 눈을 뜬다는 데야 무슨 일을 못하겠수.

―아무쪼록 건강하시기 바라옵니다.

화주승은 합장을 한다. 두 어른이 진지 드시기를 기다리던 청이가 부엌에서 나온다.

―스님, 벌써 떠나시는지요?

―이미 오래 머물렀지요. 소저께서 고생이 많으시겠소이다. 부디 평안하시길 바라옵니다.

―고맙사옵니다.

청이가 합장을 한다.

―나무관세음보살.

화주승도 합장을 하고 돌아선다.

―그럼 어여 가시우.

심봉사는 손짓을 하며 화주승이 떠나가는 모습을 보기라도 하는 듯 한동안 그 자리에 서서 꼼짝을 하지 않는다.

'눈을 뜬다.'

공양미 삼백 석이면, 그것만 있으면 눈을 뜬다. 심봉사는 머릿속에 쌀섬을 하나둘씩 쌓아본다. 쌓는 일이 끝나지를 않는다.

삼백 석이라.

화주승이 떠나고 나서야 심봉사는 눈을 뜨는 일이 얼마나 먼 꿈인
지 새삼 느낀다.

석 섬도, 삼십 석도 아니고 삼백 석이라.

그것 참.

심봉사 얼굴에 몹시 낙담한 표정이 담긴다.

어찌 한다. 이 일을 어찌 한다.

아비를 살리느냐
나를 살리느냐

화주승이 떠나자 청이는 고픈 배를 숭늉 한 그릇으로 다스리고 장
상서 댁 잔치에 일해주러 갈 채비를 했다.

화주승이 멀어질 때까지 꼼짝도 하지 않고 뭔가를 골똘히 생각하
고 있는 아버지가 염려스러웠으나 꽃구경, 배 구경 못하는 신세를 한
탄하는 것이려니 하고 애써 마음을 편히 먹으려 한다.

─아버지, 몸이 젖으셨으니 이제 그만 방에 들어가 쉬시어요.

청이의 말을 들은 건지 못 들은 건지 심봉사는 꼼짝도 하지 않는다.

─아버지, 괜찮으세요?

청이가 아버지에게 다가서 보니, 이게 무슨 일인가. 아버지 두 눈
에서 굵은 눈물 줄기가 쪼그라진 볼을 타고 흘러내리고 있지 않은가.

─아버지. 너무 속상해하지 마세요. 아직은 진달래, 목련이 피고
벚꽃이나 필 때예요. 머잖아 복사꽃 피면 제가 아버지 모시고 꽃 많

은 데로 모시고 갈게요. 복사꽃은 향기가 짙으니 꽃구경 대신 꽃향기에 취하시는 것도 재밌으실 거예요.

—두어라. 향기도 좋다마는 눈 뜨고 실물을 보는 거와 같겠느냐. 눈이 감기면서 세상 진미를 잃어버린 지 오래구나. 살아 있어도 산목숨이 아니니, 차라리 죽어지는 게 낫겠구나.

심봉사가 고개를 푹 숙이고 몸을 돌린다. 힘없는 발걸음으로 툇마루를 찾고 섬돌에 짚신을 벗어놓고 방문을 열고 기듯이 들어간다.

—원통하다, 원통해. 으허허허…….

방 안에서 한을 품은 사내 울음소리가 터져 나온다. 청이는 마음이 찢어질 것만 같다. 앞을 못 본 게 하루이틀 아니건만, 자기가 세상을 만나기도 전부터 그러했던 아버지인 것을, 오늘따라 왜 저렇듯 비감해하신단 말인가.

—아버지, 진정하시어요. 제가 무어라도 괴롭혀드린 게 있으면 시원스레 말씀하시어요.

심봉사는 그러고서도 한참을 훌쩍이는 소리를 내다 겨우 숨을 가라앉힌다.

—아침부터 이 애비가 수선을 떨었구나. 아가, 오늘 어디 가느냐?

—네. 장 상서 댁에 혼례가 있어 일 도와드리러 가요.

—그래? 누가 장갈 가느냐, 시집을 가느냐?

—장 상서 마님 큰손자께서 장가를 가신대요. 혼례 날이 사흘 뒤라네요.

—그래?

—귀덕 어머니하고 같이 갔다 저녁에나 올 거예요. 점심은 못 드셔

도 저녁에는 맛있는 것 얻어다 잘 올려드릴게요.

―그, 그렇구나. 먹는 것도 좋다마는, 도대체 사람이 되어 나서 사는 낙이 없구나.

청이는 차마 말을 더 잇지 못하고 집을 나선다. 돌아올 때는 아버지 좋아하시는 갱엿이라도 꼭 얻어와야겠다고 생각한다.

귀덕 어머니와 같이 도화동을 건너 이웃한 무릉동으로 들어가니 마을 어귀부터 들뜬 분위기가 느껴진다.

도화동 심 씨 가문이 형편없이 영락한 데 반해 무릉동 장 씨 가문은 대를 이어 영달을 이어왔다.

예부터 없는 사람들은 있는 사람이 내려주는 떡고물만 먹어도 살 수 있는 법이다. 세상이 있는 사람, 없는 사람 분별 없는 곳으로 천지개벽을 하면 좋겠지만 그때는 아직 오지 않았다.

여든 살이 넘도록 장수를 누리고 있는 장 상서 댁 마나님이 인심이 좋다보니, 무릉동 사람들은 없는 사람도 표정들이 밝다.

장 상서 댁 솟을대문을 들어서면서 청이는 가슴이 설렌다. 사랑하는 윤상이 오라버니가 살고 있는 집이기 때문이다. 널찍한 마당을 둘러보나 윤상이 오라버니는 보이지 않는다.

마당 한가운데에서 끝순이 아비와 돌이 어미가 인절미 만들 찰떡을 찧고 있다. 둘 다 홀아비에 과부로 장 상서 댁 하인들이다. 끝순이 아버지가 찹쌀에 절구질을 할 때마다 돌이 어미가 찐 찹쌀에 물을 끼얹어주며 고루 뒤집어준다. 고루 잘 찧어줘야 인절미 떡이 맺힌 데 없이 입안에서 부드럽고 목구멍도 꿀떡 잘 타고 넘어갈 수 있는 법이다.

―말복이 아버지. 그렇게 콩콩 찧어대서야 절구통이 좋아하겠수.

쿵쿵 좀 못 하우. 그러니까 만날 딸만 낳지.

　—제길. 이보다 얼마나 더 힘을 들여. 그놈의 절구통은 얼마나 실하기에.

　—실하다 뿐인가. 절구들이 죽네 사네 허지.

　—그런지 안 그런지는 봐야 알지. 말만 들어서야 알 수 있나.

끝순이 아비와 돌이 어미가 주고받는 대거리다.

　—아주 죽이 잘 맞네 그려.

귀덕 어미가 지나가며 한마디 거든다.

　—어서 오시우. 그러잖아도 부엌에서 일손 딸린다고 난리유.

초례상이나 폐백에 쓸 음식이야 응당 신부 집에서 마련할 것으로 되 이런 잔치 때가 되면 몇 날이고 며칠이고 찾아오는 손님들과 동네 사람들에게 아침밥부터 저녁밥까지 돌아가며 차려주는 게 이 집의 할 일이다. 제삿날이나 생일 때도 그러한데, 이 집안 큰아들이 장가를 드는 마당이니 장만할 음식들의 가짓수며 수량이 어마어마하다.

　약밥을 해도 몇 말 어치를 해야 하고, 산자를 만들어도 몇 말 어치다. 식혜를 달여도 간장독 항아리 두어 개는 기본이고, 막걸리나 동동주를 빚으려 해도 그만치는 해내야 한다. 돼지나 소를 잡아도 두 마리씩은 잡아야 하고, 닭을 잡아도 몇 십 마리씩 잡아야 한다.

　끼니 때마다 가마솥에 한가득씩 밥 짓는 일만 해도 큰일이다. 때가 되면 안방은 안방대로, 대청마루는 대청마루대로, 마당은 마당대로 사람들이 모여앉아 밥을 기다린다. 남정네들은 남정네들끼리, 여자들은 여자들끼리, 아이들은 여기저기 섞여서 열심히들 먹고 마신다. 덕분에 마당 한쪽에 있는 우물가에서는 온종일 설거지를 하다시피 한다.

장 상서 댁 큰마님은 잔치 때면 동네 사람들을 하나도 남김없이 불러 밥을 먹인다. 그게 있는 집이 응당 해야 할 일로 여긴다.

어린 청이가 큰마님을 처음 만난 것도 잔칫날이었다. 그 무렵 청이는 갓 일곱 살이 되었다. 어린 청이는 누더기 옷을 입고 아버지를 뒤세우고 바가지를 들고 동냥을 나섰다.

―에그. 어린애가 무슨 동냥을 한다고.

―어서 오너라. 밥은 먹었느냐.

집집마다 어린 청이를 깊이깊이 동정해주었다. 세상은 이렇게 따뜻하구나, 하고 어린 청이는 감격해했다.

그날도 청이는 아버지와 함께 동냥을 나선 참이었다. 무릉동에 들어가 솟을대문집 앞에 이르니 대문이 열려 있었다. 마침 그때가 복사꽃 필 무렵이었나보다.

시끌시끌한 마당에 웬 할머니가 한 분 서 계신데 어쩜 그리 인자하게 생겼는지 청이는 금방이라도 달려가 안기고 싶었다. 대문 앞에 서서 잔치마당을 들여다보는데 이 할머니와 눈이 딱 마주쳤다.

―뉘 집에 누구냐? 이리 들어오너라.

청이는 반가운 나머지 아버지 손을 끌고 집 안으로 들어갔다.

―저런. 심 선비님 아니시냐.

할머니가 청이 뒤를 따라오는 심봉사를 그제야 알아보고 놀라워한다.

―윤상아. 저 선비님 좀 안으로 모시어라.

―예.

소년티가 나는 사내아이가 나타나 청이와 심봉사를 맞아들인다.

—이쪽으로 모시어라.

큰마나님은 대청을 가리킨다.

—실례이오만 뉘신지요?

심봉사는 어린 딸과 들어온 곳이 장 상서 댁임을 깨닫고 부끄러워 어쩔 줄 몰라 하며 겨우 물었다.

—심 선비. 저는 장 상서 어른 내자 되는 이옵니다. 대청마루로 모시려 하니 아이가 이끄는 대로 따라 오르십시오.

—그, 그러시군요.

심봉사는 더 이상 아무 소리도 하지 못하고 대청마루에 올라앉았다. 큰마나님이 다른 아낙에게 상을 잘 차려 올리라 하니, 교자상에 하나 가득 밥이며, 국이며, 고기며, 과일들이 올라온다.

큰마나님은 비록 영락한 가문의 눈먼 장손일망정 양반대접을 해주었던 것이리라.

심봉사와 청이는 오랜만에 기름진 음식으로 배불리 식사를 했다.

—저 아이가 말로만 듣던 여식이옵니까?

식사를 다 마칠 즈음 큰마나님이 이렇게 묻자 심봉사는,

—아비 잘못 만나 고생하고 있지요.

하고 한숨을 쉰다.

—아가. 네 이름이 어떻게 되느냐.

—청이옵니다.

—청이?

—네. 맑을 청 자, 청이옵니다.

―그래? 계집아이가 이렇게 어린데도 똑똑도 하지. 그럼 네 이름은 물속에 들었다 나와 깨끗하니 새 삶을 산다는 뜻이로구나.

―그런가보옵니다. 제 이름이 어찌하여 그런지는 잘 모르겠사옵니다.

청이의 성인 심자는 본래 가라앉을 침자다. 큰마나님은 이를 염두에 두고 이름풀이를 한 것이다. 청이는 어린 나이에도 제 이름이 왜 그런 뜻을 가지고 있는지 궁금했다.

―그래. 글공부는 하느냐.

―아버지가 매일 틈틈이 가르쳐주십니다.

―호오. 그래? 언제부터 아버지를 모시고 다녔느냐?

―얼마 되지 않았사옵니다.

―그래? 뭐가 더 먹고 싶은 게 있느냐?

―사탕이 먹고 싶사옵니다.

―사탕? 아니, 네가 어찌 사탕을 아느냐?

―아버지가 말씀해주셨어요.

사탕은 중국에서 들어오는 귀한 것이라 청이는 구경 한번 해본 적 없다.

―그래? 이 할미가 사탕 주랴?

―네에. 먹어보고 싶사옵니다.

―그래. 어디 보자.

큰마나님은 허리춤에 찬 주머니를 뒤지는가 하더니 알록달록 동그란 사탕을 하나 꺼내서 청이 입에 넣어준다. 순간, 생전 처음 맛보는 단맛이 어린 청이의 입안에 확 퍼진다.

─맛있습니다요.

─그렇지? 옜다. 하나 더 가지거라.

─고맙사옵니다.

청이는 그날처럼 맛있는 음식을 먹어본 적이 없다. 그날 큰마나님
은 심봉사에게 돈까지 쥐여주며 부디 건강하게 살아가라고 했다. 그
옛날 사탕 맛이 아직도 입안에 감도는 것 같다.

청이와 귀덕 어미가 부엌으로 가니 아낙들끼리 누가 일을 열심히
하느니, 안 하느니 실랑이를 하고 있다. 아낙 가운데 하나가 우물에
서 설거지 일을 하는 척만 하고 정작 제대로 하지는 않는다는 것이
다. 같이 설거지를 하다 속에서 천불이 올라서 못 견디겠다고 부엌으
로 들어온 아낙이 한창 쑥덕공론 중이다.

─청이 잘 왔다. 네가 우물에 가서 설거지해라. 네가 같이 하면 눈
치 보여서 그런 짓은 못하겠지.

─네.

청이는 고분고분 대답하고 우물가로 간다. 설거지 그릇이 수북이
쌓여 있는데, 아낙 하나가 일은 하는 둥 마는 둥 먼산바라기를 하고
있다. 쇠북이 어미다.

─아주머니. 무슨 근심이 있으세요?

청이가 우물가에 앉으며 말을 붙인다.

─청이구나. 아까 귀덕이네하고 같이 오데.

─네. 큰마나님이 일해달라고 하셨다고 해서요.

─큰마나님이 청이를 무척이나 귀여워하시데.

─뭘요. 일손이 워낙 딸리니까요.

―아냐. 청이 같은 앨 수양 손녀라도 삼았으면 싶겠다고, 그러시는
걸 내가 직접 들은 적도 있어.

―그냥 하시는 말씀이겠지요.

―아냐. 이 집안은 전부 사내들밖에 없다고, 여간 아쉬워하시는 게
아녔어.

―그러고 보니, 이 집안은 전부 남정네들뿐이네요. 그건 그렇고 무
슨 걱정이 있으셔요?

청이는 화제를 돌릴 겸 묻는다. 손은 부지런히 설거지를 한다.

―에휴. 요즘 들어 쇠북이가 난리여.

―왜요?

―벌써 스물다섯 살인데 장갈 못 보낸 내 잘못이지 뭐.

―이 동네에 장가 못 든 사내들이 하나둘이 아닌데…….

―그렇기는 해두. 글쎄, 이놈이 배를 타겠다는 거야.

―네? 배를요?

―그래. 자식이라고는 그놈 하나밖에 없는데 어디 중국배를 타?
근데 그렇게 타일러도 말을 안 들어.

―중국배 타면 돈은 많이 번다던데요?

청이는 언젠가 윤상이가 한 말을 떠올린다.

―돈 암만 벌면 뭘 한데? 한 번 탈 때마다 살아 돌아올지 어디서
죽어질지 모를 판인데.

―두어 번만 타도 논마지기 장만할 돈이 생긴다던데…….

―농사꾼 자식이 농살 지어야지 배를 타서 팔잘 고쳐? 에휴. 지 애
비가 농사일 놓구 노름방으로 돌아다니니까 자식새끼마저 근본 모

르구. 에구, 내 팔자야.

　—너무 심려하지 마세요. 중국 배들이 워낙 커서 웬만한 파도에는 꿈쩍도 안 한대요.

　—청이는 몰라. 저 인당수 바다가 얼마나 무서운지. 변덕스럽기는 얼마나 변덕스럽고. 멀쩡한 날에 출항을 해도 갑자기 돌풍이 불고, 파도가 미쳐 날뛰고. 암초들이 도처에 깔려서, 바람에 밀리고 파도에 휩쓸려 이리저리 떠돌다 한순간에 장난감처럼 부서져버리는 게 어디 한두 번인감? 몽금포, 장산곶에 왜 그렇게 과부들이 많은 줄 알어? 내가 옹진에서 예까지 시집 온 것두 뱃사람이라면 지긋지긋해서 그런 거야. 팔자 바꾸기가 이렇게 힘들어. 에휴.

　청이도 몽금포, 장산곶에서 중국으로 떠나는 배들이 걸핏하면 풍랑에 뒤집히곤 한다는 말을 들었다.

　그래도 한몫 보려는 젊은 남정네들은 배를 타러 가는 꿈을 꾼다. 언젠가 윤상이 오라버니도 이렇게 살 바에는 차라리 뱃사람이 돼서 무역을 배우겠다고 말한 적이 있다.

　—태조 왕건께서 나라를 여신 것도 바다를 손에 쥐고 있었기 때문이야. 조상 대대로 바다 건너 중국에 왕래하면서 부와 세력을 쌓아서 그게 나라를 세운 바탕이 됐어. 조부의 대에 이르러 누구도 넘보지 못할 세력을 이뤘으니까.

　윤상이는 태조 왕건의 할아버지로서 의조 경강대왕으로 추존된 작제건에 대해서 말하고 있는 것이었다.

　작제건은 어려서부터 총명하고도 용맹스러웠다. 아버지가 당나라 사람이라는 말을 듣고 중국에서 온 배를 타고 아버지를 찾아 나섰다.

바다 가운데로 나서니 구름과 안개가 밀려들어 사방이 캄캄해지는 바람에 배가 사흘씩이나 앞으로 나가지를 못했다. 배에 탄 사람들 가운데 길흉화복을 점치는 이가 있어 그가 말했다. 배 안에 고려 사람이 없어져야 이 바다를 빠져나갈 수 있다고 했다. 이에 작제건은 활과 화살을 지고 스스로 바다에 뛰어들었다. 바다와 싸우며 헤엄을 치던 중 마침 바다에 바위섬 하나가 있어 거기에 올랐다. 작제건이 떠나자 바다는 안개가 걷히고 순풍이 불어 배가 순조롭게 이 바다를 빠져나갈 수 있었다. 전설 같은 이야기에 홀려 뱃사람이라도 되려고 하는 윤상이 오라버니의 마음을 이해 못할 것은 아니지만, 청이는 그런 윤상이 오라버니를 간절하게 말렸었다.

─오라버니. 저도 경강대왕 작제건에 얽힌 얘기는 아버지께 들었어요. 하지만 그 얘기는 당나라 배가 작제건을 바다에 던진 게 아니고 무엇이겠어요. 뱃사람들은 풍랑을 만나면 사람을 산 제물로 바치기도 한다는데. 거센 바다에서 살아 돌아오려면 작제건 마마처럼 용왕이라도 만나지 않고는 불가능할 거예요. 돈도 좋고 금은보화도 좋지만 이렇게 땅에 발 디디고 초목과 함께 사는 게 얼마나 행복한 일이에요. 뱃사람이 되는 건 운명이 그렇게 시키지 않고는 하지 못할 일이에요.

윤상이는 청이의 말에 가타부타 말이 없었다. 워낙 나이가 들면서 과묵해진 윤상이지만 청이는 그런 윤상이가 몹시 걱정스러웠다. 그런데 지금 쇠북이네도 청이가 품었던 근심을 꼭 같이 앓고 있는 것이다.

청이는 말없이 설거지를 한다. 오늘은 쇠북이네가 해야 할 일까지 도맡아 해주리라 생각한다.

쇠북이네는 넋을 놓고 신명 안 나는 설거지를 하느라 물을 텀벙텀 벙하고, 청이는 설거지를 깨끗하게 하면서도 깊은 생각에 잠겨 있다.

'세상에 나기를 각기 운명에 따라 타고나니 사람이 너나없이 평등 하다는 윤상이 오라버니 말씀은 맞지 않아. 내 나이 열다섯 살 되도 록 세상에 나서 모진 고생을 했지만, 그것이 누가 나를 해코지한 게 아니요, 아버지가 스무 살에 안맹하신 것도 누가 그렇게 만들어놓은 건 아니었어. 세상에 태어나보니 왕후장상이 따로 있고, 천민과 노비 가 따로 있었으니 그건 필시 잘못된 거지만, 이걸 바꾸려면 평생을 다 바쳐도 못 이룰 거야. 세상을 향한 윤상이 오라버니의 포한진 마 음은 내가 꼭 품어주고 싶어. 하지만 세상을 바꾸고 싶은 마음처럼 위태로운 것도 없어. 꼭 세상을 바꿔야 한다면 사랑밖에는 달리 방법 이 없는 거야.'

우물가에서 일을 하고 부엌에 가 점심밥과 새참을 먹고, 또 일을 하노라니 어느덧 해가 뉘엿뉘엿한다.

윤상이 오라버니는 어째 하루 종일 안 보이시나. 잔칫날이면 하실 일도 많으실 텐데.

하지만 다시 생각하면 모습이 보이지 않는 것도 이해 못할 일이 아니다. 말하자면 이복형이 장가를 드는 것이다. 하지만 아버지가 자 식으로 인정을 안 하니 형을 형이라 부를 수도 없고 집안 잔치라고 해서 떳떳하게 참례를 할 수도 없다. 그렇다고 나는 머슴일 뿐이오, 하고 속없는 사람처럼 부지런을 떨 수도 없을 테다.

오라버니……

청이는 설거지를 마치면서 가엾은 윤상이 오라버니를 가만히 불

러본다. 집에 가기 전에 윤상이를 만나 눈짓으로라도 위로를 해주고
싶건만 어디로 가서 보이질 않는 걸까.

해가 지고 나서도 한참이나 있은 뒤에야 일이 끝났다. 사람들이 마
당에 멍석을 펴고 등잔불을 켜고 상을 펴고 흥성스러운 저녁식사를
하는 것까지 다 봐준 뒤에야 청이는 집으로 갈 채비를 한다.

이팝에 인절미, 팥떡, 온갖 부침, 약밥, 돼지고기 삶은 것까지, 인심
좋은 장 씨 집안은 하루 종일 수고를 아끼지 않은 귀덕 어미와 청이
에게 품삯도 후하게 주고 광주리에 잔치 음식을 고루 이고 갈 수 있
도록 해준다.

청이는 일은 고되었어도 마음 뿌듯하다. 무릉동에서 도화동으로
건너가는 발걸음도 가볍게, 두 사람은 봄의 달밤을 호젓하게 걸어 집
으로 걸어간다. 달빛도 환하고 두 사람의 마음도 즐겁다. 몸은 피로
해서 둘 다 말을 아끼고 있지만 모처럼 집안 식구들 입이 호강할 것
을 생각하니 그것처럼 좋은 일도 없다.

들 사이로 난 길을 다 걸어 도화동으로 돌아와 귀덕이네와 인사를
나누고 청이는 자기 집으로 들어가며,

—아버지.

하고 길게 부른다. 아버지가 캄캄한 방문을 열어젖히며

—그래, 아가. 얼마나 힘들었냐. 어여 들어오너라.

하고 반갑게 맞아주셨으면 좋겠다.

그런데 방 안에서는 아무런 응답이 없다.

어디 나가셨나?

—아버지. 저 다녀왔어요.

청이는 툇마루에 무거운 광주리를 내려놓으며 한 번 더 아버지를 부른다. 섬돌에 놓인 짚신이 아버지가 방 안에 계신다는 것을 알려 준다.

깊이 잠드셨나.

청이는 아버지가 깨어날세라 조용히 방문을 열다 깜짝 놀라고 만다. 달빛 아래 심봉사가 너무 끔찍한 얼굴을 하고 바깥쪽을 향해 앉아 있었기 때문이다.

청이는 애써 마음을 진정하고,

—아버지, 안 주무셨어요? 너무 시장하셨지요? 오늘 장 상서 댁에서 잔치 음식을 아주 많이 주셨어요. 아버지께서 좋아하시는 삶은 돼지고기도 있어요.

하고 목소리를 애써 밝게 꾸민다.

심봉사는 아무 대답도 없다. 청이는 아버지가 전혀 다른 사람이 된 것 같은 이상한 느낌이 든다.

—아버지. 왜 그러세요.

—공양미 삼백 석이. 그게 있으면…….

청이는 밑도 끝도 없는 알아들을 수 없는 소리에 아버지가 드디어 실성하신 게 아닌가 생각한다.

—공양미 삼백 석이라니요, 아버지?

—공양미 삼백 석이면 눈 뜰 수 있는 것을…….

심봉사는 억장이 무너지는지 말을 잇지 못한다. 다급한 마음에 청이는 부엌에 뛰어가 찬 숭늉을 가져다 아버지에게 드린다.

—이루지 못할 일 바라지도 말랬거늘.

―아버지. 무슨 일인데 그러세요? 제가 다 들어드릴게요.

심봉사는 그제야 딸이 주는 숭늉을 한 그릇 통째로 들이켠다.

―휴우, 그게 말이다…….

심봉사는 오늘 아침에 있었던 일을 소상히 이야기한다. 하되, 눈을 뜨고 싶은 자신의 간절한 소망을 담아 공양미 삼백 석만 시주하면 금방이라도 눈을 뜰 수 있을 것처럼, 마치 눈 뜬 내일의 자기를 지금 바라보고 있기라도 한 듯이 실감나게 말해나간다.

아버지의 이야기를 듣는 청이의 얼굴은 점차 어두워진다. 한두 석도 아니고, 열 석이나 스무 석이나 서른 석도 아니고, 삼백 석이나 되는 것을 어디 가서 어떻게 구한단 말인가.

아버지 말씀을 들으면 부처님 힘으로 못할 게 없다지만 그렇게 많은 쌀을 어디서 구하란 말인가.

기가 막히는 이야기에 청이는 한 마디 말도 못하고 그냥 듣기만 한다. 심봉사는 청이 마음은 헤아릴 생각도 못하고 자기 얘기만 한다. 그런 중에도 눈을 뜨면 못할 일이 없으리라는 얘기는 빼놓지 않는다.

심봉사가 말을 마치매 청이는 겨우,

―네에. 아버지. 너무 상심하지 마세요. 정성을 들이면 하늘도 움직인다는데 무슨 방도가 있을 거예요.

힘없이 위로를 한다.

―에휴. 방도는 무슨 방도. 우리 집 형편을 내가 알거니.

심봉사의 두 눈에서 굵은 체념의 눈물이 흐른다. 하루 종일 앉아서 골똘히 그 생각만 한 탓에 딸에게 꽉 막힌 가슴을 열어 보이고 나자 갑자기 온몸에 힘이 빠지고 정신이 아득해진다.

―아니, 왜 이렇게 어지러우냐. 애야, 나 좀 누워야겠다.

심봉사가 꺼지듯 누우려 한다. 청이는 깜짝 놀라 아버지를 부축하고 서둘러 이부자리를 펴드린다. 자리에 눕자 심봉사는 금방 또 혼자 생각에 빠져,

―내가 어쩌다 이런 신세가 됐누.

하고 넋두리를 한다.

대개 자기 위주인 사람은 주변을 헤아리지 못하는 법이다.

심봉사 세상에 나서 비록 유복하지 못하나마 타인을 의식할 필요 없이 어린 시절을 보냈다. 아버지도 어머니도 오로지 심봉사만을 떠받들듯 했다. 동네에 나가면 어른, 아이, 남정네, 아낙들 가리지 않고 상전으로 받들었다. 양반 핏줄에 누대에 걸쳐 자리 잡은 도화동인지라 아무도 섣불리 위엄을 넘보려 하지 않았다.

세상살이 쓴맛을 어려서 몰랐던 탓에 심봉사는 철부지 같은 자기를 단련시킬 수 없었다. 동네 처녀를 농락하고도 정신을 못 차린 심봉사는 장가를 들고도 애어른 같은 심성에서 벗어나지 못했다. 그러다 덜컥 눈이 멀어버린 것이다. 가뜩이나 좁아터진 세상은 눈이 감김과 동시에 아예 닫혀버리다시피 했다.

심봉사는 그런 자신을 살필 수 없었다. 그런 마음의 눈이 없었다.

―아버지, 진정하시고 눈이라도 붙이세요.

청이는 슬픔을 감춘 채 아버지를 고요히 위로해드리고는 밖으로 나온다. 툇마루에 놓인 광주리가 볼썽사납다. 저런 것 따위로는 아버지의 절망을 위로할 수 없다.

청이는 툇마루에 그대로 걸터앉아 피로조차 잊고 밤하늘을 올려다본다. 귀덕 어미와 함께 돌아올 때는 그토록 가까워 보이던 달이 이제 무심한 표정을 짓고 있는 것 같다. 은싸라기같이 흩뿌려 있던 별빛들도 빛이 흐린 것 같다.

청이는 자기도 모르게 주르륵 눈물을 흘린다. 한 번도 보지 못한 어머니가 보고 싶다. 누가 나를 품어주었으면. 그분이 어느 분이든 그 안에 들어 실컷 소리 내어 울어라도 보고 싶다. 슬프고 답답하고 막막한 심정을 풀어낼 길 없어, 청이는 행여 아버지가 들으실세라 소리도 내지 못하고 눈물만 흘린다.

그때다.

사립문 언저리에 사람 그림자가 설핏 비치는 듯하더니 사내가 제 모습을 드러낸다.

윤상이 오라버니다.

청이는 옷소매로 눈물을 훔치고, 발소리를 죽이고, 윤상이 오라버니 손짓을 따라 사립문 밖으로 나간다. 사립문 뒤에서 기다리고 있던 윤상이가 청이를 꼭 안는다. 청이는 가슴이 뛰는 채로 그대로 안긴다. 한참을 그렇게 있다 윤상이는 청이를 놓아주고 대신에 손을 잡고 당산나무 쪽으로 향한다. 청이도 말없이 윤상이를 따라간다.

―하루 종일 어디 계셨어요?

집에서 멀어진 후에야 청이는 나지막이 물어본다. 집안 잔치에 끼지 못한 윤상이 오라버니를 위로해주고 싶다.

―장터에 떠돌았지.

―참. 오늘이 장날이었구나.

생각해보니 황주장이 선 날이다. 힘든 마음을 장에 가서 풀고 왔으니 다행이다.

다 왔다.

두 사람은 며칠 전 그 자리에 그대로 앉는다.

―저녁은 드셨어요?

―장터 주막에서 먹었어. 오늘 우리 집에 와서 하루 종일 일했지?

―네에. 품삯도 받고 맛있는 것도 많이 싸왔어요. 장은 재밌으셨어요?

―음. 중국 뱃사람들이 거기까지 와서 사람을 산다고 야단이었어.

―사람을 사요?

―처녀를 산다고. 열다섯 살 된.

―왜 꼭 열다섯 살이라나요?

청이는 자기 나이가 바로 열다섯 살임을 생각한다.

―인당수에 제물로 바치려는 거야. 처녀가 아니면 용왕이 안 받아주니까.

―인당수가 그렇게 험한가요?

―무섭지. 먼 길 가려면 꼭 건너가야 하는데, 어떻게 변할지 알 수 없으니까…….

윤상이 오라버니 말에 따르면 인당수 바다는 몽금포나 장산곶에서 황해 바다로 나가려면 꼭 지나갈 수밖에 없는 곳이라고 한다. 그런데 그 바다는 일기가 사납기로 유명하다. 맑았다 흐리고 풍우가 몰아치기를 제멋대로 한다. 한번 비바람이 치면 그 정도가 심해 돛도 삿대도 아무 소용 없다. 무서운 건 바람의 방향이 수시로 변하고, 심

지어 회오리바람까지 몰아쳐 배를 들었다 놓기까지 하는 것이다. 바다 회오리가 한번 일어나면 제아무리 크게, 튼튼하게 지은 송나라 배도 견딜 재간이 없다. 고려 배들은 조립이 교묘해 더러 견뎌내기도 하나, 몰아치는 파도, 몰려드는 비바람에 사람이 견디지 못한다.

인당수 바다에서 조난당한 배들은 나중에 온전한 채 발견되는 경우가 드물다. 인당수 바다 밑은 깊이가 제멋대로다. 유속도 빠르다. 물 위에 모습을 드러내지 않은 암초들이 바람에 휩쓸려 안갯속을 헤매던 배를 받아 산산조각을 내는 일이 부지기수다.

바닷속 암초들이 물살의 빠르고 느림에 조화를 부리니 그 흐름도 일정치 않다. 한번 급한 물살에 휩쓸리면 손써봐야 소용없이 운명이 시키는 대로 풍비박산이 나거나 간신히 헤어나거나 하니, 어느 누가 용왕의 조화를 견디겠는가.

─무서워요.

─무섭지. 하지만 돈을 준다니까. 보통 사람은 상상할 수 없을 만큼.

청이는 돈을 준다는 말에 깜짝 놀란다. 나쁜 운명이 자기를 덮쳐오는 느낌을 떨쳐버릴 수 없다.

무서운 바다. 한번 파도에 몸이 감기면 살아날 수 없겠지.

작제건이야 하늘이 낸 사람이니 운이 좋았을 뿐.

청이는 바다 제물이 되어 깊은 물속으로 한없이 빨려 들어가는 자신의 몸을 상상한다.

─무서워요. 돈을 대체 얼마나 주기에요?

─떠드는 얘기로는 쌀로 삼백 석을 준다더군.

―네? 정말인가요?

윤상이의 대꾸에 청이는 마치 사형 선고라도 받는 느낌이다. 두려움에 온몸이 덜덜 떨리기 시작한다.

삼백 석이라니. 그건 아버지가 몽운사 화주승에게 약속했다는 그 삼백 석이 아닌가.

―왜, 추워?

봄날이라 해도 낮과 밤의 기온 차가 아직 심한 때다. 윤상이는 청이가 낮의 고단한 일에 지쳐 몸살이라도 나려는 게 아닌가 걱정한다.

―이리 와.

윤상이는 떨고 있는 청이를 자기 쪽으로 이끈다.

―무서워요.

―무섭긴 뭐가 무서워. 성황신이 지켜주는 데서.

윤상이가 청이를 꼭 안아준다. 청이는 두려움으로 온몸에 힘이 빠져나간다. 숨도 쉬지 못할 것 같다. 윤상이는 청이가 어딘지 모르게 이상하다고 생각하면서도 자기대로 낮의 생각에 빠져 있다.

―뭣보다 매를 잘 길들여야 돼. 한 며칠 굶겨서 정신이 어찔어찔 비몽사몽으로 만들어놓고는, 야금야금 닭고기를 먹여. 몇 점씩 감질나게. 사람 말을 듣도록 길을 들여. 그렇다고 이놈이 야생을 잃어버리느냐, 그건 아니지. 일단, 잘 길들여놓은 매를 어깨 위에 올려놓고 산마루에서 기다리고 있으면, 푸드덕 하고 꿩이 날아올라. 밑에서 쫓으니까. 잘 굶긴 놈일수록 빨라. 한번 날아오르면 영락없이 꿩을 낚아채……

윤상이가 갖신 만들어 파는 장쇠 할아버지와 한참 꿩 잡는 얘길
하고 있었는데, 장터 앞이 시끌벅적해졌다.

　—무슨 일이래요?

　—글쎄다. 중국 뱃사람들이 들어온 걸 보니까 처녈 사려나보다.

　—처녀요?

　—가끔 큰 배들이 그럴 때가 있지.

　—처녈 사서 뭘 한데요?

　—자네도 들었을 거 아녀?

　—아니, 그럼 진짜 처녀를 산 제물로 바친다는 거유?

　—말하면 뭐 해. 지난번에도, 그게 아마 한 삼 년 됐지? 값이 안 맞
는다고 잔뜩 실랑이를 하다 결국은 팔려갔지. 그 애비가 사람이 아녔
다니까.

　—아비가 딸을 팔아먹은 모양이네.

　—그렇지. 계집앨 사람 아니게 보는 놈들이 많은 세상이니까.

　두 사람이 얘기를 나누는 쪽으로 웅성거리는 소리가 밀려온다. 윤
상이 귀에 중국 뱃사람들과 고려 사람들을 연결해주는 통역꾼의 말
소리가 들려온다.

　—삼백 석여. 삼백 석여.

　—많네.

　—왜 열다섯 살짜리 딸이 없어 분한가?

　—한 삼 년 전보다 많이 비싸졌네.

　—입맛 다시는 게 해순이 크면 홀랑 팔아버리겠구먼.

　—생사람 잡지 말어. 자네야말로 아들 둔 게 한이겠네.

구경꾼들이 진 반 농 반으로 떠들어대는 걸 들으며 생각하니 정말 큰돈은 큰돈이다. 그렇게 많은 돈을 주고 산 제물을 구하는 배니, 금은보화를 산더미처럼 실었으렷다?

차라리 배나 탈까? 이놈의 황주 땅에서 머슴살이 서자 신세 면치 못하느니.

예부터 먼 데 장사만큼 사람한테 이문을 가져다주는 게 없다. 저 신라 때도 사람들은 머나먼 서역까지 장사를 하러 돌아다녔고, 살아만 돌아오면 팔자 바꿔 사는 일도 어렵지 않았다.

배나 탄다? 배를?

윤상이가 마음속에 먼 데 가는 고민을 하고 있는 사이 청이는 자기에게 떨어진 운명이 두려워 꼼짝 못하고 있다. 차마 이 일을 입 밖에 내지 못하고 있다.

오돌오돌 떨고 있는 청이를 안고 있는 윤상이는 윤상이대로 무서운 생각이 있다.

자기가 뱃길을 떠나버리면 청이는 어떻게 되느냐. 영영 귀덕이 여자가 되는 게 아니냐. 그러잖아도 갓난애 때부터 얼마나 깊은 정이 들었더냐. 지금이야 아무 소리 없는 귀덕이나 귀덕이 어머니지만, 자기만 떠나면, 청이를 맞아들이려 야단이 날 것이다.

어쩐한다?

세상으로 나가느냐, 청이와 더불어 이곳에서 썩느냐.

청이를 생각하면 차마 떠나지 못할 노릇이다. 사내장부가 가련한 여자 하나 때문에 꿈을 접느냐, 이렇게 물을 수 있지만 윤상에게 청이는 예사 여자가 아니다.

제 씨도 버리는 애비나 눈멀고 마음까지 먼 애비나 무엇이 다르냐.

무늬만 양반일 뿐 천하고 속된 심봉사를 볼진대, 벌거숭이 임금님처럼 당신 혼자만 깨끗한 체하는 제 아비 공주 목사 장영준을 본 듯 화가 치밀어 오르지 않을 수 없다.

윤상이에게는 잊을 수 없는 추억이 있다. 청이가 열 살이나 되었을까. 가을날이었다. 무슨 일이었는지 귀덕이가 옆에 없었다.

두 사람은 어린 짐승들처럼 노적가리 짚단 속으로 파고들어갔다. 말은 안 했지만 둘 다 숨어들어가는 기분이었다.

─오라버니, 숨 막혀요.

─아냐. 괜찮아.

─누가 올 거 같아요.

─오긴 누가 와.

두 사람은 짚단 속에 한참 동안을 그렇게 꼼짝도 하지 않고 숨어 있었다.

─따뜻해진 거 같아요.

─그렇지?

─네.

그때다.

짚단 바깥에서 두 사람을 찾는 소리가 들린다. 귀덕이다. 어머니 심부름을 하고 두 사람이 있을 법한 곳을 찾아다니고 있다.

─어디 갔나.

저만치서 귀덕이가 혼잣말을 한다. 청이의 눈빛에 불안이 담긴다.

윤상이를 바라본다. 윤상이는 가만히 있으라는 눈짓을 준다.

귀덕이는 잠깐 서 있는 듯하더니 다른 곳으로 간다. 하지만 이미 숨어들어가 있던 탓에 두 사람은 쉽게 바깥으로 나가지 못한다.

사랑을 어떻게 하는지도 모르는 어린 두 사람이다. 하지만 좁은 짚 더미 속에서 벌써 한참 동안 끌어안고 있다.

어느 순간 윤상이가 청이의 뺨에 입을 맞춘다. 청이는 꼼짝도 하지 못한다. 윤상이는 그 순간 자기도 모르게 누가 하고 있는지도 모르는 소릴 입 밖에 내고 만다.

─청아. 넌 나중에 나한테 와야 한다?

─네?

─나한테 시집와야 한다구.

청이는 아무 소리도 하지 않는다. 눈을 내리깔고 있을 뿐이다.

─왜, 귀덕이 때문에?

청이가 도리질을 한다.

─그럼?

청이는 아무 소리도 않는다.

─아버지 때문에?

그제야 청이가 말없이 고개를 끄덕인다.

─청아. 사람은 크면 부모랑 헤어지게 되어 있어. 누구나 어렸을 땐 부모와 영원히 같이 살고 싶지. 하지만 부모는 늙고 죽어지고 아이들은 커서 새 세상을 만들어.

─하지만.

청이는 말을 잇지 못한다.

—하지만?

—저마다 운명이 다른 거 같아요. 행복하게 살도록 난 사람도 있고…….

—아냐. 그런 건 없어.

—아버진 나 없으면 아무 일도 못 하셔서…….

하지만 윤상이는 심봉사까지 같이 살자고 말하고 싶지 않다. 윤상이 마음에 아버지란 존재는 더럽고 거추장스러울 뿐이다. 더구나 심봉사는 자기가 보기에 아버지라는 말에 어울리는 위엄이 없다.

—운명이 저마다 타고나는 거라면 우리가 만드는 게 운명이겠지.

청이는 더 이상 아무 말도 하지 않았지만, 그날 이후 윤상이는 어떻게 하면 청이와 함께 새 삶을 살 수 있나 하는 생각뿐이었다. 아버지에 대한 불만이 쌓여갈수록 청이에 대한 마음이 깊어갔다.

나이가 조금씩 들어가며 청이는 타고난 아름다움을 드러냈다. 세상을 어렵게 사는 이들은 일찍 철이 들고 일찍 숙성한 티가 난다.

청이는 어려운 집에서 크는 소녀답게 눈에 그늘이 졌다. 하지만 그 눈엔 순수와 슬기가 함께 담겼다. 유난히 눈동자가 빛나는 여자애가 있다면 청이가 바로 그렇다. 눈이 맑고 깊어 쳐다보고 있으면 그 눈 속에 빠져들 것만 같다.

인생을 길게 다 살아도 살아온 시간의 의미를 전혀 생각하지 못하는 이들이 있다. 그런 이들은 인생을 감각으로밖에 느끼지 못한다. 감각은 아프거나 뜨거운 한순간이 지나면 그 자리에 남아 있지 않는다. 감각의 기쁨을 쫓아다니고 감각의 아픔을 피해다니며 사는 사람들은 한평생을 뜬구름처럼 헤매고 다닌다.

그런가 하면 인생을 초목처럼 사는 이들도 있다. 자기에게 부는 바람을 잎맥과 나이테에 새기며 삶이 다하는 날까지 상념을 사랑하며 사는 사람들이다.

청이는 그런 소녀다. 소년고생이 삶에 눈뜨게 만들어 십여 세가 되면서 생각이 깊어졌다. 아버지는 눈을 뜨면 과거를 보아 나랏일을 하겠노라 하셨다. 하지만 청이는 그런 것이 삶을 행복하게 만들어준다고 생각하지 않았다. 삶의 본질을 알아가는 것이라고도 믿지 않았다.

왜 태어났는지 알 수 있다면 고통도 없겠지. 고통이 있더라도 수긍할 순 있겠지. 나는 왜 여기에, 이렇게 태어난 걸까.

나는 왜 요나라 오랑캐 여자가 되거나 송나라 남경의 기녀가 되거나 멀고 먼 색목국 천으로 얼굴 가린 여인네가 되지 않았을까. 저 색목국 너머에는 또 어떤 나라가 있을까. 그 너머 너머를 향해, 가고 또 가면 세상 끝에 다다를 수 있을까. 세상 끝 다음에는 또 무엇이 있을까.

청이는 또 밤하늘을 보고 생각한다.

저 달에 정녕 계수나무가 있고 옥토끼가 있을까. 저 금싸라기 별들에도 사람이 살고 있을까. 옥황상제가 계신 하늘나라 자미원은 저 북극성 어디에 있는 걸까. 알 수 없는 것, 불가지한 것이 인생이다. 나는 어떻게 이곳에 오게 된 걸까. 내 생명의 씨앗은 어디에 있다가 여기 와서 작은 싹을 틔우게 된 걸까.

겨울이나 초봄이면 청이는 저잣거리에 굶어죽거나 얼어죽은 시신들이 굴러다니다 짐짝처럼 흙구덩이에 묻히는 것을 여러 번 보았다.

몇 년 전에는 장 상서 어른이 세상을 떠났다. 그때 청이는 세상에서 가장 호화스러운 상여를 보았다. 꽃상여에 만장을 휘날리며, 숱한 사람들이 뒤따라가는 가운데 장 상서 어른의 장례 행렬은 늦가을 들판을 가로질러 산을 향해 꼬불꼬불 하염없이 올라가는 것이었다. 청이는 일손을 멈추고 멀어져가는 행렬이 눈에 보이지 않을 때까지 하염없이 바라보았다.

'그렇구나. 기름지게 살아도, 없이 살아도 삶은 끝나게 마련이구나. 이런 게 삶이라면…….'

청이는 자기 삶에 미련을 품지 않을 수 있을 것 같았다.

그런데 단 하나, 가엾은 아버지만은.

그렇게 삶을 담담히 받아들이는 청이로서도 아버지만은 어찌할 수 없었다. 아버지는 생각으로 물리칠 수 있는 헛것이 아니라 매일매일 눈 뜨면 만나는 살아 있는 실체였다.

―윤상이 오라버니. 아버지가 가엾어요. 저는 아무래도 좋아요.

―청아. 니 맘은 알겠어. 하지만 기다리련다. 언제까지든. 니 맘이 변할 때까지.

청이는 그때 윤상이를 향해 알 듯 모를 듯한 웃음을 지었다. 그것은 윤상이의 뜻을 따라줄 것 같기도 했고 그러지 않겠다고 말하는 것 같기도 했다.

그로부터 어언 다섯 해, 윤상이에게 이 세월은 결코 쉽지 않은 기다림의 나날이었다. 언제인가부터 청이는 제게 무엇이라도 해줄 수 있는 여자처럼 느껴졌다. 하지만 청이는 또 늘 그 자리에, 자기에게서 저만큼 떨어진 자리에 있었다.

청이를 감싸고 있는 알 수 없는 그늘, 그 알 수 없는 슬픔 때문에, 그리고 그 그늘과 슬픔의 깊이 때문에 윤상이는 조바심을 치면서도 청이를 함부로 대할 수 없었다. 잘못 만지면 금방이라도 부서져 내릴 것같이 연약해 보이는 청이건만. 그 단단한, 깊은 고요 또한 청이의 것이었다.

─오라버니. 돌아가요.

윤상이의 품에 안겨 있던 청이가 몸을 일으켰다.

─무슨 일이 있는 거야?

윤상이는 제 상념에서 겨우 빠져나와 청이가 지금 겪고 있는 번민을 향해 한 걸음 다가섰다.

─아니에요. 나중에 말씀드릴게요.

─내일 다시 여기로 나와.

─네.

윤상이는 청이를 집까지 바래다주고 내키지 않는 발걸음을 돌렸다.

─조심해서, 살펴 가세요.

─그래.

청이는 사립문 밖에서 윤상이를 보내고 캄캄한 집으로 들어갔다.

아버지는 주무시고 계신 걸까? 하지만 청이는 지금 어딜 갔다 오느냐고 아버지가 역정을 내시더라도 마음 쓸 수 없다.

윤상이와 함께 집으로 오면서 청이는 오로지 한 생각뿐이었다.

'공양미 삼백 석에 내 생명을 바쳐야 하나?'

오매불망 눈 뜨기를 원하는 아버지를 위해 자기를 송두리째 바칠 수 있다면. 그것은 부질없는 삶을 결말지을 수 있는 가장 값진 이유가 되는 게 아닐까.

청이는 귀덕 어머니에게서 들은 어머니 장연댁의 이야기를 생각했다. 열아홉 살에 시집와서 이태 후에 눈이 멀어버린 심봉사를 봉양하다 마흔한 살에 자기를 낳고 세상을 하직하신 어머니였다. 젊어서도 하늘땅이 찢어지는 고통을 맛봐야 한다는 출산의 고역을, 그것도 시집와 하루도 편할 날 없이 삯바느질, 품팔이에 시달려 온몸으로 겪어내야 했던 여인이었다.

어머니 장연댁도 어려서는 연둣빛 여릿여릿 맑고 아름다운 계집아이였을 것이다. 비록 여인의 몸을 타고났고 한없이 가난한 집안이었지만 봄 들에 나가 나물을 뜯고 여름 나무 밑에서 아름다운 사랑을 꿈꾸었을 것이었다. 하지만 열아홉 나이에 쓰러질 대로 쓰러진 심 씨 집안에 시집 온 후로는 손에 물마를 새 없이 궂은일을 하고 시부모를 봉양하고 지아비를 섬기다 허무하게 세상을 떠나고 말았다.

불쌍하신 어머니.

청이는 어머니의 삶에서 자기의 삶을 그대로 보는 듯했다.

어려서는 엄한 부모 밑에서 여자 몸은 귀하지 않다고 배우고, 시집가서는 그 귀치 못한 몸으로 남정네를 위해 죽도록 일하라고 배우며, 자식을 낳아 사내애 같으면 그 아이를 따르라고 배우고, 계집애 같으면 자기와 꼭 같이 살도록 가르치라고 배우는 것, 그것이 이 땅의 여인네들이었다. 그래도 묵묵히, 저 마른 논의 소처럼 타고난 운명을 말없이 견뎌내야 하는 것이 바로 여자였다.

청이의 상념은 이윽고 어느 서책에서 본 이야기로 이어졌다.

예부터 스님들은 죽을 자리를 찾아서야 비로소 열반에 들 수 있다는 것이었다. 아무리 덧없는 목숨이라 해도, 아무리 익을 대로 익어 썩어 문드러질 과실이라 해도, 떨어질 자리를 찾고서야 비로소 삶을 끝내려는 마음을 가지게 된다는 것이다.

청이는 몽운사에 딸린 작은 암자에 머무르다 세상을 떠났다는 어느 연로한 비구니의 이야기를 떠올렸다.

노스님을 모시는 젊은 비구니가 새벽에 깨어보니 자리에 안 계시더라는 것이다. 처음에는 약수터에 가셨나 하고 대수롭지 않게 여겼단다. 그런데 아침때가 지나도 돌아오시지를 않았다. 그제야 무슨 일이 났구나 하는 불길한 예감에 온 산을 다 뒤지고 다녔다. 몽운사에도 가보았으나 노스님 행적이 묘연했다. 결국 하룻밤을 꼬박 뜬 눈으로 지새우고 동 트자마자 반대편 산마루며 계곡까지 샅샅이 헤매고 다닌 끝에 겨우 노스님을 찾아냈다고 한다.

노스님은 사람 안 다니는 계곡 널찍한 바위 위에 결가부좌를 한 채 입적해 있었다. 소나무 가지 위에는 평생 메고 다니던 바랑을 걸어놓고, 다 해어진 짚신은 가지런히 옆에 모아두고, 노스님은 마치 살아서 물을 바라보고 있기라도 한 듯 결과부좌를 하고 있었다고 한다.

'그 비구니 스님도 당신이 가실 때를 알고 삶을 내려놓을 곳을 찾으신 것이겠지.'

노스님 생각을 하면서 청이는 비로소 마음이 가라앉는 것 같았다.

방문을 열고 들어가 호롱불을 켰다. 아버지는 이부자리도 펴지 않고 몸을 잔뜩 웅크리고 잠이 들어 있었다.

다가가 이불을 덮어드리며 아버지 얼굴을 들여다보았다. 쭈글쭈글한 눈가에 눈물자국이 눌어붙어 있다. 헝클어진 상투에, 쥐 수염같이 박복하게 난 수염, 바싹 마른 얄팍한 입술, 잔주름이 여러 가닥으로 진 목젖까지 늙으신 아버지는 그렇게 서러워 보일 수가 없다.

청이는 아버지의 얼굴을 물끄러미 내려다보았다.

안 가지는 게 아니고 못 가져서, 못 가진 괴로움이 평생의 한이 되어, 한시도 한탄에서 벗어나보지 못한 아버지의 얼굴이다.

이렇게 사시면 아니 되는 것을. 이제는 욕망을 내려놓으실 때도 된 것을.

지난 세월을 돌이켜보면 청이는 아버지를 마음 깊은 곳에서 미워하면서 살아왔는지도 모르겠다. 비록 사람들에게는 효성스러운 칭찬을 귀에 못이 박이도록 들었지만 꼭꼭 숨겨둔 진짜 자기 마음은 아버지를 너무나 원망하고 부끄럽게 여겨왔던 것이다. 시도 때도 없이 머리를 쳐드는 혐오감, 불쾌감을 누그러뜨리느라 청이의 속마음은 불탄 숯처럼 시커멓게 변해버린 지 오래였다.

아버지의 초췌한 모습을 바라보매 청이는 마음속이 차분히 가라앉는다.

'아버지를 위해, 아버지가 눈 떠 새 삶을 살 수 있도록, 그리하여 비록 덧없을망정 삶의 열락을 고루 맛보고 그 기쁨의 허무 속에서 삶을 다시 바라볼 수 있도록.'

청이는 지금 막 자신의 덧없는 생명이 무거운 출생의 고뇌를 내려놓을 자리를 찾아낸 것 같은 심정이 되었다. 제 맑은 눈시울에서 이슬 같은 눈물이 맺혀 또르륵 흘러내리는 것을 느끼지 못한다.

'할 수 있을 것 같아. 아버지를 위해. 내 마지막 정성을 바쳐드릴 수 있어.'

돈에 팔리고
사랑에 울고

오늘밤 청이는 밤새 바느질을 하려 한다.

'오는 보름날이라면.'

마음속으로 헤아려보니 바로 닷새 뒤다.

청이는 정신이 그만 아득해졌다. 비록 스스로 정한 일이건만 이승에서의 나날이 불과 며칠도 남지 않게 된 것이다.

'운명이라면. 이것이 내게 주어진 운명이라면.'

청이는 고리짝에서 아버지에게 지어드리려고 사두었던 무명천을 꺼낸다. 푸른 물을 들인 무명천을 청이는 벼르고 벼르다 황주 장에서 샀다. 언젠가 장에서 보고 천 빛깔이 너무 예뻐 기억해둔 옷감이었다.

이제 이 천은 아버지께 드릴 것이 아니다. 철들어 지금껏 자기를 아껴준 윤상이 오라버니를 위해 마지막 정성을 다 바칠 옷감이다. 윤상이를 위한 옷을 한 땀 한 땀 지어가는 청이의 머릿속으로 며칠 전

뱃사람들을 찾아갔던 일이 떠오른다.

윤상이와 헤어져 집으로 돌아온 후 청이는 밤새 한숨도 눈을 붙이지 못했다. 그리고는 아침 일찍 황주 관아 근처에 있는 큰 주막집을 찾았다. 윤상이 오라버니가 저녁때 뱃사람들을 보았다고 했으니 필시 황주를 떠나지 않았을 것이었다. 그리고 중국 뱃사람들이라면 황주에서 가장 큰 주막에 머무를 것이었다. 청이는 관아 옆 주막이 이 바닥에서 제일 큰 주막임을 알고 있었다.

청이의 생각은 그대로 들어맞았다. 뱃사람들을 찾는다는 청이의 말에 주막의 주인 여자는 의아스러운 눈초리로 청이를 쳐다보았다. 불문곡직하고 뱃사람들한테 안내를 해달라는 청이의 간청에 여자는 망설이는 눈치를 보였다.

—글쎄. 다들 늦게까정 술들 잡숫고 일어나려나 몰라.

차 한 잔 마실 시간이 흘렀을까.

주막집 뒤란으로 돌아갔던 여자가 기골이 장대한 중노의 사내와 함께 나타났다.

—뉘신데 우릴 찾으시오?

—중국에서 오신 뱃사람네들을 찾고 있사옵니다.

청이는 중노의 사내가 고려 사람인지라 용건을 선뜻 내놓지 못한다.

—배는 중국 배요만 이 몸이 도선수이올시다. 소저, 무슨 일이오니까?

도선수라면 배의 우두머리다. 청이는 비로소 찾아온 뜻을 밝힌다.

—듣자오니 열다섯 살 된 처녀를 구하신다 하옵기에……

―그렇소만. 소저가 무슨 일로 이렇게 우릴 찾아오셨단 말이오?

나이보다 숙성해 보이는 탓에 도선수는 청이가 자기들이 찾던 장본인이라고는 생각하지 못한다.

―소녀가 올봄으로 열다섯 살이 되었나이다.

―호오. 그러시오?

최도술은 이렇게 응대를 해놓고도 더 말을 잇지 못한다.

도선수는 자기들을 찾아온 소저가 설마 스스로 자기를 팔러 왔으랴 싶은 것이다. 날로 민심이 사나워져 아비가 딸을 팔고, 밤에 몰래 소녀들을 보쌈해다 팔려는 일은 있었어도 이제껏 사지 멀쩡한 소녀가 저를 팔겠노라 나선 일은 없다.

―듣잡기에 삼백 석을 주신다 하더이다. 틀림없으신지요?

―그야, 어찌 백주 대낮에 거짓으로 생목숨을 유인하겠소만.

―어느 분이 우두머리 되시는지요? 긴히 드릴 말씀이 있사옵니다.

―앞에 있는 사람이 그러하니 바로 말씀하시오이다.

―소녀는 도화동 사는 심학규 선비의 외동 여식이옵니다…….

청이는 도선수에게 자신이 찾아온 뜻을 밝힌다.

눈먼 아빌 위해 삼백 석에 제 몸을 인당수 용왕에게 산 제숙으로 팔리라.

―제 아버님께 듣자오니 몽운사 부처님 원력이 높으시어 공양미 삼백 석 시주하면 눈을 뜰 수 있다 하더이다.

청이의 말을 다 들은 도선수는 탄식을 한다.

―그 옛날 왕상은 계모에게 효성을 다하려고 얼음을 깨고 강물에 뛰어들어 잉어를 잡았다 하고, 맹종은 늙은 어머니를 위해 한겨울에

산에 들어가 죽순을 캐냈다고 합니다만, 심 소저의 효성은 왕상과 맹종이 울고 갈 일이외다. 허나 인당수 제숙이 된다 함은 곧 이승과 이별하는 일인즉, 소저는 가볍게 처신하지 말아야 할 것이외다.

─소녀 어젯밤 한잠도 안 자고 생각에 생각을 거듭하여 마음을 세웠사옵니다. 부디 저의 소청을 받아들여주소서.

도선수는 청이의 말을 유심히 듣고도 한참을 생각하다가 비로소 입을 연다.

─공양미로 삼백 석을 바치고 나면 홀로 남은 아버님은 무슨 수로 소저 안 계신 세상을 앞 못 보는 눈으로 살아갈 수 있겠소?

─눈만 뜬다 하오면 그보다 더한 복락이 어디 있겠사옵니까. 그 뒤의 일일랑은 인당수 제숙이 된 제가 염려할 게 아닌 줄로 아옵니다.

어느새 뱃사람들이 도선수와 청이를 둘러쌌다.

─한 번 더 생각하여 결정을 번복해도 탓하지 않으리다.

뱃사공들의 우두머리인 도선수는 청이의 마음을 다시 한 번 묻는다. 청이는 굳세게 도리질을 했다.

─한 번 정한 마음 바꾸지 않겠나이다. 이 몸 하루를 살아도 값지게 살고 싶사옵니다. 죽음 너머도 본시 산 세상과 다를 바 없는 세상일 것이옵니다. 다행히 인당수 너머에 외로운 넋이라도 깃들일 수 있는 곳이 있다 하오면 그곳에 먼저 가서 이승의 아버님을 기다리겠나이다.

청이의 마음이 굳은 것을 본 뱃사람들은 그것으로 의논을 끝냈다. 뱃사람들은 공양미로 쓸 삼백 석 외에도 심봉사를 위해 오십 석에 값하는 포목이며 은을 동네 사람들에게 맡겨주겠노라 했다. 그만하면

풍족하지 않으나마 여생을 살아가는 데는 부족하지 않으리라고 했다. 청이는 그렇다면 귀덕 어미가 좋겠노라고 방법을 정한 후, 행선 날을 기다려 뱃사람들이 도화동 청이네로 찾아오기로 했다.

─아침부터 어딜 갔다 오는 게냐. 하도 맘이 괴로워 새벽바람에 깼더니 네가 없지 뭐냐.

청이가 약조를 하고 집으로 돌아오자 심봉사는 아침 일찍 외출했다 돌아오는 청이의 인기척에 목소리를 한껏 부드럽게 꾸며 딸을 맞이했다.

평소보다 일찍 깬 심봉사의 답답한 마음속은 공양미 바치는 일로 꽉 차 있었다.

'어떡해야 한다? 어떻게?'

골똘하게 궁리해도 뾰족한 수가 없다.

집 안에 재물이 될 만한 게 남아 있을 리 없다.

'무슨 도리가 없을까.'

궁하면 통한다 했으니 필시 방법이 없지 않을 듯한데, 머릿속에서 그 방법은 뭉게구름 속에 들어앉아 모습을 도통 드러내지 않는다.

그런 어느 순간, 귀덕 어미가 해준 말이 번뜩 떠오른 심봉사는 자기 무릎을 탁, 하고 호되게도 쳤다.

'옳지. 장 상서 댁 수양 손녀 보내는 거야. 그렇지. 이거야말로 도랑 치고 가재 잡는 게야.'

이제 심봉사는 딸을 어떻게 회유하느냐를 궁리하기 시작한다. 그럴듯한 집안이라면 어찌 여식이 아비 말을 따르지 않으랴만 청이가 철이 들어가며 아비 노릇 한 번 제대로 한 것 없으니 말에 위엄이 서지 못할 게 걱정이다. 또 귀덕 어미 말에 따르면 눈치가 그렇다는 것이지 장 상서 댁 큰마나님이 정말 그렇게 작정하고 있는지도 알 수 없다.

—장 상서 댁에 아침에 일해드릴 게 있어 다녀왔어요.

이 말에 심봉사가 반색을 한다.

—그래? 장 상서 어른 큰마나님은 안녕하시구?

—네.

청이는 아버지 낯빛이 유난히 밝아지는 이유를 알지 못한다. 하지만 행선 날짜가 닷새밖에 안 남은 걱정을 하던 참이다. 아버지의 밝은 표정을 보자, 청이는 자기도 모르게 말을 꾸며내고 만다.

—네, 아버지. 그런데 장 상서 댁 큰마나님께서 저를 손녀를 삼고 싶으시대요.

심봉사 이 말을 듣고 제 귀를 의심한다.

—거, 정말이냐?

—네. 저는 아버지 혼자 계시는 게 마음에 걸려서…….

—그게 무슨 말이냐. 그런 대갓집에서 딸을 삼는다는데. 그럼, 이 애비한텐 뭐라도 준다더냐?

청이는 아버지 말씀에 마음이 아프다. 하나뿐인 여식이 슬하를 떠난다는데, 심봉사는 염불보다 젯밥인 격으로 마음이 돌아간다.

—네. 아버지께서 평생 쓰실 수 있도록 쌀을 삼백 석도 넘게 주신다고 해요.

—뭐? 삼백 석도 넘게 준다고?

심봉사는 자기 귀를 의심할 지경이다. 옛날 소싯적에 점쟁이가 이르기를, 늘그막에 팔자 고칠 좋은 일이 있을 거라 하더니 바로 이거로구나 한다.

하지만 문득 심봉사는 아버지 체면으로 딸을 보내는 일을 너무 좋아해선 안 된다는 생각이 든다.

—거, 많이도 주시누나. 하지만 널 보내고 내가 어떻게 혼자 사느냐. 갓난애 업고 이 동네 저 동네 젖동냥 먹이러 다닐 때부터 이날까지 하루도 헤어질 새 없이 살아왔거늘.

—아버지. 제가 비록 가더라도 마음은 늘 아버지 옆에 있을 것이요, 그 삼백 석 몽운사 부처님께 바쳐 아버지 눈 뜨시면 그보다 좋은 일이 어디 있겠어요?

—그렇지? 눈을 뜨면 널 보러 한걸음에 달려갈 수도 있고 말이다.

한마디 주저하는 빛을 보였으니 됐다. 이제 심봉사는 얼굴 가득 기쁜 빛을 띠고 좋아한다.

청이는 아버지의 표정이 변하는 것을 보고 또 마음이 아프다. 속마음을 감추지 못하는 아버지다. 오늘 가진 것보다 늘 내일 가질 것을 꿈꾸는 아버지다.

—아버지, 아침 진지 드셔야지요. 제가 금방 차려 올릴게요.

—오냐. 오늘 날이 좋은 듯하구나. 새벽바람에 일어났는데도 몸이 개운한 게.

오늘 있었던 일을 생각하면 청이는 아무리 울어도 슬픔이 다하지 못할 것 같다.

아버지께 아침 올려드리고 귀덕 어머니한테 가서 오늘은 장 상서 댁 잔치 일을 못 도와드리겠다고 알리고 나서 하루 종일 집 안을 정리했다.

가진 것 없는 살림살이일망정 쓸고, 닦고, 빨고 하다보니 봄날 하루해가 짧다.

아버지가 지팡이를 짚고 노름방으로 마실 나간 사이 농짝이며 고리짝 안에 든 물건들을 가지런히 개다가 어머니가 남긴 편지를 다시 읽고 눈물을 흘렸다.

'어머니는 왜 내 이름을 청이라 지으신 걸까.'

심 씨는 가라앉을 침자를 쓰니 여기 맑을 청자를 더하면 물에 가라앉아 맑게 된다는 뜻이 된다.

청이는 망연자실했다. 어머니가 자기 운명을 미리 보고 있으셨던 것 같아 더 슬프다. 늘 안 계신 어머니를 그리워했으니. 이제 정말 어머니를 뵈러 떠나야 할 때다.

해가 뉘엿뉘엿 저물도록 아버지는 돌아오시지 않는다. 오늘밤은 차라리 안 돌아오셨으면 싶다. 또 한 밤을 꼬박 새우더라도 열다섯 해 짧은 인생일지언정 하나하나 농짝에 옷을 개어 넣듯이 정돈해보고 싶다.

해가 지고 달이 뜨니 귀덕 어머니가 장 상서 댁에서 돌아와 건너다보러 왔다. 떡이며 고기며 수정과 등을 나눠주고 노 마나님이 청이가 안 보인다고 하셨다는 말을 전해주고 간다.

청이는 정말로 큰마나님이 저를 수양손녀로 삼는다 하셔도 그 마음에 보답할 수가 없다. 그것으로 윤상이 오라버니와의 인연이 영영 끊어지게 됨을 안다. 산다면 윤상이 오라버니와 함께 아버지를 모시고 살아갈 일이요, 죽는다면 아버지 평생 한이나 풀어드리고 값있게 떠나갈 일이다.

그로부터 며칠, 남은 나날들이 어떻게 흘러갔는지 알 수 없다.

청이는 푸른빛이 나는 무명천을 손으로 쓰다듬어본다. 비록 일곱 새짜리 비싸지 못한 무명천이지만 푸른빛으로 염색한 옷감은 신비스럽게 보인다. 거친 듯 소박하지만 오히려 이 질감이 정다운 마음을 일으킨다.

청이는 천에 자기 볼을 대어본다. 자기를 향한 윤상이의 뜨거운 마음이 천에 스며들어 있는 것 같다. 무명천을 겹으로 마름질하여 한 땀 한 땀 바느질을 하면서 청이는 새록새록 솟아나는 생각들을 물리치려 애쓴다.

어렸을 적에 윤상이 오라버니, 귀덕이 오라버니와 함께 겨울 낚시 따라 갔을 때 추운 줄도 모르고 재밌었다.

그리고 그다음 해 봄이었나. 셋이서 개울로 놀러 갔다 개울가 바로 발밑에서 똬리 틀고 있는 꽃뱀을 보고 자지러질 뻔했었다. 청이는 그때 자기 손을 잡아주던 윤상이의 손길을 기억한다.

'윤상이 오라버니가 손을 낚아채 겨우 살았지.'

그땐 몰랐었다. 지금 돌이켜 생각해보면 그때 이후로 윤상이 오라버닐 특별하게 생각했던 것 같다.

청이는 자기도 모르게 미소를 짓는다. 또 도화동 무릉동의 눈부신 봄날들을 떠올렸다.

황주는 봄이 오면 골골마다 개나리, 진달래, 복사꽃 천지가 된다. 꽃이 피기 시작하면 청이는 들과 산으로 나가 아름다운 봄빛과 하나가 되었다. 이 지극한 아름다움을 만끽하다보면 가난도 외로움도 모두 물러나는 것 같았다. 세상 어느 모퉁이를 돌아가면 맑고 깨끗한 삶을 살아갈 수도 있을 것 같았다.

그렇게 화창하던 봄날들을 뒤에 두고 이렇게 삶을 마친다는 게 어쩐지 허무한 것도 같다. 윤상이 오라버니가 조르던 대로 아버지를 버리고 먼 곳에 가 새로운 삶을 시작하는 것이 하나의 선택으로 남아 있는 것 같기도 하다.

청이는 윤상이 오라버니만은 자기와 다르게 새로운 인생을 찾았으면 좋겠다고 생각한다.

아버지께 드리려던 옷을 윤상이에게 주게 된 것에서 더 애틋한 사랑을 느낀다. 지아비의 옷을 짓는 지어미처럼 청이는 한 땀 한 땀 바느질을 해나간다.

바느질하면서 청이는 아늑한 사랑의 세계로 깊이깊이 내려간다. 그곳엔 따사로운 빛과 천천히 흐르는 물과 널찍한 바위가 있다. 살랑거리는 바람과 새초롬하게 피어난 들꽃들이 있다.

청이는 아무도 없는 그 깊은 계곡 하염없이 물길 돌아가는 절벽 아래 서 있다가, 올려다보니 가파른 벼랑 위로 되돌아갈 길이 막막하다.

모든 것을 단념하고 세속으로 되돌아가려는 한 가닥 미련조차 단념하고, 청이는 그냥 물가에 앉아 헤적이는 햇빛에 반짝거리는 물만 바라보기로 한다.

마음이 더할 수 없이 평온해진다. 생명이 이렇듯 연초록 나뭇잎들처럼 아름답게 반짝일 때 이렇게 훌쩍 떠나는 것도 좋으리. 마음이 명경처럼 고요하고 맑으니 이제 세상과 이별하는 절차도 자기 안에서는 다 끝낸 듯하다.

인생의 허망함이란 굳이 일러 말할 필요가 없다.

50년 세월도 화살같이 흐르거늘 봄날의 닷새 시간이야 오죽이나 할까.

첫 닭이 운다. 이윽고 행선 날이 닥친 것이다.

간밤을 뜬 눈으로 새운 청이는 마침내 아버지 곁을 떠날 채비를 한다.

아침진지를 오늘은 순곡으로만 지어 기름기 잘잘 흐르는 이팝으로 아버지께 올린다. 며칠 전부터 이날 아침만은 남부럽잖게 지어드리리라 작정했었다.

마침 이틀 전에 심봉사가 출타하고 집에 없을 때 뱃사람 두엇이 찾아와 청이의 마지막 결심을 묻고는 돈 꾸러미를 내놓았다.

자기들끼리 상의하여 약조했던 오십 석에 오십 석을 더 얹어드리기로 하였으니 청이가 떠난 후에 아버지가 살아갈 수 있게 해드리라는 것이다. 청이는 이것을 무척 고마워하며 받아 넣어두었다.

귀덕 어머니가 새벽부터 찾아와 부엌에서 눈물을 한 바가지나 쏟고는 한숨을 쉬며 밥 짓는 일을 도왔다.

—청이가 이렇게 가면 아버진 어찌 사누.

사흘 전쯤 저녁에 청이가 직접 찾아가 그간의 사연을 토설하자 귀덕 어머니는 소스라칠 듯 놀라며 절대 안 될 일이라고 했다. 하지만 청이가 차분히 제 뜻을 밝히자 하는 수 없이 모든 걸 받아들일밖에 없었다.

귀덕 어미가 아침밥을 함께 차려주고 잠시 자기 집에 들르러 간 사이에 청이는 아버지를 깨운다.

솥으로 데운 물에 세수를 시켜드리고 빨아둔 옷으로 갈아입혀드린다. 오늘 따라 심봉사는 신기가 좋다. 오늘 청이가 장 상서 댁으로 가고 공양미 삼백 석이 몽운사로 가면 자기는 드디어 눈을 뜰 수가 있으리라고 믿어 의심치 않는다.

―웬 찬이 이렇게 많으냐. 장 상서 댁에서 벌써 공양미를 내준 게 냐? 삼백 석에서 한 석이라도 축나면 큰일 날 텐데.

심봉사는 딸이 쇠고기 구운 것도 넣어주고 조기도 넣어주고 구하기 어려운 어리굴젓도 넣어주고 하자 그렇게 맛있어할 수 없으면서도 은근히 걱정을 한다.

―마음 놓고 드시어요. 장 상서 댁에서 보내주신 돈으로 장만한 것이어요.

―그래? 허. 내 너를 못 보는 게 서운은 하다만 귀한 집 수양딸로 가니 나쁘지 않구나.

―많이 드시어요.

청이는 숟가락으로 밥을 떠서 아버지 입에 넣어드린다. 심봉사는 입을 딱 벌리고 그것을 받아 우물우물 저작한다.

―쌀밥이 좋긴 좋아. 이렇게 맛날 수가 있나.

청이는 물정 모르는 심봉사의 감탄에 마음이 아프다.

―저, 아버지.

―말하려무나.

―장 상서 댁에서 가외로 주신 돈 꾸러미가 있어 저 농 맨 아래에다 넣어놓았어요.

―엥? 돈 꾸러미? 어디? 얼마나?

심봉사는 밥을 먹다 말고 깜짝 놀라서 농 쪽으로 더듬어 기어가

맨 아래 것을 서둘러 열어본다.

손을 더듬어보니 정말 돈 꾸러미가 있다.

—아니, 이게? 웬 돈이 이렇게 많으냐?

심봉사는 두 손으로 돈 꾸러미를 들어 무게를 가늠해본다. 무거워다 들 수가 없을 지경이다. 심봉사 입이 딱 벌어진다.

청이는 아버지가 두 손에 받쳐올린 돈 꾸러미가 어쩐지 구렁이같이 징그럽게 느껴져 몸에 소름이 조로록 돋는다.

—이걸 다 나 쓰라고 주신 게야?

—네. 아껴 쓰시면 늦게까지 편안하실 거예요.

—허어. 정말이냐. 이 많은 게 다 내 거란 말야.

심봉사는 입맛이 다 가실 지경이다. 절그럭거리는 돈 꾸러미를 연신 어루만지며 황홀해 한다.

—허허. 허허허. 내 너를 그토록 늦게 보고 그 고생 다하여 길러냈더니. 오늘 같은 날이 있으려고 그랬구나.

심봉사는 입이 귀에 걸려 다물 줄을 모른다.

—내가 오늘 새벽에 꿈을 꿨지 뭐냐.

—어떤 꿈이신데요?

—허. 그런데 꿈이 좀 사나워. 니가 곱디곱게 단장을 허구 호화스런 수레를 타고 어딜 가더라구. 니가 장 상서 댁 가는 날이라 그런지. 근데 가만 보니까 수레가 불이 타는 곳으로 가고 있지 뭐냐. 저어 쪽에서 불이 점점 커져서 활활 타오르는데 그 안으로 수레가 스르륵 빨려가더구나. 그래, 내가 놀라 소리를 질러 널 부르려는데 목소리가 안 나와.

청이는 아버지의 꿈 이야기에 또 가슴이 미어진다.

—염려 마셔요. 꿈은 현실하고는 다르다잖아요.

—그렇지? 오늘처럼 좋은 날에. 원.

이때다.

바깥에 인기척들이 난다 하더니 청이를 찾는 소리가 들린다.

—심 소저 안에 계시오?

—뉘시우?

심봉사가 영문 모르고 말을 받는다.

—아버지, 잠깐 계시어요.

청이가 서둘러 바깥으로 나간다. 하지만 용무가 급한 뱃사람들이다. 걸걸한 목소리로 어서 가자는 뜻을 밝힌다.

—오늘 행선 날이라 심 소저를 모셔오라는 분부시오.

—아버님 진지 드시는 중이오니 잠깐만 기다려주시어요.

—예서 포구까지가 한참이니 시각을 지체하기 어렵소이다.

뱃사람들 옆에는 귀덕 어미가 아무 말도 못 하고 어쩔 줄 몰라 하고 있다.

그제야 심봉사는 이게 무슨 일인가 하고 의아해 한다.

—얘야. 웬 사람들이냐? 행선 날이라니? 포구에 간다는 건 또 뭐구?

심봉사가 방문 바깥으로 고개를 내밀며 청이에게 묻는다. 뱃사람들이 영문 모르는 표정으로 청이와 심봉사를 번갈아 바라본다. 귀덕 어미는 한숨을 쉬며 서 있을 뿐이다.

청이는 그제야 참았던 눈물을 주르르 쏟아낸다.

—아버지.

―오냐. 말하려무나.

―제가 아버지께 말씀을 잘못 드렸어요.

아무리 심지 곧은 청이라도 울음이 터져나오지 않을 수 없다. 흐느껴 운다. 막고 참았던 설움이 빠져나갈 곳을 만난 것처럼.

―에휴. 선비 어른, 청이가 인당수 제숙으로 팔려간다지 뭡니까.

귀덕 어미가 마침내 토설을 하고 만다.

―에? 팔려가? 수양손녀 되는 게 아니구?

―그렇다니까요. 오늘이 바로 그 떠나는 날이랍니다.

―어디로? 어디로 간다구?

심봉사는 인당수라는 말을 들어놓고도 곧이들리지 않는다.

―인당수요. 인당수 제숙으로 중국 뱃사람들한테 팔려간다니까요.

―아니, 이게 무슨 말이냐. 애, 청아. 울지만 말고 얘길 해봐.

―장 상서 댁 수양손녀 간단 말은 아버지가 놀라실까봐······.

―그럼 공양미 삼백 석은 어떻게 되느냐.

심봉사는 놀란 표정으로 입을 딱 벌리고 허공을 향해 옳은 대답을 기다린다.

―남경 가는 뱃사람들이 주시기로 약조했어요.

―그래? 그럼 넌 어떻게 되구?

―에그, 선비 어른. 청이가 어찌 되다뇨. 제발 좀 말려주세요.

―아니에요.

청이가 울음을 그친다. 귀덕 어미 말을 끊고 아버지께 고한다.

―아버지. 제가 아버지, 어머니 생명을 받아 세상에 나서 이제껏 살아온 것만 해도 꿈만 같아요. 제가 더 살아도 심 씨 가문의 대를 이

을 것도 아니요, 아버지께서 생명 주옵신 그 은혜의 티끌만큼도 갚을 수 없을 거예요. 공양미 삼백 석이면 눈을 뜰 수 있다는 말씀을 듣고 내내 생각했어요. 제가 살고 아버지가 광명을 못 보시느니 제가 죽어 아버지 눈 뜨시는 게 이 보잘것없는 목숨 값있게 쓰는 길이에요.

청이는 눈물이 흐르는 채로 간곡하게 말씀드린다. 심봉사는 눈을 깜짝이며 이 말을 긴히 듣는다.

듣고 보니 그럴 듯한 말이다. 어차피 딸은 가문을 이으려야 이을 도리가 없다. 이 집 사정에 데릴사위 들어올 사내가 있을 리 없고, 있다 해야 필시 가난뱅이나 무지렁이일 게 뻔하다. 그런 못난 사낼 만나면 아이 낳고 밭갈이하다 평생 마칠 게 불 보듯 환하다.

하지만 심봉사는 문득 생각난 듯 뱃사람들 들으라고 일장 호령을 한다.

―예끼 몹쓸 놈들아. 느이들은 부모 자식도 없느냐. 아무리 바다 장사가 중하다기로 어엿한 양반 가문 무남독녀를 이렇게 끌어다가 고기밥을 만들어. 그 아무리 용왕이 무섭다기로 애꿎은 여아를 산 제물로 바쳐야 바달 잠재워 주신다냐. 안 된다, 이놈들아.

심봉사는 방문을 활짝 밀치고 나오다 문턱에 발이 걸려 툇마루에 엎어지고 만다. 섬돌 밑에 섰던 뱃사람 하나가 황급히 다가들어 심봉사를 부축한다.

뱃사람 하나가 정경이 딱하게 되었다는 듯 혀를 끌끌 차고 한 말씀 올린다.

―선비 어른, 쇤네들이 무얼 알겠습니까. 이미 귀정난 일이오니 속히 떠날 수 있게 해주시이다.

―이놈. 무식한 놈들은 어쩔 수 없다더니 무에 귀정이란 말이냐. 청아. 아니 된다. 못 간단 말이다.

심봉사가 허공을 향해 청이를 끌어안으려는 듯 허우적거린다. 심봉사 눈에서는 굵은 눈물이 흘러내리고, 입에는 마른침이 흐른다.

하지만 누군가 이 광경을 위에서 지켜보았다면 심봉사의 몸부림에 어딘가 과장기가 섞여 있다고 생각하게 될지도 모른다. 허나 사람의 속을 구경꾼들이 어떻게 쉬이 깊이 알랴.

―선비 어른, 저희들을 부디 용서해주시이다. 도선수 어른께서도 선비어른 댁 사정을 헤아리시어 미리 약조했던 삼백 석에 백 석 어치나 더해주셨잖습니까요.

―듣기 싫웨. 멀쩡한 딸 사지로 몰고 내가 무슨 염치로 눈을 뜬단 말이냐. 으흐흐.

심봉사가 짐승처럼 울부짖으며 머리를 툇마루에 찧어댄다.

―아버지, 고정하세요. 기왕 이렇게 된 것 고요히 이별하게 해주세요. 네?

청이가 눈물을 흘리며 아버지를 만류한다.

심봉사의 처절한 몸부림과 청이의 처연한 행동거지에 마당에 선 사람들 모두 눈물을 뿌리지 않는 이가 없다. 마침 청이네 사립 앞을 지나가던 아낙들 둘이 이 광경을 보았다. 앞뒤 사정을 눈치 챈 아낙들도 함께 눈물을 흘리며 청이를 가엾어 한다.

―하늘이 낸 효녀라더니.

―이를 어째유. 도화동이 어찌 되려고 이런 일이 다 나누.

―이제 겨우 열다섯 살에, 용왕님 제물이 다 뭐야.

옛말에 말은 가자 하고 해는 중천을 향해 간다고, 뱃사람들은 더이상 지체할 수 없다.

―소저.

뱃사람 하나가 난처한 표정으로 청이를 본다.

―알겠어요. 아버지께 마지막으로 절이나 올리고 하직하게 해주세요.

청이는 아직도 소리 내어 우는 아버지를 향한다.

―부디 평안하시어요. 불효 여식 청이, 아버지께 하직인사 올립니다.

청이가 섬돌 아래 내려와 아버지를 향해 큰절을 올린다.

귀덕 어미나 동네 아낙들은 아이구, 아이구 하고 동네 상여 나갈 때 소릴 하며 운다.

이마에 두 손을 올리고 천천히 앉아 큰절을 올리고 일어나려는데 갑자기 정신이 아득해진다.

가까스로 다 일어났다고 생각하는 순간 청이는 짚단이 허물어지듯 쓰러져 내린다.

―에구, 저걸 어째.

아낙들이 비명을 지르는 동안에 뱃사람들이 달려들어 쓰러진 청이를 안아올린다. 청이가 가까스로 정신을 다시 수습한다. 탈진한 사람처럼 늘어진 청이가 겨우 일어나자 뱃사람들이 제각기 근심들을 한다.

―허어. 이러다가 제숙으로 바치기도 전에 장례 치르겠소.

―어서 모시고 갑시다, 그려.

가마 멘 교꾼들을 동네 어귀에서 기다리라고 한 터라 거기까지는 청이를 부축해 갈 참이다.

청이가 절을 올린다는 통에 잠자코 있던 심봉사가 다시 몸부림을 친다.

―청아. 안 된다. 어디 가느냐. 나 혼자 놔두고…… 내가 널 사지로 보내고 눈을 뜨면 뭐하느냐…… 어흐흐.

―아버지. 저 먼저 하늘나라 가서 어머니 뵙고 있을게요. 부디 오래오래 만수무강하세요.

―선비 어른. 저희들 죄인으로 물러갑니다요. 심 소저 원력으로 부디 눈 뜨시기 바라겠삽니다.

뱃사람들에게 이끌려 사립문을 나서면서 청이는 정든 집을 돌아본다. 귀덕 어미가 아무 말도 못 하고 청이의 손을 잡고 눈물짓는다.

―귀덕 어머니. 죽어서도 이 은혜는…… 용서하세요. 하나도 못 갚고서 이렇게…… 저 없더라도 아버지를…….

청이가 목이 메어 끝내 말을 잇지 못하매 귀덕 어미도 함께 울먹인다.

―아무 걱정 말어, 청아. 선비 어른은 내가 틈틈이 보살펴드릴 테니.

청이가 설움이 복받쳐 말은 못하고 고개만 끄덕거린다. 이윽고, 청이가 잡고 있던 귀덕 어미 손을 놓으매,

―에구우. 내가 답답해서 어떻게 사누. 내가.

하고, 귀덕 어미가 땅바닥에 주저앉아 대성통곡을 한다. 비록 피 한방울 안 섞인 타인이라지만 딸 같은 청이를 사지로 내보내는 마음은

친어머니보다 더하면 더했지 못할 게 없다. 세상에 귀덕 어미 같은 이웃들만 있다면, 피붙이 없는 설움에 시달릴 이 몇이나 될까.

마침내 청이는 모여든 이웃들이 손을 잡으며 탄식하는 가운데 가마 있는 곳에 다다른다.

시각이 지체되는 걸 참지 못한 교꾼들이 동네 안으로 들어와 기다리는 참이다.

가마를 타려다 말고 청이는 한 번 뒤를 돌아본다. 하나둘씩 소식 듣고 모여든 동네 사람들도 저마다 청이에게 손짓을 한다.

—청아. 잘 가거라.

—우리가 꼭 널 기억하마.

—제사도 지내주고.

—아버지 걱정 말고.

봄날 밝은 햇살 아래서 이렇게 사람이 살고 죽는 이별을 하니, 그 장면이 어찌 참혹하지 않으리요.

—어서 타시지요.

교꾼 하나가 재촉을 하니, 이윽고 청이는 체념한 듯 몸을 돌이켜 가마에 오른다. 가마가 허공중에 뜨는 듯하더니 흔들흔들 앞으로 나아간다.

—오래 지체했는걸.

—그렇다고 부녀간 생이별을 생략하랄 수 있나.

—제길. 나두 이런 효녀 딸 하나 있으면 이 고생 안 할 것을.

—딸 팔아 팔자 고쳐 무슨 죄업을 쌓으려고.

교꾼들 넷이 척척 호흡을 맞추면서도 오늘 일을 두고 청이의 눈치도 안 보고 품평들을 한다.

'안 오셨어.'

청이는 차라리 잘 되었다고 생각한다. 윤상이 오라버니가 왔더라면 제가 아예 혼절을 해버렸을 것만 같다. 아니면 윤상이 오라버니 성품에 뱃사람이나 아버지나 무슨 험한 일을 당했을지도 모른다. 어젯밤만 해도 그놈의 몽운사에 불을 질러버리겠노라고 미친 듯이 노여워하지 않았던가.

어젯밤 청이는 당산나무 밑에서 마지막으로 윤상이 오라버니를 만났다. 꼬박 사흘 밤을 들여 빚은 푸른빛 무명옷을 보자기에 싸들고 나타나자 윤상이는 기대에 찬 눈빛으로 청이를 쳐다봤다.

— 오라버니. 드릴 말씀이 있어요.

윤상이가 이끄는 대로 품에 안겼다 몸을 바로 세우며 청이는 윤상이 오라버닐 똑바로 쳐다보았다.

윤상이도 청이를 쳐다본다. 어글어글한 윤상이의 눈동자에는 청이가 무슨 말을 하려는가 하는 궁금 반 기대 반의 눈빛이 담겨 있다.

막상 그 눈빛을 보니 청이는 차마 떠난다는 말을 꺼낼 수 없다.

— 이거 오라버니 옷이에요.

— 옷?

윤상이는 청이가 내미는 옷 보자기를 받아든다.

— 무슨 옷?

— 무명옷요.

— 무명옷? 열어봐도 돼?

―네에.

윤상이는 보자기를 천천히 풀어본다. 보자기 안에서 달빛 아래 푸
르스름하게 빛나는 무명옷 한 벌이 모습을 드러낸다.

―와아. 멋진데.

―맘에 들어요?

―응. 맘에 드네.

―다행이네요.

―입어볼까?

―여기서요?

―그래. 여기서.

청이는 얼굴을 붉힌다.

―집에 가서 입어보세요.

―아냐. 여기서 입어보겠어.

말을 마치자 윤상이는 그 자리에서 제가 걸치고 있는 흰 옷을 훨
훨 벗어버린다.

―에그머니.

청이가 기겁을 하고 돌아앉는다. 윤상이는 껄껄거리며 옷을 갈아
입는다. 청이의 귀에 윤상이가 옷을 갈아입는 소리가 들린다. 윤상이
는 웃옷만 갈아입는 게 아니라 아래까지 다 갈아입는 모양이다. 청이
는 자기도 모르게 가슴이 콩당콩당 뛴다.

―봐.

윤상이가 옷을 다 갈아입었음을 알려준다. 청이는 마음을 조이며
겨우 고개를 돌려본다.

─와아. 잘 어울려요.

눈대중으로 어림짐작해서 지었는데도 잘 맞는 것 같다. 기쁘다. 윤상이 오라버니에게 드릴 수 있는 마지막 선물이라고 생각하니 마음이 쓸쓸해진다.

─옷고름 고쳐드릴게요.

─잘못 맸나?

청이는 고름이 제대로 매겼는지 한눈에 들어온다. 어려서부터 아버지 옷을 보아드려온 탓이다.

─자. 됐어요. 제대로 서보세요.

─그래.

윤상이가 푸른빛 새 옷을 입고 우뚝 선다. 달빛 아래 윤상이의 늠름한 기상이 파랗게 살아 있는 것 같다.

─멋있어요.

─고맙다. 그런데 웬 옷이지?

윤상이의 물음에 청이는 숨이 탁 막히는 느낌이다. 결국 막다른 골목에 다다른 것이다. 청이는 숨을 한번 크게 고른다.

─오라버니.

윤상이는 청이의 심상찮은 기운에 자기도 모르게 긴장한다.

─오라버니. 내일 저 떠나야 해요.

─그게 무슨 말이지?

윤상이가 청이를 똑바로 쳐다본다.

─중국 배. 오라버니가 지난번에 말씀하신.

─중국 배?

막상 입을 떼어놓고 보니 청이는 알 수 없는 무서움에 몸이 덜덜 떨려온다.

—무슨 일인지 말해봐.

윤상이가 청이를 노려본다.

—오라버니. 저, 죽으러 가야 해요.

—그게 무슨 말이냐구.

—아버지 눈 뜨신다고 해서, 공양미 삼백 석에…… 인당수에.

—안 돼.

윤상이가 눈을 부릅뜬다.

—미친 거냐, 청아. 너 미쳤냐구!

—아녜요. 오라버니.

—미쳤어. 넌 미쳤다구. 안 돼. 누구 죽는 걸 보려구.

—오라버니. 진정하세요.

—니가 날 죽이려고. 니가 날…….

윤상이가 청이 어깨를 금방이라도 으스러뜨릴 것처럼 억세게 부여잡는다.

—안 돼. 넌 나랑 떠나야 돼. 나랑 가야 한다구.

윤상이 서슬에 청이는 아무 말도 못 한다. 온몸의 힘이 다 빠져나가는 것 같다.

—그깟 아비가 뭐라고. 눈만 먼 게 아니라 사리분별 못하는 늙은이가 뭐라고 네가 목숨을 바치느냐구.

윤상이는 청이를 부여잡고 마구 흔들어댄다.

청이는 아무 말도 못하고 윤상이가 쥐고 흔드는 대로 몸을 내맡긴다. 슬픔 속에서 어차피 죽어질 목숨. 윤상이 오라버니에게 죽으나 인당수의 수중고혼이 되거나 다를 바 없는 것 같다.

윤상이는 청이를 금방이라도 죽일 듯 흔들어대다 모든 일이 가망 없다고 느껴졌는지 숨을 헉헉거리며 두 손으로 제 머리를 감싸쥐고 갑갑해한다.

─원통해. 원통하다구.

윤상이가 울분과 슬픔을 못 이겨 제 가슴을 쥐어짜는 것을 보자, 청이는 제 처지를 잊다시피 윤상이 오라버니가 가엾어진다.

제 한 품 안에 아버지도 윤상이 오라버니도 다 품을 수 있으면 좋으련만, 하늘은 자기한테 그런 운명을 점지해주지 않으셨다.

청이가 윤상이 오라버니한테 다가가 조용히 달랜다.

─오라버니와 저는 살아서는 이만큼밖에는 인연이 못 닿나봐요. 하지만 저 하늘에서는 다를 거예요. 가서 꼭 기다릴게요.

윤상이는 고개를 숙인 채로 머리를 뒤흔들며 청이의 말을 부정한다.

얼마나 시간이 흘렀을까. 한참 만에 윤상이가 고개를 든다.

─니가 그렇게 가면 나도 살고 싶지 않아. 살아도 같이 살고 죽어도 같이 죽어야 해.

─오라버니. 사람이 죽으려는 건 어쩌면 너무나 삶을 사랑하기 때문인지 몰라요. 오라버니는 사셔야 해요.

윤상이는 청이를 똑바로 바라보며,

─안 돼. 나, 널 이렇게 보내지 않아. 절대로.

윤상이는 벌떡 일어서서 청이가 만들어준 옷 그대로 뚜벅뚜벅 뒤도 돌아보지 않고 걸어가버렸다. 안아주지도 않고 손조차 잡아주지 않고 떠나는 윤상이 오라버니를 청이는 망부석이라도 된 듯 그대로 바라보고 있었다.

가마 속에서 몸을 흔들리우며 청이는 어젯밤 일에 가슴이 칼로 베인 것처럼 아리다.

그렇게 이별할 줄 알았다면 더 많이 사랑해드릴 것을. 어느 날 밤 오라버니가 내 손을 잡아끌 때 차라리 그에게로 무너져버릴 것을. 그랬다면 오늘같이 팔려가는 일은 아예 일어나지도 않았을 것을.

생각이 이에까지 미치자 청이는 머리를 애써 가로저으며 어둠 속에서 눈을 크게 떠본다. 가마 속은 빛이 충분히 들어오지 못해 어둠에 물들어 있다. 청이는 마치 어둠이 저를 보고 있는 것 같다.

'아냐. 오라버닌 나 없이도 살아가실 수 있어.'

하지만 자기는 지난 십오 년으로써 삶을 다 살아버린 것 같다. 분수로 치면 육십 년을 살 것을 그 사분의 일 쪽만 산 게 아니고, 십오 년 살 것을 십오 년 그대로 다 산 것 같다.

'옳아. 부족할 것도 아쉬워할 것도 없어. 이 지상에서 내게 주어진 몫이 바로 이만큼인 것을.'

가마는 한참을 가다 잠깐 쉬고 또 한참을 가곤 한다. 포구까지는 얼마나 더 가야 하나. 밤새 뜬 눈으로 밤을 지새고 아버지와 헤어지는 참혹한 일까지 치른 탓에 청이는 말할 수 없이 지쳐 있었다. 흔들리는 가마 속에서 청이는 꾸벅꾸벅 졸다 마침내 구겨지듯 쓰러져버렸다.

─다 왔소이다.

교꾼들이 소리를 지르는 바람에 청이는 겨우 눈을 뜬다. 코끝에 스치는 바람 내음이 확실히 도화동과는 다르다. 교꾼들이 조심스럽게 가마를 내려놓고 문을 열어 내리게 한다.

—예서 나룻배 타고 겸이포까지 가얍네다.

교꾼들이 청이를 뱃사람들에게 넘겨주니 청이는 황주강 포구에서 기다리고 있던 배에 옮겨 탄다. 황주강은 멀리 부인당산 계명고개에서 발원하여 황주평야를 이리저리 휘돌아 흘러 황주를 거쳐 겸이포로 나아가 대동강에 합류하는 서해도 젖줄이다. 청이는 말만 들었지 한 번도 포구까지 나와본 적 없다.

—고되시겠소.

뱃사람 하나가 물동이에서 물을 한 사발 퍼서 건네준다. 청이는 말 없이 고갯짓만으로 고마움을 표현하고 물을 마신다. 물을 마셔보니 몹시 목이 말랐음을 겨우 알아차린다.

—고맙습니다.

무심한 뱃사공은 천천히 노를 젓고 물이 흐르는 대로 배는 연록빛 수양버들 늘어진 황주강을 흐르고 흘러 어느덧 겸이포에 다다른다. 황주강이 대동강에 합쳐지는 이곳은 예부터 사람들이 모여들어 고기도 잡고 뱃길로 서해도 연안을 따라 몽금포, 장산곶, 벽란도까지 나아가기도 했다.

—저 배올시다.

뱃사람이 가리키는 곳을 보니 과연 집채만 한 배가 포구에 정박해 있다. 배가 커서 나루에 직접 접안을 하지 못하고 부교를 띄워 사람이며 물건들을 부지런히 실어 나르고 있다.

'크다. 크구나.'

청이는 속으로 감탄을 한다.

―갑시다요.

뱃사람들이 청이를 중국배로 데려간다.

―영좌 어른, 모시고 왔습니다요.

―다들 수고했소.

청이가 고개를 들어보니 영좌란 그날 아침에 황주 주막집에서 만났던 이다.

'이분이 정녕 도사공이었구나.'

청이는 뱃사람답게 강인해 보이면서도 어딘지 모르게 인정의 기미가 느껴지는 도선수를 향해 말한다.

―저희 아버님께 백 섬어치나 남겨주셨으니 그 은혜 어찌 다 갚아야 할지 모르겠사옵니다.

―아니올시다. 심 소저 효성이 이렇듯 깊으니 어찌 우리 같은 뱃사람인들 마음이 없겠소. 멀리 떠나야 하니 배에서나마 푹 쉬도록 하시오.

청이는 머리 숙여 감사드리고 부교를 타고 배 안으로 들어간다.

―진지 잡숫구랴?

청이 배에 오르니 웬 아낙이 다가와 뱃사람들에게 말을 건넨다.

―좋지. 뭐 좋은 반찬 있소?

―배 부리는 분들이니 물고기는 끊이지 않을 테구 해서.

―그렇지. 보름은 족히 걸릴 뱃길인데.

―육개장 끓여놨는데 괜찮겠어유?

─육개장? 거 좋으네.

─이 아가씬 어떻게 하구?

아낙이 청이 눈치를 보며 뱃사람들에게 묻는다.

─도사공 머무시는 방 옆에 작은 방이 있으니 거기 모셔다드리구
려.

─오, 참 그 방이 있었지. 진지는 드시구 들어가셔야쥬?

─따로 차려드리는 게 좋겠소.

─그래야 하겠네유.

아낙은 청이를 배 한가운데 있는 선실로 데려간다.

─배가 참 커요.

청이는 자기 신세를 잠시 잊고 송나라 오가는 배가 큰 데 놀란다.

─그럼요. 일흔 명이나 탈 수 있구. 쌀로 치면 천 석이나 실을 수
있어요.

─중국에서 만든 건가요?

─고려 배지. 송나라 배들은 이렇게 좋지 못하다우. 선주는 중국
사람이어도 영좌 어른부터 아랫사람들이 죄 고려 사람들이라우.

─그렇군요.

이렇게 큰 배를 부리는 중국 사람은 얼마나 부잘까. 황주 복사골
작은 동네에서만 살아온 청이는 이렇게 큰 세상으로 나가는 문이 있
었다는 게 신기하기만 하다.

─저, 배 좀 한번 둘러봐도 될까요?

─그러시구랴. 내 밥 차려다드릴 테니 우선 들구 저 앞에 부엌으로
오시구랴.

선실에 들어 개다리소반에 차려온 육개장을 몇 숟가락 뜨고 나니 기운을 차릴 수 있을 것 같다. 뱃사람들이 전부 남정네들이라 바깥에 나가기는 부끄러우나 처음 타보는 배 구경을 하고 싶다. 청이는 부엌 쪽으로 가본다. 밥을 차려다 준 아낙 말고도 두 사람이 더 있다. 다들 바삐 움직이고 있다.

―아주머니.

―오셨구랴. 같이 나가볼까.

아낙을 따라 청이는 갑판으로 나간다. 아까는 몇 명밖에 보이지 않던 뱃사람들이 어찌나 많은지 청이는 다시 한 번 놀란다. 출항 준비에 다들 정신이 없다. 청이가 어떤 여잔지, 왜 들어왔는지 묻는 이도 없다.

―저이들은 송나라 사람들이라우.

아낙이 가리키는 곳을 보니 과연 고려 사람들하고는 머리 모양도, 옷 입은 것도 다른 이들이 밧줄을 당기느니 돛대를 만지느니 하고 있다.

청이는 일하는 이들 사이를 이리저리 돌면서 배를 한 바퀴 빙 둘러본다. 모두들 활기차게 일하고 있다. 배 뒤쪽 옆구리에 서서 이제 곧 이별해야 할 고국산천을 건너다본다. 봄빛에 물든 산야는 곱디곱기도 하다. 청이는 자기도 모르게 눈물을 주르륵 흘린다. 사정을 아는 아낙은 아무 소리도 하지 않고 측은한 눈초리로 곁에 서 있다.

그때다.

부교 쪽에서 무슨 소리들이 들리기에 보니 웬 사람들 몇이 올라오고 있다.

─새로 들어오는 뱃사람들이라우. 꼭 몇 사람씩 그만 두니까 자꾸 새로 들여야 한다우.

청이는 무심한 눈으로 올라오는 사람들에게 시선을 던지는데, 황색 무명의를 걸친 사람들 사이에 푸른빛 옷을 입은 사람 하나가 끼어 있다.

청이는 그 옷을 무심코 바라보다 깜짝 놀라고 만다.

'윤상이 오라버니다.'

순간 청이는 가슴이 몹시 뛴다.

'오라버니야. 어떻게 여기까지 오셨을까.'

청이는 사람들 속에 섞여 올라오는 윤상이를 바라본다. 마음은 눈물이 솟을 정도로 반가운데 한편으로 크게 두렵기도 하다. 필시 자기를 만나러 오는 것이니, 만나고 나면 무슨 일이 생길지 모르는 것이다.

─아주머니. 저 어지러워요.

─그류? 배를 처음 타면 다 그렇다우. 이리 들어가시우. 좀 쉬면 가라앉으리다.

청이는 아낙을 따라 선실로 들어간다.

방 안에 들어 혼자가 되자 청이는 마음속이 몹시 혼란스러워진다.

어젯밤에 그렇게 훌쩍 돌아서더니. 몹시 서운하면서도 차라리 잘 되었다고, 오라버닌 자기 삶을 찾아야 한다고, 긴 밤을 전전반측 애써 그리워하는 마음을 타일러놓았는데. 이렇게 자기 앞에 그림같이 모습을 나타낸 것이다.

당장이라도 오라버니에게 달려가 품에 안기고 싶다. 다 끝났다고 애써 억누른 마음이 언제 그랬냐는 듯 봇물처럼 터져나오는 정을 어떻게 하지 못한다.

청이가 마음을 다스리지 못하고 있는 사이 바깥에서 왁자지껄하는 소리들이 들려온다.

―돛을 올려라.

―돛을 올려라.

―돛 올라갑니다요.

연거푸 소리들이 나고 돛이 올라가는 소리가 들린다.

―닻을 올리라.

―닻을 올리라.

―닻 올립니다요.

이제 정말 떠나려는가보다. 청이는 일어나 선실 작은 창으로 바깥을 내다본다. 선창 물이 출렁출렁 보인다. 배가 우쭐우쭐 움직이기 시작한다. 멀리 고국산천의 아름다운 풍광이 눈에 들어온다.

'떠나는구나.'

이제 정말 청이는 뭍을 떠나 바다로 나가고 있다.

다시 돌아오지 못할 곳. 청이는 멀어져가는 땅을 하염없이 바라본다.

저 산야도 이 순간만큼은 어리고도 한없이 맑은 이 여인이 자기 산천을 떠나감을 못내 아쉬워하는 것 같다.

인당수 바다에
한 조각 넋이 되어

청이를 태우고 겸이포를 떠난 배는 서해도 연안을 따라 빙 둘러 내려간다. 청이는 선실에서, 또는 몰래 배 옆구리 사람들 눈에 잘 안 띄는 쪽에 가서 바다 풍경을 바라봤다.

바다는 참으로 많은 풍경을 간직하고 있었다. 해가 아직 하늘에 떠 있을 때 바다는 맑고 푸르렀다. 포말은 희고 눈부셨다. 멀리 희끄무레한 뭍은 신기루처럼 가물가물 보이다 안 보이다 했다. 해가 수평선으로 서서히 떨어져 내릴 때 바다는 불타는 듯 반짝였다.

'저게 낙조라는 거구나.'

청이는 저물면서 빛나는 바다를 넋을 잃고 바라보았다. 해는 타오르면서 일렁거리면서 으깨어지면서 바다 밑으로 침몰되어갔다. 청이는 가슴이 불도장이 찍히는 듯 뜨거워졌다. 살아서 이렇게 숨 막히도록 아름다운 장면을 보고 죽을 수 있다는 게 얼마나 행복한지 몰랐다.

해가 떨어지고 어둠이 내리자 바다는 또 다른 표정을 지어냈다. 배가 바다를 가르는 소리가 더 크게 들리면서 사방은 온통 새까만 먹물이 든 것처럼 변했다. 낮보다 바람이 더 세져서 습한 공기 알갱이들이 청이의 고운 피부에 와 달라붙는 듯했다. 하늘에는 별빛이 하나둘 맺혀 나갔다. 둥그런 달과 은가루를 뿌려놓은 것 같은 별들을 올려다보았다. 저 무수한 별들 가운데 어딘가 자기 별이 분명 숨어 있는 것 같았다. 자기는 머나먼 별의 사람이고 이제 자기 육신은 죽어 허물어져도 혼은 허공으로 떠올라 그 머나먼 별나라로 되돌아갈 수 있을 듯했다.

이렇듯 청이가 캄캄한 어둠 속에서 하늘을 바라보고 있을 때다. 문득 어둠 속에서 누군가 다가오는 것 같은 기척에 청이는 고개를 돌려보고는 깜짝 놀란다.

—오라버니!

청이는 나지막하게 탄식을 하듯 속삭였다.

—청아.

윤상이도 소리를 한껏 낮추었으나 그 소리엔 애타는 심정이 고스란히 묻어나왔다.

—어떻게 여기까지.

—어떻게라니. 난 너 절대 이렇게 못 보내.

윤상이는 청이를 우악스럽게 끌어안았다.

—몽금포에 닿으면 같이 도망가자.

—몽금포라니요?

윤상이 말에 따르면 배는 몽금포에 머물렀다 떠난다고 한다. 물자들을 더 싣기 위함이라고 한다. 청이는 윤상이 오라버니 마음을 모르지 않으나 그것은 뱃사람들과의 약조를 어기는 일이다. 차마 따를 수가 없다.

어젯밤 당산나무 밑에서 영영 이별하면 좋았을 것을 사람의 모진 인연은 이 바다까지 쫓아와 정을 끊지 말라 한다. 정을 끊으려니 자기를 이토록 사랑해주는 사내가 죽을 일이요, 정을 끊지 않으려니 아비도, 뱃사람도 다 뜻을 이루지 못하고 죽은 목숨이 된다.

─오라버니. 어쩌면 이렇게 괴롭게 하세요. 저는 이미 이승의 생명이 다한 목숨인데 제가 오라버니와 도망을 간들 어디서 무엇을 하며 보람을 찾겠어요. 공양미 삼백 석에 목숨을 팔겠다고 작정하니, 마음에 가장 슬픈 일이 오라버니와 이별하는 일이었어요. 지난밤에 오라버니 그렇게 돌아서셔서 탄식 중에도 차라리 그것으로 더 이상 눈물 짓는 이별은 없으리라, 다행으로 여겼어요. 오라버니 제발 저를 그냥 고이 보내주세요.

간곡한 청이의 말에 윤상의 두 눈에 눈물이 그렁그렁해진다. 바위 같으면 두 맨주먹으로 두들겨보기라도 한다지만, 청이는 한 마리 새처럼 연약하디 연약한 여자다. 괴로움의 원천이 사랑을 이루지 못함이지 미움이 쌓인 것이 아니니 제가 맞닥뜨린 모진 운명이 한이 될 뿐이다.

─밤새 아무리 생각해도 차마 너를 이렇게 사지로 보낼 수가 없겠더구나. 내게 이렇게 소중한 사람이 꽃 한 송이 제대로 피워보지도 못하고 스러지려는데, 막을 수도 보낼 수도 없는 마음 어떻게 해야 하는지. 너를 향한 내 마음이 이렇게 한없이 너한테서 나를 떨어지지

못하게 하니, 나도 어쩌지 못하는 내 마음이 한스러울 뿐이구나.

윤상이의 지난 몇 년간은 사내로 태어나 기를 펴지 못하는 옹색한 처지에서 오로지 청이 하나를 보람으로 여겨온 세월이었다. 이제 청이가 이렇게 종생하고 나면 자기야말로 무슨 보람으로 세상을 견디며 살아야 할지 알 수 없다.

이상하게도 청이나 윤상이나 똑같이 이 세상에서 보람을 찾을 수 없는 젊은이들로 자랐다. 뜻을 만들기도 전에 운명이 자기들을 사로잡았다. 두 사람이 다른 점이 있다면 윤상이가 자기 운명을 바꾸려고 몸부림을 치면서 기회를 엿보았다면 청이는 자기에게 주어진 삶의 조건을 담담히 받아들이는 사람이 되었다는 것뿐이다.

청이는 어려서부터 늘 밤하늘을 올려다보며 살았다. 별은 참 신비스러웠다. 은하수를 이루며 어딘가로 천천히 흘러가는 듯한 별들은 그럼에도 저 태초부터 지금까지 영원히 그대로 살아가는 듯했다. 그 머나먼 하늘, 사람이 살아서는 절대로 가 닿을 수 없는 창공에서 별은 그보다 더 멀리서 혹은 가까이서 자기에게 빛을 흘려보내고 있었다.

'저 드넓은 우주에서 나는 한 점 티끌이구나. 먼지 한 점에 지나지 않는 내가 어떻게 내 뜻이며 힘으로 나를 만들어갈까.'

밤하늘을 보면 청이는 저 너머 깊은 곳에 자기보다 더 크고 높은 힘이 있어 자기를 마음대로 이끌어가고 있는 것 같았다.

'그게 바로 운명이라는 거겠지. 복사골에서 태어나 복사꽃처럼 덧없이 스러지는 것이 내게 주어진 운명의 몫이겠지.'

청이는 또 생각했다. 자기가 이렇게 십오 세 꽃의 나이로 종생한다 해도 제 영혼은 살고 제 의지도 살아 다음 생을 만들리라. 그때는 더 보람 있는 삶을 이루리라. 이번 생은 자기 생명을 바쳐 아버지의 삶을 구해드리고 다음 생에는 이제 자기 삶을 구하리라.

─오라버니. 너무 슬퍼 마세요. 제가 떠나고 나도 복숭아꽃도 사과꽃도 필 거예요. 저는 오라버니가 저보다 더 아름답고 귀한 여자와 맺어졌으면 좋겠어요. 죽어 혼백으로라도 오라버닐 지켜볼게요. 아니, 지켜드릴게요.

─아니다. 청아. 아니라니까. 네가 아니면 내가 누굴 사랑할 수 있겠느냐.

윤상이가 거세게 도리질을 한다. 오히려 청이가 윤상이의 어깨를 감싸 안아준다. 윤상이는 소리도 못 내고 그냥 눈물만 줄줄 흘릴 뿐이다.

아무리 굳센 사내라도 자기가 사랑하는 여자 앞에서는 약해지는 법이다. 그런 것을 청이의 일은 힘을 써도 풀 수 없고 머리로도 소용없다. 어제는 배에 올라 무슨 수를 써서라도 청이를 빼내가려 했다. 하지만 청이가 이렇듯 고요하니, 오로지 한 길 죽음과 이별로 가는 외길밖에 없다. 답답하다 못해 억장이 무너질 일이다.

시간은 한밤으로 흐르고 배는 두둥실 밤을 타고 흘러간다. 윤상이와 청이 두 어린 넋은 자기들 앞에 닥친 운명을 어쩌지 못해 오로지 서로 끌어안고 오돌오돌 떨 뿐이다.

그때 문득 인기척이 들린다. 청이는 놀라 윤상이를 떼어놓는다.

─오라버니. 나중에 뵈어요.

윤상이는 고개를 끄덕이고 어둠 속으로 사라져갔다. 저쪽 어둠 속에서 사람의 그림자가 비치는가 하더니 과연 낮부터 만난 밥 짓는 아낙네다.

─에그. 여기 있었구랴. 난 또 벌써 바닷속으로 들어갔나 하구 깜짝 놀랐지 뭐유.

아낙이 호들갑을 떨며 청이에게 다가온다. 어둠 속에서라도 청이의 기색이 심상치 않게 보이는 모양이다.

─에구 이년의 입방정. 그게 아니구, 영좌 어른이 오늘부터 같이 있으라시대. 혼자 외로울 거라구.

─네에.

말은 그렇게 하나 사실은 청이를 감시하기 위함이다. 삼백 석에 백 석이나 얹어주고 구해온 인당수 제물이 아니더냐. 비록 청이가 그럴 인물 같지는 않아 보이지만 혹여 마음을 잘못 먹으면 인당수까지 가기도 전에 귀한 제물을 잃어버릴 수도 있다.

도선수 영좌 어른의 또 한 가지 염려는 혹여라도 다른 선원들의 손을 타는 것이다. 몽금포 인근에서 제숙감을 구하지 못하고 황주까지 거슬러 올라가야 했던 것은 깨끗한 처녀를 구하기 위함이었다. 배에 탄 사내들이 심청이가 뱃길 가는데 어떻게 쓰여야 하는지 모르는 이 없지만, 어디나 분별없이 일을 그르치는 자가 있게 마련이다. 만약 청이에게 무슨 일이라도 생긴다면 용왕의 노여움을 감당할 수 없다.

─인당수 바다까지 앞으로 사흘. 충청댁이 심청 소저를 보살펴주시게. 혹여 딴맘 먹지 않도록. 사내놈들 범접하지 못하도록.

─에유. 무슨 일이 있겠어유.

─사람 일은 모르는 법. 오늘 밤부터 같이 지내시게. 일도 일이지

만 열다섯 살 어린 소저가 얼마나 두렵고 외롭겠소.

―분부대로 하겠삽니다만. 보통 여아는 아닌 듯하옵디다.

―내 눈에도 꼭 그러했소만. 음…… 저희 살자고 해마다 용왕께 산목숨 바치는 이 죄를 어찌 다 감당할꼬.

영좌 어른이 두 눈을 감고 착잡한 표정이 되는 것을 충청댁은,

―상제님도 다 알아주시겠쥬. 우리 같은 중생들이 무슨 힘이 있어유. 지가 당장 살필 테니 너무 염려 마세유.

―산신께서는 사람 제물은 받지 않는다는데 어찌하여 바다 용왕께옵선 이렇듯 엄하고 무서우신지 모르겠소. 아무튼 잘 부탁하오.

―알았세유.

넙죽 대답하고도 바쁜 설거지까지 다 마치고 나서야 청이를 돌보러 온 충청댁이다. 그런데 청이가 선실에 없다. 더럭 의심이 들어 과연 영좌 어른 말씀이 맞는가 했다. 마음 급하게 찾아 나섰는데. 다행스럽게도 청이는 뱃전에 나와 있다.

―누구, 같이 있었수?

―네?

―무슨 소리가 난 거 같아서 말유.

―아니에요.

청이의 대답에 충청댁은 자기가 잘못 들은 게지, 한다.

―어여 들어가셔. 바다에선 밤바람이 좋지 않다우.

―네에.

청이는 선실 쪽으로 내키지 않는 발걸음을 한다. 구름에 가렸던 달이 다시 밤바다를 비춘다. 충청댁과 함께 선실로 들어가는 청이의 뒷

모습은 아름답고도 쓸쓸하다.

청이를 태운 배는 아침녘에 몽금포에 당도하여 한나절을 보냈다. 멀리 떠나는 데 필요한 물자며 무역 물품들을 실어올리기 위해서였다. 오후가 되자 배는 마침내 장도에 올랐다.

몽금포에서 청이를 빼내려던 윤상이의 계획은 애초부터 무리였다. 그것은 어떻게 해도 실행에 옮겨질 수 없는 공상일 뿐이었다. 청이의 마음도 돌리기 어려웠거니와 청이를 에워싸고 있는 시선들을 피하는 것도 쉽지 않았다.

배 안에서 윤상이는 청이와 몇 번 마주치기는 했다. 하지만 눈동자만 이글이글 타오를 뿐 아무 행동도 취할 수 없었다. 안타까워하는 윤상이의 마음은 아랑곳하지 않고 덧없이 시간이 흘러갔다.

마침내 배가 포구를 떠났다. 기와 집채보다 큰 배가 먼 바다를 향해 나아갔다. 맑은 하늘 아래 두둥실 뜬 배는 돛에 가득 순풍을 받았다. 그림같이 아름다운 올록볼록 곶들, 만들을 뒤로 하고 쑥쑥 나아가는 배는 아무런 거칠 것이 없을 것 같다.

청이는 또 하룻밤을 충청댁과 함께 보냈다. 아무 일도 없었다. 하지만 배 안에는 어제와 다른 공기가 감돌았다. 윤상이가 영좌 어른 선실에 들어가 청이를 살려달라고 간청했다는 소문이 나돌았다. 충청댁은 청이에게 윤상이를 아느냐고 물었다. 청이는 자기 고향의 오라버니뻘 되는 이라고 하였다.

충청댁은 두 사람이 어떤 관계인지를 몇 번씩 물었다. 이는 혹여라도 용왕에게 부정한 제물을 올릴까 두려워해서였다. 청이는 얼굴을 붉히며 윤상이 오라버니와는 단지 마음으로 사랑했을 뿐이라고 했다.

충청댁이 이 말을 영좌 어른께 알리고 뱃사람들이 근심 어린 상의를 하는 사이에 하루가 갔다. 충청댁이 옆에서 코를 골며 잠에 떨어진 사이 청이는 뜬눈으로 밤을 새웠다. 다음 날 아침이 되자 영좌 어른이 청이를 불러 자초지종을 다시 물어 다짐을 받았다. 윤상이는 아랫사람들에게 일러 배 기둥에 단단히 묶어놓았다고 했다. 무슨 일을 벌일지 모른다 해서였다. 청이는 가슴이 아팠지만 뱃사람들의 생각을 수긍하지 않을 수 없었다.

오후가 되자 배 안의 공기는 또 달라졌다. 바다가 흐려지며 어디서 밀려들었는지 모를 안개가 차오르기 시작했다. 하늘은 언제 그렇게 맑았냐는 듯이 먹구름이 잔뜩 몰려들어 금방이라도 비바람이 몰아칠 듯했다.

―인당수다!

―올해도 어김없이 풍파가 치는 겐가.

―빨리 고살 지내야 할 텐데.

―영좌 어른은 어쩌자고 아직도 안 움직이시는 게야.

―그러게 말예요. 이러다 용왕님 노하시면 생떼 같은 목숨들 다 어쩌시려구.

뱃사람들이 술렁댔다. 중국 사람들은 자기 나라 말로 뭐라고 떠드는 것이, 불만이 한껏 고조된 듯했다. 그래도 위에서는 좀처럼 어떻게 하라는 하명이 내려오질 않았다. 그러는 사이 하늘은 먹구름에 완전히 뒤덮여버렸다. 안개가 자욱하게 덮여 배가 어디로 가는지 방향을 분간할 수 없게 되었다.

와지끈. 쾅. 콰르르르.

쾅 쾅 콰르르.

어느 사이에 번개가 쳐내렸다.

후두둑. 후두둑.

휘이이. 휘이. 휘이익.

마침내 비바람이 몰아친다. 그러자 또 약속이나 한 듯이 물결이 높아진다. 물마루가 높이 떴다 가라앉을 때마다 뱃사람들 몸뚱이가 이리 휘말리고 저리 휘말리곤 한다. 바람이 점점 거세게 몰아치자 파도가 배를 집어삼킬 듯 뒤덮어온다.

선실에서 나와 사나운 바다를 노려보던 도선수 영좌 어른이 마침내 마음을 굳힌다.

—서둘러 고사 상을 차리거라. 그리고 너희는 심청 소저를 모셔 오라.

이 말에 배 이물 쪽 기둥에 묶여 도선수를 바라보던 윤상이가 울부짖는다.

—아니 되오. 영좌 어르신. 아니 된단 말이오.

윤상이는 어떻게든 오랏줄을 풀어보려고 몸을 뒤틀어댄다. 하지만 뱃사람들의 밧줄 매는 솜씨로 단단히 결박 지은 오랏줄이 풀릴 리 없다. 그래도 윤상이는 어떻게든 해보려고 악을 쓴다. 소리를 질러대고 비명을 지른다. 이것을 쳐다보기만 하던 영좌 어른이 문득 윤상이에게로 휘청거리는 뱃전을 비틀거리며 걸어 다가간다.

철썩.

철썩. 철썩.

—네 이놈. 네깐 놈이 대체 무엇이건대 이 따위 행패란 말이냐.

이십 년을 바다 위에서 살아온 영좌 어른 최도술의 손바닥이 윤상이의 볼따구니를 떡메처럼 사정없이 내려친다.

철썩. 철썩. 철썩……

최도술의 손찌검에 윤상이의 얼굴은 터진 입속에서 흘러나온 핏덩이로 선혈이 낭자하다. 마침내 윤상이의 몸부림이 그치고 고개가 꺾인다.

—심청 소저 대령이오.

—고사 지낼 채비가 끝났사옵니다.

마침 비바람이 잠시 잦아들고, 물결도 잦아든다. 하지만 뱃사람들의 예민한 후각은 이것이 본격적으로 몰아닥칠 폭풍우의 전조임을 안다. 최도술은 비감한 표정으로 청이에게 다가간다. 청이와 최도술 영좌는 말없이 눈빛을 주고받을 뿐이다.

청이는 이미 모든 것을 정리한 듯 고요한 눈빛이다. 이윽고 두 사람은 함께 이물 쪽에 차려진 고사상 앞으로 나아간다.

고사상은 급하게 진설했을망정 일찍부터 준비한 탓에 호화찬란하다. 새로 지은 밥에, 어젯밤 잡아둔 소에, 돼지에, 세 가지 빛깔 고루 갖춘 과일들이며, 탕이며, 술이며, 갖출 것 다 갖추어 방위에 맞게 올려놓은 고사상이다. 돼지 몸에는 큰 칼까지 제대로 꽂아놓았다. 어젯밤 뱃고물 쪽에서 나던 소리가 소 돼지 잡는 소리였음을 청이는 그제야 알아차린다. 잠깐씩 소 돼지 울음소리 비슷한 게 났지만 그러려니 했었다. 고사 지내는 이들은 단박에 짐승들 명줄을 끊는 방법을 안다더니 그렇게 별소리 없이 제사 올릴 소 돼지를 잡았다.

제단으로 나가다 청이는 순간적으로 배 기둥에 묶인 채 늘어져 있는 윤상이에게 눈길을 준다. 순간 걸음이 흐트러지며 청이의 몸이 휘청거린다. 뱃사람 몇이 달려들어 청이를 부축한다.

—애들아, 심청 소저를 이물에 올려드려라.

—예이.

청이를 부축하고 섰던 뱃사람들이 일제히 복명하고 청이를 제단 위에 올려 부축한다. 이물 위에서 청이는 아찔한 현기증이 이는 것을 겨우 참아낸다.

이미 의관을 정제하고 나와 섰던 최도술이다. 청이가 제단에 오르자 하수들이 가져온 북채를 양손에 쥐고 둥둥 두리둥둥 북을 치기 시작한다.

—유세차. 계유년 음력 사월 보름 남경 가는 뱃놈들이 인당수에 당도하여 용왕님께 비나이다. 전생에 무슨 죄로 뱃길에 몸이 매여 바다 잠잠하면 일년 목숨 늘려가고 풍랑이 몰아치면 죽은 목숨 한 가지니 세상에 뱃일처럼 기구한 일 있으리까.

최도술이 북을 또 두리둥둥 내려친다. 도선수 최도술 뒤에는 뱃사람들이 하나같이 모여서서 고개를 조아리고 손을 싹싹 비비댄다.

둥둥둥둥 두리둥둥 둥둥.

—상제님 용왕님께 목숨을 붙여두고 구만리 머나먼 곳 남경까지 가야 하니 바다가 잠을 자도 살 동 말 동할 터인데 뱃길 살길 한중간에 인당수가 떡 버티고 살겠느냐 죽겠느냐 살벌하게 몰아치니 저희들에게 인당수는 토끼 모는 범과 같고 널뛰듯 한 바다 물결 범의 발톱 한가지니…….

둥둥둥 두리둥둥 둥둥…….

도선수 최도술의 북소리에, 비는 소리에, 뱃사람들 따라 외는 소리에, 파도소리에, 바람소리에, 청이는 그만 정신이 아득해진다. 뱃사람들이 부축해서 서 있기는 서 있으되 넋은 이미 반쯤은 새어나가버린 듯하다.

—해마다 뱃놈들이 오가기는 하오니만 사느냐 죽느냐는 용왕님께 달렸으니 언감생심 제 힘으로 살고 죽기 바라릿가. 삼백 석 재물 내어 깨끗한 인제수를 정성으로 바치오니 비록에 부족하나 어여삐 여기시어 인당수 험한 물결 씻은 듯이 재워주사 벼랑 끝에 몰린 목숨 놓여나게 해주소서…….

둥둥둥둥 두리둥둥 둥둥.

—심청 소저. 이제 물에 들어야 하오. 부디 용왕님 전에 마지막 말씀 아뢰시오.

최도술의 주름진 얼굴에 비감한 표정이 담긴다. 하지만 말소리만큼은 아무런 인정도 담겨 있지 않다.

네가 죽어야 우리가 살리라. 옛날 옛적 태고 적에 사람이 세상에 생겨나 삶이라는 것을 이어온 이래 아무도 이 잔인한 법에서 놓여난 이가 없으나, 이 인당수 바다 물만큼 이 법이 극명하게 모습을 나타내는 곳도 없다.

윤상이가 그제야 정신이 났다.

—아니 되오. 청아, 안 돼!

—이놈이. 그래도 정신을 못 차리고. 네놈이 그런다고 심청 소저의 운명이 뒤바뀌겠느냐. 소저의 마지막 가는 길을 미련한 외침으로 더럽히지 않아야 하느니.

최도술의 성난 꾸짖음에 윤상이는 더 이상 말을 잇지 못한다. 그것이 지금 이 순간의 진실인 까닭이다.

뱃사람들 모두가 그 순간 청이를 바라본다.

청이는 고사상 앞에 모여선 이들을 처연한 눈빛으로 내려다본다. 배 기둥에 묶여 몸부림치다 굳어버린 윤상이 오라버니의 처참한 얼굴에 사랑이 가득 담긴 눈길을 드린다. 혼미해져가는 정신을 간신히 붙들어 매고 청이는 떨리는 목소리를 낸다.

―저는 이제 가려 하오. 오라버니. 너무 슬퍼 마세요. 그리고 뱃님네들 부디 먼 곳까지 무사히들 건너가세요. 이 한 목숨 바쳐 제 아비의 눈먼 생애를 건져올리고 뱃님들의 생명까지 구할 수 있다면 비록 짧은 생애였으나 제가 이 세상에 온 것도 귀한 뜻이 있겠지요.

말을 마친 청이가 뱃사람들과 윤상이에게 마지막 눈빛을 보낸다. 뱃사람들이 침묵 속에 죄책감이 깃든 표정으로 청이를 우러러본다. 윤상이도 이 순간만큼은 사내가 계집을 사랑하는 마음에서 벗어난 눈빛으로 청이를 올려다본다. 지금 청이는 마치 살아남을 사람들의 죄를 대신하여 자기 목숨을 바치는 성녀가 된 것 같다. 누군가 이 광경 모두를 내려다볼 수 있는 이가 있다면 청이를 일개 사람 제물이라고는 결코 생각하지 않을 것이다.

청이가 이제 몸을 돌이켜 바다를 향한다.

뱃사람들 부축을 받고 있건만 금방이라도 사납게 용트림을 할 것 같은 바다가 청이의 눈을 어지럽힌다. 청이는 고개를 들어 하늘을 올려다본다.

잔뜩 찌푸린 하늘이다. 사방에 흰 안개가 모여들어 하늘은 지금 청

이의 머리 바로 위까지 내려와 있는 것 같다. 그 하늘은 용왕 전에 십
오 년 짧은 생애를 바치는 자기 마음을 다 알아줄 것 같다.

—모르옵니다. 제가 왜 이렇게 여기 서 있는지. 제 십오 년 짧고 짧
은 생애에 무슨 뜻이 담겼는지. 비록 눈먼 아비의 딸로 태어나 굶주
림과 추위에서 헤어나본 적 없으나 하늘을 원망하지 않았나이다. 외
려 아비와 함께 한 지붕 아래 사는 것을 기꺼워했나이다. 아비는 비
록 늙고 눈이 멀고 마음마저 어두우셨으나 저 어렸을 때부터 꿈속에
다시 보는 아비는 훤칠하고 글 잘하고 풍류조차 알고 계셨나이다. 꿈
에서 깨어나도 꿈속의 아비가 좋아 현실의 아비를 잊고 살았나이다.
그런데 이 아비가 어찌하여 꿈속에 무서운 얼굴로 나타나기 시작했
는지요? 제가 이 아빌 위해 생명을 바치는 것이 옳은 일인지요? 알지
못하겠나이다. 제가 왜 이 바다까지 온 것인지. 왜 이렇게 서둘러 떠
나야 하는 것인지, 이것이 제게 주어진 운명이라는 말씀인지요? 이
것이 세상에 난 여자의 운명이라는 것인지요? 막막한 나날이었나이
다. 불러도 허공이요 돌아봐도 텅 빈 들이었나이다. 어쩌면 그렇게도
대답 없는 메마른 나날이었는지요?……

살아온 지난날들이 떠오르는 듯 청이는 차마 말을 잇지 못하고 몸
을 떨다 이윽고 다시 하늘을 우러른다.

한동안 풍우 치는 하늘을 올려다보던 청이의 눈에는 이윽고 평화
로운 빛이 돈다. 깊은 고통과 원망이 씻겨나간 청이의 두 눈은 빛나
는 먹수정처럼 영롱하게 보인다.

—이 종막이 나쁘지 않나이다. 병든 아비를 위해, 목숨이 경각에
달린 뱃님네들을 위해, 제 어린 목숨을 값있게 바치겠나이다. 이 보

잘것없는 생명, 고이 받아주소서.

두 손을 모으고 하늘을 우러러보는 청이의 두 눈에서 샘솟듯 눈물이 담뿍 흘러나와 두 볼을 타고 흘러내린다.

청이는 이제 인당수 바다를 내려다본다. 제 발밑의 물결을 내려다본다. 뒤헝클어지고 뒤얽히는 성난 물결이 마치 자기의 어찌할 수 없는 운명을 말해주는 것만 같다.

둥둥둥둥.

등 뒤에서 천천히 낮은 북소리가 울린다. 죽음을 재촉하는 목소리다.

이제 정말 떠나야 하는가.

청이는 마침내 샛별 같은 두 눈을 꼭 감고, 두 손으로 떨리는 치맛자락을 꼭 움켜잡고, 비틀거리는 걸음을 애써 고르며 두어 걸음 배 이물 앞으로 다가가, 허공을 향해, 마치 갈매기가 날갯짓으로 공중에 솟았다 바다를 향해 툭 떨어져 내리듯이 풍덩, 바닷물 속으로 떨어져 내린다.

뱃사람들 모두가 그제야 정신이 깨어난 듯 소리를 내어 운다. 이 슬픈 광경은 오늘의 필치로는 제대로 그려낼 재주가 없다. 옛 문헌은 이것을 이렇게 표현해놓았다.

향화는 풍랑을 쫓고 명월은 해문에 잠겼도다. 영좌도 울고 사공도 울고, 접근 화장이 모두 운다. 장사도 좋거니와 우리가 연년이 사람을 사다 이 물에 넣고 가니 우리 후사가 잘 되겠느냐. 영좌도 울고 집좌도 울음을 울어대며 명년부텀은 이 장사를 그만두자.

그러나 사람의 어리석음이란 한이 없다. 내년인들 이들이 죄 없는 처녀를 용왕께 바치지 않을 수 있겠는가.

지금 저렇듯 슬프게 울고 있는 이들이 내일이나 모레면 벌써 오늘 일을 잊고 바다를 건너가고 건너오는 사이에 배 곳간에 쌓일 재물 생각으로 근심을 잊고 희희낙락들 하게 된다. 이 웃음이 어리석은 중생의 뜻 없는 웃음일망정 그것이 그네들의 고단한 생애를 견딜 수 있게 하는 명약인 것이다.

사람들이 저마다 서로를 감싸안고 슬프게 울며 뱃전으로 몰려가 청이가 떠나간 바닷물을 내려다본다. 배의 기둥에 묶여 있던 윤상이도 어느새 풀려나 배 이물 쪽으로 달려가 난간을 쥐고 바닷물을 바라보며 길게 청이를 부른다.

―청아!

언제 무슨 일이 있었느냐는 듯 바다는 가만히 일렁일 뿐이다.

―청아아.

윤상이는 눈물을 뿌리며 한스러운 눈빛으로 바다를 노려본다. 한 어여쁜 생명을 집어삼키고도 바다는 그 무한정 펼쳐진 물결의 주름 만을 보여줄 뿐이다.

이렇듯 무표정한 바다에 대고 무엇을 더 원망할 수 있으리.

사람이 아무리 애써도 철벽처럼 다가서 헤쳐나갈 수 없는 운명이라는 게 있다는 듯, 인당수 바다는 모든 슬픔을 삼켜버리고 만다.

다 잃고도
남은 것은 있으니

─흐흐. 후후. 헤헤…… 으허허. 으허허허.

이게 무슨 소리냐.

심봉사 웃음소리다. 그러면 읽는 이들은 심봉사가 딸을 잃고 슬픔
에 겨운 나머지 급기야 실성을 했나 할 것이다.

그렇지 않다.

이것은 정녕 심봉사가 기뻐서, 기쁨을 주체할 수가 없어 웃는 소리
다. 너무 기쁜 나머지 방바닥을 데굴데굴 구르며 방바닥을 긁으며 웃
는 소리다.

그러면 또 독자들은 생각할 것이다. 아니, 벌써 심봉사가 효험을
보았나. 몽운사에 바친 공양미 삼백 석 덕으로 심청이가 살아 돌아오
기도 전에 눈을 떴나.

아니다. 심봉사는 정녕 눈을 뜨지 못했다.

그러면 무슨 좋은 일이 생겼다는 말인가.

심청이가 그렇게 떠나고 나자 심봉사는 식음을 전폐하고 몸져 누워버렸다.

—이 썩을 놈의 욕심이 청이를 죽을 곳에 밀어넣었구나. 이 일을 어찌 한단 말이냐. 여느 딸도 아니고 세상에 나서 눈먼 아비 등에 업혀 외간여자들 젖을 제 어미젖으로 알고 자라난 애를, 다른 애들 같으면 실컷 응석이나 피울 나이에 이놈의 다 해진 도포자락을 붙들고 이 집 저 집 동냥질을 하고, 철들면서는 삯바느질에, 물 빨래질에, 대갓집 품팔이에, 어리고 고운 손이 짓무르도록 애만 쓰던 아이를, 눈먼 애빌 조석으로 수발하느라 새벽에 눈 떠 한밤에 눈 붙일 때까지 내 몸의 장신구처럼 붙이고 지낸 아이를, 똑같이 가난할망정 신체 건강한 사내아이라도 만나 세상 이치를 느껴볼 새도 없이, 그 캄캄하고 축축한 명부로 보내버렸으니…….

심봉사는 자기 잘못을 깊이 뉘우치며 한탄을 해보나 한번 큰물 건너간 청이가 아무 일 없는 듯 돌아올 리 없다.

침식을 끊고 멍한 눈을 천장 쪽으로 둔 채 밤인지 낮인지 모르고 누워만 있는 중에 귀덕 어미가 아침저녁으로 틈나는 때마다 와서 살피며 심청이 떠나고 없는 빈자리를 메운다.

—선비 어른. 산목숨은 살아야 한다지 않답니까. 이렇게 까무라쳐 계시다간 동네 사람들이 큰일 치르겠어요.

—귀덕 어멈. 내가 이에서 더 살면 뭐 하겠소. 딸을 죽여놓고 애비가 살면 뭘 해.

딴은 바른 말이다. 청이가 떠나고 나자 심봉사 마음속에 비로소 바른 생각이 든 것이다.

—선비께옵서 이제부터라도 보람 되게 사셔야쥬. 그게 청이가 깊이 바라는 일이겠쥬.

심봉사는 하는 수 없이 허공을 향한 멍한 눈을 껌벅이며 고개를 끄덕거린다.

산 사람은 살아야 하는 게 아니라 살아지게 된다.

하루 가고 이틀 가고 봄날 한 달여가 덧없이 흘러가니, 심봉사 마음도 차차 가라앉아간다. 날도 점점 따사로워지니 비록 누추한 초가집 어둠침침한 방일지언정 봄기운이 스며들어 사람을 저절로 밖으로 향하게 한다.

귀덕 어미가 뒤를 봐주는 백 석어치 재물 탓에 심봉사는 입성도 먹거리도 부족하지 않게 됐다.

청이가 떠나던 날은 초파일이 이미 지났던 차다. 때문에 청이가 마련해준 공양미 삼백 석은 칠월 백중날인 우란분절에 격식을 갖추어 부처님께 올리기로 했다. 제를 올리는 거야 칠월 칠석 날도 나쁘지 않지만, 목련존자가 어머니를 위해 큰 효를 행한 것을 기리는 우란분절이야말로 심봉사가 눈을 뜨고자 큰 기원 드리기 알맞은 날이다.

음력 오월에서 유월로 넘어가는 나날은 신록이 한창 짙어질 때다. 심봉사도 자연의 이치를 따라 원기를 회복했다.

이윽고 심봉사는 바깥출입을 하게 됐다. 아직 눈은 앞을 보지 못하나 이제 먼 걸음도 하고 싶어진 심봉사다. 마침 뺑덕 어미네 주막 노름방에서 소식이 왔다.

도화동 동네에서 내놓은 노름꾼인 만복이 아버지가 마실 나가는 길이라며 그저께 심봉사 집엘 들른 것이다.

그러잖아도 글공부를 새로 시작하기에는 마음이 어수선하던 차였다.

만복이 아버지에게 귀띔을 받은 저녁 심봉사는 기분이 잔뜩 들떠버렸다. 귀덕 어미한테 그동안 신세진 사람들에게 고마움이라도 표시해야겠다고 백 냥만 준비해달라 했다. 눈 먼 장님이 무슨 노름을 하랴만 돈이 생기고 나니 자기도 뭔가 한 자리 끼어 놀면 좋을 것 같은 은근한 기대가 생긴다.

―선비님을 뺑덕 어미가 그렇게 보구 싶어 하데요, 하관이 쭉 빠지셔서 잘 생기셨다나 뭐라나. 제길. 얼굴 반반한 계집은 인물값 한다더니 과부 주제에 넘볼 걸 넘봐야지, 원.

저녁이 되기를 기다리면서 심봉사는 만복이 아버지가 그날 혼잣말처럼 남기고 간 이야기가 귓전에 맴돌아 심사가 몹시 어지럽다.

그러고 보니 심청이 일 때문에 잊은 듯했던 감촉이 되살아나는 것도 같은 것이, 그날 뺑덕 어미에게 잡힌 자기 손목이며 손등에 여자의 통통하고도 보드라운 살결 자국이 그대로 남아 있는 것 같다.

'분 냄새가 코를 찌르던데. 고걸 직접 두 눈으로 보면 어떻게나 좋겠누.'

심봉사는 무료한 낮 동안 내내 보지도 못한 뺑덕 어미의 모습을 그려보며 저녁이 되기를 기다렸다.

저녁 무렵이 되자 귀덕 어미가 왔다.

사립문을 여는 인기척을 느낀 심봉사가 반색을 한다.

―오, 귀덕 어멈. 잘 왔소. 내 눈 빠지게 기다리던 참야. 돈은 됐지?

─네에.

─주시구랴.

귀덕 어미가 절그럭거리는 돈 꾸러미를 심봉사 손에 쥐어드린다. 심봉사는 두 손으로 덥썩 돈 꾸러미를 받아든다.

─허허. 돈이구랴. 얼마 만에 만져보는 꾸러미냐. 허허.

─선비 어른도 참. 뭘 이걸 갖고. 제가 맡아둔 게 이 꾸러미의 백 곱절도 더 되는데유.

─그래? 허허. 허허허. 암튼 잘 챙겨두우. 그리고 내 오늘 좀 다녀 오리다.

─이 저녁에 어떻게 그 먼 델 가신데요. 제가 바래다드릴 수도 없구…….

요즘 귀덕 어미는 봄에 쟁기질하다 허리 다친 최서방의 병 수발을 하느라 마음에 여유가 없다. 게다가 청이나 윤상이가 그렇게들 떠난 후 아들 귀덕이도 마음에 바람이 들었는지 집 밖으로 떠돈다. 말은 동네 장정들과 어울려 노느라 그런다지만 아들의 허한 마음을 아는 귀덕 어미는 걱정이 이만저만 아니다.

하지만 심봉사가 밤 마실 나가겠다는 것도 큰 걱정이다. 그 큰돈을 갖고 노름방엘 가면 어쩌자는 것이냐 말이다.

─괜찮수. 앞 못 보는 이가 밤이면 어떻구 낮이면 어떠오. 나 혼자 갔다 오리다.

─그러시면 다녀오실 때 기별 주세요. 아침이라도 지어드릴게요.

귀덕 어멈은 서둘러 일어서는 심봉사를 못 미더워하면서도 선비 어른 하시는 일에 뭐라 참견할 수 없어 그냥 동구 밖까지만 배웅해드린다.

딴은 점잖은 걸음걸이로 지팡이를 짚고 가는 심봉사는 드디어 귀덕 어미가 돌아가자 신바람이 난다.

지팡이를 짚을 때마다 돈 꾸러미가 철렁철렁 소리를 맞춘다. 이 근래 십 년 사이에 심봉사가 이토록 바쁘게 걸음을 걸어본 적도 없다. 이렇게 기대에 찬 걸음걸이를 해본 적도 없다.

서둘러 걷는 바람에 몇 번씩 넘어지면서도 심봉사는 개울까지 용케 무사히 건너 뺑덕 어미네 주막집에 당도했다.

―휴우. 다 왔나?

심봉사가 숨을 내놓으며 혼잣말을 한다. 보이지 않는 눈으로 빨리 걷느라 숨이 가쁜 심봉사다. 노름방에서는 남정네들의 두런두런하는 소리가 흘러나온다.

심봉사는 힘든 중에도 얼굴에 화색이 돈다.

―하고 있구나.

심봉사의 예민한 코끝에 뺑덕 어미네 술청의 막걸리 냄새가 걸리는 것도 같다.

―이게 누구시우?

뺑덕 어미가 부엌에서 술상을 내오다 심봉사를 보고 외마디 소리를 내지르다시피 한다.

―아유. 어쩜. 심학규 어른 아니세유? 어떻게 이 밤에 여기까지 오셨세유?

―허허. 내가 못 올 데를 왔나. 허허.

―그러믄요. 어서 오르세유.

뺑덕 어미는 노름방에 가져가려던 술상을 대청마루에 올려놓고 심봉사에게 다가와 손을 잡아끈다.

—허허.

심봉사는 뺑덕 어미의 싸구려 분 냄새에 코를 벌렁거린다. 이렇게 여자 손에 이끌려 술청으로 끌려 올라가는 게 얼마만이냐. 심봉사는 뺑덕 어미가 이끌어주는 대로 섬돌에 올라 짚신을 벗고 술청에 오른다. 심봉사가 움직일 때마다 괴춤에 걸린 돈 꾸러미가 절그럭거린다.

심봉사를 앉혀주고 뺑덕 어미는 심봉사 옆에 바싹 붙어 앉는다.

—허허허.

—선비 어른. 막걸리 한 잔 하실까유?

—그러세. 허허.

심봉사는 뭐라 적당히 응대할 말을 찾지 못하고 그냥 허허거리기만 한다. 뜻하지 않게 이런 독상을 받게 된 데다 뺑덕 어미가 옆에 바싹 붙어오니 술도 마시기 전에 벌써 정신이 혼미해지는 듯하다.

뺑덕 어미는 심봉사 손에 탁주잔을 쥐여주고 손을 잡은 채 막걸리를 주욱 따라준다.

—한 잔 드시우.

뺑덕 어미가 손을 추켜주는 대로 막걸리 잔을 단숨에 들이켠다.

—크으. 좋구나.

—아, 하세유. 안주 집어드릴게유.

뺑덕 어미가 인절미를 한 조각 집어 심봉사 입에 넣어준다. 고소한 콩가루 맛이 입안에 퍼져든다.

—인절민가보이.

─맛이 괜찮주우?

─그러이. 허허.

심봉사 얼굴에 취기가 퍼진다.

─한 잔 더 하세유.

─좋지. 허허.

뺑덕 어미가 술을 따라주자 심봉사는 이것을 또 단번에 마셔버린다.

─크아.

뺑덕 어미가 이번에는 인절미에 묵은 김치를 얹어 심봉사 입안에 넣어준다. 쥐 수염처럼 수염이 지저분하게 난 심봉사의 입 언저리를 스쳐 김치 얹은 인절미가 입속으로 들어간다. 심봉사는 입을 쩍 벌리고 안주를 받아먹는다.

─잘 드시네에?

─그려? 허허.

─그러잖아도 만복이 아버지가 오늘 중 선비 어른이 놀러 오실지 모른다더니…… 남경 선인들이 남겨준 돈이 백 석어치나 된다면서요?

─그렇지. 허허.

─아유. 선비 어른도 그럼 팔자 고치셨세요.

뺑덕 어미는 퉁퉁한 윗몸을 심봉사에게 은근히, 그러나 바싹 붙여간다.

주기가 오른 심봉사는 여자의 몸이 다가오는 게 마냥 싫지 않다.

─오늘밤 재밌게 노세유. 그리구…….

―그리구?

뺑덕 어미 목소리가 갑자기 낮아진다. 그리고 한결 은근해진다. 심봉사는 허공을 향해 궁금한 눈을 깜박이며 뺑덕 어미의 다음 말을 기다린다.

―제가 며칠 새루 선비님 댁에 술 한 잔 드리러 갈까봐유.

―우리 집엘? 어멈이? 언제?

―왜 그렇게 놀라세요.

―아, 아니. 그럼 오, 오시구려.

―며칠 새로 찾아뵐게요. 오늘은 재밌게 노시구요.

뺑덕 어멈은 심봉사의 앉은 다리 허벅지를 가볍게 탁 쳐주고는 일어나 다시 부엌으로 새 상을 보러 간다.

뺑덕 어미가 집으로 오겠다고? 그것도 며칠 안으로?

만복이 아버지 말이 내게 반했다더니 그 말이 틀림없는 게로구나.

잠시 후 뺑덕 어미가 문간방으로 술상 들이는 소리가 들리고 또 조금 있으려니까 뺑덕 어미가 심봉사에게로 호들갑스럽게 다가온다.

―저이들이 선비어른도 같이 노실랴면 건너오시라네요.

―그러잖아도 그럴 참이지.

―그나저나 직접 해보실 생각은 아니시쥬?

―내야 그냥 노는 소리나 듣는 게지.

―돈만 있으시면야 제가 옆에서 패를 봐드릴 수도 있구먼.

―자네가?

사실 이 말이야말로 심봉사가 은근히 바라던 바다.

자신이 직접 볼 수만 있다면야 무슨 문제가 있으랴만 눈이 안 보이는 데야 혼자 끼어 놀 재주는 없다.

―제가 선비님 편이 돼서 뭐가 들어왔는지 봐드리는 거쥬.

―그래? 허허. 내가 소싯적만 해도 골패를 꽤 잘 했었구먼. 그때도 넉넉질 못해서 자주는 못했어도.

―그러셨다고 들었어요.

하지만 두 눈 멀쩡했던 그때도 심봉사에게는 노름 운이 그다지 좋은 편은 못 되었다.

―오늘도 골패던가?

―다른 노름도 있건마는 저이들은 밤낮으로 골패만 합니다요.

―허허. 노는 법이 많아서 좋은 모양일세. 오늘은 무슨 놀일 하던가?

―톡을 하더군요.

―톡? 톡을 모르면 양반이 못 된다는데. 다들 양반이 될 작정들인 게로군.

톡이라는 것은 골패놀이의 하나다. 골패는 서른두 개 서로 모양이 다른 패를 가지고 이렇게도 겨루고 저렇게도 겨루고 하는 것이다.

모양과 숫자의 변화가 실로 무쌍하여 노는 방법이 무려 여든 가지에 이른다.

그중에서도 톡은 사랑을 가장 많이 받는 놀이다.

이 골패라는 것을 우리나라에서 언제부터 했나 하는 데는 여러 설이 있다. 하지만 심봉사 대에 벌써 이 노름을 하는 것을 보면 필시 중국 송나라 대에 생긴 이 놀이가 무역상들이나 사신들의 손으로 고려에 들어와 퍼진 게 틀림없다.

심봉사도 젊어서 어지간히 이 놀음을 좋아했지만 안맹한 후로는 어떻게 해볼 도리가 없었거늘, 오늘에서야 이 재미나는 노름을 다시 해볼 수 있게 됐다.

―선비 어른, 어서 들어오슈.

노름판 휘어잡는 만복이 아버지는 심봉사가 돈 꾸러밀 들고 온 것을 아는지라 반색을 하며 맞아들인다.

―안녕하시우.

―별고 없으셨지유?

―저녁은 드셨지유?

―오늘은 밤이 길겠네 그려.

다들 인사 삼아 한마디씩 한다.

목소리들은 한결같이 심드렁하지만 심봉사가 돈 꾸러미를 들고 온 것을 알고들 하는 수작이다.

―잘들 계셨는가.

인사를 하는 심봉사 목소리에 호기가 담겼다. 하지만 캄캄한 방에 들어온 사람처럼 어디에 어떻게 앉아야 할지 모르고 어정거린다.

―오늘은 선비 나리가 돈 꾸러밀 들고 오셨다우. 헤헤.

뺑덕 어미가 심봉사를 방 안쪽 자리로 잡아끌어 앉히면서 너스레를 떤다.

―그려? 해가 오늘은 서쪽에서 떴나? 흐흐.

―흐이. 새옹지마란 말 있잖던가. 자네들 노는 게 재밌어서 그냥 잔돈푼 좀 가져와봤어.

―선비 나리도. 그 큰 꾸러미가 잔돈푼이면 대체 얼마나 가져 계시

길래?

건넌마을 버들이네 아버지 큰손이다. 요즘에야 이 판에 끼어들어 그중 어리숙한 편이다. 사람도 그악스럽지 않아서 순둥이라는 말을 듣고 산다. 큰손이 말에 나머지 사람들은 대꾸도 하지 않는다.

—뭐 해. 선비 나리께 한 잔 올리잖고.

—아이 참. 어련히 알아서 할까.

만복이 아버지와 뺑덕 어미가 잠깐 어색한 사이를 서둘러 메운다.

—선비 나린 술이나 한잔 하시며 듣고 노세여.

쇠북이 아버지가 슬쩍 능을 치자, 심봉사 마음이 다급해진다.

—허. 돈 꾸러밀 꿰차고 왔단 말 못 들었는가.

—그류. 오늘 지가 한 번 나리 대신에 패를 봐드릴게요.

—그렇지이. 우리 뺑덕 어미가 다 봐줄 거야. 허허.

—그것도 딴엔 방법일세. 그럼 지금부턴 누가 물줄 헌다?

—한발이 자네가 어떤가.

—그럴까.

말수 적은 한발이는 마흔 줄에 접어들어서도 아직도 총각 신세를 면치 못했다. 그렇게 허우대가 멀쩡하고 사람 좋은데도 젊어서부터 노름판에 어울릴 뿐 여자 생각은 아예 없다. 여자보다 더 좋은 게 노름인지라 양반집 일해주고 쇠경만 받았다 하면 노름방에서 사는지라 동네 사람들이 모두 혀를 내두를 지경이다.

—뭐 해. 술 한 잔 안 따르고.

심봉사가 호기를 부린다.

—참. 성미도 급하시네. 오늘은 제가 잘 봐드릴 테니 걱정 마세요.

뺑덕 어미는 심봉사 손목을 잡아쥐고 술을 따른다.

—자. 이 물주가 한번 돈을 걸어볼까.

한발이가 다섯 냥을 쩔그럭 소리가 나게 던진다.

—엥. 좀 많으이.

한참 잃고 있는 큰손이가 투덜거린다. 하지만 큰손이도 다른 사람도 다들 내놓는다.

한발이가 골패 서른두 쪽을 잡고 패를 나눠준다. 뼈로 만든 골패 쪽들이 부딪히는 소리가 잘그락잘그락 난다. 골패 쪽들이 돌아가는 소리가 나자 심봉사는 저절로 귀가 쫑긋해진다.

—선비님. 패 한번 만져보세요.

뺑덕 어미가 심봉사 귀에 속닥인다.

—어디?

심봉사는 눈을 껌벅거리며 뺑덕 어미가 쥐여주는 골패 쪽을 만져본다.

'허. 이게 얼마만이냐.'

실로 오랜만에 만져지는 골패 쪽 감촉에 심봉사는 온몸의 신경이 바짝 곤두선다. 골패 쪽 파인 구멍들을 손가락으로 쓸어본다.

엥. 이건 관이가 아니냐.

관이란 위쪽에 구멍이 두 개. 아래쪽에 구멍이 다섯 개 난 홀패 쪽으로 노름판에서 어른 대접을 받는 패다. 이게 들어오면 재수가 좋다 하는데. 심봉사가 맨 처음 쥐어보는 패가 관이가 된 것이다.

심봉사는 뺑덕 어미가 쥐여주는 골패 쪽 나머지 다섯 장을 하나하나 쓸어본다.

쥐코. 아삼. 진아. 아륙. 어사…….

엥. 아부동일세.

이게 뭐냐. 아부동이라면 삼부동, 홍부동보다도 높은 일곱 배짜리가 아니더냐.

심봉사는 첫 판에 횡재수를 얻자 넋이 그만 달아나버릴 지경이었다. 그뿐 아니다. 앞을 못 보면서 어떻게 골패를 하나 했는데 손가락 끝의 감촉만으로도 자기 패를 알아볼 수 있다는 것을 알게 되었다.

햐. 이런 수가 있는 것을.

심봉사는 너무나 오랜만에 새로 만난 희한한 세상에 진한 감동이 치솟아 올랐다.

—그래. 다들 받으셨나?

한발이가 확인 삼아 묻는다.

'허. 들짤세. 들짜. 그것도 아부동으로. 일곱 배나 받을 아부동으로. 다섯 냥의 일곱 배면 서른다섯 냥이렷다. 오늘밤은 왜 이렇게 운이 좋담. 이 심봉사가 노름판에 들어온 걸 이렇게 환영한단 말이렷다.'

—뭔 놈의 패가 밤낮 이렇대.

큰손이가 볼멘소리를 낸다. 쇠북이네와 만복이네는 아무 말이 없다. 패를 쪼고 있는 모양이다.

—허어. 난 패를 지었네. 아부동이야!

—에에?

한발이 목소리에 놀람과 탄식이 담겼다.

—그래. 아부동이라구!

심봉사는 신이 나서 외친다.

—어디요?

뺑덕 어미가 심봉사 패를 채뜨리듯이 뺏어간다. 심봉사는 마치 뺑덕 어미가 판정이라도 내려주어야 하는 듯 허공을 향해 눈을 껌벅거린다.

—에구. 맞네. 맞어. 초장부터 횡젤세. 횡재야.

—허. 참. 아니. 그렇게 나기 어려운 아부동이 이렇게 덜컥, 그것도 봉사 나리한테 떨어지네그려.

만복이 아버지가 무심코 심봉사가 앞 못 보는 것을 얕잡아가며 투덜거린다. 아무리 노름판이라도 이건 좀 심하건만 심봉사는 돈 따는 기쁨에 누가 무슨 말을 하는지 귀에 하나도 들어오는 게 없다.

—흐흐. 흐히히.

—으흐흐. 흐헤헤. 흐헤헤.

심봉사는 아까부터 지난 밤새 벌어졌던 노름판 고비, 고비를 떠올리며 방바닥을 긁으며 웃어대고 있다. 떼굴떼굴 굴러도 보고 손바닥으로 방바닥을 때려도 그 통쾌함이란 어떻게 표현해볼 도리가 없다.

마치 실성한 사람처럼 엎드리듯 누워 손가락으로 방바닥을 긁어대며 개처럼 킬킬거리고 헤헤거리니 겨우 그 호쾌함을 감당할 수 있을 것 같다.

—와우. 윙윙. 으흐흐.

심봉사는 내친 김에 정말로 견공이라도 된 것처럼 짖어보기도 한다.

—카아! 이럴 수도 있구나. 살다 보면 이럴 수도 있어. 카아하.

그렇다. 이날 심봉사는 돈을 땄다. 따도 무섭게 땄다. 날이 샐 무렵
이 되자 심봉사 앞에는 엽전들이 수부룩하게 쌓여 뺑덕 어미가 꾸러
미로 두 꾸러미나 만들어주어야 할 지경이 되었다.

―쳇. 선비 어른이 어떻게 이렇게까지 따신담.

―그러기.

―에유. 어르신. 저는 진짜 쫄딱 잃었습니다요. 개평이라도 푸짐하
게 얹어주십슈.

큰손이가 우는 소릴 하는 바람에 심봉사는 손에 잡히는 대로 몇
닢 많다 싶게 건넸다.

―아니. 자네만 잃었다나.

심봉사가 내미는 손을 쇠북이네가 툭 채뜨려 갔다.

아무려나. 누구 손이면 어떠랴. 심봉사는 자기 손에 잡혀 있던 엽전
들이 누구에게 돌아가는지 알지도 못하거니와 알고 싶지도 않았다.

―오늘 자리 값이며 술값. 내가 냄세. 허어. 허어.

―그러세요. 선비어른. 모두 합쳐 열닷 냥이유.

뺑덕 어미가 과하다 싶게 부르는 값도 심봉사는 하등 귀에 거슬릴
게 없다.

―그래? 뺑덕 어미가 세어가봐. 허허.

뺑덕 어미가 두 닢을 더 가져갔는지 세 닢을 더 가져갔는지도 알
바 없다. 엽전들을 후두둑 흘려가며 심봉사는 일어섰다. 밤새 잠을
안 자고 노름에 골몰한데다 술까지 마셔서 그런지 몸이 휘청거리는
것을 간신히 참고서,

―뺑덕 어미. 나 좀 안내해주. 그리고 여보게들. 또 보세. 담엔 내가

잃을 테니. 허허. 흐히히.

하고 일어난다.

　—어휴. 쓰러지시겠어요. 이리, 이리 오세요.

　노름꾼들 궁시렁거리는 소릴 뒤로 하고 심봉사는 뺑덕 어미 손에 이끌려 주막집을 나와 개울 앞까지 왔다.

　이곳은 바로 얼마 전에 몽운사 화주승을 만났던 자리가 아니냐. 하지만 오늘 심봉사는 그 일을 벌써 잊어버린 듯하다. 마냥 즐거운 듯 킬킬거리면 뺑덕 어미 치맛자락을 붙잡다시피 하고 징검다리를 건넌다. 눈 못 뜬 세상이 이렇게 캄캄하건만 심봉사의 마음속은 더없이 환하고 밝기만 하다.

　개울을 건네주고 뺑덕 어미는 심봉사에게 작별을 고한다.

　—어째, 혼자 가시게 해서 죄송스럽네요.

　—아, 아냐. 여기서부턴 나 혼자도 얼마든지 가. 그래, 언제 들를 겐가?

　—금방 곧 가야쥬.

　—금방?

　—그럼요.

　—오시게. 꼭.

　—염려 마세요. 어서 돌아서세요.

　—그으래. 가야지, 가. 그래도 자네가 먼저 가는 소릴 들어야 가지.

　—아녜요. 어서 가세요.

　—허. 거 참. 그럼 나 먼저 감세. 자 보세. 아니 참. 꼭 오시게.

　—그래요.

뺑덕 어미는 하는 수 없이 심봉사의 지팡이 쥔 손을 꼭 잡아준다.

—오시게. 밤이 외로우이.

—예에.

마침내 심봉사가 걸음을 돌려 혼자 걸어가기 시작한다.

방바닥을 구르다가 심봉사는 문득 혼자 걸어오던 자기 뒷모습이 운치가 있어 보였겠는가, 그렇지 못했겠는가 생각해본다. 그러고는 자기도 모르게 얼굴에 빙그레한 웃음기를 띠운다.

뺑덕 어미 눈에 자기 모습이 꽤나 적적하고 쓸쓸하게 보이지 않았겠는가. 하루라도 빨리 들러 자기를 위로해주고 싶은 마음이 절로 솟아나지 않았겠는가. 정녕 그럴 것이다. 그 싹싹하고 보드라운 여자가 응당 그렇게 되지 않았겠는가 말이다. 자기 뒷모습이 정녕 그렇게 보이도록 천천히, 하지만 허리를 죽 펴고, 호젓하게 걸어오지 않았더란 말이냐.

심봉사는 방바닥을 구르다 말고 그날이 오늘밤인지 내일 밤인지 벌써부터 한참이나 기다려지는 자기를 느꼈다.

그날 낮에 건듯 자는 둥 마는 둥 하고 뜬눈으로 밤을 새웠으나 뺑덕 어미는 코빼기도 보이지 않는다.

혹여 툇마루에 나와 있다 뺑덕 어미가 불쑥 들어오기라도 하면 기다리는 마음 들킬까봐 방 안에서 밤새 촉각을 곤두세우나 초저녁에 귀덕 어미가 문안차 들른 것이 전부, 아무도 찾아오지 않는 집 뜰에 풀벌레 소리, 개구리 소리만 요란하다.

—하긴. 밤새 놀고 그다음 날 밤에 무슨 기력이 있어 오누.

새벽이 다 되어서야 심봉사는 체념하는 심정으로 뺑덕 어미 사정을 헤아려본다.

하지만 뺑덕 어미는 그다음 날 밤도, 그다다음 날 밤도 오지 않았다.

—흐응. 그 여자가 나를 놀려댄 겐가. 장님이라고? 아니면 술집 여자라서 이 사내 저 사내 품으로 놀아나느라?

심봉사는 한밤중에 실성한 사람처럼 툇마루 기둥에 기대앉아서 사립문 밖에 무슨 인기척이 없나 하고 귀를 기울여보나 이곳에 오지도 않은 여자 인기척이 들릴 리 없다.

사흘 밤을 뜬눈으로 새우며 목이 빠져라 기다리다 못해 빠진 목을 들고 뺑덕 어미를 애타게 기다리는 심봉사다.

—가봐야 하나. 거길. 가봐야 하나.

하지만 뺑덕 어미가 일단 찾아오겠다고 한 터에 제 발로 찾아가보는 것은 선비 체통에 아무래도 말씀이 아니다.

'노름이나 하러 온 듯 엽전이나 한 꾸러미 들고 찾아가봐?'

툇마루에 앉아 있기도 지쳐서 보이지도 않는 눈으로 마당에 내려가 쪼그려 앉았다 일어나 서성이는 심봉사를 비웃기라도 하듯 뺑덕 어미는 감감무소식이다.

나흘째 되는 날 밤에는 초저녁부터 아예 일어날 힘도 없이 자리에 누워 꼼짝 못하고 멍하니 이 생각 저 생각만 했다. 어스름에 귀덕 어미가 와서 밥 차려주고 선비 나리가 몸에 탈이 난 것 같다고 걱정을 해주고 돌아간 후 심봉사는 밥도 안 먹고 뺑덕 어미 생각만 한다.

그런데 이 밤이 조금 깊어졌나 할 바로 그때다.

―선비 어른 계시우?

엥?

목소리는 반가우나 여자 목소리가 아니다. 만복이 아비 목소리다. 심봉사는 얼른 심드렁한 목소리를 가장하여,

―뉘시우?

한다.

―만복 아비 뜬쉽니다요.

바깥에서 만복 아비의 겸손스러운 대꾸가 돌아온다.

―어쩐 일이우?

문밖을 향해 먼저 물어놓고 심봉사는 느지막이 일어나 방문을 연다.

―거, 돈을 따시고 통 다시 오질 않으시니 판이 재미가 있어야쥬. 골패두 톡이 재밌는 법인데 사람두 다 안 차굽쇼.

―허. 그런가. 내가 잘못했네. 그날 무릴 했는지 몸이 말을 안 들어 그랬어.

심봉사는 만복이 아비라도 찾아준 게 어찌나 고마운지 눈물이 다 날 지경이다.

―오늘 내일은 노름방도 텅 비어버렸으니 낼은 소인하구 황주 장이나 가보시쥬?

―황주장?

―예에. 황주장요.

―내 걸음에 좀 멀잖을까?

―에이, 뭐. 선비님이 걷다 지치시면 제가 업구라도 갑죠.

―뭐, 좋은 일 있을까? 장에 가면?

―선비님이야 낮엔 재미없을 테구.

―밤엔? 뭐가 있나?

―아, 요즘 세상에 돈 있구 안 되는 일 있나요?

―돈이야, 내가 얼마든지 있네만.

심봉사는 귀덕 어미가 맡아놓은 돈 궤짝 생각을 하며 귀가 번쩍
뜨일 만한 일이 없나 한다.

―실은…….

갑자기 만복 아비 목소리가 은근해진다. 뜻이 있는 사람들은 본론
에 접어들면 목소리가 달라지는 법이다.

―뭔가?

―황주장에서 얼마 멀잖은 곳에 새로 기생집이 생겼는데 말입죠.

―기생집?

―예에. 기생집요. 그런데 그 집에 애랑이라는 기생이 서경에서 왔
다지 뭡니까.

―평양? 참말인가? 어째서 서경 기생이 이 좁아터진 황주엘 다 오
누?

―소문엔 서경에서 대갓집 도령과 눈이 맞았다 실연을 당했다 하
대요.

―허어. 거 안됐네 그려.

―마침 이 황주에 제 머리 올려준 기생 어머니가 계셔서 심사를
달랠 겸 내려와 있다 합쥬.

―음. 딴엔.

─그런데요…….

─뭔데 그리 뜸을 들여? 어여 말해보게.

─마침 그 집 마당쇠로 들어간 장쇠란 녀석이 저랑 아주 아삼륙으로 지내는 사인뎁쇼. 아무리 서경 기생이라도 먹고는 살아야잖습니까요? 기생 노릇이야 하루하루 그럭저럭 한다지만 어디 서경 본바닥 씀씀이를 당해낼 수가 있어야쥬.

─과연 그렇겠네그려.

─허니, 자연 남정넬 받아야 헌다 이 말입쥬. 헌데 서경 기생 체면에 공공연히 받을 수도 없는 노릇이굽쇼…….

─허, 거, 딱하이.

─장쇠 놈이 저보구 저희 아씨 고단한 처지를 풀어줄 양반이 안 계시냐 하굽쇼.

─그래서?

─저도 몰래 그만 선비 나리 성명 석 자를 들이대구 말았습쥬.

─허어, 참. 자네도 참. 나같이 늙은 선비가 무슨 영활 보겠다구. 암만 낙향 기생이라지만 나 같은 사람이 당키나 하나.

심봉사는 이렇게 일단 잡아떼기는 하면서도 만복이 아버지 말에 귀가 솔깃해지지 않는 것은 아니다. 며칠 사이 뺑덕 어미가 찾아주기를 그렇게 고대했건만 자기가 원하던 일은 끝내 이루어지지 않았다. 본래 남녀 사이는 그런 것이다. 애타게 찾는 쪽에서는 일각이 여삼추요, 숨 쉬고 뱉는 사이가 그렇게 길 수 없다. 하지만 그 마음을 가지고 희롱하는 쪽에서 보면 애타는 사람의 그 애타는 마음은 제가 원하는 것을 얻어낼 수 있는 도구에 지나지 않는다. 자기를 사랑하고 그리워하는 이를 희롱할 줄 아는 이에게 과연 사랑할 수 있는 능력이 있느냐 하면, 없다.

혹자는 사랑하는 마음을 가리켜 저를 위하는 욕망에서 오는 것이라 하지만 이는 사랑의 시작이요 끝이 아니다. 아니, 사랑은 처음부터 자기만이 아니라 제가 좋아하는 남을 위하는 마음이다. 남자와 여자가 사랑을 할 때, 그것은 저를 위해서 그가 좋아서 그를 좋아함이 아니요, 그가 좋아 보여서 그를 위해 나를 바쳐서 그를 더 좋게 만들고자 좋아하게 되지 않던가.

적어도 순수한 사랑을 품은 이에게 사랑은 처음부터 그를 위해 저를 희생함이니, 세상에는 왜 기별이 없느냐고 사랑하는 이를 탓하는 이가 있는가 하면, 기별 없는 이가 기별 없이 세월을 보내는 데는 필시 그럴 만한 이유가 있으리라고, 애써 그리운 마음을 삭여낼 줄 아는 이도 있다.

세상에는 그렇게 다른 종류의 사람들이 있다. 종류마다 같고 다름이 있을 뿐 아니라 사람은 저마다, 개별개별마다 다르다. 그래서 어떤 이는 나면서부터 죽을 때까지 순수한 마음을 잃어버리지 않고 애절하고 아련한 마음을 지니고 살아가고, 어떤 이는 비록 어렸을 때는 아이의 순진함을 가졌을지라도 철들면서 자연히 마음의 거울이 흐려져 대가 없이는 마음을 주지 않고 사랑에 애타게 매달리는 사람을 희롱하며 사랑 대신에 제가 달리 원하는 것을 채운다.

그러면 세상은 어떤 이들이 이끌어가나? 사랑하는 사람의 순수함을 이렇게 저렇게 이용해서 제 목적을 달성해가는 무정한 사람들인가? 속고 속고 또 속을지라도 사랑하는 그 돛대 같은 마음 하나만으로 사랑하는 사람을 향한 마음을 잃어버리지 않고 살아가는 사람들인가?

사람들은 보이지 않는 것을 보는 능력이 부족하다. 그래서 겉에 보이는 대로, 사랑을 희롱하고 이용하는 이들이 세상을 만들어가는 줄 안다. 하지만 이 험한 세상을 그나마 살아갈 수 있도록 해주는 것은 실은 사랑을 이용하지 않는 사람들, 아무것도 원하지 않고 사랑할 수 있는 능력을 가진 사람들이다. 이들이야말로 보이지 않는 초능력자들인 것을, 그네들의 진정한 힘을 알지 못하는 사람들은 깨닫지 못한다.

과연 뺑덕 어미는 왜 심봉사를 찾아오지 않은 겐가? 심봉사는 오지 않은 뺑덕 어미를 궁금해 한다. 그리고 스스로 대답을 마련한다.

'아마도 몹시 힘들고도 분주했으리라. 여자 혼자 몸으로 주막집 끌어가는 게 어디 쉬운가. 술은 어떻게 빚고 쌀은 어디서 팔아오며 땔감은 누가 해주나. 밤에는 밤대로 노름꾼들 상대로 자리장사, 술장사를 하고, 낮에는 낮대로 반찬거리 만들고 쓸고 닦고 하는 일이 어디 만만한 게 있나.'

그럴 것이다. 그럴 것이다.

—오늘 내일 노름방이 빈다는 말은 뭔가? 뺑덕 어미가 어딜 가나?

—그러게 무슨 바람이 불었는지 한 이틀 아들네 집에 다녀와야겠다고 하겠쥬.

—그 황주 나가 산다는 뺑덕이 말인가?

—그렇쥬. 이번에 손녀를 봤다든가 뭐라던가.

—허. 그럼. 해산 뒤거질 해주러 간 모양이군.

심봉사는 고개를 크게 끄덕거린다. 그랬구나. 아들네 일 때문에 맘이 심란했던 게야.

—어떡하시려는지 말씀하셔얍쥬.

—아, 참. 그 기생 이름이 애랑이라 했나?

—그렇쥬.

—그럼 돈냥을 얼마나 줘야 헐까. 그거, 참.

—돈이야 주는 쪽 마음대로지 받는 쪽 마음대로는 아니겠쥬. 글쎄 한 삼백 냥 되려나.

—으이? 그렇게 많이? 그러구 며칠이나 지내구?

—한 사흘 지내는 갑쥬.

—사흘? 허. 서경 기생은 이름값만큼 몸값이 이만저만 아니군.

심봉사는 입맛을 쩍쩍 다신다. 귀덕 어미가 맡아놓은 돈이 삼백 냥의 스무 곱절은 되지만서도 눈이 보일 때도 그렇게 많은 돈은 만져보지 못했다.

—어떡헌다? 내 오늘밤 한번 생각해봄세.

—그러십쥬. 삼백 냥이라면 큰돈이니깝쥬. 그나저나 장쇠 놈 말이 그 애랑 아씨가 보통 미색이 아니더라구 합쥬.

—미색이라구?

—예에. 얼굴이 아주 달걀 같구 허리가 어떻게나 가늘어서는 이리 흔들 저리 흔들 한다굽쇼.

—헤에. 그런가. 자네 말을 들으니 회가 동하네 그려.

—그럼 소인은 이만 물러갑니다요. 내일 낮에 한 번 더 들르겠습니다요.

─그러시게. 헤에. 참.

만복이 아비가 돌아간 후 심봉사는 잠을 이루지 못하고 보지도 못한 애랑이 모습을 떠올려본다.

허리가 어떻게나 가늘어서는…… 운운하던 만복이 아비 말을 따라 애랑이 모습을 상상해보건대, 그것은 심봉사가 소싯적에 가지고 놀다 버린 이쁜이의 모습이다. 자기한테 버림받은 이쁜이가 우물에 빠져 죽은 지 석 달 만에 자기는 장연 처녀와 혼인을 했다. 신접살이 재미가 알콩달콩 쏠쏠한 중에도 가끔씩 이쁜이가 자기에게 애절하게 매달리던 얼굴이 떠오르곤 했다.

─이쁜이를 그때 내가 버려놨지. 생목숨을 끊게 만들구. 그 죗값으루 이렇게 눈이 먼 겐지도 모르구.

아릿한 옛날 생각을 하는가 하던 심봉사는 불현듯 그 이쁜이같이 여릿여릿한 여자를 다시 안아보고 싶은 마음이 불일 듯 일어난다.

삼백 냥이라.

그게 어디 처음부터 내 돈이었더냐. 삼백 냥을 서른 번을 할 만큼 돈이 쌓여 있는 것을.

그런데 사흘이라. 사흘뿐이라…….

그러나 심봉사는 생각을 돌이킨다.

사흘이면 어떠랴. 노세 젊어서 노세라고. 이렇게 속절없이 늙어진 것도 허무한데. 그깟 삼백 냥을 아껴 더 늙어진 후 무엇에 쓰리.

뺑덕 어미 기다리다 지친 심봉사다. 뺑덕 어미는 벌써 손녀를 본 할머니 신세인 것을, 애랑이는 대갓집 도령과 놀아나다 눈물을 뿌린 비련의 주인공이 아니더냐.

그러고 나서 며칠 후다.

―애랑이라 하오.

―그러시우? 난 도화동 심학규라.

―소녀 큰절 올리겠나이다. 받으시오.

―허어. 그러시게.

심봉사는 눈을 멀뚱멀뚱 뜨고 치마저고리가 바스락거리는 소릴 듣는다. 애랑이가 지금 두 손을 이마에 올리고 천천히 앉아서 윗몸을 고이 앞으로 숙여 예를 표한다.

―큰절 올리었소.

―허. 네 거동이 눈에 보이는 듯허다. 이리, 내 옆으로 와 앉거라.

―예이.

애랑이가 술상 건너편에서 이쪽으로 옮아오는 소리가 들리더니, 여자의 사향내가 코를 찌른다. 심봉사는 자기도 몰래 코를 찡긋거린다. 심봉사 곁에 와 앉은 애랑이가,

―약주 한 잔 올려드릴까요?

하자, 심봉사는

―그, 그러자꾸나.

하고, 꽤나 허둥댄다. 어딘지 모르게 서투르게 느껴지는 거동 소리며 목소리는 심봉사에게 오히려 기생답지 않게 순수한 애랑이의 마음씨를 표현하는 듯하다.

―나도 한 잔 따라주랴?

―그리하옵소서.

애랑이는 제가 손수 잔을 들고 심봉사에게 술 주전자를 쥐여준다. 심봉사는 애랑이가 주전자를 기울여주는 대로 술을 따른다.

—아, 넘치겠사옵니다.

—그러냐. 허허.

심봉사는 제 손을 잡아쥐는 애랑이의 손길이 싫지 않다. 자기 손을 잡아쥐는 애랑이 손은 어딘지 벌써 거칠어진 듯하다. 하기는, 여인의 고운 손이 망가지는 것은 한순간이다. 애랑이도 서경 살림에서 벗어나자마자 벌써 시골 물이 이렇게 들어가는가보다. 그리고 보니 목소리도 어딘가 쉰 듯한 느낌이다. 피곤한 사람은 목소리부터 빛깔이 쉬어지게 마련이다. 세상일에 적잖이 시달린 여인의 목소리인 것을, 심봉사는 사랑에 실패한 여인의 지친 심정이 음성에 나타난 것이라 여긴다.

—자. 우리 한 잔 하자꾸나.

—그러시옵소서.

심봉사는 머릿속으로 사흘이라는 기한을 한 번 더 떠올리며 천천히 술잔을 기울인다. 애랑이도 잔을 드는 것 같은데 마시는 기미는 잘 느껴지지 않는다. 잔을 주안상 위에 내려놓고는 젓가락으로 안주를 집어 심봉사 입에 넣어준다.

—산적이옵니다.

—음.

맛이 있다. 심봉사는 우물우물 고기를 씹어 맛을 음미해본다. 오랫동안 제대로 된 음식을 못 먹어본 것 같다.

일 배. 또 일 배.

심봉사는 자기 쪽으로 몸을 붙여온 애랑이가 따라주는 대로 홀짝홀짝 술을 마셔간다. 세상이 이렇게 아늑할 수가 없다.

세상이라.

내가 눈을 떠 무슨 영화를 보겠다고 이렇듯 초조하게 살아왔던고. 이제 정신을 수습해서 공부를 한다손 쳐도 과연 과거에 급제할 수 있으랴. 급제하면 또 무엇하랴. 청춘은 흘러가고 어느덧 인생이 황혼녘에 부쳤구나. 가문의 대는 끊기고 딸아이 하나 낳아 인당수 제삿밥으로 보내고 세상에 오로지 나 혼자 몸이구나.

— 애랑아. 네 나이 몇이더냐.

— 송구하옵니다. 벌써 스물다섯이옵니다.

— 스물다섯?

— 열다섯에 기문에 들어 어언 십 년 세월이 흘렀사옵니다.

— 이제 어찌 살아가려느냐. 정인은 있더냐.

— 한때 몸과 마음을 다 바친 이가 있었사오나 버림을 받았나이다.

— 몹쓸 놈이로구나. 네 목소리가 이렇듯 고우니 얼굴은 또 얼마나 미색이겠느냐. 굴러온 복을 제 발로 찬 놈이로구나.

— 나으리께서도 사흘이면 저를 떠나시지 않사옵니까?

— 아니다. 너만 좋다면야 내가 널 왜 떠나겠느냐. 집은 고요하고 방 안은 따사롭구나. 너는 정답고 술은 달콤하구나. 모든 게 외로운 나를 위해 잘 짜여진 듯한 세상이로구나. 이 세상 바깥에 또 무슨 세상이 있느냐. 나는 알 수 없구나. 이 세상이 전부인 것 같구나.

— 나으리. 취기가 오르시는 모양이옵니다. 먼 길 걸어오셔서 피로하시겠사옵니다. 제가 어깨라도 주물러드리겠사옵니다.

─오냐. 실로 오랜만에 여인네 손에 어깨를 맡겨보자꾸나.

─그럼 잠시 주안상은 밀어놓겠나이다.

─그러자꾸나. 허허.

애랑이는 주안상을 윗목으로 밀어놓고 온다.

심봉사 등 뒤에 와 앉은 애랑이는 무릎을 꿇은 채로 어깨를 주무른다. 아귀힘이 세다.

─좋구나. 그렇잖아도 어깨가 어찌나 무거운지.

─많이 힘드셨겠사옵니다.

─하지만 이제 좋구나. 모든 일이 다 되어갈 대로 되었구나.

─부디 오래 머무소서.

─그러자. 그러자꾸나.

─누워보시옵소서.

─그래? 허허.

애랑이가 심봉사의 저고리를 천천히 끌러주고는 심봉사의 손을 끌어 보료 위에 뉘어준다. 심봉사는 엉금엉금 취기 오른 몸을 기둥이 움직여 보료 위에 쓰러지듯 눕는다. 알맞게 데워놓은 방이라 보료에 눕자 기분이 그렇게 훗훗할 수가 없다.

애랑이가 누워 있는 심봉사의 어깨를 주무른다. 애랑이가 어깨를 조근조근 주무르며 손아귀를 옮겨갈 때마다 심봉사는 자기도 모르게 긴장해 있던 몸이 다 풀려가는 것 같다.

─이렇게 좋을 수가 없구나.

심봉사는 손을 뻗어 옆에 앉은 애랑이의 엉덩이를 감싸안는다. 기생 퇴물이 될 스물다섯 살 나이라 해도 아직은 젊은 여인의 몸이다.

풍만하면서도 탱탱한 엉덩이에 적당히 가는 허리선의 감촉이 좋다. 애랑이는 심봉사의 손길을 피하지 않고 오히려 몸을 붙여오는가 하더니 누워 있는 심봉사 위로 몸을 싣는다.

─안아주시어요.

애랑이가 심봉사 귓가에 은근히 속삭인다.

─허허, 그래, 허허.

심봉사는 애랑이의 잔등을 쓸어안으며 생각한다.

너나 나나 세상 사느라 몹시 지친 심신들이로구나. 이렇게 단둘이 고요히 살아갈 수 있으면 얼마나 좋겠느냐. 너는 내 눈이 되고 나는 네 고향이 되고.

술을 마시고도 메마른 심봉사의 입술에 애랑이가 제 입술을 맞춘다. 심봉사는 자기도 모르게 두 눈에 눈물이 고이는 것을 애써 참으며 애랑이의 입술을 기쁘게 맞는다.

눈 뜨는 게 먼저냐
애욕이 먼저냐

사흘이 다 지나도록 심봉사는 도화동으로 돌아갈 뜻이 없다. 알맞추 따뜻한 밥에 애랑이의 부드러운 손길에 심봉사는 마치 고향에나 돌아온 듯 마음이 푸근하다.

언뜻언뜻 기한을 떠올리지 않은 것은 아니로되, 차마 이 좋은 곳을 떠나 적막한 도화동 집으로 돌아가고 싶은 마음이 일지 않는다.

두어라.

며칠 더 있어보자.

마음속에서는 사흘에 사흘을 넘길 때마다 애랑이에게 건네주어야 할 돈이 곱절, 세 곱절이 된다는 어림짐작이 서건만 차마 돌아가고 싶지 않은 것을 어찌 한단 말이냐.

허나 사흘에 삼백 냥씩이니 벌써 구백 냥을 넘어가고 있다. 오늘쯤은 귀덕 어미한테 기별해서 돈을 내어달라 하지 않을 수 없다. 그러자니 큰일이 아닐 수 없다. 그렇잖아도 걱정 많은 성미라서 심봉사가 여기로 온 지 이틀이 안 되어 도화동이 발칵 뒤집히도록 찾아다닌 귀덕 어미다. 어디 가서 물에 빠져 죽었는지 산에 들어가 목숨을 끊었는지 알 수 없다고 난리가 난 것을 만복 아비가 심봉사에게 전갈을 해주었다.

하는 수 없이 만복 아비에게 일이 이렇게 되었노라 은근히 알려놓으라 했건만, 열흘이 되도록 돌아가지는 않고 구백 냥이나 내오라 하면 무슨 큰 사달이 난 줄 알 것이다.

심봉사는 생각다 못해 만복 아비한테 삼백 냥만 먼저 가져오도록 했다. 나머지는 도화동에 돌아가 귀덕 어미에게 직접 일러야 할 것 같아서다.

오전 늦게 떠난 만복 아비는 몹시 해찰을 부렸는지 해가 다 지고 달이 중천에 뜰 무렵이 되어서야 돌아왔다.

그때 심봉사는 대청마루에 주안상을 차리고 애랑이 무르팍을 베고 누워 있었다.

—오늘 따라 달빛이 아주 휘영청하옵니다.

—그래에?

—달님이 어찌나 가까운지 하마 이 뜨락에 내려앉겠사옵니다.

—허어. 좋구나. 내 지금 신세가 이백이에 뒤지지 않겠구나.

—이백이 뉘시온지 모르오나 나리께 비하겠사옵니까.

심봉사는 서경 기생이라던 애랑이가 이백을 모른다는 게 잠깐 의아스러웠으나 곧 개의치 않는다.

—어떠면 어떻겠느냐. 내, 이백이 시 한 수 읊어주랴?

—읊어주시오서.

—한번 들어보려무나.

심봉사는 애랑이 무릎에서 잠시 일어나 앉아 술잔을 찾는다.

—술잔이 어딨다? 애랑아. 어디 한 잔 부어라.

—여기 있사옵니다.

—그래, 허허.

심봉사는 애랑이가 부어준 술을 운치 있게 주욱 들이켜고, 두어 번 헛기침을 한다.

—꽃 사이에 한 병 술 놓고. 벗도 없이 홀로 술을 따르네. 잔 들어 밝은 달을 맞으니. 그림자 비추어 셋이 되었네. 달은 본디 마실 줄 모르고. 그림자는 나를 따르기만 하네. 달과 그림자 벗삼아 잠시 봄날을 마음껏 즐겨보네. 노래를 부르니 달빛은 노닐고 춤을 추노니 그림자 소란스럽구나. 깨어 있어 같이 즐겁게 사귀었다 취한 후엘랑 각기 나뉘어 흩어지세. 영원히 뜻 없이 한데 노닐고자 기약하노니 은하수에서 새로 만나기를.

—아름다운 노래이옵니다.

—달빛 아래 나는 애랑이가 있구나. 허허.

심봉사가 오랜만에 이백의 시를 한 구도 틀리지 않고 우리말로 옮긴 것을 기뻐하고 있을 때다.

—다녀왔슈, 나리.

사립문 열면서 만복 아비가 큰 소리를 낸다. 심봉사가 급하게 묻는다.

—오. 돈은 가져왔는구?

―그러문입쇼.

―어디, 가져와봐라.

―만복 아비가 쩔그럭거리는 돈꾸러미를 대청마루 위로 올린다.

심봉사는 손에 걸리는 대로 꾸러미를 세어본다. 틀림없이 세 꾸러
미다.

―수고했구나. 애랑아, 만복 아비한테 닷 냥 던져줘라.

―그리하겠사옵니다.

―고맙습니다요. 그런데 말입쇼.

―무엇이냐.

―오는 길에 뺑덕 어멈 주막엘 들렀는뎁쇼.

―그런데?

―쇠북 아비며 누구며 다들 난리가 났습니다요.

―그래? 무엇 때문이더냐.

―무엇 때문이라닙쇼.

―그날 그렇게 다 따가시고 영 무소식이니 그럽쥬.

―허허. 골패 말이로구나. 내길 해서 그리 된 걸 낸들 어쩌라누.

―내일이라도 당장 찾아뵙겠다고들 야단들입니다요.

―허허. 잔돈푼 잃고들 소란 피우기는.

―어쩔깝쇼?

―허어. 참. 그럼들 한 번 쳐들어와보라세. 허허.

―거, 좋아들 하겠습니다요.

―허는 김에 내가 술도 한잔씩 냄세그려. 다만 잃고들 우는 소린
허지 말라고들 전하구.

―이르다 뿐입니까요. 그럼 쇤넨 소식 전갈하러 가보겠습니다요.

만복 아비 뜬쇠가 사립을 급히 빠져나간다. 그 소릴 들으며 심봉사
는 돈꾸러미를 옆에 밀쳐두고 애랑이 무릎 위에 도로 누워버린다. 심
봉사 머리가 비껴나가려는 것을 애랑이가 두 손으로 급히 받쳐 제 무
릎에 얹는다.

―애랑아.

―네, 나으리.

―그 돈은 낼 노름이나 해야겠다.

―그러시오면.

―네 돈이야 또 가져오라면 되고. 아니, 그보다는 내일 밤에 잔뜩
따서 얹어주면 되겠구나.

―그러시오. 나리.

―세숫물하고 양치할 소금 좀 갖다 주어라. 어째 벌써 밤이 늦은
듯하구나.

―가만 계시옵소서. 제가 길어다 씻겨드릴게요.

―오냐. 이젠 네 손이 아니고는 씻지도 못하게 되었구나.

―내내 그러시오서.

애랑이가 심봉사 머리를 조심스레 나무 퇴침 위에 내려놓고 대청
마루를 내려간다. 심봉사는 퇴침을 베고 누워 잠시 후면 벌어질 방사
를 떠올린다.

서경 기생이라던 애랑이는 어디서 놀아났는지 밤일만큼은 그렇게
야하디 야할 수가 없다.

벌써 열흘째 자기 몸 위에 올라앉아 요분질을 치던 애랑이의 엉덩

이가 떠오르자 심봉사는 언제 노름 생각을 했더냐 싶게 빨리 방 안에 들고 싶다.

—애랑아.

—네에.

부엌에서 애랑이가 대답을 해온다.

—물은 데워 무엇하겠느냐. 어서 내오너라.

—알겠사옵니다.

—장쇠는 오늘도 밤 마실 갔더냐?

—그런가보옵니다.

—허어. 단둘이 이렇듯 호젓할 수가 없구나.

심봉사는 퇴침에 머리를 대고 큰 대자로 누워 자기는 지금 실로 행복하노라고 생각해본다. 세상을 그렇게 신산스럽게 살아오고도 심봉사는 아직도 세상이 저를 중심으로 팽이 돌 듯 돌려니 하는 미련을 버리지 못했다.

그렇게 며칠이 흘러갔는지 모른다.

이 밤 노름꾼들이 새벽 가까워 돌아들 간 뒤 심봉사는 방 안 벽에 기대어 앉아 어쩔 줄 몰라 한다.

—거어. 참.

—이 일을 어찌한다. 허어. 참.

—허. 거, 참. 애랑아. 네가 똑똑히 보았더냐.

—보기는 보았사옵니다.

—정녕 삼부동이더냐.

—그러하더이다. 소삼. 아삼. 장삼. 삼사. 삼오. 삼륙. 삼부동이 맞더

이다.

　―허어. 거. 참.

　소소, 쥐코, 소삼, 백사, 백오, 백륙. 손끝에 만져지는 백부동 패를 들고 심봉사는 마지막 기회가 찾아왔노라 했었다.

　헌데 이 무슨 날벼락이냐.

　만복 아비 뜬쇠 놈이 떡 하니 삼부동이라 하는 게 아니냐.

　다들 그렇다기로 왜 자기한테 삼부동 골패 여섯 쪽을 만져볼 수 있도록 하지 않았느냐 말이다.

　―거. 대단허이.

　―아따. 선비 나리가 아쉽게 되셨네 그려.

　―제길. 난 또 꽝일세.

　다들 한 마디씩 내놓는 소릴 들으면 필시 삼부동은 삼부동인 듯한데 오늘따라 왜 이렇게 패가 따르지 않느냐 말이고, 왜들 하나같이 자기만 은근슬쩍 따돌리는 느낌이 나느냐 말이다. 그 소행들이 적이 의심스럽지 않을 수 없는데다 심지어는 남들 패를 확인해줘야 할 애랑이마저 자기를 따돌리고 엇박을 놓는 것 같은 밤이었다.

　―나으리.

　―으응. 뭐냐?

　심봉사는 기운이 진해서 뭐라 대꾸할 힘도 없다.

　―벌써 동창이 밝아오고 있사옵니다.

　―그래에. 으응.

　―이제 누워 쉬시옵소서. 그깟 삼백 냥이야 귀덕 어미에게 전갈해서 가져오라면 되잖사옵니까.

―그야 그렇지.

―오늘은 쉬시고 하루 이틀 있다 혼들 내주시오서.

―그렇구나. 휴. 오늘은 어찌 그리 재수가 없었누.

―이제 그만 생각하시오서. 호롱불 끌 것이니 이리 누우소서.

애랑이가 볏단같이 풀썩풀썩한 심봉사의 상체를 끌어다 요 위에 뉘어준다.

―그것, 참. 될 듯 될 듯 안 되니 환장할 노릇 아니더냐.

―약주가 좀 과하셔서 실수도 더러 있으셨사옵니다.

―하기는. 손끝이 무뎌져서 몇 번씩 패를 잘못 읽었구나.

―그만 잊으시오서. 저고리 벗겨드리겠나이다.

―그러려무나. 그런데 그 한발이 놈도 오늘 영 소행이 께름칙허지 뭐냐.

―나리. 그만 생각하시오서. 제가 다 잊게 해드리오리다.

심봉사 저고리를 벗겨놓은 애랑이가 버릇처럼 올라타려고 달려드는 것을,

―거, 성가시게.

하고, 심봉사는 불쑥 짜증을 냈다. 그 서슬에 심봉사 뿌리치는 팔이 애랑이 가슴팍을 내지르는 형국이 되고 말았다.

―아야.

애랑이 비명 소리에 심봉사는 깜짝 놀라서,

―어디 잘못 맞았구나.

하고 살피는 소리를 한다.

하지만 애랑이는 애랑이대로 성이 났다.

―누가 나리더러 노름하시라 하였소?

하고 마른 쇳소리를 낸다. 여기 와서 처음 듣는 차가운 핀잔이다. 그리고는 심봉사한테서 잔뜩 거리를 두고 앉았는 눈치다.

―내가 잘못했구나. 도무지 오늘은 심란해서 말야.

심봉사는 아뿔싸 하는 심정으로 애랑이를 달래려 든다.

―오늘은 나리 심기가 불편하오시니 혼자 계시도록 하는 게 도리겠사오.

―아. 아니다. 그럼 쓰나.

―아니시오다. 이만 저는 물러나겠나이다.

애랑이는 기왕 강짜를 부린 김이라는지 훌쩍 일어나 방문을 열고 나가버린다.

탁.

방문이 닫히는 소리가 나고 또 잠시 후 건넌방 문이 열고 닫히는 성마른 소리가 난다.

―거. 성미 사나워.

심봉사는 한 대 몹시 얻어맞은 느낌이다. 초저녁부터 오늘은 뭐가 어떻게 돌아가는지 정신을 차릴 수 없다.

애랑이가 건너가버리고 나니 주위는 적막하기 이를 데 없다. 하룻밤 사이에 삼백 냥이나 잃고, 여자한테까지 냉대를 당하고 나니, 적막함이 더한 듯하다.

내일 당장 도화동으로 들어간다? 그러려면 우선 애랑이에게 밀린 유흥비를 줘야 한다. 그러나 그보다도 이대로 여자와 노름과 술이 있는 이곳에서 물러나기가 싫다.

도화동이 도화동이 아니라 이곳이 바로 도화동인 것을. 벌써 이 즐거운 놀이를 파해야 한단 말이냐. '그건 아니올시다'다.

그럼 어떻게 한다?

그러나 심봉사는 자기가 어찌 하려는지 안다. 갈 때까지 가보는 것이다. 스무 살에 안맹한 이후로 언제 한번 이렇듯 폭죽이 펑펑 터지는 듯한 놀이가 있었더냐. 인생이란 어차피 폭죽 같은 것이 아니더냐. 피고 나면 지는 꽃이요, 타고 나면 한 줌 재로 화하는 것 아니더냐. 내 이제 겨우 환한 기상을 떨치려는데 이깟 돈 몇 푼에 풀죽어 복사꽃이 피는지 지는지 모르는 도화동 쓸쓸한 누옥으로 돌아간단 말이냐.

심봉사는 하룻밤 노심초사에 기운이 다한 중에도 어찌 하면 이 쾌락을 이어갈 것인가를 골똘히 궁리한다.

그러다 문득 번개처럼 떠오른 것이 바로 공양미 삼백 석이다.

공양미.

공양미 삼백 석이라.

공양미 삼백 석은 지금 백중 우란분절에 눈을 띄워달라 빌며 바치기로 하여 몽운사에 가 있다. 권선문에 삼백 석 바치기로 약조해놓았지만 아직 기원을 드리지 않았으니 몽운사 것이라 할 수 없다.

부처님께 정성을 바쳐 눈을 뜬다? 틀림없이 그렇게 믿고 있던 심봉사건만 오늘은 왠지 이 소원이 허황된 것만 같다.

공맹을 믿는 선비가 이 고려 왕조가 아무리 부처님 세상이라지만 빌어서 눈을 뜨겠다 믿었다니.

하지만 화주승은 자신하고 그렇게 말했지 않더냐.

아냐. 도력은 좀 있어 보였지만 그렇다고 그 중이 부처님이신 것도 아니고. 가끔 문수보살이 사람 탈을 쓰고 지혜를 깨우쳐주신다는 말씀은 들었지만, 이 대명천지에 그런 기적을 바라서 무엇을 얻을꼬. 공자님 말씀에 무징불신이라, 근거가 없으면 믿지 않고, 술이부작이라, 함부로 지어내어 말하지 않고, 불어괴력난신이라, 기괴스러운 일, 믿을 수 없는 힘, 이치에 어긋나는 현상, 귀신 따위 것들을 말하지 않는다 했는데, 내가 무엇에 홀려도 단단히 홀렸던 게야.

심봉사는 어둠 속에 홀로 누워 도대체 자기가 지금 무슨 짓을 벌이려 하느냐고 혀를 찬다.

지금 나한테 확실한 게 뭐냐. 열흘 내내 온갖 수발 다 들면서 나를 기쁘게 해준 애랑이가 아니더냐. 어젯밤부터 지금까지 한 판 한 판 그렇게 손끝이 짜릿짜릿하지 않을 수 없던 노름판이 아니더냐. 지금 이렇게 적막하게 아침이 왔는지 해가 중천에 떴는지 모르겠는 내가 지금 이렇듯 외롭게 잠들지 못하고 있다는 게, 바로 이게 이 심학규에게는 움직일 수 없는 사실이요, 진실이 아니더냐.

사실이라. 진실이라.

한번 의심이 일자 심봉사는 진정할 수 없다. 당장이라도 응당 자기 재물이 되어야 할 삼백 석이 절집 재산이 되어 흩어져버릴 것 같은 조바심이 난다.

그렇지만 그렇게 단단히 약조해놓은 것을, 몽운사에서도 그렇게들 알고 준비를 하고 있을 텐데. 어떻게 한다? 이 일을 어찌 한다?

—나리. 안 일어나시오? 저녁이 다 되었사옵니다.

—으응. 벌써 그렇게 됐나?

—낮잠 주무시면서 무슨 잠꼬댈 그리 하시었사옵니까?

—잠꼬대?

—공양미가 어쩌니 청이가 어쩌니 자꾸 되뇌이시더이다.

—그렇구나.

청이가 몸을 팔고 떠난 지 한 달이나 흘렀나. 왜 이렇게 아득하기
만 한지 알 수 없다. 그러고 보니 꿈에 딸아이를 본 것 같기도 하다.
딸아이였는지, 선녀처럼 어여쁜 여인네가 자꾸 나를 불러세웠던 것
같다.

자기는 어딘지 멀리 가야 할 곳이 있는데. 뒤에서 자꾸 누가 불러
세우고, 불러세우고 했다. 돌아보면 청이 같기도 하고 아닌 것 같기
도 한 아름다운 여인네가 저만치 서 있었다. 어디서 많이 본 듯한 어
여쁜 여인인데, 딸아이 같기도 하고 그렇지 않은 것 같기도 했다. 그
렇다고 자기를 향해 가까이 다가오려고도 않고 불러세워놓고는 그
냥 간절한 눈빛으로 쳐다보기만 했다.

꿈속의 일을 놓고 심봉사는 속으로 생각한다. 청이를 멀리 보낸 죄
책감에 마음이 시달린 까닭이라고. 돌이켜보면 청이가 그렇게 몸을
팔아버린 건 자기의 터무니없는 바람 때문이 아니냐. 부처님한테 빌
어 눈을 뜰 지경이면 세상에 앞 못 보는 이가 어찌 있으리. 공연히 선
하디 선한 딸자식만 죽여놓고 말았잖나.

아니야.

심봉사는 애써 도리질을 한다. 이미 떠난 아이를 어찌 하나. 후회
해도 소용없는 일이랄 수밖에 없다.

—후우.

―나리. 무슨 생각을 그리 골똘히 하시옵니까?

―아, 아니다. 생각은 무슨. 니 생각을 했지. 그래, 마음은 좀 풀렸느냐?

―풀리고 말고가 어딨사옵니까? 어제 고단하셨으니, 오늘은 제가 나리 몸이나 주물러드리려오. 기력이 쇠하신 듯하여서요.

―그래. 그래야지. 계집이 너무 앙탈스러워도 정이 나가는 법이어든.

―저녁 진지는 어쩌시려옵니까? 마침 장에 가니 붕어지가 있어 사왔나이다. 기력이 쇠하신 듯하여서요.

붕어지란 붕장어, 곧 아나고를 가리키는 서해도 말이다. 여름이 점점 가까워오니 붕장어 맛이 좋을 때도 됐다.

―거 괜찮겠네. 구워 먹음직허이.

―제가 맛있게 구워드릴 터이니 잠시 기다리셔요.

―그러시게. 허허.

애랑이는 심봉사의 허벅지를 은근히 누르듯 한번 어루만지고는 일어서 나간다.

다행히 맘이 풀렸군. 계집은 저렇듯 시원스러워야지.

그런데 이 집은 왜 이리 조용한고. 서경 기생집이라면 손님깨나 받아야 할 텐데, 그런 낌새는 전혀 없다. 누구 시중드는 어린 계집아이라도 있을 법한데, 아침저녁으로 왔다 갔다 하는 장쇠 놈 말고는 출입하는 이가 없다.

상처 입은 마음으로 이곳에 내려와 적막하게 지내려 한다는 말은 들었다. 하지만 심부름해주는 아이 하나 없이 어떻게 기생 노릇을 하

나. 머리 올려주었다는 시영 어머니는 어디 갔구.

아무려나. 애랑이 하나만은 분명코 이 자리에 있지 않나. 저렇듯 붙임성 있게 아양을 떨 줄 아는 계집이 지금 내 옆에서 시중을 들고 있지 않나.

심봉사는 애랑이와 함께 보낸 지난밤들을 떠올려본다. 기생이라 했건만 노래 하나 제대로 불러주지 않았다. 가야금이나 있는지 없는지 탄금 한번 들려준 적도 없다. 서경에 다 던져놓고 내려와 그런지 가재도구도 변변히 없는 것 같다. 대신에 밤에 사내 부리는 솜씨만큼은 어디서 많이 놀아본 계집임에 틀림없다. 나이가 벌써 중년을 훌쩍 넘은 심봉사다. 자기가 당해낼 수 없을 만큼 색기를 부린다. 생기기는 어떻게 생겼는지 모르나 손에 잡히는 애랑이 몸뚱이는 몹시 굴곡지고도 매끄럽다. 하루가 멀다 하고 밤마다 마당에 솥을 걸어두고 불을 때서 목욕을 해대서 그렇겠지만, 심봉사 몸에 와 닿는 애랑이의 감촉은 물고기 비늘처럼 미끌거린다.

생각이 애랑이에게 미치자 심봉사는 다시 공양미 생각이 난다.

어떻게 한다? 몽운사로 장쇠나 뜬쇠를 보내 화주승을 불러본다?

삼백 석이라.

돈으로 치면 평생을 두 번이라도 풍요롭게 살 수 있는 재물이 아니냐. 애랑이를 아예 첩실 삼아 옆에 끼고 풍류 있게 살아봄직도 하지 않냐 말이다.

눈을 뜨는 일이 쉽지 않다고 생각하니, 심봉사는 차라리 재물을 잔뜩 쌓아두고 기개라도 있게 살아보고 싶어진다.

마당에서 붕장어를 굽는지 고소한 냄새가 풍겨온다. 심봉사는 자기도 모르게 코를 벌름거린다. 입안에 군침이 돈다. 자기를 위해주는 애랑이 정성을 생각하니. 어떻게든 자기도 애랑이를 위해 정성을 보여주어야 할 것 같다.

—나리 상 들어가오.

—오, 오냐.

애랑이가 개다리소반에 두 사람이 먹을 식사를 들여온다.

—흠. 냄새가 보통 아니구나. 허. 토장국은 또 언제 끓였느냐.

코를 킁킁거리는 심봉사 얼굴이 환해진다. 금방 지어낸 밥 냄새, 토장국 냄새, 싱싱한 겉절이 냄새, 고소한 붕장어구이 냄새에 참기름 냄새까지, 몹시 식욕을 돋우는 냄새들이 심봉사의 마음속을 흐뭇하게 한다.

—자. 아, 하시우.

—오냐.

심봉사는 입을 딱 벌린다. 애랑이는 썩은 이가 더러 섞인 심봉사 입안에 쌀밥 한 숟가락을 밀어 넣어준다.

—붕장어 드셔보오.

애랑이가 붕장어 구운 것 한 점을 소금 친 참기름 장에 찍어 심봉사 입에 넣어준다.

심봉사는 어미한테 음식을 받아먹는 아이처럼 입안에 든 것을 맛나게 우물거린다.

—맛있구나. 너도 들어봐라.

—저는 괜찮으니 먼저 더 드시어요. 자, 또 드리오.

—허허, 너 먼저 한 젓가락 들래두 그런다.

—저도 금방 들겠사오니, 아, 하시어요.

—허어.

심봉사는 손사래를 치면서도 결국은 입을 벌린다. 심봉사가 입을 우물거리는 사이에 애랑이도 한 숟갈 밥을 뜨고 반찬을 집는 소리가 들린다.

—좋구나. 우리가 무슨 다정한 부부 같지 뭐냐.

—아무려나 부부라면 또 어떻사옵니까?

—그래? 허허. 니 말이 꼭 맞구나. 이렇듯 고즈넉한 방 안에 너와 나 단둘뿐이구나. 내일도, 모레도, 오늘만 같으면 좋겠구나.

—소녀의 심정도 꼭 그렇사옵니다.

—그래? 허허. 니가 나를 꼼짝 못하게 하는구나.

어떻게 한다? 그 재물을 다 어떻게 한다?

웃는 한편으로 심봉사는 또 공양미 생각을 한다. 내일은 어찌 됐든 귀정을 지어야 하겠다고 생각해보는 심봉사다.

다음날 아침 심봉사는 장쇠를 부르라 하여 몽운사로 화주승을 청하러 보냈다.

그 다음날 점심 지나 몽운사 화주승이 산을 내려와서 심봉사와 대면을 했다.

심봉사는 이런 때는 차라리 앞 못 보는 게 다행이라고 생각하며 화주승이야 얼굴 표정이 어떻게 바뀌든 아랑곳하지 않고 이미 마음에 작정한 대로 말해버렸다.

—스님, 그 공양미 말이우.

—말씀하시지요.

―내, 여러 생각을 해봤는데 말이우.

―…….

―공양미를 삼백 석까지는 못 바칠 것 같으우.

―그러시오면…….

몽운사 화주승 각현은 표정 하나 바꾸지 않고 심봉사의 다음 말을 기다린다. 심봉사는 각현의 표정이 얼마나 굳어 있을까 하며 저절로 두려운 마음이 일어나면서도 기왕 작정한 일이니 끝을 보려고 한다.

―눈을 뜨고 안 뜨고는 부처님께 마음으로 정성을 바치는 데 달린 것이요, 쌀을 몇 섬 바치느냐에 달린 것은 아니잖우?

―그야 두말할 나위 없지요. 부처님이 어디 재물의 수량으로 법을 펼치시겠소이까.

각현은 빙그레 웃으며 수긋하게 응대한다. 각현의 부드러운 음성에 심봉사는 마음이 턱 놓인다.

―지당하신 말씀이우. 그래서 제가 궁리를 해봤다우.

―무슨 궁리를 하셨소이까.

―스님, 제 말씀 한번 들어보우. 눈 뜨고 싶은 이 내 소망이야 멀쩡한 두 눈 뜨고 다니는 사람들은 절대 상상할 수 없을 만큼 간절하지 않겠수? 부처님 전에 삼백 석을 바치든 단 한 섬을 바치든 이 내 소망이야 한결같을 게유. 그러나 산목숨은 살아야 하고 목숨 붙어 있는 한 먹고, 입고, 따뜻한 집에서 사람답게 지낼 수도 있어야잖겠수?

―물론이시지요.

―스님!

각현을 재차 불러놓고, 심봉사는 각현을 똑바로 쳐다보는 시늉을 한다. 하지만 심봉사의 초점 없는 눈동자는 각현의 눈을 비껴나가 문고리 쪽을 향해 있다.

─아무쪼록 말씀하시오이다.

─스님, 내 딸 절반만 잘라서 내리다. 생각해보면 그 쌀이 우리 딸애 목숨 값이라우. 나보구 눈 뜨라고 인당수에 몸 바쳐 얻어낸 쌀이라우. 부처님 전에 이걸 다 바쳐 눈을 뜨면 좋겠으나, 사람의 일이란 알 수 없는 게 아니우. 삼백 석 가운데 절반은 정성으로 바쳐서 빌고, 절반은 이 기구한 운명을 타고 난 소생이 생화를 삼을 수 있도록 해주시우.

─선비 어른, 마음이 정 그러시오이까?

각현은 부드러운 음성으로 심봉사의 진의를 확인한다.

─그렇수. 이 심학규, 선비의 몸으로 한번 약조한 것을 물리는 허물을 범하고 있수. 부처님의 자비심으로 과히 탓하지 말아주우.

─알겠사옵니다. 하지만 돌아오는 백중날, 우란분절까지는 몸과 마음을 정갈히 하여 부처님께 지극정성을 바칠 수 있도록 하시오서.

─그야 일러 무엇하겠수. 그날이 내게는 살고 죽는 날이나 진배 없다우.

─그럼 그리 알고 소승은 이만 돌아가겠소이다.

─아, 그럼 백오십 석은 내일이라도 이 집으로 보내주우.

─언제라도 실물과 바꾸실 수 있도록 물표를 보내드리겠소이다.

─그러시우. 열 석씩 끊어서 열다섯 장을 만들어주시우.

─그리하겠소이다.

심봉사는 앓던 이가 빠진 것처럼 속이 다 시원하다.

―무어라도 드실 것을 준비해놓질 못해서, 죄송하게 됐우.

―아니옵니다. 마당 우물에 찬물이나 한 바가지 마시고 가겠소이다.

―그러시우. 그럼.

심봉사는 심드렁하게 대꾸하고는 바깥을 향해,

―장쇠야, 스님 좀 배웅해드려라.

하고 외친다. 하지만 장쇠는 어디 갔는지 없다. 건넌방에서 애랑이가 다시 나와,

―제가 모시겠사옵니다.

한다. 심봉사는 허허, 웃으며, 그래라, 한다. 각현은 일어나 심봉사를 향해 정중히 합장을 한다.

―나무아비타불 관세음보살. 그럼 백중날에 뵙겠소이다.

―그러시우.

심봉사는 일어나지도 않고 심드렁하게 응대한다. 애랑이가 각현을 모시고 나가, 우물에서 물을 떠서 마시게 하고 배웅하는 말소리에, 대문 여닫히는 소리가 난다.

―흐흐.

심봉사는 자기도 모르게 웃음이 터져 나온다. 노름판에서 돈을 땄을 때와 똑같은 기쁨이 가슴속에 꽉 들어찬다.

―헤헤. 으헤헤.

심봉사는 기괴한 웃음소리를 낸다.

그렇게 이상하게 웃어야 직성이 풀릴 것 같기 때문이었다. 보통 웃음소리로는 제 기쁨을 다 표현할 수 없을 것 같기 때문이었다.

―뭐가 그리 재밌으시옵니까?

애랑이가 들어오며 궁금해한다.

—애랑아.

심봉사가 은근한 목소리로 애랑이를 부른다.

—무슨 일이오니까?

—내가 너한테 줘야 할 돈이 오늘로서 한 천 냥은 되렷다?

—그야 세음을 해보면 그 정도는 되겠지요.

—어제 너와 내가 부부 삼아 살아보면 어떻겠느냐고 이야길 나누었지?

—그랬사옵지요.

—허허, 그 마음 하루가 지났는데도 변치 않았더냐?

—나리께서도 원. 아무리 계집의 마음이 갈대와 같다지만 하루하루로 달라지면 그게 머리 검은 짐승이오니까.

—그렇지? 흐흐. 애랑아.

—무얼 그리 다정하게 부르시옵니까.

—내가 말이다. 너한테 천 냥도 이천 냥도 아니고 쌀로 한 백 석어 칠 안겨주면 어떠냐.

—에그머니, 아닌 밤중에 홍두깨 격으로 무슨 말씀이시옵니까?

—너랑 나랑 부부처럼 살기로 약조를 허잔 말이다. 쌀을 백 석을 떠안겨줄 테니 말이다.

—그게 정말이옵니까? 어디서 그런 돈이 나시겠사옵니까? 따님이 목숨을 팔아 생긴 백 석어칠 귀덕 어민가 누가 맡아놓았단 말씀은 들었사옵니다만.

—흐흐. 아까 그 중이 왔다 가지 않았느냐.

—예, 그랬습지요.

—그게 바로 돈줄이다 그 말이다.

—예에?

심봉사는 침이 튀는 것도 모르고 제가 공양미 절반을 뚝 잘라 도
로 거둬들인 얘기를 신이 나서 떠벌인다. 애랑이는 깜짝깜짝 놀라는
감탄사를 연발하며 심봉사 얘기에 귀를 기울인다. 그러나 누군가 이
장면을 보았다면 애랑이의 표정이 대꾸하는 목소리와는 전혀 딴판
으로 복잡하게 변해가는 것을 알아차릴 수 있었을 것이다.

—그럼, 나리. 제게 그중에 백 석이나 주시겠다는 말씀이오이까?

—우리가 부부가 되면 네 것이 다 또 내 것이 아니고 무엇이겠느
냐. 이치가 그러한데 내가 무얼 망설이고 또 아까워하겠느냐.

—소녀는 그냥 가슴이 떨릴 뿐이옵니다. 저같이 미천한 것이 나리
같이 학덕 깊으신 분과 가약을 맺고 살아갈 수 있다니요.

—그러냐, 허허. 내가 이 나이에, 세상살이에 부질없이 신분이 높
고 낮음을 따져 무엇 하겠느냐. 다만…….

—다만, 무엇이오니까?

—백중날에 부처님께 비는 일이 중하니, 내 너에게 물표를 맡기길
랑 그 일이나 마친 후에 하자꾸나.

—그야 나리께옵서 하옵실 일이지요. 저야 그저 처분에 맡길 따름
이옵니다.

그날 밤 심봉사는 그 어느 때보다도 극진한 섬김을 받았다. 돈의
위력이란 게 뭔지 사랑 때문에 죽고 못 살아 황주 땅까지 내려왔다는
애랑이는 눈멀고 늙어빠진 선비의 첩살이 신세를 자청하다시피 한

것이다.

그리하여 심봉사는 애랑이를 첩으로 삼자 마음을 먹었다. 백중날까지 애랑이의 태도를 살펴보겠다는 속셈도 어디론가 사라지고 부디 이 젊은 계집과 숟가락 들 힘이 남아 있을 때까지 즐겁게 살아보리라 다짐하게 된 것이다.

늦봄에서 여름으로 가는 날은 길다. 하지만 사랑의 즐거움이 있는 나날은 화살같이 빠르다. 어느새 백중날이 닥쳐와 심봉사는 애랑이와 장쇠를 따라 몽운사에 갔다.

백중날 우란분절은 불가에서는 하안거를 푸는 날이다. 하안거란 무엇이냐. 사월 보름부터 칠월 보름까지 스님들이 한 곳에 머무르며 좌선과 수행을 하는 것이다. 방 안에서 들어가지도 나가지도 않고 묵묵히 벽을 마주하고 앉아, 내가 벽을 보는 게 아니라 벽이 나를 보고 있음을 의식하고, 그 의식조차 멀리 사라져 다시는 일어남이 없도록 기원하며 참선에 참선을 거듭하는 승려들이, 우란분절에 비로소 여름 안거를 해제하는 법회를 열고, 큰스님의 법문을 듣고 각기 제 갈 길로 흩어지게 된다.

이 백중날은 또한 목련존자가 지옥에서 영겁의 형벌을 받고 계신 어머님을 구해내고자 제를 지낸 것을 본받아 부처님 믿는 온갖 백성들이 절에 모여들어 불공을 드리고 먼저 세상 떠난 부모와 자식이 지옥에 떨어지지 않도록, 지옥에 떨어져 영원히 끊임없는 형벌을 받고 있는 부모님이 새로운 삶을 얻을 수 있도록 간절히 기도하는 날이기도 하다.

이날 몽운사에는 사바세계 중생들이 제각기 다른 간절한 기원을 품고 많이도 모여들었다. 심봉사도 다른 대중들처럼 법회에 참석하여 큰스님의 법문을 듣고 스님들이 해제의식 치르는 것도 들었다. 하지만 아무것도 듣지 못한 것이나 다름없었다.

애랑이와 놀고 노름판을 벌이고 술을 마시느라 몇날 며칠을 새우다시피 한 몸으로 산속 깊은 곳에 들어 있는 몽운사까지 걸어 올라오는 일이 그렇게 고역일 수 없었다.

자신을 반갑게 맞아주는 화주승 각현의 음성을 접하고도 심봉사는 자기가 왜 이 절에까지 올라왔는지 이유조차 명료하게 의식하지 못할 지경이었다. 정녕 눈을 떠야 한다는 소망만은 굳게 간직하고 있었으나, 쾌락을 탐하느라 산지사방으로 흩어진 몸과 마음을 하나로 모아 큰 정성을 바칠 준비가 되어 있지 않았다.

심봉사는 각현이 하라는 대로 대웅전에 올라 본존불을 우러러보고자 하나 어째 마음속에 석가모니불의 형상이 떠오르질 않는다. 피눈물을 흘리며 백팔 배를 열 번, 스무 번, 서른 번을 해도 모자랄 판에, 건성건성 절은 올리면서도 마음속으로는, 이게 다 무슨 짓이냐, 이렇게 빌어 눈 뜬다는 게 정말이냐, 쉬고 싶구나, 이 고역에서 어떻게 벗어날까, 하고 온갖 궁리를 했다.

그러다가도 심봉사는 용케 자기가 얼마나 간절히 눈 뜨기를 소망했는지 떠올렸다. 그랬다. 자기는 정녕 눈을 뜨지 않으면 안 되는 것이었다. 금쪽같은 딸자식을 그토록 허무하게 사지로 몰아낸 것도 다자기 두 눈 때문이 아니더냐. 그뿐이냐. 정녕 눈이라도 뜨면 그때는 마지막으로 한번 과거를 봐서 못다 이룬 영달의 꿈을 이뤄내야 하지 않겠느냐. 생각이 여기까지 미치자 심봉사는 비로소 비감한 심정이 되어 한껏 예를 갖춰 각현의 낭랑한 염송 소리를 따라 쓰러지고 비틀 거리면서도 수없이 절을 올려보았다.

하지만 백팔 배를 거듭하는 일은 어렵다. 더구나 며칠째 밤마다 애랑이나 만복 아비 무리와 일을 벌인 뒤끝이라 몸이 이만저만 피로한 게 아니다. 하품을 하면서 엎어지듯 간신히 절을 이어가던 심봉사의 몸은 점차 느려지고 흩어져 마침내 일어나지 못할 지경이 되었다.

각현은 심봉사가 어찌 되든 아랑곳하지 않고 꼼짝도 하지 않고 꼿 꼿이 서서 긴 불경들을 한없이 외고 또 외는 것이었으나, 뒤에 엎어 져 있던 심봉사가 마침내 코를 골아대자 잠깐 염송을 멈추고 한숨을 쉬었다. 그러나 그것도 잠시, 각현은 홀로 심봉사가 눈을 떠 새 생명 을 얻기를, 심봉사를 대신해서 빌고 또 빌어주는 것이었다.

다음 날 아침 대웅전 본존불 밑에서 늘어지게 달디 단 잠을 잔 심 봉사는 그때까지 쉬지 않고 염불을 외는 각현의 목소리를 들었다.

아뿔싸. 내가 잠을 자고 말았구나. 애랑이는 어디 갔나. 장쇠는 어딨구. 이 연놈들이 날 좀 깨우잖고.

심봉사는 열없이 부스스 일어나 어떻게 해야 하나 하고 우두커니 앉았다.

―선비 어른, 일어나셨소이까.

각현의 목소리가 아직도 정신이 활짝 깨어나지 못한 심봉사의 귀 에 들려온다.

―소생이 워낙 약질이다 보니, 부처님께 빌다 말고 잠을 자고 말았 우. 애랑이랑 장쇠는 어디 갔우?

―요사채에서들 쉬고 있소이다.

―소생은 이제 어찌 해야 하우?

―날이 새로 밝았으니 마저 기도를 드리고 아침 공양이나 하시지요.

―그 많던 사람들은 다 어디 갔소?

―대중들이야 어제 다들 산을 내려갔고, 스님들은 아침 공양도 다 마치고 법회 때 쓴 것들을 정돈하고 있지요.

―스님, 그럼 소생이 지금도 대웅전에 있우?

심봉사는 자기가 정말로 부처님전 밑에서 늘어지게 잠을 자버린 것인지 알 수가 없다.

―허허, 예가 극락이오니까, 지옥이오니까.

―스님두, 참. 깜빡 잠들었는데 하루가 통째로 달아나버렸우. 그나저나 이렇게 자버려서 기도드린 효험이나 있을지 걱정이우.

―허허, 걱정은 미뤄두시고 마저 기도나 드리시지요.

―싫우. 이제서 다시 기도를 드려 무슨 효험을 보겠다누.

심봉사는 어쩐지 일을 그르쳐버린 것 같아 심사가 사나워진다. 그래도 이게 백오십 석이나 들여 정성을 바치는 일인데, 감쪽같이 잠만 잤으니 이를 어찌 하겠느냔 말이다.

―허, 참. 선비님두. 백팔 배라도 하시고 끝내시지요. 눈을 뜨시겠다는 소망은 잊었소이까?

―잊기는 왜 잊겠수. 내가 워낙 몸이 약해놔서 밤을 새우지 못하여 그렇지.

―지난밤 일은 잊으시고 새 마음으로 부처님께 간절히 비시오.

각현은 심봉사가 절을 드리나 마나 상관하지 않고 새로 독송을 하기 시작한다. 그러자 심봉사도 하는 수 없이 잘 안 듣는 몸을 일으켜 절을 해대는데, 그 모습은 어지럽기 짝이 없어 숫제 엎어졌다가 일어나는 몸동작에 불과하다. 숫자를 세는 것을 수없이 틀리면서도 심봉사는 백팔 배를 마치기는 마쳤다. 엎어졌다 일어나기를 자꾸 하다보니 이마에 땀이 맺히고 새로 기운이 솟는 듯도 했다. 나중에는 조금 더 정성을 드릴 수도 있겠다 하던 참에 각현의 독송 소리, 목탁 소리가 뚝 멎었다.

—선비 어른, 이제 되셨소.

이게 끝이라고 생각하니 심봉사는 어쩐지 아쉽게 느껴진다.

—고맙수. 그나저나 내 눈은 그럼 언제 떠지겠수?

—제가 그것을 어찌 알겠소이까. 다만 사대가 흩어지기 전에 눈을 한번 뜨시기는 뜨시리다.

이놈의 중이 나를 놀리는구나. 죽기 전에나 눈을 뜨겠다구? 멀쩡한 딸자식 죽여놓고 공양미를 바치게 해서는 죽기 전에나 눈 뜬다구? 내가 이런 중한테 홀려 귀한 재물을 백오십 석어치나 날렸구나. 차라리 그 돈으로 도화동에 기와집이나 지을 것을.

심봉사는 심사가 잔뜩 뒤틀렸으나 섣불리 내색은 하지 못한다.

—애랑이 좀 불러주우.

—잠시 기다리시오. 불러다드리리다.

각현이 대웅전을 나가버렸다. 그러자 법당 안에는 고요가 들어찬다. 갑자기 천지가 통째로 다 꺼져버리고 심봉사 자신만이 홀로 우주에 떨어져 있는 것 같다.

물속 같구나. 어쩌면 새소리 하나 들리잖누. 내가 몽운사에 와 있는 건 맞나. 어제 분명 숱한 군중들이 운집해 있는 소릴 들었는데, 큰 스님이라는 분의 법문도 듣고. 당신은 법이 없으니 말할 것도 들을 것도 없다 했는데, 말할 것 없다는 이가 왜 법단에는 올라 앉았누. 그건 그렇고, 애랑이라도 밤새 기도를 드리잖구. 휴. 어찌 됐든 정성을 바치기는 바쳤으니 무슨 일이 생기겠지. 아무렴, 백오십 석이나 바친 것을. 그나저나 이제는 집에 내려가 쉬어야 할 터인데. 가만 있자, 내 집이 어디냐. 혼자서는 집도 못 찾아가겠구나. 도화동 집으로 가는 길도 애랑이 집에 가는 길도 예서는 너무 멀디 멀구나. 이제 어떻게 한다?

그러고 보니 자기는 지금 눈이 떠져 있어야 할 게 아니냔 말이다. 어쩌면 자기는 잠들었다 깨어나면 눈이 떠져 있으리라 바라고 잠을 자버린 게 아니냔 말이다. 도대체 이런 법이 어디 있느냔 말이다. 올라올 때처럼 내려갈 때도 돌길 하나 옳게 디디지 못하고 더듬더듬 손 붙들려 가야 한단 말이냐.

심봉사는 격심한 피로감에 사로잡혀 자기 인생 따위야 어디로 꺼져버려도 좋다는 자포자기 심정에 빠져버렸다. 몽운사에서 어떻게 돌아왔는지 알 수 없게 산을 내려와 또다시 깊은 잠에 빠져버렸다. 잠결에 중간중간 몽운사에서 받은 물표 열다섯 장이 자기 품안에 잘 있는지 더듬어보기도 하고 자다가 문득문득 무언가에 깜짝깜짝 놀라기도 하면서 몇 날 며칠째 밀린 잠을 내리 보충해버렸다.

그러고 일어난 저녁, 심봉사는 애랑이에게 물표를 던져주었다.

—이제 다, 너 할 탓이다.

심봉사는 애랑이에게 뜻 모를 한 마디를 건넸다.

—무슨 말씀이신지요? 나리.

—이 물표를 어디에 쓰려누?

—갑자기 이렇게 내주시니…… 사실은 요즘 금붙이를 모아두면 나중에 좋다 하더이다.

—딴은 그렇겠구나. 이 물표야 한갓 종잇장일 뿐이니 불에 타거나 물에 젖으면 그것으로 끝이구나.

—장쇠를 시켜서 금 다루는 이를 오랄까요?

—그러려무나.

며칠 후 황주장이 서는 날 장쇠가 장에 나가 금붙이 사고파는 이를 데려왔다. 심봉사는 기왕이면 나머지 물표 다섯 장까지 몽땅 금은으로 바꿔둘 작정을 했다. 금붙이 사는 이는 물표에 적힌 내용을 보고 깜짝 놀라 며칠 말미가 필요하다고 했다. 아무려나 그렇게 열흘이 속절없이 흘러간 후 장사치가 애랑이 집엘 다시 찾아왔다. 워낙 물량이 커서 금붙이들을 장만하는 데 시일이 걸렸노라고 했다.

애랑이는 애랑이대로 궤짝에 금덩이를 쌓아두고 심봉사도 그 절반밖에 안 되지만 궤짝을 하나 차았게 되었다. 애랑이는 애랑이대로 좋아하고 심봉사는 심봉사대로 애랑이가 자기한테 정을 붙여오는 것이 좋았다.

행복한 시간들은 언제 가는가 싶게 흘러가는 법이다. 심봉사는 애랑이에게 극진한 대접을 받으며 여름을 지나 가을을 보내고 겨울을 맞았다. 그동안 심봉사는 잠깐잠깐 만복이 아비를 통해서 귀덕 어멈에게 자기는 무사히 잘 있노라고 기별을 해두었다. 그나마 귀덕 어멈밖에는 자기를 염려하는 이가 없는 것을 잘 아는 까닭이었다. 또 귀덕 어멈만은 믿을 수 있는 사람임을 심봉사는 본능적으로 알고 있었다. 그래서 심청이가 떠나가면서 그 많은 재물들을 그 집에 맡겨 챙겨두도록 했던 게 아닌가. 심봉사는 말은 안 했지만 그 집에 맡겨둔 재물의 한 모퉁이는 잘라서 귀덕 어멈의 따뜻한 마음에 보답해줄 생각도 있었다. 만복이 말에 따르면 귀덕 어멈은 귀한 대접 받으며 잘 지낸다는 소식에 그렇게 기뻐할 수 없다는 것이었다. 심봉사는 그 전갈만으로도 마음이 턱 놓여 도화동 일은 아무 걱정도 하지 않았다. 그보다는 이쪽 집에서 노름 재미가 붙을 때마다 금붙이가 눈에 띄게 줄어가는 것이 걱정이라면 걱정이었다.

그래도 이쯤이야.

심봉사는 가진 사람 마음으로 매사를 통 크게 생각하려고 했다. 애랑이와 이렇게 즐겁게 살아갈 수 있으면 아무러면 어떠랴 싶었다.

그해 겨울이 그렇게 흘러갔다. 그 겨울 따라 어찌나 눈이 많이 내렸는지 모른다. 황주도 떡덩이 같은 눈더미에 담뿍 싸여 안겼다. 초가집들도 오가는 길도 모두 눈에 덮여 숨 쉴 구멍만 빠꼼히 내밀어둔 듯했다. 겨울이 깊어서는 농한기답게 심심찮게 노름판이 벌어졌다.

어느 날 심봉사는 자꾸 잃기만 하는 노름을 끊어보리라 작정했다. 노름꾼들을 물리쳤다. 애랑이하고만 알콩달콩 겨울을 보냈다. 재미가 더 났다. 더도 말고 덜도 말고 이 겨울만 같아라 했다. 애랑이의 아양에 즐거이 시달리며 심봉사 마음속에는 호박 같은 소망이 하나 자라났다.

애랑이 몸에서 아들 하나 얻어보자는 것이다. 잘 먹고 편히 지내니 이미 초로에 접어든 자기 나이건만 앞으로도 삼십 년은 넉넉히 버틸 수 있을 듯했다. 아들 하나 건사하는 일쯤이야 얼마든지 해낼 수 있을 것 같았다. 아들이어야 대도 잇고 잃어버린 가문의 영화도 되찾을 수 있었다. 애랑이 입에서 심봉사가 기다리는 말은 아직 나오지 않았다. 그게 아쉬웠다. 하지만 시간을 기다리면 저절로 풀릴 일이었다.

그렇게 겨울이 깊어져 봄이 가까워졌다.

경칩을 며칠 앞둔 어느 날이다. 심봉사는 어제와 똑같이 눈이 겨우 떠졌다. 애랑이를 끼고 희롱하던 끝에 혼곤한 잠에 빠져든 것이었다. 간밤에 애랑이가 자기를 어찌나 이리저리 굴리는지 온몸이 녹초가 되어 꿈 같은 단잠에 빠져들었던 것이었다.

여느 날 같으면 애랑이가 아양 섞인 목소리로.

─나리, 기침하셔야지요. 세숫물, 양치 준비해놓았어요.

하는 소리가 가까이서 들렸을 것이다. 아무 소리가 없으니까 그냥 내처 뒹굴다가 잘 만큼 잤는데 왜 아무 소리가 없나 하고 심봉사는 혼자 힘으로 깨어 일어나보았다. 바깥에 애랑이나, 요즘 들어서는 통 출입이 뜸해진 장쇠라도 돌아다니는 소리가 없나 하고 귀를 기울여보았다.

이상하게도 집 안이 고요했다. 이런 때는 적요하다고 해야 더 맞을 것이었다.

─애랑아. 애랑아, 나 기침했느니라.

하지만 아무 대꾸가 없다. 심봉사는 더럭 무섬증이 났다.

어디 갔지? 반찬거릴 사러 갔나? 오늘이 장날인가?

심봉사는 문득 어떤 의혹에 사로잡혀 손발이 덜덜 떨려왔다.

설마.

하지만 설마가 사람 잡느니.

심봉사는 황급히 장롱 쪽으로 몸을 더듬어갔다. 애랑이 몰래 하루에 꼭 한 번씩 있나 없나 확인해보는 궤짝을 만져보려는 것이다. 장롱 맨 밑에 금이 든 보함을 손으로 만져봐야 떨리는 몸과 마음을 진정할 수 있을 것 같았다.

손을 덜덜 떠는 통에 장농 문고리도 제대로 열 수 없을 지경이었다.

있어야 하는데.

함이 있어야 하는데. 사람은 불행이 목전에 닥쳐올지라도 마지막 순간까지 실낱같은 희망이라도 버리지 못하는 법이다.

가진 돈을 몽땅 잃은 노름꾼은 마지막 패를 떠들어볼 때 기적을 바란다. 병이 깊을 대로 깊어 죽음이 코앞에 닥친 사람도 편작의 힘으로 소생할 수도 있으리라는 기대를 못 버린다. 어리석은 사람은 마지막 장이 열린 뒤에조차 운명의 또 한 장이 더 남아 있을지 모른다고도 생각한다.

어리석음이여. 사람의 한없는 어리석음이여.

심봉사는 다행히 그토록 어리석지는 않았는가?

없다.

심봉사의 갈퀴 같은 두 손 열 손가락이 장롱 바닥을 샅샅이 훑고 또 훑는다.

아뿔싸.

없어.

미친 듯이 장롱 구석구석을 뒤져대던 심봉사는 갑자기 갈퀴질을 멈추고 귀를 쫑긋거린다. 지금 바깥에서 무슨 소리가 난 것 같아서

다. 하지만 심봉사가 유심히 귀를 기울이는 그 순간에 인기척은 들리지 않는다. 심봉사는 후닥닥 방문 쪽으로 몸을 틀고 기어나가며 소리친다.

— 애랑이냐? 애랑이야?

하지만 아무도 대답하는 이가 없다.

— 장쇠냐?

심봉사는 문고리를 더듬어 쥐고 문을 활짝 열고 소리친다. 마루로 나가 애랑이와 살면서 한 번도 건너가보지 않은 건넌방 쪽으로 기어간다. 건넌방은 미닫이문이다. 심봉사는 드르륵, 하고 거친 소리가 나도록 문을 훨씬 밀어버리고,

— 애랑아! 자냐? 자?

하고 외쳐본다. 아무 대답이 없다. 문을 타고 넘어가 농짝이 어딨는지 갈퀴손으로 더듬어 찾는다. 손에 뭐가 걸려 만져보니 요강 단지다. 또 손을 더듬어 겨우 농짝을 찾아 장문을 열어젖힌다. 갈퀴손으로 또 텅 빈 농 안을 허우적거리며 갈퀴질을 해본다. 버선짝 하나 걸리는 게 없다.

무슨 일이냐. 이게 당최 무슨 일이란 말이냐.

어디로 갔단 말이냐.

심봉사는 떨리는 마음을 진정치 못하고 턱을 덜덜 떨며 부지런히 자기한테 닥친 사태의 전말을 가늠해보려 한다. 하지만 아무 생각도 떠오르지 않는다.

마침내 심봉사의 부산한 움직임이 딱 멈춰버렸다. 텅 빈 방 안에 넋을 잃고 상투가 잔뜩 뒤틀어진 몰골을 하고 심봉사는 우두커니 앉았

다. 온몸의 힘이 다 빠져 달아난 것 같았다. 심봉사는 이건 아니라고 생각했다. 혹시 애랑이가 자기를 놀래주려고 이러는지도 모른다고 생각했다.

한 식경이나 두 식경, 늦어도 서너 식경 지나면 애랑이가 호호, 하고 웃으며 대문짝을 밀치고 들어올지도 모르는 일이었다.

장난은 그렇게 심하게 쳐야 더 재미가 있는 법이었다. 그러면 자기는 감쪽같이 속았잖느냐고 껄껄거리며 웃어주어야 하는 것이었다.

인당수 바다에
두둥실 뜬 꽃이여

오늘 서해 바다는 배가 지나다니기 안성맞춤이다.

부드러운 산들바람이나 맵시 있게 불어댈 뿐 그날의 울부짖음은 씻은 듯 사라졌다.

인당수라.

윤상이는 바로 한 해 전 이맘 때 심청이와 생이별하던 날을 떠올렸다.

망망한 바다를 바라보는 윤상이의 두 눈시울이 자기도 모르게 붉디붉게 물들고 있다. 배 기둥에 묶여 피눈물을 흘리며 뱃전에서 뛰어내리는 청이의 붉은 치맛자락을 바라보아야 했다. 그날로 사흘 밤낮을 식음을 전폐하고 선실에 그대로 나동그라져 있었다. 살아도 그만이고 죽어도 그만이었다. 소년 시절을 고스란히 바쳐 사랑한 여인을, 그토록 소중히 아껴 사랑의 꽃을 피우리라 했던 청이를 잃어버린 것이었다. 그냥 시집보낸 것도 아니고 사나운 바다에 장사 지낸 것이었다.

윤상이에게 지난 일 년은 절망과 방황, 그것뿐이었다.

청이를 사지로 몰아넣은 덕분에 윤상이를 태운 배는 인당수를 무사히 빠져나갔다.

서해에서 송나라 남경으로 향하는 뱃길은 망망대해다. 배는 밤에도 남십자성을 이마 위에 두고 바다를 미끄러지듯 남쪽으로 나아갔다. 그 스무 날 넘는 나날들을 윤상이는 미칠 것 같은 상실감 속에 보냈다.

뱃사람들도 영좌 어른도 다들 윤상이의 심정을 헤아려 궂은 일, 험한 일은 시키지도 않았다. 윤상이는 배 안 이곳저곳을 허깨비처럼 축 늘어져 돌아다녔다.

―뭍이다.

―왔다.

멀리 뭍이 희끄무레하게 보이는 날 뱃사람들이 환성을 질러댔다. 왔다. 사람들은 그제야 바다가 주는 두려움을 떨쳐버린 것 같았다.

송나라 수도인 건강부는 나중에야 정식으로 남경으로 불리게 된다. 하지만 뱃사람들은 일찍부터 건강부를 남경이라 불렀다. 윤상이는 뱃사람들을 따라 양쯔강 하구 상해를 거쳐 남경으로 거슬러 올라갔다. 말로만 듣던 송나라는 과연 거대한 땅덩이였다. 양쯔강은 황주강이나 예성강 같은 강들은 차라리 개울이라 해야 할 정도로 드넓고 거칠었다.

윤상이는 막막한 송나라 산하를 바라보며 청이를 잊겠노라, 잊겠노라 다짐해보았다. 하지만 잊으려 할수록 새록새록 생각나는 청이였다.

차고 맑은 우물물을 한가득 담아놓은 항아리같이 고요한 청이의 모습이 떠오르면 윤상이는 차라리 자기도 죽어버렸으면 좋을 것 같았다.

멍한 눈으로 떠나온 고려 땅과 다르게 황무지같이 드넓게 펼쳐진 산야를 바라보며 윤상이는 도대체 살아간다는 게 무엇이냐고 곱씹었다. 차라리 저 드넓은 땅 어느 한 구석에 들어가 먼지처럼 살아간들 어떻겠냐 싶기도 했다. 배는 양쯔강을 거슬러, 거슬러 대륙 깊은 곳 건강부로 들어갔다.

과연 송나라 수도 건강부 남경은 화려하고도 웅장했다. 윤상이는 그곳에서 강어귀의 항구와는 비교할 수 없을 정도로 즐비한 기와집들을 만났다. 이층, 삼층 집들이 즐비한 저잣거리, 유곽 거리는 고통스러운 심정에 빠져 있는 윤상이에게도 눈을 빼놓는 볼거리였다. 그동안 윤상이를 그냥 버려두다시피 했던 뱃사람들도 이번에는 그러지 않았다. 낮에는 물건을 사고파는 데 데리고 다니며 장사 일을 가르쳐주고 밤에는 유곽으로 끌고 다니며 뱃사람 풍속을 가르쳐주려 했다. 술을 배웠다. 고려 사람들이 먹는 술보다 몇 배는 독한 백주를 낮에도 밤에도 마시는 송나라 사람들 사이에 섞여들어 세상을 잊어버리려 했다. 그 속에서 생전 처음 자유를 맛보았다.

뱃사람들은 윤상이에게 여자도 붙여주었다. 사내라면, 더욱이 뱃사람이라면 계집 맛을 알아야 하는 법이라고 했다. 억지로 취해버린 윤상이에게 여자를 붙여서 유곽 이층 방으로 밀어올리기도 했다. 그러나 아직 윤상이는 과거를 지워버리지 못했다. 술이 취할수록 청이의 자태가 영롱하게 떠올랐다. 죽어서도 꼭 살아 있는 듯 빛을 발하는 청이의 용모에 비하면 유곽의 여자들이란 추악하기 이를 데 없었다.

유곽 여자들이라고 왜 아름다움이 없으며 순수함이 없겠는가. 연잎은 진흙 위에 피어도 더럽혀지지 않는다고 하지 않던가. 그러나 윤상이에게 처음 보는 유곽 세계는 환락장으로밖에 보이지 않았다. 여인들은 모두 지저분하고 더럽게 보였다. 사내들에게 지분거리고 품에 안기고 매달리는 여자들을 자기도 품에 얼싸안고 싶은 마음이 차마 일어나지 않았다. 남경의 여름은 숨이 막혀버릴 지경이었다. 찜통더위라는 말이 있지만 남경은 찌고 삶는 더위였다. 푹푹 찌는 더위, 화로를 활활 데워놓는 더위였다. 숨을 헐떡이며 짐도 나르고 흥정도 하고 술집에도 드나들면서 숨 막히는 여름을 참아내니 가을이 오기는 왔다.

하지만 남경의 가을은 짧다. 오는 듯 가버리는 게 남경의 가을이다. 그렇게 가을이 오는 듯 가버리자 이제는 추운 겨울이 닥쳤다. 춥다고 하나 남경 추위가 어디 서해도 황주 한겨울 추위에 댈까. 하지만 고려에는 온돌이라는 게 있어 아랫목을 따뜻하게 덥혀주지만 남경 땅에는 그런 게 없다. 뿐만 아니라 여름내 차오른 습기들이 빠져나갈 곳이 없는지 습기 머금은 한기가 뼛속까지 스며들어 그 고역이 이루 말할 수 없다. 어디 한 곳 등 따뜻하게 누울 자리 없는 겨울을 나면서 윤상이는 비로소 고려 땅으로 돌아갈 생각이 났다. 고향은 잊어버리고 새로운 삶을 살자던 것이 남경의 덥고 추움을 견디면서 어느덧 고향 나라에 대한 향수로 바뀌어버린 것이다. 뱃사람들에 뒤섞여서, 유곽 구석방에 홀로 뒹굴면서, 윤상이는 어서 봄이 오기를 기다렸다. 봄이 오면 고려로 돌아가겠다고, 남경의 겨울 내내 외로움과 추위에 떨면서 생각하고 또 생각했다. 그리고 드디어 봄이 왔다. 하지만 고려로 돌아가는 데는 시일이 더 필요했다. 뱃사람들은 고려로 가지고 갈 물품들을 부지런히 배에 실어 올렸다. 약재며 자기며 한적이며 의대 같은 것들은 고려 땅에 가면 큰돈이 될 수 있는 것들이었다. 고려에 가면 뱃사람들은 이것을 금이며 은이며 동이며 칠기, 그리고 무엇보다 인삼 같은 것들로 바꾸어 다시 송나라로 가져올 것이었다. 윤상이도 이제는 어엿한 뱃사람이 되어 자기 한 사람의 몫을 해냈다.

영좌 최도술은 윤상이를 아껴 자기 옆에 두고 송나라와 고려의 교역 방법이나 배를 부리는 일을 자상하게 설명해주곤 했다.

산더미 같은 물품들을 실어올리는 데 몇 날 며칠을 보내고 나자 마침내 고려를 향해 먼 길을 떠날 수 있는 날이 닥쳤다. 남경을 떠난 배는 바다 어귀 상해까지 가서 송나라 해안을 타고 북쪽으로 올라가다 마침내 고려를 향해 먼 바다로 나아갔다. 이번에는 북극성이 뱃길을 알려주는 별 역할을 했다.

스무 아무 날이 흘러갔다. 최도술과 윤상이의 배는 이번에도 운이 좋았다. 배는 옥황상제와 용왕의 보살핌으로 무사히 인당수 앞바다까지 흘러온 것이다.

─인당수구만이랴.

충청댁이다. 어느 틈에 윤상이 옆에 다가왔는지 모른다. 충청댁의 목소리에 감회가 서려 있다. 왜 아니랴. 자기가 살기 위해 어린 꽃송이를 바다로 밀어넣은 행위를 어떻게 쉽게 잊을 수 있겠는가.

사람들은 저마다 살기 위해 세상에 난다. 그런데 세상의 모습은 마치 자기가 살기 위해 남이 죽어야 하는 형세를 취하기 쉽다. 각자가 자기를 위해 자기 아닌 존재를 삶의 나락으로 빠뜨려야 하는 상황 속에서 저마다 살아남으려 안간힘을 쓰는 일이 사람의 유구한 역사에 걸쳐 되풀이되어왔다.

그러나 사람들의 삶의 비극성은 이것으로 아직 완성되지 않는다. 그것은 어떤 집단이 그 집단의 생존이나 이익을 위해 어떤 한 사람의 개인을 희생양으로 삼을 때 그 어떤 절정을 보여주는 경우가 많다. 집단에 속한 이들은 자기들 가운데 어느 하나를 대의를 위해 희생시키고야 만다. 그리고 그 행위를 쉽게, 편안히 잊어버리고는 한다. 하지만 그들은 실은 그 과거의 일을 망각한 체하는 것이라 할 수 있다. 어떻단 말이냐. 내가 바로 그런 처지에 빠질 수도 있었던 것을. 나는 운이 좋았을 뿐이고 그자는 나빴을 뿐인 것을.

하지만 모두가 벌인 일은 그들 각자의 심중에 잔상처럼 남아 있다. 그 과거의 일은 서서히 잊혀갈 수도 있다. 그러나 아직은 잊어버리지 못했다.

—에그, 뱃사람들 밥해주느라 못 볼 것 많이도 봐.

충청댁은 차마 심청이라는 말은 입에 올리지 못하고 일 년 전 이맘 때 있었던 일을 머릿속에 떠올린다. 그러잖아도 조금 전 영좌 어른에게 불려갔더니 내일이 꼭 일 년 되는 날이니, 청이의 넋을 위로하는 제를 지낼 준비를 하라는 것이었다.

충청댁의 너스레에 윤상이는 아무 대꾸를 하지 않는다. 뱃전에 몸을 기대고 서서 망망한 바다를 바라볼 뿐이다. 화창한 날이다. 부드러운 햇살에 평화롭게 일렁이는 물결이 반짝반짝 빛을 내고 있다. 가물가물 보일 듯 말 듯한 수평선 저쪽에 뭔가 하얗게 빛나는 게 있다. 윤상이는 어느 땐가부터 그 빛나는 것에 시선을 고정시키고 있다.

뭘까.

윤상이는 작년 이맘 때 이 바다에서 겪은 일에 마음을 빼앗긴 채 무심한 눈으로 하얗게 빛나는 그것을 본다. 배가 나아감에 따라 그것이 점차 가까워진다.

—꽃이다.

—뭐라고 한 거유?

충청댁이 윤상이의 말에 놀라 윤상이가 바라보는 쪽을 덩달아 바라본다.

—연꽃이다.

—연꽃? 어디?

그렇다. 연꽃이다.

윤상이는 그것이 연꽃임을 알아보았다. 하지만 충청댁은 윤상이만큼 눈이 밝지 못하다. 충청댁은 가물가물 다가오는 것을 보며 여러 생각을 한다.

저것이 금이냐 하면 금이 아닌 것 같다. 옥이냐 하면 옥도 아닌 것 같고, 해당화냐 하면 그도 아닌 것 같다. 충청댁이 그러고 있는 사이에 연꽃 송이는 점점 배 쪽을 향해 가까이 다가온다.

—에그머니, 연꽃일세.

충청댁이 그제야 꽃을 알아보고 깜짝 놀란다. 하얗게 또는 노랗게 빛나는 것이 눈에 들어올 만큼 가까워지자 선홍빛 아름다운 색채를 머금고 있는 게 보인다.

　―충청댁. 영좌 어른께 인당수에 연꽃이 떠 있다 알려주세요.

　―아, 알겠수.

한바다에 연꽃이라니. 충청댁은 이 무슨 일이냐 싶어 영좌에게로 달려간다.

정녕 파아란 바다 물결 위에 두둥실 떠 있는 한 송이 커다랗고도 지극히 아름다운 연꽃이 아니냐.

윤상이는 그 커다란 연꽃이 다가오는 것을 본다. 윤상이는 그것이 억울하게 죽어간 청이의 넋이 담긴 꽃이라고, 아니 청이가 한 송이 연꽃으로 환생한 것이라고 생각한다.

어느새 뱃전에 나온 영좌 최도술도 윤상이가 보고 있는 쪽을 말없이 바라보고 섰다. 뱃사람들이 하나둘 뱃전에 모여든다.

　―이상한 일도 다 있네.

　―그러게. 인당수 바다에 무슨 조화 속이야.

　―꽃송이가 마치 입을 꼭 다물고 있는 것 같네.

아닌 게 아니라 바다 물결 위에 두둥실 떠 다가오는 연꽃은 바깥 꽃잎만 활짝 열려 있을 뿐 안쪽 꽃잎들은 아직 열리지 않았다.

　―윤상아.

　―예.

　―저건 분명 심 소저의 넋이로구나.

최도술의 한마디 말에 윤상이도 고개를 끄덕거린다.

　―크기도 하네.

―여인네 하난 들어가 앉을 법하네.

―아따, 용왕님이 보낸 선물이구만 그랴.

―용왕님이 우덜이 뭐 이쁘다구 선물을 줘.

―우리가 어때서. 우덜처럼 목숨 부지하려고 애쓰는 놈들 있나.

―허, 꽃이 참 탐스럽기두 허다.

그러자 이 말 저 말 주고받으며 시끄럽던 이들이 다들 입을 닫고 연꽃을 바라본다. 정녕 아름다운 꽃송이임을 서로의 마음들이 깨달았기 때문이다.

연꽃은 예부터 지극히 고귀한 꽃으로 사람들 마음속 깊이 뿌리를 내렸다. 사람들은 이 꽃을 생명의 힘과 아름다움을 보여주는 꽃으로 여겼다. 저 인도나 이집트에서부터 이 나라 고려에 이르기까지 연꽃은 생명을 창조하는 여성의 신비스러운 능력을 머금고 있는 꽃으로 여겨오기도 했다.

그런 아름답고도 고귀한 연꽃이 지금 이 인당수 바다에 뱃사람들 눈앞에 오늘 당신네들에게 전해주어야 할 사연이라도 있다는 듯 홀연히 나타나 다가오고 있다.

―얘들아, 저 꽃을 뱃전에 끌어올려라.

―예이.

―예에이.

영좌의 호령 소리에 기운 좋은 뱃사람들 여럿이 웃통을 벗고 물에 들어가 배 위에서 던져주는 밧줄로 꽃 아래쪽을 둘러맨다. 배 위에서는 물품 올리고 내릴 때 쓰는 널빤지를 여러 판 걸쳐놓는다.

다른 장정들과 같이 물에 뛰어든 윤상이는 널빤지 위에 올라가 꽃의 바깥쪽 꽃잎들을 꽃봉오리 쪽으로 모아올려 꽃잎이 상하지 않게 해준다. 꽃을 감싸안듯 새끼줄로 조심스레 감아주면서, 윤상이는 신비스럽고도 살아 있는 것 같은 꽃이라고 생각한다.

아무렴 죽은 청이의 넋이 아니더냐.

이제 꽃을 건져올려야 한다. 장정 몇이 널빤지 위에 멍석을 깔아 꽃이 상하지 않게 해놓고는 윤상이와 힘을 합쳐 밧줄보다는 사람의 힘으로 조심조심 끌어올린다.

신기한 꽃이 상하지 않게 될 수 있는 대로 꽃받침 쪽을 들어 밀듯이 한다.

사람이 하는 일에 완전한 것은 없다. 그런데 이상하게도 꽃잎에는 쏠린 자국이 남지 않는다. 다른 사람들은 꽃에 넋이 빠져 알아차리지 못하는 신비스러운 일을 윤상이는 예사롭지 않게 느낀다. 얼마나 여리디 여린 꽃이냐. 하지만 지금 이 부드러운 꽃잎은 밧줄과 새끼줄과 널빤지와 멍석의 거침을 능히 견디고 있지 않느냐.

마침내 꽃이 뱃전으로 올라왔다. 사람들은 수레만큼이나 크고도 아름다운 꽃의 용태에 말을 잃었다. 고래나 상어나 문어 같은 큰 것을 잡아올렸다면 사람들은 신이 나서 저마다 떠들었을 것이다. 하지만 지금 이 꽃은 바다 깊은 곳보다도 더 깊은 곳, 태양 너머보다도 더 머나먼 곳에서 온 것 같은 신비스러움을 품고 있다. 그윽하고도 진한 향취가 사람들의 마음을 자기도 모르게 화창하게 만들어준다.

최도술 영좌가 꽃을 향해 큰절을 올린다. 그러자 사람들도 덩달아 절을 올리기 시작한다. 윤상이의 두 눈에서는 갑자기 눈물이 샘솟듯 흘러나온다.

청이다. 청이의 넋이다.

윤상이는 청이가 저 꽃송이 속에라도 들어 있는 것처럼 눈물을 흘리며 절을 올린다.

—여봐라, 뱃길을 벽란도 쪽으로 돌려라.

—예이.

—뱃길을 벽란도 쪽으로 돌리라신다.

—뱃길을 벽란도 쪽으로 돌리라신다.

뱃사람들이 최도술의 명령에 일제히 부산하게 움직인다.

절을 올리면서 최도술은 한 가지 비상한 생각을 떠올린 것이었다.

—윤상아.

—예, 영좌 어른.

—이 꽃은 아무래도 나라님께 진상해야겠다.

—옳으신 생각이옵니다.

윤상이는 과연 그렇다고 생각한다. 고개가 저절로 끄덕여진다. 평생을 바다에서 보낸 최도술이 범상치 않은 인물임을 윤상이는 지난 일 년 동안 몸소 겪어왔다. 글방에서 보고 들은 것만이 지식이 아니요, 그런 죽은 지식과 다른 진짜 지혜가 있음을, 또 그런 지혜는 보고 듣고 느끼고 생각하는 삶 전체를 걸어야 얻어지는 것임을, 윤상이는 최도술을 통해서 깨달을 수 있었다.

본래 이 배는 지난번에 떠났던 몽금포 쪽으로 먼저 들어갈 요량이었다. 그곳 물주가 청해놓은 송나라 자개들을 내려주고 서해도 해안을 따라 내려가 벽란도에 정식으로 정박해서 실어온 것들을 내려놓을 계획이었다. 하지만 이제 상황이 달라졌다. 소금기 많은 바닷물에도 영롱한 자태를 잃어버리지 않은 꽃일지언정 언제 시들어버릴지 알 수 없다. 이렇듯 상서로운 꽃이라면 필시 이 세상에 온 뜻이 달리 있을 테니 그 비밀을 풀어줄 분은 오로지 나라님밖에 안 계실 터이다. 이치가 그러하니, 어찌 뱃길을 돌리지 않을 수 있으랴.

이때 고려국을 다스리는 나라님은 후세 사람들에게 성군이라 칭송받게 되셨다. 형님의 뒤를 이어 왕위에 오르신 이분은 재위하신 동안 실로 많은 일을 이루신 분이었다. 어렸을 때부터 일찍 총명함을 드러내어 왕위에 오르기 전부터 나라의 형률을 정비하여 죄와 공을 공평하게 다스리도록 하셨다. 왕이 되어서는, 신분이 높은 사람들은 높은 사람들대로, 신분이 낮은 사람들은 낮은 사람들대로 삶을 낫게 만들어주려고 애썼다.

위로는 하늘을 공경하고 아래로는 백성을 사랑하셨다. 가뭄이나 홍수가 오면 반드시 하늘에 당신의 부덕함에 대한 용서를 구했다. 재난을 당한 백성들은 세금이나 군역을 면제해주기도 했다.

뿐만 아니라 왕은 죄인을 심문할 때도 반드시 3인 이상 입회하여 공정하게 심문하도록 했고, 좋은 날을 택해 죄인들을 사면하여 새로운 삶을 살 수 있도록 했다. 어쩔 수 없이 나라의 큰 죄인을 처형하는 날에는 음식을 입에 넣지 않고 풍악 소리가 나지 않게 했다.

또 왕은 선비들이 이렇다 할 보람도 없이 공부에만 매달리는 폐단을 없애고자 했다. 국자감 유생들을, 신분에 따라 재학할 수 있는 기간을 한정해서 실적 없이 공부만 하는 이들의 숫자를 줄였다. 허명뿐인 공부를 멀리하고 실질을 숭상했다.

한편으로, 왕은 송나라에 대해서는 작은 나라의 예의를 지키고 여진 사람들이나 요나라에 대해서는 이웃나라로서의 신의를 지켰다.

이 대왕의 시대는 가히 고려국의 황금시대라 할 만했다.

왕은 지혜롭고도 후덕했다. 왕은 무려 삼십삼 년간이나 국부로 군림하며 고려왕국의 기틀을 새롭게 다졌다.

춘추 일흔 살에 이르도록 천수를 누린 이 왕이 지금 바야흐로 인생의 말년을 보내고 계셨다. 대왕답게 왕비만 해도 넷이나 거느리셨고, 역사에 기록을 남기지 못한 후궁들도 여럿이나 거느리셨지만, 이 위대한 임금의 늘그막은 쓸쓸하기만 했다.

왕께서 타고난 명이 길다보니, 네 번째 왕비마저 먼저 병을 얻어 지난해에 그만 세상을 떠나버리셨다. 후궁들도 더러 세상을 떠나버렸다. 이제 왕의 침전을 돌보아줄 후궁이라고는 희빈 정씨밖에 남지 않은 형편이었다.

왕비가 안 계신 까닭에 왕의 위의는 한결 초라해지셨다. 한 나라에 국모가 없음은 지붕 한쪽이 사라져 없는 것이나 같다. 백성들이 햇빛과 비와 눈을 가릴 천장 없이 나날을 보내고 있는 셈이다. 하루바삐 새로 왕비를 간택하여 나라의 위엄과 규격을 회복해야 했다.

그럼에도 왕은 새로운 배필을 구할 뜻이 없으셨다. 대신에 하루하루 꽃을 사랑하시는 것으로 말년의 시름을 달래나갈 뿐이었다.

간단없이 후원에 나가 아름다운 자태를 뽐내고 있는 꽃송이들을 바라보고 그 갖가지 향기를 맡으며 초목의 아름다움을 칭송하실 뿐이었다.

옛날 옛적부터 고려국의 화원은 지극히 아름답다. 아무리 넓은 나라라도 고려국 자연의 아름다움은 쉽게 얕볼 수 없다.

아름다움에는 물론 여러 가지가 있다. 장려한 아름다움이 있고 숭고한 아름다움도 있다. 화려하기 이를 데 없는 아름다움도 있고 신비스럽기 그지없는 아름다움도 있다. 만들어놓고 꾸며놓은 아름다움도 있고 괴벽하게 이상하게 꾸민 아름다움도 있다.

하지만 고려국 자연의 아름다움은 타고난 그대로의 아름다움이다. 고려국 화원의 아름다움은 자연의 아름다움을 화원 안으로 받아들여 사람이 가할 수 있는 최소한의 힘만을 더해서 이루어놓은 독특한 경지를 구축하고 있다.

오늘도 대왕은 뜰에 나오셨다. 근심 많은 신하들이 여럿 뒤를 따르고 있다.

당신 곁에 아름다운 화초들을 놓아두실 뿐이요, 배필을 구할 뜻이 없으시니 신하들의 근심이야 이루 말할 수 없다.

─오늘은 작약이 이렇게 예쁠 수가 없구나.

─그러한 듯하옵니다.

─작약은 홑작약이 겹작약보다 좋더구나.

왕은 허리를 굽히고 아침의 작약을 굽어 살핀다. 홑작약의 가녀리고 깨끗한 자태에 왕은 다시 한 번 쓸쓸한 감회에 젖어들려 한다.

─소신은 아기자기 화려한 겹작약이 좋사옵니다.

─공이 아직 젊어서 그런 게야. 나도 젊었을 때는 겹작약을 가까이했느니.

─황공하옵니다. 마마.

아직 왕에 비해서는 연조가 한창 어리다 할 국자감 박사 송인영이다.

—어디 작약뿐이던가. 황모란을 참으로 마음속 깊이 즐겼다오.

왕은 눈을 지그시 감고 흥왕사 대웅전 앞뜰에 피어 있던 황모란의 아름다운 모습을 떠올린다. 그때 왕의 춘추 오십 전후였다. 그때만 해도 자신은 강건했던 듯하다.

그때 어찌하여 흥왕사에 행차했던고.

왕은 흘러간 세월을 더듬어 흥왕사에서 황모란을 보던 때를 회상한다.

그 바로 한 해 전 자신이 십 년이나 걸려 지어온 흥왕사가 드디어 낙성을 보았다. 흥왕사는 개경에서 동남쪽으로 십 리 남짓 떨어진 덕적산 밑에 장장 2800칸이나 되는 규모로 지어진 장려한 절이다. 왕은 중신들의 반대에도 불구하고 고려국을 불국토로 만드는 일에 태조 왕건 못지않게 열성을 들였다. 마침 넷째아들 후가 출가하여 법문에 들었으니, 왕가에 겹경사가 있었던 즈음이다.

초파일이었던가.

그랬던 듯하다. 의천은 훌륭한 승려의 천품을 타고난 아들이었다. 왕은 그 무렵 장차 불교에 관한 의논을 모아 이른바 고려속장경이라 불리게 된 대사업을 펼치게 될 아들 후 의천에게 승통의 지위를 부여해주었다. 나라를 위해 고려 불교를 홍성하게 만들어달라는 뜻이었다.

그날 왕은 전날 밤 늦게까지 화려하게 타오르던 연등 행렬의 중심인물이었다. 아무도 왕의 위엄을 넘볼 자가 없었다. 부처님과 자신이 마치 한 몸이라도 된 것 같은 착각 속에서 왕은 왕비와 함께 탑 주위를 돌고 또 돌았다.

그리고 아침이 왔다.

왕은 어찌하여 자신이 홀로 일어나 어젯밤의 대웅전 앞으로 나가 보고 싶었는지 모른다.

새로 지은 절이지만 십 년 전부터 터를 잡아온 뜰에는 화초들이 이모저모 어우러져 있었다. 그때 황모란의 자태가 왕의 눈에 들어왔다. 순간 왕은 너무나 고결해 보이는 모란의 자태에 숨이 멎을 것 같았다. 그 모란은 세상에서 가장 아름다운 꽃처럼 아침 햇살 아래 영롱하게 빛나고 있었다.

황모란은 신비스러운 품격을 간직한 채 아침의 적요 속에 살아 숨쉬고 있었다. 세속에 살면서도 전혀 비속하지 않은 그 황모란은 권력과 영화 속에서 살아가는 자신을 오불관언한 채 세상 모든 일에서 초탈한 표정을 짓고 있었다.

본디 꽃이라면 모든 꽃을 사랑하고 식물의 청초함을 사랑하는 왕이시다. 그러나 그날 아침에 만난 황모란의 아름다움을 닮은 꽃을 다시는 경험하지 못하였다.

—왕후가 살았을 때가 좋았어. 사는 보람도 있고.

한참 만에 왕은 혼잣말하듯 왕비를 회상한다.

—마마, 이제 해도 바뀌었으니 새로 왕비마마를 세우심이 어떠하시온지요?

박사 송인영은 나이 마흔 살이 채 안 되었다. 그러나 왕이 즐겨 친견하시어 학문을 논하는 신하 가운데 하나다. 유학에 조예가 깊은 데다 선비들이 흔히 빠지기 쉬운 편벽됨이 없어 왕은 그를 각별히 아낀다.

—짐이 무슨 꿈이 더 있어 새로 왕비를 구하겠소. 현숙한 왕비도,

애살스러운 후궁도, 여인들의 지극한 사랑에, 희빈의 투기에, 아니 봐야 할 것까지 다 겪지 않았겠소. 화초들처럼 말없이 곁에 있으면서 인생의 빛과 그늘을 다 깨닫게 해주는 반려도 없소. 불과 달포 전만해도 송악에 진달래가 얼마나 예뻤소?

―꽃이 한창일 때 그 꽃이 질 것을 염려하지 말고 그 꽃의 아름다움을 만끽하라 하지 않사옵니까? 마마.

―공이 아직 젊어서 그런 말에 현혹되는가보오. 짐은 서산에 지는 해와 같이 갈 길 바쁜 사람이오.

―황공하옵니다. 마마.

왕과 박사가 이렇듯 한가로운 오전 산보를 즐기고 있을 때 건덕전 쪽에서 전갈이 왔다.

―마마, 송나라 건강부에 다녀온 선인들이 마마께 진상 드리올 것이 있다 하옵니다.

왕의 용안이 잠시 굳어지신다.

―늙고 병든 과인이 그런 일까지 보살펴야 하오?

평소답지 않으신 말씀이다. 전갈을 가져온 환관 이내순은 몸둘 바 몰라 한다.

―황공하오나, 이조상서 위수진께옵서 각별한 일이라 하시옵기에.

―각별한 일이라.

―마마, 건덕전에 납시는 것이 좋겠사옵니다.

박사 송인영의 간언에 왕은 마지못해 건덕전 쪽으로 거동을 옮긴다. 환관과 시녀들이 주상마마와 국자감 박사의 뒤를 따른다.

풍기증을 앓고 있는 왕은 오늘따라 심기가 편치 못하셨다. 풍기증이란 중풍을 가리키는 말이다. 약하게 온 것이 천만다행이었지만, 왕비가 승하하신 후 증세가 눈에 띄게 심해지고 계셨다.

왕께서 건덕전에 들어 힘겹게 용상에 올라앉으매, 도열해 있던 좌우 백관들이 일제히 예를 차린다.

─앉도록 하라.

─앉도록 하랍신다.

좌우 백관들이 제자리에 일제히 부복한다.

─이조상서, 긴한 일이 있다 하시었소?

이조상서 위수진이 앞으로 기어나와 주상께 아뢴다.

─아뢰옵기 황공하오나, 송나라에 교역 갔던 선인들이 바다에서 신이한 꽃을 건져올렸다 하옵니다. 주상전하께 진상을 올리겠다고 내궐했삽기에 신이 먼저 그들을 만나보았사옵니다.

─바다에서 꽃을? 꽃은 본시 바닷물을 견디지 못하는 법인 것을?

─그러하옵니다, 마마. 하여 신이 자초지종을 캐물은즉 이들의 말에 조리가 있고, 수레에 실린 꽃을 본즉 과연 이 세상 꽃이 아닌 듯했사옵니다.

─호오, 이조가 보기에도 이 세상 꽃이 아니었다? 그럼 어디, 짐이 한번 그 꽃을 직접 볼 수 있겠소?

─건덕전 바깥에 이미 대령해 놓았사옵니다.

─그래요? 그럼 어디 들라 하시오.

─황감하오이다. 마마.

이조상서 위수진이 직접 건덕전 문을 지키고 서 있는 무장들에게 주상의 말씀을 전한다.

―들라 하옵신다.

―예이.

건덕전 문이 열리고 잠시 후 뱃사람 넷이 들것에 꽃을 싣고 입시한
다. 꽃이 들어오매 건덕전 경내에 그윽한 향취가 은은하고도 진하게
퍼져나간다. 엎드려 있는 모든 백관들의 시선이 저절로 꽃을 향한다.

―호오, 과연 그렇구나.

왕이 감탄사를 발하신다.

꽃을 내려놓은 뱃사람들은 감히 임금의 용안을 올려다볼 수 없다.
영좌 최도술의 눈짓을 따라 자신들이 보일 수 있는 최대한의 예를 갖
추어 절을 올린다.

왕은 어느새 건덕전 경내를 환하게 비춰주는 선홍빛 연꽃에 마음
을 빼앗겼다.

―오냐. 예까지들 오느라 수고 많았노라. 이 연꽃을 바다에서 얻었
다 하였느냐?

―예이, 저희가 인당수를 지나오다 바다 물결 위에 두둥실 떠 있는
이 꽃을 발견하였사옵니다.

―그래? 그거 참 예삿일이 아니로다. 형체도, 빛깔도, 향취도 이 세
상 연화와 같지 않으니, 이는 필시 하늘이 보내신 게로구나.

―내 어디 가까이서 살펴보도록 하자꾸나.

왕께서 몸소 용상에서 몸을 일으키시니 좌우 환관들이 서둘러 옥
체를 부축한다. 왕께서 층계를 내려가 연꽃에 가까이 가시니 좌우 백
관이 일시에 엎드린 자세를 새로이 갖춘다. 최도술 일행은 바다에 납
작 엎드려 감히 얼굴을 들지 못한다.

—흠, 과연 예사 꽃은 아니로구나. 바다에서도 상하지 않고 뭍에 올라와서도 이렇듯 꽃잎 하나하나가 싱싱하기 이를 데 없으니, 이를 어찌 이 세상 꽃이라 하겠느냐. 과인이 왕비를 잃고 늘 화초를 가까이 하며 보냈더니 하늘께서 이를 알아보신 것이로다.

연로하신 왕의 용안에 쓸쓸한 감격의 빛이 흐른다. 왕은 연꽃 이파리 하나를 가만히 쓸어본다. 꽃잎은 부드럽고도 윤기가 있다.

—내 이 꽃을 침전에 두고 아침이며 밤이며 가까이 하리라.

—성은이 망극하옵니다.

최도술이 일행을 대신하여 얼굴을 들지 못한 채 기뻐한다.

—그대들은 얼굴을 들라.

—예이.

임금의 부드러운 목소리에 대답은 일껏 하였으나, 최도술 일행은 마지못해 얼굴을 드는 듯 마는 듯한다.

—과인을 잊지 않고 상서로운 꽃을 진상한 그대들에게 고마운 마음을 전하리라. 누가 이 꽃을 가장 먼저 보았더냐?

일행이 잠깐 머뭇거리는 사이에 최도술 영좌가 임금께 삼가 아뢴다.

—제 옆에 엎드려 있는 윤상인 줄 아옵니다.

—호오, 그래? 윤상이라. 어디 한번 얼굴을 들라.

윤상은 바닥에 더욱 납작 엎드려 꼼짝을 하지 못한다. 지금 이 나라 고려국 대왕께서 자기에게 얼굴을 들라고 하명하신 것이다.

—허어, 얼굴을 들어보라니.

임금님의 재촉에 윤상이는 겨우 얼굴을 들어올린다.

―잘생겼구나. 네 성이 무엇이냐.

순간, 윤상이는 당황해한다. 내 성이라니. 소인은 장가이옵니다. 현 공주 군수 장영준이 제 아비이옵니다. 윤상이는 임금님께 당장 이렇게 아뢰고 싶은 마음이 간절하였다. 하지만 그럴 수 없다. 현실의 자신은 장 상서 댁 머슴살이 먼동이를 아비로 둔 자일 뿐이다.

―소인은 서해도 무릉동 장 상서 댁 머슴 사는 먼동이 아들로 성은 알지 못하옵니다.

―호오, 장 상서라. 그는 필시 호조상서 장헌국을 이르는 말이렷다. 그는 선왕이신 우리 형님 대의 명신이었다. 기쁜 일이로다. 어찌하여 배를 타게 되었더냐.

―비록 머슴의 아들이오나 세상을 널리 살펴 사내다운 뜻을 세우고 싶었사옵니다.

―그래? 기상이 장하구나. 송나라에 가서 얻은 게 무엇이더냐?

―낯선 땅을 집으로 삼기 어려웠사옵니다.

―제 나라 사랑하는 일이야 누구나 할 수 있으나 남의 나라를 제 집 삼기란 쉽지 않은 법이지. 아느냐? 너의 상전인 황주 장 씨도 본래는 신라 성덕왕 대에 이 나라에 흘러든 회골 사람이었느니라.

회골 사람이란 흉노족 사람들을 가리키는 말이다. 회골 사람들은 서쪽 아랍에서 동쪽 끝 신라에 이르기까지 먼 곳과 먼 곳을 연결하는 교역에 능했다. 덕수 장 씨는 회골 사람들이 신라 때부터 고려왕조에 이르기까지 이 땅에 자주 드나들었음을 반증해주는 예다.

회골인들은 세계 각 곳의 지리에 밝았다. 또 그들은 동서양을 통합한 독특한 문화적 능력을 바탕으로 나라를 다스리는 데 필요한 여러 능력들을 갖추고 있었다.

덕수 장 씨가 본시 이 회골인의 후예임은 분명하다. 윤상이의 핏줄인 황주 장 씨도 그러했다. 지금은 세월이 흘러 명맥이 끊겼으나, 신라시대에 이 땅에 들어와 고려시대에 꽤나 문운을 누렸다. 나중에 무슨 이유인가로 몰락하여 덕수 장 씨에 섞여들어 사라졌으니, 두 장씨의 본관인 황주나 덕수가 모두 서해도 땅이었다.

내친 김에 회골 사람들에 관해 한 마디 더 해보자.

고려가요 〈쌍화점〉을 보면 여인이 쌍화를 사러 가니 회회 아비가 자기 손목을 쥐더라는 사연이 나온다. 쌍화는 만두를 가리키는 말이다. 만두가게 주인이 회회 사람 즉, 회골 사람이었다는 것이다. 고려 때 개경에는 회골인들이 아주 많이 살았다.

원나라와의 관계가 밀접해진 충렬왕 대 전후로는 아예 집단을 이루어 거주하기도 했다. 오죽하면 〈쌍화점〉 같은 유행가에 회골 사람이 다 등장하고 있었겠는가.

하지만 회골 사람들이 음탕하거나 문란한 이들만은 아니다. 회골이란 본래 빠른 매와 같이 날렵하다는 뜻이다. 회골 사람들은 자신들이 늑대의 후예라고 생각하기도 한다. 드넓은 중앙아시아 평원의 거친 자연이 그네들의 천성에 그대로 스며들어, 멀고 낯선 곳을 떠돌아다녀도 두려움이 없다.

윤상이는 자신의 조상이 회골 사람이었다는 말을 듣고 자기 몸속에 흐르는 이방인의 피를 느낀다. 그래서 이렇듯 못 견디게 멀리 떠나고 싶었던가. 그래서 이렇듯 아비를 거역하고 싶었던가.

왕은 윤상이가 아무 말도 하지 못하고 엎드려 있자, 다시 부드러운 목소리로 말씀을 건넨다.

―그래, 윤상아. 원하는 게 무엇이냐? 이렇게 좋은 꽃을 진상하였으니 과인도 너를 위해 무엇이든 해주리라.

임금의 호의 어린 말씀에 윤상이는 잠깐 동안이나마 짧은 궁리를 한다.

―상감마마, 저는 비록 미천한 몸이오나 어려서 글을 익혔고, 신체는 강건하나이다. 상감께서 계옵신 이 궁궐의 궁지기라도 내려주시면 상감마마를 위해 목숨이라도 바치겠나이다.

―네가 글을 익혔다 하였느냐?

―황공하오나 사서를 겨우 떼고 『시경』이나 읽다 말았사옵니다.

―흠, 그래? '관관저구 재하지주'라 하고, 또 무엇이라 하였더냐?

―'요조숙녀 군자호구'라 하였사옵니다. 『시경』의 「국풍」에서도 주남편에 나오는 노래인 줄 아옵니다.

―맞다. 재주가 있어 보이는구나. 네 말대로 미관말직일지언정 궁지기라도 하겠느냐?

―불감청이언정 고소원이옵나이다.

―그렇게 하자꾸나.

―성은이 망극하옵니다.

왕은 기꺼이 윤상이로 하여금 궁지기를 삼고, 최도술을 비롯한 일행 모두에게 황금 열 냥씩을 하사하시니, 뱃사람들 모두 넓으신 성은에 감격하여 마지않았다.

건덕전을 물러나온 최도술과 윤상이 일행은 뜻하지 않게 헤어지게 된 것을 서운해하지 않을 수 없었다.

―윤상아, 대궐은 기회를 주는 곳이자 목숨이 왔다 갔다 하는 위험한 곳이니라. 부디 처신을 잘 해야 하느니.

최도술 영좌가 윤상이에게 깊고 넓은 경험에서 우러난 말을 해준다.

―영좌 어른 말씀 가슴에 새기겠사옵니다.

―오냐. 비록 혈기왕성하나 총명한 너이니, 벼슬길이 트이도록 노력해보아라. 왕후장상의 씨가 따로 없다고 하잖더냐.

―고맙습니다, 어르신.

윤상이는 궁궐에서 궁지기 제수를 받고 나서 언제 한번 영좌를 다시 찾아뵙겠노라고 한다. 하지만 이렇게 갈린 인연이 어떻게 다시 이어질 수 있으랴.

영좌도 이를 알고 윤상이도 이를 아니, 두 사람은 잠시 손을 맞잡고 차마 놓을 줄 몰라 한다. 이렇듯 섭섭하고 안타까운 중에도, 그러나 윤상이의 가슴속에서는 새로운 희망이 솟아나고 있다.

그토록 아비에게 냉대 받고 버림받다시피 하였건만, 지금 자기에게는 전혀 새로운 삶의 장이 펼쳐지고 있다.

최도술과 다른 이들을 끌어안고 헤어진 후 윤상이는 환관이 이끄는 대로 다시 대궐 안 처소로 들어간다.

대궐 안은 어디가 어딘지 모를 만큼 넓고 복잡하다. 송악산 기슭을 따라 올라가며 구축된 궁궐은 문을 다섯 개나 통과해야 왕이 나랏일을 다스리는 회경전에 다다를 수 있다. 그 안으로 펼쳐진 전각들은 붉고 푸르고, 누른빛 황금과 청자빛 자기로 수를 놓은 듯 다채롭게 꾸며져 있다. 환관은 윤상이에게 왕의 편전을 지키는 소임을 맡긴다. 편전이라 함은 왕께서 평상시에 거처하며 정사를 돌보는 곳이다. 문덕전, 선정전, 원덕전 같은 전각들로 이루어져 있는 이곳에서 왕은 학문을 논하고 죄인을 다스리고 군사와 정치에 관한 일들을 행한다.

—윤상이라 하였나?

—그러하옵니다.

—나는 환관 한명화일세.

—예에.

한명화는 윤상이보다 열 살은 더 많아 보인다. 목소리에 여색이 비치고 수염이 나지 않아 환관임을 금방 알아볼 수 있지만, 어딘지 모르게 사려 깊게 보인다.

—대궐은 법도가 엄하니 행동거지를 각별히 조심해야 하네.

—명심하겠사옵니다.

—내 명을 어기고 편전 바깥으로 나다니는 일이 없도록 하게.

—예.

—자네 숙소는 선정전에 딸려 있네. 따라오게.

한명화는 윤상이를 숙소로 데려가 관복을 입히고 오늘 당장 수행할 일들을 간단히 알려주고는 자리를 뜬다.

숙소에 홀로 남게 되자 윤상이는 겨우 홀가분한 심정이 된다. 바야흐로 지금 자기에게 이제까지와는 전혀 다른 새 삶이 펼쳐지려는 것이었다.

—내가 어찌 되려는가.

윤상이는 자기도 모르게 혼잣말을 한다. 과연 윤상이가 어떤 길을 가게 될지는 아무도 먼저 가르쳐준 바가 없다.

한편, 윤상이 덕분에 중광전 왕의 침전에 옮겨진 꽃봉오리 속에는 한 아리따운 여인이 꿈이라는 고치 속에 웅크리고 있다.

이 고치는 갓난아기를 감싸고 있는 강보처럼 부드럽고 따뜻하다. 더 비유해서 말한다면 그것은 태아를 감싸고 있는 어머니 자궁 속 양수처럼 따사롭다.

처음에 꿈은 아무 빛깔도 없고 냄새도 없고 맛도 없는 듯했다. 아무런 음영도 없는 것 같았다. 빛도 없고 그늘도 없는 물속에서 이 여인은 세상에 무슨 일이 일어나고 있는지 알지 못한 채 기나긴 꿈의 고치 속에 감싸여 있었다.

삶을 향해 아무런 미련도 품지 않았기에 이 여인은 죽음을 향해 아무런 저항도 하지 않았다. 거친 바다 물결에 몸을 맡긴 채 눈을 감고 아무런 힘도 쓰지 않고 평온한 잠을 청하듯 이승과 깨끗이 이별하려 하였다. 두 눈을 단정히 감고 가슴에 두 손을 모으고 여인은 인당수 바닷물 속으로 휘감겨 들어갔다.

바다의 표면은 사나운 짐승처럼 으르렁거리고 있었으나 물속은 고요하고 평화로웠다. 여인은 이미 의식을 잃어버렸는지 단잠에 빠져들었는지 알 수 없다. 어떤 은은한 흐름이 여인을 바닷물 속 깊은 곳으로 실어가고 있었다.

그때 여인의 귓속으로 어디선가 부드러운 음성이 들려오는 듯했다.

―유리야.

―네에.

여인은 목소리를 내려 하지 않고 마음으로 응답했다.

―네가 본디 선녀임을 알겠느냐?

―네에.

―용하구나. 잊지 않고 있었구나.

―모든 것이 이제야 분명해졌나이다.

―인간 세상이 어떠하더냐?

―아름다웠사옵니다.

―춥고 배고프고 아프지 않더냐?

―그러하였나이다.

―슬프고 괴롭지 않더냐?

―정녕 그러하였더이다.

여인은 두 눈을 꼭 감고 물속 깊은 곳에서 메아리처럼 들려오는 목소리에 귀를 기울인다.

―세상에 좋은 일이 무엇이더냐?

―봄날의 도화꽃이 좋았더이다.

―열흘이 다 못 가서 스러지지 않더냐?

―그렇더이다. 거기 영원한 것은 아무것도 없더이다.

―헛되고 헛되며 헛되나니 그 모든 것이 헛되지 않더냐?

―영원한 것이 없어 아름다웠더이다.

―죄를 씻음이 고단하지 않더냐?

― …….

―무슨 미련이 남아 있는 것이더냐? 무슨 생각을 하고 있는 것이더냐?

― …….

―사랑하는 눈먼 이를 가엾어 하는 것이더냐?

― …….

여인은 아무 응답도 하지 않고 지상에서 겪은 일들을 생각한다. 그러는 사이에 여인은 물속 조수의 흐름을 따라 인당수 깊은 물속에 있는 용왕의 처소로 인도된다.

세상의 빛깔들 가운데 바닷속 풍경처럼 신비스러운 빛깔을 가진 곳도 없으리라.

붉고 푸르고 노랗고 흰빛을 품은 산호초들이 크고 작은 산봉우리, 우거진 초목을 이루고 있다. 깊고 깊은 산속에 숨어 있는 신선세계처럼 서해 용왕이 거처하고 계신 곳도 거대한 산호초 숲 속에 자리 잡았다.

알 수 없는 힘에 이끌려 여인은 형형색색 산호초 지대를 지나쳐 금은보화가 참외밭처럼 넝쿨을 이루다시피 한 평원을 넘어 세상에서 보지 못한 기화요초가 다투어 피어 있는 밀림 속으로 들어간다.

어느덧 여인은 얇은 천의를 입었다. 꼬옥 감고 있던 눈을 깜빡이며 앞쪽을 보니 흐린 물속으로 거대한 전각이 떠올라 있다. 전각은 마치 안개 속에서 갑자기 모습이 드러나듯, 처음에는 희끄무레하다가 희고 투명한 전각을 수놓고 있는 보화들이 뿜어내는 빛깔들로 점점 더 영롱한 형상을 드러낸다.

영덕전이다.

삼층 높이의 전각 지붕은 반짝이는 물고기 비늘로 뒤덮여 오색찬란하다. 지붕 위 용머리들은 바다 깊은 곳에서 나는 호박을 붙였다. 지상세계 궁궐과 달리 영덕전의 벽면이며 기둥들은 속이 투명하게 드러나는 수정으로 세웠고, 전각 옆에는 깊은 바닷속을 환하게 비춰 주는 야명주가 찬란하게 빛나고 있다.

영덕전 궁녀들이 열대어같이 알록달록한 비단 옷을 치렁치렁 늘 어뜨리고 대궐 문 밖에 나와 있다. 궁녀들은 여인을 희디흰 백옥으로 빚은 남여에 오르도록 한다. 머리가 문어 모양인 가마꾼들이 남여를 들고 여인을 전각 안으로 모셔간다. 여인은 궁궐 문에서 전각에 이르는 동안 좌우에 널려 있는 보화들을 둘러본다.

그것들은 서해 바다를 오가는 배들이 풍랑에 흩어질 때 물속에 가라앉은 것, 서해 용왕이 대대손손 물려받은 것들, 다른 바다 다스리는 용왕들에게서 선물 받은 것들이다. 여인은 무심한 눈으로 세상에서 가장 진귀한 것들을 본다.

궁녀들은 영덕전 바로 밑에서 여인을 가마에서 내리도록 한다. 기다렸다는 듯이 두 짝 문이 활짝 열리면서 청어 머리를 가진 병졸들이 여인을 받들어 모신다.

넓다.

여인의 발밑에는 희디흰 추석들이 가지런히 박혀 있고, 좌우 양쪽 품석들 앞에는 가지가지 바다생물의 머리를 가진 백관들이 예를 갖추고 줄지어 섰다.

저 앞에 층계 위 높은 옥좌에 앉으신 분은 필시 용왕일 것이다. 온몸에 구렁이 비늘이 덮이고 머리에는 사슴뿔을 달고 부리부리한 호랑이 눈에 기다란 메기수염을 여러 가닥 늘어뜨렸다. 그런데도 머리카락이며 수염은 호호백발이어서 전체적으로 무서운 인상을 주면서도 어딘지 모르게 사람 좋은 할아버지 모습이다.

여인은 이분이 수중 세계를 다스리는 용왕님이려니 하고 용상 아래까지 가서 이승에서 배운 법도대로 큰절을 올린다.

용왕님은 여인의 모습을 굽어보시며 고개를 끄덕이시고는 용상 아래로 내려와 서신다.

—유리 선녀는 몸을 일으키시오.

—네에.

유리는 용왕이 일어서라는 대로 몸을 일으켜 선다.

—옥황상제께옵서 유리 낭자를 소중히 모시라는 분부를 내리셨소.

—죄인이 어찌 그럴 수 있겠사옵니까.

—유리 선녀의 죄는 이제 다 씻기었소. 모진 이승의 괴로움 속에서 무던히 참고 견디었으니, 눈먼 자를 위하여 생명까지 버렸으니, 욕망으로 지은 죄의 터럭인들 남았으리오.

—상제께 지은 죄를 어찌 다 씻을 수 있겠나이까.

—죄라는 것이 본시부터 있었던 것이 아니요, 죄라고 이름 지은 때부터 비로소 죄가 된 것이니, 이제 죄가 눈 녹듯 사라져버렸다 해도 틀린 이치는 아닐 것이오.

용왕은 알 듯 모를 듯한 말씀 끝에 유리를 부른다.

—유리 선녀.

—네에.

—이제 땅 위의 일일랑 모두 잊고 이 깊은 수궁에 며칠 편히 머물다 상제의 뜻을 받아 천상에 오르시오. 상제께서 새로운 소임을 내리실 것이오.

— …….

─왜 대답이 없으시오.

　─…….

　유리는 고개를 숙이고 아무 말씀도 아뢰지 않는다. 이 순간 유리는
이승에 남겨진 두 사람의 모습을 떠올리고 있다. 한 사람은 심봉사
요, 다른 한 사람은 윤상이다.

　─이승을 떠돌고 있는 유형 선관을 생각하는 것이오?

　─함께 지은 죄이온데 어찌 소녀 홀로 건져올려지기를 바라리까.

　─야명주에 비친 모습을 보면 유형 선관은 아직도 멀었소이다.

　─하오시면…….

　유리는 이승을 뒹굴고 있을 유형의 참담한 모습이 떠올라 다시 마
음이 괴로워진다.

　먼 옛날 자미원에서 두 사람은 하나의 운명으로 묶여 있었건만 어
찌하여 그 단단한 인연의 매듭이 풀리려 한단 말인가.

　유리는 머나먼 옛 일들을 이제 기억해낸다. 자신과 유형을 향해 엄
숙히 예언을 하듯 선언하던 판관의 무서운 모습이 물속에 떠오른다.

　─사랑이 너희를 죄에 물들게 하였나니, 너희들은 저 아래 세상에
서는 남자와 여자로서 다시는 사랑할 수 없으리라. 오로지 아비와 딸
로서 서로 의지하여 살아가야 하리라. 유형, 너는 저곳에 가 평생 얻
어먹으며 살아가도록 하라. 유리는 평생을 받들어 바치며 살아가야
하리라.

　그때 유리와 유형은 하염없이 울었다.

　─가라. 추위와 굶주림이 있는 곳으로. 고통이 있는 곳으로. 그리
고 선한 일을 지극히 행하라. 그러면 중한 죄를 씻을 날이 있으리라.

판관이 선고를 마치매 두 사람에게 달려들던 시졸들의 성난 얼굴들. 그들은 겁에 질린 두 사람을 저 아래 세상을 향해 뻥 뚫린 둥근 구멍이 있는 곳으로 끌고 갔다.

시졸들이 두 죄인을 차례로 땅으로 내친다.

유형은 살려달라, 살려달라, 외친다. 하지만 그것은 젊은 선관의 목소리가 아니라 단지 갓난아기의 울음소리일 뿐이다. 유리도 시졸들 손에 무자비하게 내쳐진다. 유리는 옥구슬 같은 눈물을 방울방울 떨구며 숨죽여 소리 없이 흐느끼던 자신의 모습을 생각한다.

그리고 또 생각난다.

—네 이놈. 너는 어찌하여 상제를 모시는 선관의 몸으로 그런 짓을 저질렀단 말이냐.

—용서해주시옵소서. 저는 다만…… 이 유리 선녀가 상제님의 탕약을 가져오지만 않았어도…….

—어허, 이놈아. 어느 안전이라고 그 가벼운 입으로 변명을 일삼느냐. 지난해에 운영 선녀가 저 인간 세상으로 유배를 간 것도 따지고 보면 다 네놈 때문이 아니더냐. 상제를 받들어 구름을 모으고 흩뜨리는 소임을 맡은 자로서 어찌 감히 상제께옵서만 드실 수 있는 탕약을 가로챈단 말이냐.

유형을 꾸짖던 판관의 엄한 목소리, 고개를 들지 못하고 벌벌 떨고 있던 유형, 유형과 함께 엎드려 문초를 받던 유리 자신의 모습.

—유리야!

—네에.

—네 죄는 더 일러 무엇하겠느냐. 모든 것이 다 네가 아뢴 그대로

가 아니더냐.

—소녀, 죽음으로 이 죄를 갚으리다.

—이곳은 아무런 고통도 없는 곳이 아니더냐. 분수를 아는 자, 무슨 죄를 저지를 수 있겠느냐. 내 이제 상제마마를 대신하여 너희들을 저 인간 세상으로 내치리라.

—판관 나리, 너무 하십니다요. 한 번만 용서해주십시오.

—소녀 죽어 마땅하오나 유형 선관님만은 재주를 아껴 용서하여 주옵소서. 훗날 공을 세워 죄를 씻도록 기약해주소서.

그렇다. 그 아득한 옛날 하늘 한가운데 옥황상제의 궁궐 자미원에 어느 아리따운 선녀가 있었다. 옥황상제의 탕약을 달이는 이 선녀의 이름은 유리였다.

우주 삼천를 다스리시는 옥황상제의 탕약을 날마다 정성껏 달이던 이 소녀가 그날은 어찌해서 궁궐을 빠져나갔던 걸까? 이 소녀가 품속에 감추고 있는 호리병에 마땅히 옥황상제나 드셔야 할 탕약이 담겨 있다는 것을 이 소녀 말고 누가 또 알고 있었을까?

자미원을 벗어나서 소녀는 초조한 발걸음으로 밤길을 나아간다. 하늘나라의 밤길은 은은히 빛나는 별들로 가득하다. 가냘픈 소녀는 무서워하면서, 하지만 무서움보다 더 큰 설렘을 품고서, 희디흰 살결을 곱게 감싸고 있는 천의를 끌면서, 사박사박 밤길을 걸어간다.

그 하늘나라에도 풀숲이 있을까?

있다. 아름다운 소녀의 발밑을 떠받치는 보드라운 풀숲이 소녀의 버선 신은 가죽신에 풀물을 들인다.

얼마나 걸었을까.

왔다.

보고 싶은 선관님이 계시는 곳, 그분께서 밤늦게까지 잠들지 않고 글공부를 하고 계시는 곳이다.

왜 오늘은 입궐하지 못하신 걸까? 그저께 뵈올 때 몸이 편찮아 보이셨는데. 요즘 일이 너무 고되어 어디 병이라도 나신 걸까?

소녀는 아침 내내 근심스러운 마음에 시달렸다. 탕약을 어떻게 달이는지 모를 지경이었다. 그러다 점심때쯤 소녀에게는 아주 좋은 생각이 떠올랐다. 옥황상제께 바칠 탕약을 조금만 더 달여서 선관님께 가져다 드리려는 것이었다.

사실, 이 선녀님과 선관님이 가까워진 것은 불과 석 달이나 되었을까 말까. 그래도 얼마 전부터 선녀님은 선관님을 궁궐 바깥에서 몰래 만나 그분 댁에까지 따라가보기도 했다.

선관님은 오늘 어떻게 지내셨을까? 앓아누워 계실까? 그러면 안 되는데…….

소녀는 오늘따라 한결 고적해 보이는 선관님의 기와집 문을 살그머니 연다. 보인다. 사랑에 선관님이 앉아 계신 모습이 등잔 불빛에 비쳐 장지문 밖으로 어룽져 비친다.

가슴이 뛴다.

낮 내내, 그리고 밤에도, 얼마나 마음 졸인 자신이었나. 얼마나 보고 싶은 선관님이셨나. 사랑은 사람을 눈멀게 한다. 보통 때는 감히 할 수 없는 일을 하게 한다. 세상의 선과 악을 넘어서게 한다.

―선관님.

소녀는 나직한 목소리로 선관님을 불러본다. 방 안에서 흘러나오던 글 읽는 소리가 문득 끊어진다.

―선관님.

소녀가 호리병을 꼭 쥐고 나지막이 한 번 더 고운 목소리를 낸다. 문 안에서 사내의 그림자가 일어서는 모습이 비쳐난다. 그리고 문이 열린다.

선관님이시다.

너무도 반가운 나머지 소녀의 고운 볼에 눈물방울이 금방이라도 굴러떨어져 내릴 것 같다.

―유리 선녀. 어떻게 이렇게 오시었소?

―선관님이 입궐하지 않으셔서. 걱정이 돼서…….

선관은 대청마루를 버선발로 뛰어 내려와 소녀를 사랑방으로 이끌어 들인다. 불빛 아래 선관의 아름다운 용모가 드러난다.

잘생겼다. 선관의 늠름한 풍채에 소녀는 마치 자기 몸이 녹아버릴 것 같다. 마음이 허공으로 흩어져버릴 것 같다.

―유리. 얼굴이 창백하시오.

―선관님께서 아프신가 해서. 저, 이거…….

―이게 무엇이오?

―상제께서 드시는 탕약이에요. 이미 식어버렸지만…… 어서 드시어요.

소녀는 품에 안고 온 호리병을 선관에게 전해준다. 호리병을 받아쥐는 선관의 얼굴은 그렇지 않아도 하루 사이에 아주 핼쑥해진 것 같다.

─하루 사이에, 어떻게 이렇게 몸이 상하셨어요?

　─요즘 글공부에 마음을 쏟았더니. 그런데 이렇게 귀한 걸 내가 마셔도 괜찮을지?

　이렇게 말하면서도 선관은 소녀가 건넨 호리병을 서두르듯 입으로 가져간다. 이 탕약은 자미원의 의녀들만 알고 있는 비법으로 달인 것이다. 삼천 대천 세계를 밤낮없이 돌보시는 옥황상제께서 늘 강건하게 지내실 수 있는 것도 다 이 탕약 덕분이다. 자미원의 선인들 치고 이를 모르는 이는 없다.

　─참으로 향긋하오. 이 향취며 미각이며.

　─제가 하루 종일 정성으로 달였사옵니다.

　─그렇군. 어디, 이 고운 손으로 말이오?

　선관은 호리병을 책상에 올려놓고 소녀의 가냘픈 손을 부드럽게 쥔다. 소녀는 마음을 진정시키고 싶지만 그렇게 되질 않는다.

　이 선관은 글도 뛰어나기 이를 데 없지만 그 용모와 재주로 뭇 여인들을 희롱하길 좋아한다는 소문이 있다. 하지만 유리 선녀는 소문을 믿지 않았다. 그것은 다 이 영특한 분을 시샘하는 이들이 지어낸 소문들에 불과한 것이라고 생각했다.

　선관은 불안을 잊고 사랑의 향기에 이끌려 들어온 소녀를 따뜻하게 안아준다. 몸을 가늘게 떨고 있는 소녀의 얇은 천의가 선관의 부드러운 손길에 흐트러진다.

　하지만 유리는 그녀의 티 없는 아름다움을 시샘하던 어느 선녀가 낮에 궁궐 기둥 뒤에 숨어 자신의 행동을 훔쳐보고 있던 것을 알아채지 못했다. 그리고 다음 날 두 선남선녀는 무서운 재판관 앞에 무릎을 꿇어야 했다.

먼 옛일을 생각하면 회한뿐이다.

인간 세상에 내려와 십오 년 성상을 한 집에서 고락을 같이했건만 어찌하여 유형 선관께서는 나와 함께 하늘로 돌아가지 못하는가.

어쩌면 유리는 유형과 함께 고통스러운 지상의 나날을 보내는 동안 그가 삶을 조금만 다르게 살아주기를 간절히 바랐는지도 몰랐다. 하지만 유형은 하늘나라에서 익힌 자신의 삶의 방법대로만 살아가려 했다.

—유리 선녀. 너무 괴로워하지 마시오. 살아가고 또 살아가다 보면 다 달리 마음먹게 되는 날이 오는 법이오. 유형 선관도 그렇게 되겠지요.

—그러하온지요?

유리는 용왕의 말씀을 애써 긍정하려 해본다. 그렇겠지. 누구에게나 눈을 환하게 뜨는 때가 올 수 있는 것이겠지.

그런데 지금 괴로운 심정에 사로잡혀 있는 유리는 자신이 무엇 때문에 이토록 괴로워하는지 그 깊은 연유를 깨닫지 못한다.

—세월이 흐르면 한도 다스릴 수 있게 되는 것인지요?

유리의 물음에 용왕은 측은한 눈빛을 띤다.

—이제 그만 저 괴로운 세계의 일들은 잊으시는 게 어떠오. 영덕전 후원에 조촐한 규방을 마련해 두었으니 고단한 마음을 쉬이도록 하시오.

— ......

유리는 고개를 숙인 채 말없이 섰고, 용왕은 궁녀들로 하여금 유리를 영덕전 후원에 들게 했다. 그곳에는 용왕이 유리를 맞으려 새로 빚어놓은 전각이 있었다. 이 수궁에서는 용왕이 하고자 하는 일은 이루어지지 않는 것이 없다.

전각의 이름은 명혼전이라 했다.

아리따운 궁녀들이 유리 선녀를 극진하게 모셨다. 물고기들이 넘나들며 노니는 이 전각에서 유리 선녀는 하루, 이틀, 사흘을 고요히 보냈다. 궁녀들은 유리 선녀가 근심스러운 표정으로 후원 뜰에 나아가 서성이는 것을 보았다. 형형색색으로 탄복을 자아내는 물고기들이 산호초 숲 사이를 한가롭게 노닐며 서로 희롱하는 진기한 풍경도 유리의 마음을 평화롭게 만들어주지 못하는 듯했다.

그렇게 사흘이 물 흐르듯 흘러갔다. 유리 선녀가 수궁에 온 지 나흘째 되는 날이 왔다.

유리 선녀가 무슨 마음을 먹었는지 용왕께 알현해주실 것을 청했다. 용왕은 유리 선녀를 염려하는 표정을 짓고 있었다.

—무슨 근심이 그리 깊으신 게요?

—간청드릴 게 있사옵니다.

—흠, 무슨 일이시오?

—소녀를 지상으로 돌아가게 해주소서.

—그것은 어렵소. 소저를 하늘로 올려보내시라는 상제의 하명이 계시었소.

—상제께 부디 간청드려주소서.

—그것은 참으로 어려운 일이오.

용왕은 유리 선녀의 뜻에 흔들리는 모습을 보이면서도 마음을 쉽게 정하지 못한다.

유리는 고개를 숙이고 처분을 기다린다. 지난 사흘 동안 깊은 번민으로 인해 잠을 이루지 못한 유리였다.

―이미 인당수가 지상과의 인연을 끊어놓았거늘, 어찌하여 끊어진 악연을 다시 이으려 하오?

―유형님 홀로 지으신 죄가 아니옵니다. 저로 인하여 빚어진 죄이옵니다. 어찌 저 홀로 하늘에 돌아갈 수 있으리까.

―음, 상제께 간청은 드려보리다. 허나 연약한 나비의 날갯짓조차 머나먼 산을 무너뜨릴 수 있는 것이 저 뭍 세상의 천리인 것을.

용왕은 수심을 띠고 유리 선녀로 하여금 기다리라 분부했다.

하루가 지나고 또 하루가 지나 유리가 수궁에 든 지도 어느덧 엿새째가 되었다. 용왕께서 유리를 영덕전으로 오라시어 상제께서 유리가 뭍으로 돌아감을 윤허하셨노라 했다. 유리는 용왕의 전언을 고요히 받들었다. 용왕은 제신들에게 하명하여 유리가 뭍으로 돌아갈 수 있도록 어여쁜 꽃 한 송이를 빚어내도록 했다.

―유리 선녀. 이 수궁과 뭍은 광음이 같지 않으니, 비록 여기서는 이레를 쉬었다 하나 저기서는 이미 한 해가 흘렀소. 마침 남경 간 선인들이 돌아오고 있으니, 뭍으로 오르기 좋은 때라 할 것이오. 부디 좋은 뜻을 이루도록 하오.

용왕이 말씀을 마치매 유리는 용왕께 큰절을 올린다. 비록 잠시일지언정 알뜰히 정든 시녀들과도 이별의 말을 나눈다. 이제 유리는 떠나야 한다. 영덕전 수궁문 앞에 큰 꽃이 대령해 있다. 유리가 꽃 속에 들어가 앉으니, 활짝 피어 있던 꽃잎들이 시간을 거슬러 입술을 다문다. 야명주가 비추어주는 물길을 따라 꽃송이가 물 위로, 물 위로 떠올라가는 사이에 유리는 자기도 모르게 혼곤한 잠의 세계에 빠져들고 만다.

—연꽃이다.

—연꽃? 어디?

유리는 꿈결 속에서 사랑하는 사내의 목소리, 그리고 어느 낯익은 아낙네의 목소리를 듣는다. 이 목소리의 주인들을 유리는 다 알고 있었건만. 지금 이 사내의 음성은 이상하게도 자기 귓가에 남아 있는 유형님의 것이 아니다.

어느 분이실까? 저것은 내 사랑하는 유형님의 목소리가 아닌 것을.

유리는 꽃의 짙은 향취를 맡으며 저것은 어느 사내의 음성인지 모르겠다고 생각하며 점점 더 깊은 잠 속으로 빠져들어갔다. 그 혼미한 꿈의 세계 속에서 유리는 그것이 윤상이의 목소리임을 홀연히 느낀다.

이렇게 하여 깊은 잠의 세계 속에 머물러 있는 동안 유리는 자신에게 무슨 일이 일어나고 있는지 알지 못한다. 윤상이와 최도술 영감이 꽃을 궁궐까지 실어온 것도, 왕께서 이 꽃을 수반에 얹어 중광전 침전에 옮겨놓도록 하신 것도. 다만 한 마리 청초한 나비처럼, 유리는 꽃 속에 가만히 웅크린 채 접은 날개를 펼 때를 자기도 모르게 기다릴 뿐이었다.

몸은 병들고
사람은 떠나고

　심봉사가 도화동 집으로 돌아온 것은 애랑이가 사라진 뒤 사흘이
나 지나서다.

　애랑이를 찾다 못해 대문을 더듬어 열고 나간 것이 화근이었다. 어
디가 어디인지도 모르면서 애타는 갑갑증을 못 이겨 뛰쳐나가기는
했다. 좁다란 나무 대문을 열고 나가 정신없이 몇 걸음 지팡이 따라
걷다가 심봉사는 갑자기 우뚝 멈춰 섰다.

　여기가 어드메냐.

　심봉사는 그제야 자신이 어디에 와 있는지도 모르고 있음을 깨닫
는다.

　이럴 수가.

　심봉사는 머리를 써서 자신이 와 있는 곳이 어디쯤인지 가늠해보
려 한다.

도화동에서 아주 멀리 떠나온 것은 아니다. 그러니 필시 황주 고을 어느 외딴 변두리일 것이다. 그러나 사위는 적막강산이다. 이곳은 사람들이 살지 않는 곳인지도 모른다.

심봉사는 덜컥 무섬증이 인다. 그러자 심봉사는 또 하나 무섭게 궁금해지는 것이 있다.

지금이 낮이냐, 밤이냐. 아침이냐, 새벽이냐.

그 흔한 새벽닭 울음소리 하나 들리지 않는다.

이럴 수가.

지금의 자기로서는 호랑이 아니라 여우만 만나더라도 눈을 뽑히고 팔다리를 깨물릴 것이다.

앞을 볼 수 없다는 건 얼마나 무서운 일인가. 무서움에 사로잡힌 나머지 심봉사는 허둥지둥 뒷걸음질을 친다.

얼마나 뒤뚱거리며 걸어왔던가. 모르겠다. 자기는 그냥 툇마루에 뒹굴고 있는 지팡이를 더듬어 잡고 나와 땅을 두드려 고르며 대문을 나섰을 뿐이다. 길 가는 사람 누구라도 만나려니 한 것이다.

—누구 없소?

심봉사는 뒷걸음질을 치다 뒤로 돌아 걷다 외마디 소리를 질러보았다. 누군가 있다면 자기를 모른 체하지는 않을 것이다.

—누구 안 계시오!

하지만 아무 대답도 돌아오지 않는다. 마음이 다급해진 심봉사는 이리저리 지팡이를 짚어보다 그만 발을 헛디디고 만다. 무슨 낭떠러지인지 심봉사는 떼굴떼굴 사정없이 굴러 떨어진다. 입속으로 차가운 흙이 쏟아져 들어와 소리 지를 수도 없다. 심봉사는 몸을 몇 바퀴나 구르다가 웬 진흙창 같은 곳에 콱 처박히고 만다.

그 몇 바퀴를 구르는 사이에도 심봉사는 그 끝이 물길은 아니기를 얼마나 빌었는지 모른다. 다행히 구르는 것은 멈추었다. 하지만 어디에 처박혔는지 몸이 젖어오고 차가운 한기가 뼛속까지 밀려든다.

어떻게 해야 하나.

심봉사는 잠깐 사이에 자신이 살고 죽는 얇은 경계선에 놓인 것 같다. 그러자 깊이 생각할 틈도 없이 입을 막고 있는 흙덩이를 뱉어내며 소리를 지르게 된다.

—사람 살리우, 사람 살리우으.

돌아오는 응답이 없다. 기왕 소리를 질러낸 김에 심봉사는 목청껏 사람 살리라고 거듭 외친다. 하지만 하늘 아래 오로지 자기만 있는 것처럼 심봉사의 바깥세상은 적막하기만 하다.

심봉사가 산에 나무하러 가던 농부 눈에 뜨인 것은 그 이튿날 이른 아침이다. 그러니까 심봉사가 애랑이를 기다리다 못해 집을 뛰쳐나온 것은 자시가 지난 한밤중이었다.

누가 보면 저 맹인이 광증이 났나 했겠지만 다행히 아무도 보는 사람이 없었다. 다행인 것은 그 밤에 호랑이도, 여우도 사람 냄새를 맡지 못한 것이고, 마침 봄날이 가깝게 다가와 한밤의 한기도 사람을 얼려 죽이지는 않은 것이다.

—저게 뭐야. 응? 사람 아녀?

아침 일찍 작은 들길 너머 야산으로 나무하러 가던 이가 마침내 개굴창에서 신음하고 있는 심봉사를 발견했다.

—왜 거기 처박혀 있담?

혼잣말을 하듯 길 아래 논을 내려다보던 나무꾼은 사태가 심상치 않음을 깨닫는다.

—살려주우.

심봉사의 기진한 신음 소리에 나무꾼은 지게를 내버리고 둔덕 아래로 달려 내려간다.

—여보슈, 정신 차려요.

나무꾼은 가끔씩 이 근처를 지나다니던 사람이다. 빈집에 사람이 드나드는 것을 진작부터 이상하게 여겨오던 터다. 본시 빈집이었건만 언젠가부터 낯선 이들이 드나들더니 젊은 여인네까지 모습을 보여 누가 새로 살러 온 것이려니 했다. 동네 같으면 당장이라도 문 두드리고 인사를 주고받았겠지만, 이 집은 동네를 벗어나 산으로 향하는 들판 끝에 위치해 있고, 또 겨울인지라 날이나 풀리면 제대로 인사를 나누고자 생각해 온 터다.

심봉사가 굴러떨어진 곳은 집 앞에서 불과 사오십 보밖에 떨어지지 않은 곳이다. 하지만 산에서 길을 잃은 사람이 같은 자리를 맴돌아 다니듯 심봉사는 한 번 집 앞에 있는 갈림길을 잘못 들고 나자 방위를 잃고 이리저리 헤매다 구렁에 빠져버린 것이다.

나무하러 가던 사람이 다 죽어가는 사람을 발견하고 난 후의 이야기는 세세하게 설명할 필요가 없을 것이다. 어찌어찌해서 결국 심봉사는 도화동으로 돌아올 수 있었다. 도화동에는 벌써 심봉사에 대한 소문이 무성했지만 심봉사만은 아무것도 모르고 오로지 사라져버린 애랑이에 대한 피끓는 증오만을 몇 날 며칠씩 곱씹었다. 필시 만복이 아비란 놈이 애랑이 사단에 관계되어 있다는 것만은 짐작하고 있었으나, 그렇다고 그 연놈들을 어떻게 해주어야 하는지, 심봉사는 그 방도를 알지 못했고, 알려 하지도 않았다.

대개 돈도 만져본 사람만이 그 규모와 쓰임새를 헤아릴 줄 아는 법이다. 가난한 사람이 갑자기 큰돈이 생겨도 금방 탕진해버리거나 돈을 감당 못해서 탈이 나는 것은 그 때문일 것이다. 심봉사는 자신이 얼마나 큰돈을 없앴는지 가늠하질 못했다. 그러니 심봉사의 원통함이라는 것도 돈을 향한 것이라기보다는 애랑이년이 돈을 몽땅 쓸어갔다는 것을 향한 애증일 뿐이었다.

그래서 심봉사는 그냥 아팠다. 아플 뿐이었다. 몹시 놀란 데다 한밤을 물 고인 진흙창에 처박혀 있던 심봉사의 몸은 독감에 걸린 것처럼 열이 펄펄 끓고 몸이 덜덜 떨렸다.

하루가 멀다 하고 의원이 다녀가고, 귀덕 어멈이 조석으로 들여다보며 보살폈다. 귀덕 어미는 심봉사에게 아무 말도 하지 않았다. 도화동에는 만복이 아비가 처자식 버리고 황주장터 색주가에서 몸 팔던 계집을 데리고 어디론가 내뺐다고들 하고, 그 계집이 심봉사의 재물을 곶감 단물 빼먹듯이 쪽 빨아 버렸다더라는 소문이 좍 퍼져 있었다.

귀덕 어미는 그게 다 심청이가 세상 떠나버린 탓이려니 했다. 심청이가 있었으면 심봉사 어른이 그렇게 미친 듯이 계집 하나에 평생을 거는 일도 없었을 터였다.

심봉사는 자리에 누워 한 달여를 꼼짝도 못하면서 생각했다. 몇 날 며칠 열병을 앓으면서 헛소리도 하면서 생각한 게 있다.

그 생각을 하면서 심봉사는 일부러 실쭉 웃어본다. 그리고 자기가 웃음 짓는 이 얼굴을 애랑이년이 한번 제대로 봤으면 좋겠다고도 생각한다.

네년이 뭘 알겠느냐. 젊은 년은 돈이 반갑겠지. 허나 나는 다르다. 네년같이 인절미 똑같이 찍어놓은 년들은 평생 가도 알 수 없지. 암. 말하면 뭣해. 저잣거리에 흔해빠진 닳고 닳은 년들. 과거가 뭔지, 가문이 뭔지 알어. 크아, 난 알지. 계집이 뭔지도 나는 알지. 사람이 다른 게야. 전생이 다른 게야. 왜 그렇게 배가 고팠는지, 그만 하면 현숙한 부인이라고 칭찬들 아끼잖는데, 나는 달랐지. 이 몸은 달랐다구. 어찌나 다른 계집들이 그리웠는지. 눈 떠 있을 때도, 눈 안 보일 때도 말야. 이게 뭔가. 왜 내가 이 황주 땅에서 썩어져야 하느냐구. 세상이 내게는 너무 좁아. 계집들도 빛깔들이 너무 단조로워. 이 몸은 고려국 황주가 아니라 송나라 건강부에서 났어야 했던 게야. 뭐, 진시황이 폭군이었다더라? 불로초를 찾으러 이 근역까지 사람 보낸 게 과욕이었다구? 아니지. 진시황이야말로 참사람이었던 게야. 하고 싶은 것, 누리고 싶은 것 끝까지 이루고자 해본 것, 그런 사람이 금고에 다시 있었어? 흐으, 어림없는 소리지. 유생들을 구덩이에 처넣은 게 어때서 그래. 분서갱유가 어떻다는 게야. 이 몸이 스물, 약관의 나이에 일찍이 깨달은 게 있어. 뭐냐구? 허! 그게 뭐냐. 그러니까 대저 쾌락이란 것은 억만금을 주고라도 누릴 수 있을 때 누려야 한다는 게지. 젊었을 때 허랑방탕은 늙어 보약보다 낫다니까 그래. 애랑이년이 제대로 된 기생 아닌 걸 누가 몰라. 기방에서 놀아본 선비라면 왜 모르겠어. 하지만 무슨 상관. 그년만큼 날 기쁘게, 온몸이 짜릿짜릿한 쾌락을 준 년도 없었으니. 애랑아, 넌 내게 감쪽같이 속은 게야. 니가 날 속인 게 아니구 말야. 어찌나 엉덩이를 잘 놀리는지. 그게 좋아 널 서경 기생이라 믿어주는 척하는데 니년이 깜빡 넘어갔다니까. 대신에 돈을 가져갔지 않느냐, 이 말이렷다? 그건 좀 아쉽구나. 니년의 단맛을 더 길게 맛봤어야 하는데 말야. 하지만 그게 내 딸 청이 목숨 값이다. 니년도 그거 갖고는 오래 못 가지. 암. 그게 어디 예사 돈인가 말야. 이럴 줄 알았으면 너한테 정을 주지 말아야 했어. 나도 사내라고, 하도 교태스럽게 굴어대니 깜빡 넘어갔던 게야. 그 돈이면 황주 계집년들을 모조리 데려다가 차례로 놀고도 남는 것을. 진짜 서경 기생들이라고 다 못 살까. 눈멀어 교섭을 못해 그랬지. 눈멀어 넓게, 멀리까지 뻗쳐보질 못한 게, 그게 정녕 아쉬이.

아닌 게 아니라 심봉사는 돈보다도 애랑이가 그렇게 일찍 떠나버린 것이 못내 아쉽기 짝이 없다. 애랑이가 쓸어가버린 돈으로 더 많은 계집을 섭렵하며 즐기지 못한 게 못내 안타깝다.

미련 때문에 열이 쉽게 가라앉지 않았는지도 모른다. 삼월 가고 사월 다 가서 심청이가 떠나던 작년 이맘때가 다 돼서야 심봉사는 겨우 기력을 회복했다. 도화동 봄꽃들이 다 져버린 때다. 질긴 게 목숨이라고, 심봉사는 일어나 앉고 돌아다닐 수도 있게 됐다. 하지만 마음은 다 낫지 않았다. 마음이 그렇게 헛헛할 수 없다. 몸이 성해서 연놈들을 찾아나서야 직성이 풀릴 테다. 그러지 못하고, 남한테 말도 못하고, 속으로 삭이느라 분은 분대로 가시질 못했건만, 속이 텅 비어 껍데기만 남아버린 것 같다.

자꾸 뭔가 먹어 들여 채우려고 해도 몸이 빈 게 아니라 마음이 빈 것이니, 먹는 것으로 해결을 볼 수 없다. 아예 잊어버리고 밀쳐두었던 글공부를 해보자고도 생각해보나, 공자님 맹자님 말씀이 이제는 모두 자기와는 딴 세상 얘기들 같다. 그래서 어쨌다는 말이냐. 그런 심술궂은 심사가 자꾸 돋아나 예전 같으면 떠받들어 마지않던 글귀를 외는 것이 귀찮아지기만 한다.

엎친 데 덮친 격으로 성가신 일까지 생겼다. 이것은 좀 남우세스러운 얘기다.

워낙 충격이 컸던 터라 의원한테 말해볼 여유도 없었지만, 열이 차차 가시면서 오히려 더 안 좋아지게 되는 것이, 무슨 탈이 나기는 난 것 같다. 아랫도리께가 간지러운 것도 같고 가려운 것도 같더니, 며칠 지나 좀 가라앉는 것도 같았다. 괜찮겠지 하고 그냥 잊어버렸는데, 그러면 또 께름칙한 증상이 새로 나타나곤 한다. 그것도 정도가 조금씩 심해지는 것 같아 찜찜한 기분을 털어버릴 수 없다.

그래도 봄은 봄이요, 여름은 여름이다. 심봉사는 볕받이를 하느라고 오늘도 귀덕 어미가 아침에 차려놓은 점심밥을 대충 넘기고는 사립문 앞에 우두커니 앉았다.

그런데 문득 낯익은 발걸음 소리가 들리는 것 같다. 귀를 기울여보니, 아니 이건 뺑덕 어미 발걸음이 아니더냐.

심봉사가 발소리의 주인을 식별하고 고개를 든 것과 뺑덕 어미의 간살스러운 목소리가 심봉사를 부른 것은 거의 동시였다고 할 것이다.

─선비 어른, 그간 안녕하셨어요?

─뺑덕 어멈일세.

심봉사는 반가운 중에도, 너는 또 무슨 일이냐 하는 심사가 되어, 소 닭 보는 듯한 표정을 지으며 데면데면 응대한다.

─아유, 겨우내 뭐하시느라 기별도 없이 지내셨데요. 한번 찾아뵌
다, 뵌다 하던 것이 나중에 들으니 어디 좋은 데 가서 안 보이신다고
도 하대요.

─좋은 데는 무슨.

─몸이 편찮으시다구들 하던데요. 많이 나셨어요? 그저 몸 편하면
제일이지, 더 바랄 게 있어요? 그나저나 언제까지 사립간에 세워두
실 작정이세요?

─그렇게 들어오는 게 급하면, 어제 오잖구.

심봉사는 괜히 볼멘소리를 내면서도 지팡일 짚고 일어나 툇마루
쪽으로 걸음을 옮긴다. 그런 심봉사를 뺑덕 어미가 바싹 다가와 부축
을 한다.

─왜 잡어싸. 나 안 힘들어.

─누가 힘드실까봐 그러나요? 오랜만에 뵈니 반가워서 그러죠.

─그렇게 반가운 사람을 인제서나 보러 오나.

─몸이 편찮으시다는데 어떻게, 마구 찾아뵐 수나 있던가요?

─핑계는 좋구먼.

─늦게라도 이렇게 뵈니 좋잖아요?

─낮에 봐서 좋은가, 밤에 봐야 좋잖구.

─저야 밤이 좋지만 선비님이야 낮이면 어떻구 밤이면 어떻다구
그러세요.

─그건 모르는 얘기. 밤이라 생각하면 벌써 오감이 달라지는 게야.

─듣고 보니 그렇네요.

뺑덕 어미는 툇마루에 올라와 앉은 심봉사의 옆구리를 툭 친다. 많

이 놀아본 여자들은 사내한테 한마딜 건네고 몸동작 하나를 해도 다 뜻하는 바가 있는 법이다. 사내들은 알고도 넘어가고 모르고도 넘어가지만, 남자와 여자 사이에 벌어지는 일은 실로 오묘해서 안 넘어가겠다고 잔뜩 힘을 주고 있어도 자기도 모르게 맥없이 픽 하고 제풀에 쓰러져버리는 경우가 허다하다.

　—그래, 무슨 일로 이 누추한 델 다 왔다누.

　—찬물 한 바가지 못 얻어먹구 속에 있는 소릴 그냥 하라구요?

　—딴은. 내, 그럼 우물에 가 물 한 바가지 퍼옴세.

　—에그, 무슨 소릴 못하겠네. 경우가 그렇다는 게지요.

　—그럼 마셨다 치고 한번 말을 꺼내보구려.

　—청원 드릴 게 하나 있어요.

　—청원? 나한테?

　—예에.

　—그럼 들어보기나 허세.

　이렇게 해서 심봉사는 뺑덕 어미 얘기를 듣기 시작한다. 무슨 수작인지 들어보기나 하자는 것인데, 이쯤 되면 네가 넘기느냐, 내가 버티느냐 하는 힘겨루기, 아니 기 겨루기가 되게 마련이다.

　뺑덕 어미가 털어놓은 속셈이라는 것은 한마디로 말해서 이번에는 자기가 첩실로 들어 앉으면 안 되겠냐는 것이다. 만복이 아비가 황주 색주가에서 놀아나던 계집과 심봉사 돈을 가지고 달아났다는 얘기는 이미 들었노라 했다.

　자기가 잠깐 아들네 간 사이에 그런 일을 벌일 줄이야 어떻게 알았겠느냐고도 했다. 그리고 나서 이제 자기도 퇴기 생활에 지쳤노라

고 했다. 기생 노릇에서 물러나 아들 장가보내고 주막이나 차려 이럭
저럭 버텨왔지만, 사내들한테 웃음 파는 것도 하루이틀이지 이제 정
말 진력이 나서 못해먹겠다는 것이다.

장황한 얘기 끝에 뺑덕 어미는 드디어 자기가 찾아온 까닭을 밝
혔다.

—선비 어른만 좋으시다면 제가 여기 와서 정 붙이고 살면 어떨까
해서유.

—자네가 여길 와서?

—예에. 선비 어른이나 저나, 나이로 보나 처지로 보나 오도 가도
못할 신세 아니냐 말이쥬.

—내가? 내가 어때서 그러나. 부처님 전에 정성 들인 효력만 나타
날 지경이면 내가 그때도 이대로 지낼 성싶은가.

—그야 두말할 나위 없으시쥬. 그러니까 그때는 그때대루 다시 생
각허기루 허고, 지금은 처지가 같다는 말씀이쥬.

—으음.

심봉사는 뺑덕 어미의 용감무쌍한 자원 출가에 선뜻 가타부타 대
답을 못한다. 뺑덕 어미는 심봉사의 그런 태도를 보고는 빙긋이 웃으
면서도 말만은,

—그러시면 이 문제는 차차루 생각허기루 허고, 오늘밤 어떠세요?
오늘밤에 제가 한번 선비님 뵈러 올까요?

하고, 은근히 한 자락 깔아놓는다.

이 한마디에 심봉사는 버럭 화를 낸다.

—지난번에도 그러구서 안 오는 바람에 사달이 난 게 아녀.

―오늘밤은 다를 테니 꼭 기다리세요.

―봐야 알지.

―그럼, 이따가 뵈어요.

뺑덕 어미는 목소리를 한껏 낮추어 덫을 놓듯 유혹적인 수작을 던져놓고 일어서버렸다.

뺑덕 어미가 가고 나서 얼마 되지 않아 심봉사는 오늘밤은 정말 오려나 하는 기대감이 생겨난다. 저녁에 귀덕 어미가 다녀가고 나자 심봉사는 언제 화를 냈더냐 싶게 뺑덕 어미를 몹시 기다린다.

얼마나 됐나?

이 밤따라 개구리 소리가 유난히 시끄럽게 들린다. 기다리는 사람에게 시간은 더디게 흐른다. 분초를 낱알처럼 하나하나 세는 것같이 시간이 느린 걸음을 한다.

지금이 술시냐, 해시냐? 자시는 아직 아니 되었으렷다.

심봉사는 이부자리 위에 일자로 누워 이것저것 상념에 잠긴다. 별다른 생각을 안 하는 것 같은데도 머릿속이 무겁고 번잡하게 느껴진다. 뭔가 마음이 편안해지는 생각을 하고 싶다. 하지만 마음은 자꾸 우울한 쪽으로만 흘러간다. 그럴수록 심봉사는 뭔가 재미있고 진기한 것을 생각하고 싶어진다. 그러자 옛날 젊은 시절에 보던 『산해경』의 그림들이 떠오른다.

장 상서 댁에서 빌려와 본 그 책 안에는 참 이상한 짐승들이 많았다.

그중에 맥이라는 괴물이 먼저 떠올랐다. 맥은 전체적으로는 곰처럼 생겼는데, 눈은 코뿔소의 눈이요, 코는 코끼리의 코요, 발은 호랑이의 발이요, 꼬리는 소의 꼬리를 하고 있었다.

휘라는 괴물도 있었다. 휘는 전체적으로는 영양의 생김새를 가졌지만 뿔이 네 개나 되고, 꼬리는 말 꼬리를 가지고 있었고, 발굽에는 닭의 뒷발톱처럼 생긴 며느리발톱이 달려 있었다.

괴물들을 생각하자 심봉사는 재미가 난다. 책 속에는 온전한 사람 형상을 갖추지 못하고 온갖 다른 짐승들과 몸이 합쳐져 기이하게 생긴 것들도 많았다.

사람 얼굴에 뱀의 몸통을 가진 이부라는 천신이 있는가 하면 사람 얼굴에 용의 몸통을 가지고 있는 뇌신이라는 것도 있었다.

사람 얼굴에 물고기 몸을 가지고 있고, 팔은 사람 팔인데 다리 대신 물고기 꼬리가 달려 있는 저인이라는 인어도 있었다.

심봉사는 그런 괴물들을 직접 볼 수 있으면 얼마나 재미있을까 생각한다. 세상 어딘가에는 분명 그런 괴물들이 살고 있을 것이었다. 그 세상에 가면 지금 이 세상에서 정상적이라고 하는 것들이 하등 정상적일 게 없고, 또 비정상적이라는 것도 전혀 그럴 게 없을 것이었다.

『산해경』에는 일목국이라는 나라도 나오는데, 그 나라 사람들은 전부 눈이 하나였다. 양쪽에 눈이 두 개가 있는 게 아니고 한가운데 딱 하나가 박혀 있어 꽤나 흉물스러웠다. 하지만 다들 그렇게 생기고 나면 누가 누구 보고 잘생겼느니, 못 생겼느니 할 것도 없을 것이었다.

하나면 어떤가. 눈 떠서 볼 수만 있으면 되는 게 아니겠나.

어둠은 정녕 감옥 같은 것이로고.

심봉사의 상념은 어느덧 자기 처지에로 향한다. 눈을 못 본다고 생각하자 혼돈이라는 괴물 생각이 난다.

혼돈은 누런 자루같이 생긴 몸통을 가졌는데, 거기에 날개 네 개가 달려 있고, 다리는 여섯 개나 되었다. 반면에 얼굴도 없고 눈도 없다.

어느 서책에서인가 심봉사는 이 혼돈이라는 괴물에 대한 다른 이야기를 본 적도 있다. 그에 따르면 혼돈이란 놈은 머리는 있지만 눈과 코와 입과 귀가 없었다. 또 어디선가에서는 눈은 있지만 보지 못하고, 귀도 있지만 역시 듣지 못한다고도 했다.

생각이 여기까지 미치자 심봉사는 마치 자기 자신이 혼돈 같은 괴물이 아닌가 하는 의혹마저 생긴다.

돌이켜보면 소년 시절에 자기는 공맹이며 『시경』이니 『역경』을 외우노라 했지만, 그보다도 더 많이 진귀하고 재미있는 것들에 마음이 쏠려 있었다. 그 때문에 과거시험을 볼 때마다 낙방을 했는지도 몰랐다.

어둠은 정녕 뇌옥 같은 것이로고.

심봉사는 자기를 둘러싸고 있는 어둠이 마치 거대한 벽처럼 자기 앞에 군림하고 있는 듯한 절망을 느낀다.

그는 또 생각을 이어간다.

혼돈은 남해 왕과 북해 왕이 사람처럼 일곱 개 구멍을 뚫어주자 그만 죽어버렸다는 말이 있다. 일곱 개의 구멍이란 눈이요 코요 귀요 입이다. 이것이 모두 합쳐 일곱 개 구멍이라 하여 칠공이라 한다. 그러면 심봉사 자기가 정녕 혼돈 같은 괴물이라면, 눈을 뜨는 순간 자기는 죽어버리고 마는 게 아니냐. 어둠 속에서라야 살고, 어둠이 끝나면 삶도 끝나버리는, 자기는 정녕 끔찍하고도 기이한 운명을 타고난 괴물인 것은 아니냐. 그러면 자기는 어둠으로 집을 삼고 옷을 삼고 몸을 삼아 한평생을 어둠의 꿈같이 살다 가야 하는 게 아니냐.

이렇게 적막할 수가.

심봉사는 참을 수 없는 외로움에 몸부림이라도 치고 싶다.

그렇게 요란하게 들려오던 개구리 울음소리조차 심봉사는 완전히 잊어버렸다. 이미 살아올 만큼 살아온 심봉사건만 앞으로 견뎌나가야 할 시간들이 너무나 길고 무거운 것 같다. 자기에게 주어진 시간이라는 쇳덩이들이 누워 있는 자기 몸을 엄청난 무게로 짓눌러오는 것 같다. 꿈속에서 가위 눌린 사람처럼 숨을 쉴 수가 없다.

—계세요? 선비어른.

문밖에서 사람 소리가 나고서야 심봉사는 아득해져가는 정신을 간신히 수습할 수 있었다.

—누구요?

—누구긴요. 쇤네예요, 쇤네.

문고리를 쥔 목소리가 일층 은근한 것이, 이 소리는 밤에 오마 하던 뺑덕 어미가 틀림없다. 심봉사의 마음속은 갑자기 등잔불 여러 개를 일시에 켜놓은 것 같이 환해진다.

호오, 왔구나. 그럼 그렇지. 제가 안 오구 배겨.

심봉사는 밑도 끝도 없이 속으로 이렇게 생각한다.

—뺑덕 어민가?

심봉사가 이렇게 미처 운을 뗄 틈도 없이 뺑덕 어미가 문을 열고 들어온다. 밤길을 멀리 와서 그런지 시큼한 땀 냄새가 훅 끼쳐온다.

—웬 냄새야?

—선비님 좋아하시는 막걸릴 가져왔어유.

―막걸리?

그러고 보니 방 안에 들어찬 냄새는 여자의 땀 냄새에 막걸리 쉰 냄새가 뒤섞인 것이다. 심봉사는 그제야 자리에서 일어나며

―거, 냄새 고약허이.

―선비님도, 참. 엎질러지지 않게 가져오느라 얼마나 애썼는데요.

―좌우간 들어왔으믄 앉으우.

―약조를 해주셔야 앉주.

―무슨 약쫄 허란 말야.

낮에는 밤에 한번 오겠다고 자청해놓고는 이제 와서 무슨 딴소리 란 말야. 심봉사는 뺑덕 어미가 왜 이러는지 그 연유를 모르는 터 라 잠시 입을 딱 벌리고 있다.

하지만 뺑덕 어미 강짜는 도화동 사람들이라면 심봉사만 빼놓고 다 아는 사실이다. 강짜만이 아니라 뺑덕 어미는 타고난 성품이 이모 저모 여간 유난한 게 아니라서, 옛 사람들도 이에 대해 미리 경계해 놓기를 다음과 같이 했다.

밥 잘 먹고 술 잘 먹고 떡 잘 먹고 고기 잘 먹고 쌀 퍼주고 술 사 먹고 쌀 퍼주고 고기 사먹고 이웃집 밥 뺏어먹고 행인 잡고 욕설하 고 담배 달라 추근추근 나무꾼 잡고 쌈질하고 잠잘 때도 이를 갈고 이리 뒹굴 저리 뒹굴 잠꼬대로 쌍욕하고 한밤중에 징징 울고 정자 밑에 큰 대자로 술 취해서 늘어지고 남의 집안 혼사 일에 훼방 놓 기 자로 하고 신랑신부 잠자는 데 가만가만 다가가서 봉창에다 입 을 대고, 불이야……

이만 하면 뺑덕 어미가 어떤 여자인가는 가히 알 만하다.

더군다나 뺑덕 어미의 음탕한 성정은 개경 바닥에 이미 널리 알려져 있던 사실이다. 기생이라 하면 색주가 계집들과는 격이 전혀 달라서 노래와 춤과 시를 할 줄 알아야 하고 품격을 갖출 줄 알아야 하는 것을, 뺑덕 어멈은 어떻게 해서 기적에 오르게 된 것인지 모르나 품행이 지저분하기로 호가 났다고나 할까.

그때 뺑덕 어멈은 아직 뺑덕 어멈이 아니요, 난정이라는 어엿한 이름 가진 기생이었건만, 처음부터 겉으로 얌전한 척하고 밑으로 호박씨 까는 데 일가견이 있었다. 이런 가식은 오래 가지 못하고 금방 바닥이 드러나는 법이다. 그래도 남자들 눈에 쑥 들어오는 얼굴을 못 타고난 것이 난정이에게는 오히려 좋은 보호색이 되었다.

대개 장안의 뭇 사내들을 울리는 기생들치고 가련, 비련의 주인공이 되지 않는 여인이 없다시피 하다. 이는 그네들이 드높은 이름만큼이나 마음이 맑고 어질어 함부로 정 주지 않되 한번 사랑을 주면 끝 모르고 내달리기 때문일 것이다.

젊었을 때 뺑덕 어미 난정이는 그런 이름 높은 기생들의 그늘 밑에서 미모도 재주도 없는 몸으로 뭇 사내들의 정을 받고자 안달이 나 있었다. 주연에서도 늘 먼저 취해서 사내들에게 눈웃음 치고 아양을 떨고 찍자를 붙었다. 주정이 어찌나 되고도 긴지 좌중의 사내들이 웃어주다 못해 눈살을 찌푸리며 헛기침을 하는 일이 날에 날마다 이어졌다.

이런 꼴불견 세월이 깊어지면서 난정이는 마침내 타고난 찰거머리 기질을 드러냈다. 어쩌다 저처럼 재주 없는 선비가 꿩 대신 닭이라는 격으로 관심이라도 보이면 체면 불구하고 끝장을 보려고 몸을 들이댔다. 그런 사내라도 차마 마지막까지 가려 하지 않고 돌아가려 들면 꼭 배가 아프다느니 어지럽다느니 해서 기방에 붙들어 매놓고야 말았다. 그런데 이런 사내들 중에는 꼭 담력 없고 부끄러움 잘 타는 암사내가 있어, 이런 기생과 관계한 일이 세상에 알려질까 전전긍긍하는 사태가 벌어지곤 한다. 한량들 세상에 망신살이 뻗칠까 두려워하는 것이다. 그러나 그런 소심함이야말로 난정이같이 막 살아가는 기생에게는 사내를 제 맘대로 휘두를 수 있는 소인이 된다. 이 난정이에게 사내아이를 안겨준 방인필이라는 경아전 벼슬아치도 그렇게 해서 인연이 맺어진 것이었음을, 개경 바닥에서 계집깨나 후린다는 사내치고 모르는 사람이 없었다. 그때 뺑덕 어미 난정이가, 자기가 애를 가졌노라고, 그애 아버지가 바로 방인필이라고 동네방네 떠들고 다녔고, 그러자 이 아름답지 못한 소문의 당사자는 난정이 입막음을 하느라 가산깨나 탕진했야 했다.

물론 이것도 다 흘러간 옛일이기는 하다. 하지만 이 사내한테 붙고 저 사내한테 붙어 생애를 이어가는 습성만은 버리지 못했다.

거기에다 소싯적부터 술 잘 마시고 주정 부리고 먹을 것 탐하고 사내 밝히는 성정이 갈수록 더해가니, 이제 뺑덕 어미는 절구통보다 부대한 몸집에, 얼굴의 볼 살에는 심술보가 덕지덕지 달라붙고, 살빛은 꺼멓게 변색이 되어 천하의 추물이라 해도 과장이 아니 될 경지에 다다랐다.

도화동 남정네들이라면 다 아는 이 사실을 모르는 이가 단 한 사람 있으니, 그가 바로 심봉사다. 그런 탓에 지금 심봉사는, 한밤중에

남모르게 찾아와 같이 살아주겠다고 약조를 해달라는 뺑덕 어미의
이 상투적인 강짜를, 자기한테 마음이 잔뜩 기울어진 여인의 매달림
같은 것으로 해석해보고 있는 중이다.

—어떡허실 건지 빨리 말씀해주세요.

—허어, 아닌 밤중에 홍두깨라고, 왔으니 일단 앉아야 게 아냐.

심봉사는 뺑덕 어미가 서 있음직한 곳을 향해 팔을 뻗어 손바닥을
벌린다. 그 손바닥을 뺑덕 어미가 못 이기는 척 받아준다.

—어여 앉으시게. 허허.

심봉사의 손에 잡힌 뺑덕 어미 손은 솥뚜껑처럼 퉁퉁하다. 그런데
이 손이, 호리호리 가느다란 애랑이한테 된통 당한 심봉사에게는 뺑
덕 어미의 수더분한 성정을 표현해주는 징표라도 되는 것 같다.

뺑덕 어미는 가만히 내려앉으며 심봉사 쪽으로 몸을 살짝 실어간
다. 허리며 배며 가슴이며 목에 기름이 찰 대로 찬 뺑덕 어미의 몸집
이다. 또 병을 앓느라 몸이 어느덧 꼬챙이처럼 말라버린 심봉사다.

—거, 몸이 조금 무거우이.

—밤길 걸어오느라 힘이 없어 그런가봐여.

—허긴, 송장들이 무겁다고 하대. 축 늘어지는 통에 산 사람 몇 몫
이 나간다구.

—그려요.

심봉사는 바싹 달라붙는 뺑덕 어미의 몸집이며, 어딘가 쉰 듯한 몸
냄새며, 세상살이에 지친 듯한 목소리에, 왠지 모르게 마음이 흔쾌하
지 않다. 하지만 그런 중에도, 이 여인이 자기한테 마음이 쏠려 있는
것 같아 자신도 모르게 기분이 적이나 풀어져버린다.

어쩌면 이때 심봉사는 어떤 체념 같은 심리 상태에 빠져버린 것인지도 모른다. 꿩 대신 닭이요, 이가 없으면 잇몸으로라고, 젊다나 젊은 애랑이 같은 계집이 언제 또 자기 차례가 되겠느냐는 어떤 좌절감 같은 것이 심봉사의 허전한 마음속에 둥지를 틀었는지 모르는 것이다.

다음 날 아침 일찍 심봉사를 살피러 온 귀덕 어멈은 속곳 차림으로 여닫이문을 열고 넓적한 얼굴에 히죽 하니 웃음을 짓는 뺑덕 어미의 뻔뻔스러운 모습을 발견해야 했다.

—귀덕 어멈, 선비 나리께서 어쩌나 오라시는지, 원, 버틸 수가 있어야지. 앞으로 잘 지내보세.

귀덕 어미는 문이 열리는 속으로 뺑덕 어미를 보자마자 너무 놀라 뒤로 자빠질 뻔한 것을 겨우 서 있었다.

—예에, 저는 선비 어른 아침진질 챙겨 드리려구…….

—저런. 두 집 살림허느라 얼마나 힘들었어. 이제부텀 내가 해드릴테니 한숨 돌리우.

귀덕 어미는 두 집 살림이라는 말에 얼굴이 화끈 달아오름을 느끼며 어쩔 줄 몰라 했다. 마치 자기가 무슨 화냥년이라도 된다는 듯 슬쩍 능치는 뺑덕 어미 말솜씨에 귀덕 어미는 아무 소리도 못하고 마당을 물러나와야 했다.

바로 그날 밤, 아침 참으로 심봉사 집안에는 뺑덕 어미라는 안주인이 생겨났다. 비록 쫄딱 망한 집안일지언정 공부하는 선비 집 아낙네로는 전혀 어울리지 않는 여인이 하루아침에 신분이 바뀌는 초유의 사태가 벌어진 것이다.

이 새마님은 다 찌그러져가는 비좁은 초가집에서 벌어지는 일답지 못한 일들에 온갖 참견을 다 하고, 걸핏하면 뭐가 먹고 싶네, 입고 싶네 해서 귀덕 어미가 맡아놓은 재물을 축내고, 그나마 손님 없는 집에 가물에 콩 나듯이 찾아오는 이들을 바깥으로 무던히 밀쳐내버리곤 했다. 그런 일들이 뺑덕 어미가 이 집안에 들어앉은 불과 두어 달 사이에 다 벌어졌으니, 이만 하면 뺑덕 어미의 능력을 가히 알아주어야 할 법도 하다.

하지만 아직 멀었다. 나이 든 난정이, 즉 그 옛날 개경에서 악명 높던 전직 기생 뺑덕 어미의 장기는 뭐니뭐니해도 난봉을 부리는 그 솜씨에 있으니, 애랑이가 오뉴월 엿가락처럼 찰싹 붙어 밤에도 낮에도 떨어지지 않던 것과 달리 뺑덕 어미는 눈먼 남편 봉양 않고 밤낮 무슨 마실을 그리 다니는지, 마실에도 가지가지가 있음을 심봉사는 뺑덕 어미로 하여 나이 오십하고도 중반이 넘어서야 겨우 깨닫게 되었다.

낮에 가는 마실은 응당 그냥 마실이려니와, 동네 개울가에 빨래하러 간다고 한번 나가면 살았는지 죽었는지 행방을 알 길 없어 죽은 셈치고 장례 치를 작정을 해야 시치밀 떼고 돌아오고, 동네에 엿장수가 들어왔다고 흥정 붙이러 간다며 심봉사가 쓰다 남은 해진 망건이라도 들고 나가면, 엿 흥정을 하는지, 사람 흥정을 하는지 몰랐다. 심봉사 허기가 져서 주린 배를 움켜쥐고 뱃가죽이 등짝에 붙었느니, 창자가 오그라들어 순대도 못 만들어 먹겠다느니 하고, 장탄식에 목을 길게 내빼고 자라목을 하고 있을 때에야 겨우 더딘 인기척을 내며 들어온다.

낮 마실은 그렇다 하자. 어엿한 양반님네 첩실이 밤마실이 다 무엇이냐. 남이 들으면 그 여인이 바람이 나도 단단히 났다 할 것을, 본디 상판이 반질반질, 넙데데한 뺑덕 어미는 밤마다 이유도 가지가지요 핑계도 아롱다롱이다.

—여보, 부인. 무슨 놈의 초상집에 사흘씩이나 가 있는 게요?

초상집에 일해주러 간다 하고 나가서는 사흘 만에 돌아온 뺑덕 어미를 향해 심봉사가 어느 하루 볼멘소리를 했다.

—그러게 말이우, 영감. 무슨 놈의 초상이 줄초상이 난단 말이우.

—줄초상이라니?

—이 몸이 사흘 전에 황주 읍내 주막집 주인 여편네 의붓 오라버니가 급사했다고 황급히 나가지 않았수?

—그랬지.

—옛날 주막집 하던 정으로 하룻밤새 음식이며 술이며 날라주고 새벽참에 영감 진지상 차려드리려 부지런히 돌아오지 않았겠수?

—허, 고마운 일이로고.

—그런데 저 동구밖에 개울이 있잖수?

—있지.

—그 개울을 건너려고 막 걸음을 디디는데.

—디디는데?

—맞은편에서 복실이네 아낙이 헐레벌떡 건너오지 않겠수?

—복실이네? 처음 듣네. 도화동에 복실이가 있었나?

—영감은 복실이가 얼마나 많은데 그러슈. 온갖 데 다 똥 싸구 돌아다니는 게 다 복실인 것도 모르오?

—그래에? 그건 그렇구. 그래서?

—글쎄, 자기 친정 오라버니가 죽었다고 금방 전갈이 왔다지 뭐유.

―허, 거참. 이 좋은 시절에 무엇이 그리 급해 세상을 떴누.

―남이야 급했건 말건, 지난번에 떡 얻어먹은 것두 있고, 돈 얻어
놓은 것두 있고, 그냥 있을 수가 있어야주.

―허, 그래서?

―오던 발걸음 되돌려 도로 읍내로 들어갔지 별수 있어유?

―듣고 보니 그러네.

심봉사는 두 눈을 껌벅이며 고개를 주억거린다. 과연 듣고 보니 사
연이 있고, 또 안 믿으면 어쩔 텐가. 그 초상집이 어디냐고 마누라 치
맛자락을 붙들고 찾아라도 갈 셈인가. 심봉사 밝은 소견에 생각하면
자기 같은 양반 선비로서는 가히 하지 말아야 할 일이 그것이다. 하
지만 계산에 차착이 없으려면 하루가 더 필요하다. 사리에 밝은 심봉
사로서는 그냥 넘어갈 수만은 없어, 고개를 갸우뚱거리며 이렇게 물
어보지 않을 수 없다.

―그럼 어제는 왜 안 들어왔누?

―아따, 영감도. 성미도 급하셔라. 복실이네 친정 오라버니가 어디
한둘이우. 오다가다 흘레붙어 얼마나 많이 낳았길래.

―형제가 많았구먼.

―그렇주. 집안 형님이 죽었다고 초상 치르러 온 오라비 중 하나가
뭘 잘못 먹었는지 복통이 나서 사네 죽네 하더니만, 그만,

―그만?

―죽어버렸다우.

―그래에?

이 마당에서야말로 심봉사는 깜짝 놀라지 않을 수 없고. 또 놀라는

척하지 않을 수 없다.

　—마누라, 고생 많았소. 세상 살면서 지켜야 할 일이 수없이 많지만 관혼상제야말로 허투루 넘길 수 없소. 그중에서도 죽은 이 떠나보내는 일이야말로 근본 중의 근본이지, 암. 살아서 법이 죽어서 법을 이기지 못하는 법. 잘했소, 마누라.

　—제가 그렇게 잘한 거유? 그럼 당장 낼부터라도 또 내리 사흘 초상을 치러야겠수.

　—그럴 일이 생기면 응당 그래야지. 그나저나 내가 몹시 굶었구려.

　—영감도 참. 남의 초상 치르느라 녹초가 된 여편네 부려먹고 싶수?

　—허지만 배가 몹시 고픈걸. 이번만 한번 봐주구려.

　—으이그, 내 팔자.

　그날 뺑덕 어멈은 심봉사 상투머리라도 한 번 쥐어박을 듯한 목소리로 일어나 부엌으로 가버렸다.

　매사가 이런 식이다보니 심봉사는 자기가 누구랑 살고는 있는지 실감이 안 날 때가 많다.

　아니, 실감은 둘째 치고 뺑덕 어미와 더러 잠자리를 가진 후로 몸에 이상한 증세들이 생겨나는 것이 큰 걱정이었다. 애랑이한테 옮은 병이려니 하고 이제나 나으려나 저제나 나으려나 했다. 헌데 뺑덕 어미를 맞아들인 지 두어 달 되었을까. 어느 날부턴가 그곳에 물컹하고 만져지는 게 둥그렇고 좁쌀보다 좀 더 큰 것 같은데, 손가락으로 대충 만져보니 며칠 사이에 그게 점점 헐어가는 것이었다. 그 자리가 몹시 아프다 했다. 그러더니 그 주변이 더 헐면서 비슷한 것이 몇 개씩 더 생겨났다. 아픈 것은 말할 것도 없었다.

큰일 났다 싶어 하루는 뺑덕 어미 없는 사이에 귀덕 어멈에게 의원을 불러달라 했다. 그런데 이 의원이 나이가 들대로 들어 그런지 몸이 안 좋다 하고 며칠씩 뜸을 들였다. 그러는 사이에 피부가 헐어 진물이 흐르는 궤양이 커지기도 하고 사타구니 사이로 번져가기도 하는 것이, 그게 터져서 고름이 나기까지 하는 듯했다. 쓰리고 아픈 것이 점점 심해져 나중에는 일어나 걷는 게 힘에 겨웠다. 몸에는 열이 나고 나른한 게 어떻게 움직일 기력도 없었다.

증세가 심해질 대로 심해지고 나서야 쭈글쭈글한 의원이 엉금엉금 기듯이 찾아오기는 왔다. 마침 뺑덕 어미가 늘 그렇듯이 출타중이다. 진작부터 뺑덕 어미 기세에 눌려 사는 통에 그 앞에서는 어디가 어떻다고 말도 못하고 따지지도 못하게 된 심봉사다.

—소생, 겨우 왔소이다.

의원이 방문 열고 들어서며 인사 삼아 한마디 하는 것을 심봉사는 다짜고짜,

—의원, 이게 무슨 일이우?

하고 따지듯이 일어나며 아랫바지를 훌러덩 까내렸다. 의원은 어두컴컴한 방 안에서는 증세가 잘 안 보이는 중에도 워낙 경험이 많은지라 한눈에 이 병이 어디서 왔는지 안다.

—쯧쯧, 대체 어디서 놀다 이렇게 됐누.

의원의 한마디에 심봉사는 겁이 더럭 난다.

—어떠우? 고칠 수 있수?

—투정창이우.

―투정창이라니요?

―어디서 더러운 여잘 만난 게요. 화류병이니 쉽잖겠소. 어디 얼마나 커졌는지 밝은 데로 나가서 살핍시다.

심봉사는 의원 손에 이끌려 툇마루로 나온다. 바깥은 벌써 여름이 짙을 대로 짙어 뙤약볕이 따갑기 그지없다. 의원은 아랫도리를 벗은 채로 앉은 심봉사의 바싹 마른 정강이를 벌리고 짓무른 그곳이며 사타구니에 얼굴을 들이밀고 유심히 살펴본다.

―괜찮겠지요? 그래두?

심봉사는 눈을 껌벅이며 자기를 살려줄 의원의 말을 재촉한다. 잠시 눈살을 찌푸리던 의원이 심봉사에게 어렵사리 말을 해준다.

―심하게 됐소이다. 본시 화류병이란 것들은 나았는가 하면 다시 나타나고 새로 나타날 때마다 정도가 심해져서 급기야는 아예 사내 구실을 못하게 되는 것이 많다오. 그래도 임병이라 할 만한 것은 증세는 다양해도 어떻게 견뎌볼 수도 있고 약으로도 어느 정도까지는 다스릴 수도 있지. 헌데 선비께서 얻은 병은…….

―예? 이 몸이 얻은 병은 어떻단 말씀이우?

―음…….

의원은 잠깐 사이에 자기가 한 말을 뉘우치고 있었다. 어차피 못 고칠 병일망정 환자에게는 희망을 주는 것이 의원으로서의 도리인 것을 심봉사의 증세에 놀란 나머지 부지불식간에 사실대로 말해버리려 한 것이다.

―얼마나 걸리겠소. 아주 더디 걸리우?

―으음. 좀 시일이 필요하겠소이다.

—허, 거 참. 의원께서 부디 잘 처치해주시우. 내야 뭘 아우. 돈은 내라면 내리다.

심봉사는 쓰리고 아린 곳을 살살 만져보며 애원조로 매달린다. 하지만 의원은 섣불리 가타부타 말하지 못한다.

의원이 아는 이 병은 시일의 늦고 빠름은 있으나 약으로 아예 다스릴 수는 없다. 처음에는 심봉사가 지금 앓고 있는 것처럼 피부에 포진이 생기고 번져가다 나중에는 목이며 입술 같은 곳에까지 피부가 헐고 고름이 잡히고 몹시 쓰리고 악취까지 나게 된다. 이것으로 사람이 아예 죽는 것은 아니로되 평생 괴로움에서 벗어나지 못하고 피고름이 흐르는 몸으로 쓰림과 가려움에 시달리며 살아가야 한다.

—글쎄, 처방은 해보리다만.

—엥? 처방은 해보다니요. 돈이 없을까 그러시우? 귀덕 어멈한테 금방 가져오라 하리다.

—돈이라. 돈으로 고칠 수 있으면 좋으리다만…….

의원이 말끝을 흐리는 통에 심봉사는 더 애가 닳았지만, 자신이 의원이 아닌 다음에야 처분만 기다릴 수밖에 없다.

—처방이 까다로우니 약재를 구하려면 한 열흘 걸리리다. 누굴 보내시든지 허우. 그리고 기름진 음식일랑 피하도록 허우.

—의원만 믿겠수. 잘 좀 낫게 해주.

—그만 가보리다.

무심한 의원은 시원한 대답은 없이 일어나버렸다. 의원이 가버리자 심봉사는 낭패를 당한 꼴이 되어 우두커니 앉았다. 대낮에 누가 사립 열고 들어와 보기라도 하면 그런 망신이 없을 텐데도 심봉사는 자기 앞에 닥친 또 다른 불행을 곱씹느라 망연자실 정신이 없다.

—마누라는 어딜 갔누.

자기한테 이 매창을 옮겨놓은 여자는 애랑이 아니면 뺑덕 어미일 것이고, 그중에서도 필시 뺑덕 어미일 텐데, 심봉사는 그도 아내라고 집 나가 언제 돌아올지 모르는 아내를 습관처럼 기다리는 것이다.

심봉사가 살던 시절에 화류병은 쉽게 다스려질 수 없는 병이었다. 투정창이니 음식창 같은 것에 걸리면 약 처방을 잘 하고 섭생에 각별히 주의해서 용케 낫는 사람도 없지 않으나 건강이 부실한 위에 이런 병들이 겹치면 대개 증세가 몇 년이고 이어가며 몸이 문드러지고 썩어가는 고통을 겪지 않을 수 없었다. 국부에서 시작된 염증이나 궤양이 온몸으로 번져가 허벅다리나 정강이나 발끝이 붉게 멍들고 짓무르고 피부가 뜨고 심지어는 귀까지 어두워지기도 했다.

하지만 심봉사는 자기에게 닥친 병의 실체를 아직 알지 못한다. 의원이 난치라 했으나 쉬이 치료되지 않는다는 뜻이요, 불치는 아니라는 말로 받아들인 것이다. 그러면서 다만 생각하기로는 뺑덕 어미라도 병이 심하지 않기를 바라는 심봉사다.

바깥으로 나도는 것은 천성이라 막을 수 없다 하더라도 몸이라도 성해야 자기를 봉양해줄 수 있지 않겠느냐고 생각하는 것이다.

아무도
그 사연을 알 길 없으니

황주 도화동에서 심봉사가 뺑덕 어밀 집 안에 받아들여 끝 모를 나락에 떨어지고 있을 무렵 개경 궁궐에서는 오랜만에 경사가 벌어지고 있었다. 왕비를 잃고 후원의 화초나 사랑하시며 시름을 달래시던 왕께서 배필을 새로 맞아들이시게 된 것이다.

임금이 왕비며 후궁들을 하나둘 아니라 열 분, 스무 분 넘게 받아들이는 일이야 왕가에서는 아주 흔한 일이고, 나라에 왕비가 안 계신 것처럼 슬픈 일도 없으니, 짝을 잃은 임금께서 새로 왕비를 맞이하시게 된 경사스러움이야 무어라 말할 필요도 없다. 더구나 왕은 그 어진 성품으로 문무백관들과 백성들의 존경과 사랑을 받고 계신 분이시다.

본래 나라를 다스리는 높은 분들의 일은 민간에 널리 알려지는 법이 없다. 또 제대로 알려져 좋아할 것을 좋아하게 하고 미워할 것을 미워하게 하는 법도 드물다.

그럼에도 이 나라 백성들은 왕이 어떤 분이신지 자못 소상히 알고 있었는데, 이는 이분이 나라를 아주 오랫동안 다스려오셨을 뿐 아니라 백성들에게 각별한 사랑을 베풀어오시기도 했기 때문이었다. 이 것은 앞에서도 이미 말했던 바다.

실로 백성들을 향한 왕의 사랑은 지극하셨다.

왕은 나라에 가뭄이 들거나 홍수가 나면 그 모든 것을 자신의 부덕의 소치로 돌려 식음을 전폐하고 하늘을 향해 용서를 구하시며 백성들을 살려달라고 애원하셨다. 왕은 또 재해를 입은 백성들이 세금을 내거나 군역에 가는 일을 미루어주기도 하고 아예 없애주기도 하여 하늘이 내린 재앙에 시름 겨워하던 백성들의 눈물을 닦아주시기도 했다.

임금님이 이러하시니 백성들도 그를 따르기에 주저함이 없었고 다만 왕이 세월을 따라 연로하시게 된 것을 안타까워할 뿐이었다.

그런 중에 새로 왕비를 맞이하시는 기쁜 일이 벌어진 것이다. 먼 곳에 사는 백성들은 아직 소식이 미치지 못했으나 개경 사람들은 자기 일마냥 기뻐하며 혼삿날을 기다렸다. 왕께서 새로 맞아들이시는 왕비는 어떤 분일까 하는 호기심이 장안을 가득 채운 것은 물론이다.

─스무 살도 아니 되셨다며?

─말함 뭣해. 방년 열여섯 살이시라던가?

─에그머니, 증손자뻘 아녜요, 그럼?

─히히, 우리 임금님. 좋으시겠다.

─망칙허게.

276

―그럼, 임금님께서 다 늙은 여잘 왕비 삼으셔야 되나?

―그건 안 되지, 암.

백성들은 임금님께서 비록 연로하시고 지병까지 계셔서 거동이 힘드실망정 꽃다운 왕비를 맞아 만수무강하시기를 축원해 마지않았다.

개경 백성들이 모처럼 벌어진 잔치에 기뻐하고 있을 때, 다만 한 사람 윤상이만은 몹시 애가 닳아 있었다. 새 왕비로 간택되신 분이 꽃 속에서 나오셨다는 말이 궁중에 파다하게 퍼져갔기 때문이었다. 윤상이와 최도술 일행이 바친 연꽃을 왕께서 중광전 침전으로 옮겨 놓으신 것은 윤상이도 잘 알고 있었다. 그런데 새 왕비 되실 분이 그 꽃 꼭 닫혀 있던 봉오리 속에서 나왔다는 것이다. 꽃을 침전에 옮겨 놓으신 지 꼭 하루 만의 일이었다.

왕은 그날 늦게까지 문덕전에서 몇몇 신하들과 더불어 학문을 논하셨다고 한다. 향기로운 꽃을 방 안에 들여놓아서 그런지 밤새 너무나 평안하게 주무셨고, 때문에 어느 때보다도 원기가 있으셨다고 했다.

왕께서는 신하들 퇴궐 시간을 거듭 늦추게 하시면서까지 좋은 말씀을 나누시다 해시가 다 되어서야 중광전에 납시었다. 침전에 드시자 향그러운 꽃내음이 어제와 같이 방 안에 가득하여 왕께서는 당신도 모르게 꽃자리에 시선을 주시었다. 꽃은 아침에 보고 나오신 그대로 아름답기 그지없었다. 다만 달라진 것 하나는 아침에만 해도 입술을 꼭 다물고 있던 꽃봉오리가 하루 사이에 살짝 벙글어져 있는 것이다. 왕께서는 반가운 마음에 꽃 가까이 걸음을 옮기셔서 꽃의 자태와 향취를 더 깊이 음미하려 하시었다.

그때 왕께서는 살짝 벙글어진 꽃잎 사이로 깊이 잠들어 있는 아리
따운 소녀를 발견하셨다. 소녀는 꽃술 사이로 몸을 모로 웅크리고 고
요히 잠들어 있었다. 평범한 사람들 같으면 무척이나 놀라셨을 법도
하다. 하지만 왕께서는 그러지 않으셨다. 만인지상의 지체로 수십 년
을 견뎌온 왕께서는 소녀를 발견하시고는 오히려 만면에 행복에 겨
운 웃음을 떠우셨다. 왕의 뒤에서 시위하고 섰던 시종들이 오히려 놀
라 까무러칠 지경이었으나 지엄하신 왕을 모시고 있어 간신히 버티
고 서 있을 뿐이었다.

　―여봐라.

　―예이.

　―저기 잠들어 계신 소저는 아무래도 이 세상 사람 같지 않구나.

　―그, 그렇사옵니다. 마마.

　―어서 궁녀를 불러 이 소저를 깨워드리도록 하라.

　―예이.

　―어서 궁녀를 들이랍신다.

　―예이.

　―명화야.

　―예이.

　다른 시종들이 분주히 움직이는 사이에 왕은 뒤에 서 있는 한명화
를 부르신다.

　―세상에 눈에 보이지 않는 것을 믿을 수 있겠느냐, 없겠느냐.

　―마마. 아뢰옵기 황공하오나, 눈에 아니 보인다 하여 믿지 않음은
한갓 썩어질 육신에 사물이 있고 없음을 의지하는 어리석은 일인 줄

아옵니다.

—과연 그렇겠구나. 명화야. 그러면 지금 너와 내가 보고 있는 이 소저는 세상에 있는 것이겠느냐, 없는 것이겠느냐.

순간, 명화는 뭐라 말씀을 아뢰어야 할지 몰라 입을 열지 못한다.

—명화야, 과인이 용상에 오른 지 어언 삼십여 년이로구나. 수많은 일을 하고 숱한 일을 겪으면서 오늘에 이르니 이제는 잠을 자도 자는 것이 아니어서, 눈을 감고 있으면 어디쯤 서 있는지 모르는 캄캄한 벽 위로 지나간 옛 일도, 오지 않은 내일 일도 환하게 떠오르는구나. 어젯밤은 잠이 어찌나 달디 단지 왕비를 잃고 그렇게 편안한 잠은 처음이었다. 혼자 잠들어 있는데도 아무 외로움이 없고, 어디선가 부드럽고 깨끗한 바람이 산들산들 불어 여름밤을 선선하게 보낼 수 있도록 하더구나. 돌이켜보니 내 지난밤이 그렇게 편안하던 것이 다 이 소저 때문이다. 이 소저가 이 세상 사람이면 어떻고 저 세상 사람이면 어떻겠느냐. 육신이 어엿하면 어떻고 혼백뿐이라면 또 어떻겠느냐. 과인이 이미 세상을 살 만큼 살아 이승과 저승을 넘나들고 있는 것을, 내 무엇을 꺼려 하늘이 보내준 이 여인을 물리치겠느냐.

—하오시면, 마마.

—그렇다. 내 이 여인을 왕비로 삼으리라.

—마마께서 하옵신다면 그 뉘 나서서 막을 수 있으리이까. 하오나…….

—명화야, 과인도 이미 알고 있느니라.

—…….

—내 희빈에게 준 사랑은 그것으로 충분하니라. 왕자를 둘씩이나

생산하여 복락이 지극한데, 더 이상 무엇을 더 바라려 하느니.

　―황공하옵니다. 마마.

　왕께서 속뜻을 밝게 비추시니 한명화는 더 이상 아뢸 말씀이 없다. 춘추가 이미 환갑을 넘은 지 오래건만 임금은 생각하심에 사리판단이 분명하고 행동하심에 주저함이 없으시다.

　―마마, 궁녀를 데려 왔사옵니다.

　―요화, 대령했사옵니다.

　왕께서는 숨을 가빠하는 궁녀의 얼굴을 잠깐 바라보시고는,

　―물을 떠오라. 소저의 잠을 깨우도록 하라.

　―분부대로 거행하겠사옵니다. 마마.

　요화가 바쁜 걸음으로 중광전을 물러났다 되돌아온다.

　―어서 깨워드리라.

　―예이.

　요화가 꽃봉오리 속의 여인에게 다가가 손가락 끝에 찬물을 묻혀 깊이 잠들어 있는 여인의 얼굴 위에 몇 방울 떨어뜨린다. 그러자 거짓말처럼 여인이 눈을 깜빡 하고 뜬다.

　―눈을 뜨시었사옵니다, 마마.

　―오, 그래. 과인도 보았느니라. 소저를 꽃봉오리 속에서 나오시도록 하라.

　―분부 거행하겠나이다, 마마.

　요화는 꽃봉오리에게로 다가가 이제 막 눈이 떠져 아무것도 모르고 있는 여인에게 말씀을 아뢴다.

　―소저. 상감마마께서 꽃에서 나오시라 하나이다.

요화의 말소리에 청이는 화들짝 놀라 일어나 꽃잎들을 헤치고 밖으로 나와 무릎을 꿇는다. 비록 정신이 채 온전히 돌아오지 못하였으나 상감마마께서 나오라 하신다는 말씀을 들은 까닭이다.

—일어나시오.

왕은 꽃 속의 여인이 황급히 예를 갖추는 것을 보시고 이를 만류하신다. 하지만 청이는 차마 몸을 일으키지 못하고 무릎을 꿇고 가만히 엎드려 있다.

—일어서시오. 그대는 필시 하늘이 과인께 보내오신 귀한 사신이오이다.

—마마······.

청이는 무어라 말씀을 아뢰고자 하나, 제가 있는 곳이 어디인지, 왜 제가 새로 눈이 떠져 있는지 알 수가 없다. 또 앞에 서 계신 분은 용왕이신가, 옥황상제이신가, 이승의 왕이신가. 눈에 보이는 것은 용궁인가, 하늘나라인가, 어느 알지 못할 신비경인가. 자기는 정녕 어느 곳에 새로 눈 뜬 것인가.

청이는 임금께서 하라시는 대로 일어서기는 하되 고개를 들 수는 없어 다소곳이 서 있다. 왕께서는 그런 청이의 자태를 잠시 그윽한 눈으로 바라보시다 요화에게 분부를 내리신다.

—소저를 만령전에 모시라.

—예에.

만령전은 희빈들의 거처다. 지금은 희빈 정씨가 독차지하다시피하며 사용하고 있는 전각이다. 왕비도 희빈들도 모두 세상을 뜨고 나니 왕가의 안살림은 정희빈이 좌지우지한다. 만령전만 해도 예전 같

으면 희빈들이나 머무를 수 있는 곳에 정희빈의 사랑받는 시녀들이
들어 있다.

—이 밤은 이 궁녀를 따라가서 쉬시도록 하오.

—그리하겠사옵니다.

청이는 다소곳이 임금의 명을 받든다.

요화는 본시 희빈 정씨에 딸린 궁녀였다. 오늘도 중광전에 납신 왕
의 동정을 살펴 오라는 희빈의 명을 받잡고 근처에 서성거리다 궁녀
를 찾는 시종들의 눈에 뜨인 것이다.

꽃에서 나온 여인을 만령전에 모시라는 왕의 말씀에 요화는 깜짝
놀랐으나 내색하지 못하고 청이를 만령전 희빈들 옛 거처 가운데 가
장 작은 방에 모시었다.

다음 날 아침 왕께서는 회경전 조회를 마치자마자 국자감 박사 송
인영을 편전으로 부르셨다. 송인영은 국자감에서 밤새 숙직을 선 이
에게서 꽃에서 나온 여인의 이야기를 이미 들어두고 있었다.

—중서. 꽃 속에서 여인이 나왔다는 이야기를 서책에서 보신 적이
있소?

중서는 송인영의 호다.

—황공하오나 신의 견문이 좁아서인지 그런 일은 많이 접하지 못
하였사옵니다.

—과인도 그러하오. 어젯밤 일어난 일은 가히 신이하다 하겠소.

—그러하옵니다. 마마. 비록 여인이 연꽃에서 나온 일은 신이 알지
못하오나, 옛날 신라 진성여왕 때 당나라로 가던 거타지가 도중에 노
인을 구해주고 꽃가지로 화한 노인의 딸과 결혼했던 일이 있사옵니

다. 또한, 부처님이 마야 부인의 오른쪽 옆구리에서 나셔서 사방으로 일곱 걸음 걸어가실 때, 그때마다 사방에서 연꽃이 피어나 부처님의 발을 받쳐드렸다 하오니, 이는 부처님께서 마야 부인의 몸을 빌리셨으되 본디 연꽃에서 나신 분이라 할 수 있을 듯하옵니다.

—그 사연이 『팔상록』에 있지요, 아마?

—그렇사옵니다, 마마.

—어떻소, 중서?

—무엇을 말씀이오이까, 마마.

송인영은 왕이 무엇을 묻는 것인지 잠시 어리둥절해 한다.

—과인이 일찍이 넷째 의천으로 하여 불가에 귀의토록 하고 부처님의 가르침에 관한 논소들을 널리 모으도록 한 것은 이 고려국을 불국토로 만들고자 함이 아니었겠소. 이제 연꽃 속에서 아리따운 여인이 나타나니, 이는 과인의 뜻을 가상히 여긴 부처님께서 내 마지막 운명을 점지해주신 것이라 믿소.

사람의 믿음은 각기 다른 것이어서, 하나의 일을 두고도 서로 다르게 생각하게 마련이다. 왕의 말씀을 들으며 송인영은 희빈 정씨의 야망에 찬 모습을 떠올린다. 만약 왕이 희빈 정씨가 아니라 꽃에서 나온 여인을 배필로 삼으신다면, 평온한 나라에 자칫 풍파가 일 수도 있지 않겠는가. 하지만 왕의 뜻은 하룻밤 사이에 이미 단단히 굳어버린 듯하다.

—나라에 국모가 안 계신 지 오래 되었사옵니다. 마마의 뜻이 그러하시온즉 뉘 감히 거역하겠사옵니까마는, 다만 희빈 마마께옵서 이를 어찌 받아들이시올지…….

─허허, 중서도 명화와 똑같은 말씀을 하시는구려. 한 나라의 왕비는 용모나 신분만으로 간택할 수 없는 법 아니겠소. 과인이 어젯밤에 꽃 속에서 나온 여인을 보았소. 눈과 이마에는 슬기가 담겨 있고, 코 끝과 입술 끝에는 깨끗한 성정이 맺혀 있었소. 옛날에 선조이신 작제 건께서도 멀리 바다에 나가 용녀와 혼인하셨고, 신라 시조이신 혁거세도 우물에서 나온 여인과 혼인하였으니, 속세의 신분은 따져 무얼 하겠소. 과인, 이제 이 여인을 왕비로 삼아 늙고 병든 여생이나마 맑고 깨끗한 꽃을 옆에 두듯 담담한 기쁨을 누려볼까 하오.

─뜻대로 하시옵소서. 마마.

송인영은 왕께서 새 왕비를 맞으시게 된 것을 한편으로 다행스럽게 여겼다.

꽃 속에서 나온 여인이 어리고 아름답고 슬기롭다 하니, 비록 정희빈의 원한이 크고 깊다 해도 잘 다스릴 수 있으리라 생각한 것이다.

이렇게 하여 조정에 국혼이 공론화되고 여러 우여곡절을 겪으면서도 청이가 왕비로 간택되면서 혼사 날짜까지 정해지자 궁 안 사람들은 물론이고 개경 일원이 바야흐로 잔치 분위기에 감싸였다.

그러나 윤상이만은 달랐다. 윤상이는 뜻하지 않은 소식에 기쁨 대신에 불안을 맛보면서 혼삿날을 기다렸다.

내가 바친 연꽃 속에서 여인이 나왔다니, 그 여인이 왕비가 되신다니.

윤상이는 자신이 왜 그렇게 불안해하는지 스스로 알고 있었다. 임금님께 바친 꽃은 청이의 넋이 서린 인당수에서 건져 올린 꽃이기 때문이었다. 그 여인은 필시 청이의 넋을 타고 났는지도 몰랐다.

윤상이는 혼삿날이 다가오도록 밤이나 낮이나 만령전 주위를 어슬렁거리면서 기회를 엿보았다. 새로 왕비가 되실 분이 어떻게 생겼는지 몰래 훔쳐라도 보아야 직성이 풀릴 것 같았기 때문이다. 하지만 새로 왕비가 되실 분은 이미 호위 무사들과 궁녀들의 높은 울타리에 둘러싸여 있었다. 언감생심 윤상이같이 왕의 편전을 지키는 궁지기가 함부로 희빈들의 거처에 드나들 수 없음은 물론이고, 더욱이 왕비가 되실 분은 이미 왕비나 다름없는 예우를 받고 계셨다.

궁금함과 불안함이 교차하는 가운데 납채며 납비며 모두 건너뛴 가운데 혼인날이 닥쳤다. 책비라 하여 청이는 왕으로부터 책봉문을 받잡고 왕비로 책봉되었다. 청이는 이제 명실상부 나라의 국모가 된 것이다. 이제 희빈과 궁녀들이 왕비를 받드는 예를 올려야 했다. 정희빈은 입술을 깨물고 청이에게 네 번 절을 올렸다. 궁녀들이 뒤이어 똑같이 네 번의 절을 차례로 올려 왕비를 우러렀다. 궁인들이 청이의 자태를 부채로 가리어 왕비의 위엄을 갖추시도록 했다.

다음은 친영이었다. 왕께서 청이가 그때까지 머물고 있던 만령전에 몸소 납시어 왕비를 곤성전으로 맞아들이셨다. 연로하시고 지병으로 걸음까지 불편하신 중에도 왕께서는 왕비와 더불어 중광전을 거쳐 곤성전까지 걸으셨다.

국혼의 마지막 절차는 동뢰라 하여 왕과 왕비께서 동침에 드시는 것이었다. 궁궐에 어둠이 내린 후 왕께서 무사들, 환관들, 궁녀들을 곤성전에 보내시어 왕비를 중광전 왕의 침전으로 청하셨다.

왕께서는 중광전 계단 아래까지 나오셔서 심청을 맞이하셨다. 두 사람은 상이 차려진 방에 들어가 궁녀들, 환관들의 시중을 받아 서로 맞절을 올린 후 석 잔의 술을 나누어 마셨다. 중광전 다른 쪽 방에는 신방이 차려져 있었다. 궁인들이 모두 물러나자 사위가 비로소 고요해졌다.

청이는 왕의 앞에 다소곳이 고개를 숙이고 앉았다. 그동안 자신에게 벌어지는 일들을 감당하느라 무척 힘들었던 청이건만 아무 내색을 하지 않았다.

자신이 눈을 뜬 곳은 용궁도, 하늘나라도 아니요, 다름 아닌 고려국 궁궐이었다. 그러면 자기는 죽지 않고 산 것이요, 누군가에게 구함을 받아 이곳까지 오게 된 것이려니 했다. 시중드는 궁녀에게 물으니 뱃사람들이 바다에서 꽃을 건져 올렸는데, 그 안에 자기가 들어 있었다는 것이었다. 그 꽃을 처음 발견한 이가 궁지기 벼슬을 얻어 지금 편전 쪽에서 일하고 있다고도 했다. 만령전에서 며칠이나 머물렀을까. 곧 왕비가 될 여인을 뽑는 간택이 시작되리라고 했고, 이번에는 초간택, 재간택, 삼간택 과정을 축약하여 단번에 청이를 왕비로 삼게 되리라고 했다.

청이는 임금을 알현하고자 했다. 서해도 황주 땅 가난하기 짝이 없는 눈먼 선비 딸이 어찌 한 나라의 국모가 될 수 있나. 청이는 임금님을 직접 뵙고 자기 마음을 간곡히 여쭈올 작정이었다. 하지만 임금님께서는 허락하지 않으시고 다만 서신 하나를 보내실 따름이었다. 한문으로 쓰신 임금님의 서신을 풀이하면 다음과 같았다.

과인은 낭자가 꽃 속에서 나오신 뜻을 생각해보았소. 모든 신이 한 일에는 뜻이 있고, 그것이 바로 운명이라는 것이오. 낭자가 어디에서 오셨든, 신분이 어떠하고 가문이 어떠하든, 그것들은 과인의 마음을 좌우할 수 없으리다. 과인은 이 고려국의 왕이오. 과인의 의지를 시험하지 마오. 그대를 왕비로 맞아 꽃과 같이 사랑하여 곁에 두고자 하오. 궁인들에게 아무 말씀도 사사로이 하시지 마오. 그대는 곧 왕비가 되시리다.

서신을 받아들고 청이는 이 또한 자신이 피할 수 없는 운명임을 깨달았다. 궁인들이 자신에게 아무것도 묻지 않은 것은 왕의 엄명이 있었기 때문이었다. 청이는 비로소 이 모든 것을 받아들이리라 했다. 마음 한 곳에서 아버지는 어떻게 되셨을까 하는 근심이 솟아났으나 그것은 차차 알아볼 일이었다.

왕의 모친마저 세상을 뜨신 지 오래되어 왕실의 가례마저 따로 주관할 이가 계시지 않았다. 정 희빈의 분노에 가까운 투기에도 불구하고, 모든 일이 왕의 뜻에 따라 격식 있게 진행되어 마침내 가례가 마무리된 것이었다.

―중전. 이제 이 고려국의 어머니가 되시었소.

왕의 음성에는 어린 왕비를 사랑하는 마음이 담뿍 담겨 있다.

―성은이 망극하옵니다.

―늙고 병든 몸이 그대 같은 여인을 새로 맞아들였으니 과인이 고마워해야 하오.

―늙고 젊음이 경계가 없사옵고 병들고 강건함이 본시 하나이옵니다.

―그렇게 생각하시오?

왕은 인자하신 눈빛으로 심청을 바라보신다. 잠시 무엇인가를 생각하시는 듯하다.

─과인은 그대를 꽃과 같이 아끼려 하오. 그대는 아무런 근심도 하시지 마오. 과인은 이 고려국 임금이오. 그대가 이곳에 오셔서 이루고자 한 것이 있다면 과인이 그것을 힘써 도우리다.

─백골난망이옵니다, 마마.

청이를 꽃과 같이 사랑하시겠다는 왕의 말씀에 담긴 뜻은 과연 그날 밤에 그대로 나타나는 듯했다. 그날 밤을 왕과 왕비는 아무 일도 없는 듯 고요하게 보냈다. 왕이 평안히 잠드신 모습을 보면서 왕비는 아버지 심봉사의 모습을 떠올렸다. 왕께서 잠드신 모습이 저렇듯 정갈해 보이는 것은 신분이 왕이시기 때문인지, 마음이 왕과 같으시기 때문인지 알 수 없었다.

저렇듯 왕의 옷을 입으시면 아버지도 평화롭고 고결하게 보일 수 있을까.

아버지는 정말 눈을 뜨셨을까.

청이는 어느 때든 기회를 보아 임금님께 모든 것을 고하고 아비를 만나뵐 수 있게 해달라고 간청드려야겠다고 생각했다.

다음 날 아침 일찍 눈을 뜨신 왕은 곁에서 자리를 지키고 있는 심청의 모습을 보시고는 마음 깊은 곳에서 솟아나는 기쁨을 말씀하셨다.

─밤이 이렇듯 고요할 수 없었소. 이것이 바로 중전이 과인 곁에 계신 덕이구려.

왕과 왕비가 새로운 아침을 맞아 편전에 납시시니, 세상은 어제보다 일층 밝게 빛나는 듯했다. 문무백관의 알현을 받으면서, 심청은 새로 받은 것이나 다름없는 자기 생명이 이 나라 백성들을 위해 아름답게 쓰이기를 간곡히 바라 마지않았다.

한편, 오늘도 심봉사는 툇마루 앞에 나와 앉아 뺑덕 어미를 기다리고 있다. 여름에 불볕 같았던 태양빛은 이제 한결 수그러져 바깥에 나와 앉아 있어도 몸에 와 닿는 감촉이 좋다.

—가을볕은 역시 다르구먼.

심봉사는 가을의 정취를 혼잣말로 저울질해본다.

자기 몸이 성하던 젊은 시절 황주강에 나가서 놀던 일이 떠올랐다. 그때는 그래도 앞날이 있는 젊은이인지라 더러 벗들이 있고 뱃놀이에 불려가 술잔을 희롱하고 시를 짓기도 했다.

젊은 도령들이 황주강에 그림배를 여러 척 띄워놓고 가을 낮이 저물어 밤이 올 때까지 노는 풍경은 가히 풍취가 있었다.

그림배라는 것은 화방이라고도 하는 것으로, 배를 용이나 봉황 모양으로 꾸미고 화려하게 채색을 하고 휘장까지 드리워 그늘을 만들어놓은 것이다.

심봉사는 지금 그 옛날 황주강의 노을을 생각한다. 가을 햇살이 따사롭게 내리쬐는 강물은 금싸라기를 뿌려놓은 것처럼 반짝반짝 빛났다. 빛나는 강물을 바라보며 젊은 선비 심학규는 기생의 〈수심가〉 소리를 들으며 술잔을 기울였다. 그는 경쾌한 가락을 타는 서해도 민요보다 북계 민요, 그중에서도 〈수심가〉를 좋아했다. 그 한없이 깊은 허무를 사랑했다. 다른 선비들과 함께 기생들을 데리고 껄껄거리며 놀다가도, 어느 순간 평양 기생의 청아하면서도 한 서린 노랫가락이 흘러나오면 심학규는 뱃전에 술잔을 잡은 손목을 걸쳐두고 환영처럼 아른아른 반짝이는 강 물결을 바라보았다. 하염없이, 다른 이들의 웃음소리를 귓가로 흘리며 오로지 그 구슬픈 노랫가락 속으로 혼자서 걸어 들어갔다.

산천초목은 젊어만 가고
인간 청춘은 늙어만 가누나
생각하니 가는 세월
나 어이 할까요
만약 꿈속 혼으로 흔적 남기었더면
문 앞 돌길이 모래 되었겠지요
생각할수록 그리운 님 얼굴
나 어이 할까요
강산은 변치 않아 봄이 새로 오는데
한번 가신 님은 오시지 않네
차마 진정코 가는 세월 서러워
나 어이 할까요

노랫소리 속으로 고적하고 끝이 없는 오솔길이 나 있었다. 심학규는 그 아득한 길 끝을 향해 자꾸만 걸어 들어갔다. 가다보면 그 길 어드메인가 붉게 타는 태양이 환영 같은 노래의 길을 엿가락처럼 녹여버리는 곳이 나타났다. 그쯤에서 심학규는 지그시 감고 있던 눈을 떠본다. 그러면 사위에 황혼이 내리고 있다. 서산으로 뉘엿뉘엿 넘어가는 해가 그날의 마지막 빛살을 강물 위에 실어, 그림배가 뜬 강은 온통 불이 붙은 것 같다.

—왜 그리 인생이 허무하게 보였던고.

심봉사는 젊은 날의 자기를 추억한다. 그때 자기에게는 가난했지만 앞날이 있었다.

자기 삶이 이렇듯 어둠 속에 잠겨버릴 줄은 상상도 하지 못했다.

심봉사는 두 눈으로 확인할 수 없는 자기의 지금 모습을 상상해본다. 자기 손으로 만져봐도 팔다리는 앙상하게 말라버렸다. 얼굴도 하관이 쏙 빠진 데다 수염도 풍성치 못해 몹시 근천스럽게 보일 것 같았다. 사타구니 근처에서 번져나가던 피부 염증은 사라지는 듯하더니 갑자기 더 맹렬한 기세로 나타나 온몸에 무섭게 퍼지고 있다. 몹시 가렵고 아픈 것이 잠을 편안하게 잘 수 없는 형편이다. 심봉사는 자기 모양이 꽤나 볼썽사나울 것이라 생각한다.

—어쩌다 내가 이 지경이 됐누.

한 번은 참다못해 집이라고 찾아들어온 뺑덕 어미에게 자기 몸이 심상치 않으니 어찌 된 일이냐 물었다. 그러자 뺑덕 어미는 불같이 화를 내는 것이었다. 그러잖아도 자기 몸에도 이상한 일이 벌어지고 있다는 것이었다. 어디서 이런 몹쓸 병을 얻어다 제게 옮아다 놓았느냐며 울고불고 그런 악다구니가 없었다. 심봉사는 기가 질려 더 이상 뭐라 따져볼 엄두도 내지 못했다. 심봉사는 정말 자기가 애랑이한테 병을 얻어 뺑덕 어미한테 옮긴 것은 아닌가 하여 몹시 미안스러워지기까지 했다.

고단한 상념에 젖어 있는 심봉사 귀에 인기척이 들린다. 누군가 사립문 밖에서 이쪽으로 걸어오고 있다. 심봉사는 귀를 쫑긋 세워본다. 그러나 인기척의 주인은 귀덕 어멈이다.

—밥 때가 아직 안 됐을 텐데.

심봉사는 무슨 일이 있나, 하는 막연한 생각이 든다.

—어쩐 일이우?

심봉사가 인사를 건네자 귀덕 어멈도 선선히 맞인사를 드린다.

—선비 어른 나와 계셨네요.

—볕이 좋아서 말야.

—벌써 가을이쥬.

—귀덕 어멈 덕에 그래도 내가 살우.

—어디 나가셨쥬?

—알잖수, 벌써 사흘이나 안 들어온 걸.

—그렇잖아도 지가 뭘 하나 말씀드릴 게 있어서요.

—뭐유?

—며칠 전에 뺑덕 어멈이…….

—마누라가?

—예에.

심봉사는 눈이 휘둥그레진다.

—뭐라든가?

—지가 맡아둔 돈이 필요하다구요.

—엥?

심봉사는 어안이 벙벙해진다.

─선비 어른 병환이 위중해서 의원을 뵈안다네요.

─내 병이야 의원도 보고 쉽잖다구, 시일이 걸리리라 한 것을.

심봉사는 자기 병이 겉으로 다 드러나 어차피 감출 수 없음을 안다. 더구나 귀덕 어멈이야 아무것도 숨길 게 없이 믿고 의지하는 사람이다.

─명의가 있다구 진찰을 받으러 가야 한다구 하데요.

─그래?

심봉사는 귀가 번쩍 뜨이는 듯하다.

─어디로 간답디까? 돈은 쳤수?

─저야 선비 어른께 여쭈어봐야 한다구 했지만, 워낙 막무가내라서요.

─잘 쳤수. 병을 고칠 수만 있으면 돈이 다 뭐유.

─선비 어른만 괜찮다시면 쇤네야 아무 상관 없주.

귀덕 어멈은 끝내 석연찮은 듯 무슨 말을 하려다 만다. 귀덕 어멈이 돌아간 후 심봉사는 병이 나을 수 있다고 했다는 뺑덕 어미 말에 기분이 부쩍 좋아진다. 마누라만 돌아오면 자기도 같이 한번 그 명의라는 의원을 찾아가봐야겠다고 생각한 것이다.

─그나저나 마누라는 도대체 언제나 돌아올꼬?

심봉사는 귀덕 어멈이 병을 고친다는 얘길 한지라 마음이 살뜰해져서는 이제 오나 저제 오나 목을 늘이고 기다린다.

돌아오기는 왔다.

한밤이 다 돼서 외지 바람을 묻히고 돌아온 뺑덕 어멈은 무슨 일인지 팽 돌아져서는 말도 안 하고 앉았다. 이 여자가 왜 이러나, 갔던

일이 안 좋았나 하고 심봉사는 잔뜩 눈치를 보다 겨우 한마디 건네
본다.

—귀덕 어멈 말이 의원을 찾아 갔다문서?

그러자 뺑덕 어미가 갑자기 태도를 바꾸는 기색이 느껴진다.

—온, 영감두. 벌써 들으셨수?

—어디로 갔었기에 사흘씩이나 걸렸누?

—봉주 땅이우. 봉주에 명의가 있다 해서요. 그런 병에 효험이 있
다구요.

—봉주?

봉주라면 나중에 봉산이라고 불리게 되는 곳이다. 예부터 외방에
서 오는 사신들이나 장사치들이 머무르곤 해서, 기방도 많고 광대들
도 많고, 외지에서 들어오는 의약이며 물산도 많은 곳이다.

—영감, 우리 아예 봉주로 옮겨 삽시다.

—엥, 이 도화동 놔두고?

—도화동이라문 신물이 나우. 뭣 하나 맘에 드는 일 없구. 뭣보다
예서 독한 병까지 얻었으니, 목숨두 위태롭구. 동네 창피해서 살 수
가 있수.

—으음.

심봉사는 어찌 대답해야 할지 몰라 전전긍긍하기만 한다.

—영감, 귀덕 어미한테 맡겨둔 재물 되찾아옵시다. 제 식구도 아닌
사람을 어떻게 믿수?

—으음, 그게…….

—들자니 영감이 얻은 병은 하루이틀 치료해서 되는 게 아니랍디

다. 시일을 늦추면 아예 불치라우.

─마누라. 이 몸이 도화동을 떠나서 어떻게 살아가우. 귀덕 어멈두 없고, 가끔씩 찾아와주는 동네 사람들두 없구. 여기선 위급하면 장 상서 댁에라두 빌어볼 수나 있지.

─흥, 장 상서 댁 말씀 마슈. 잔치 때 떡이나 얻어먹는 빛 좋은 개 살구 아뉴?

딴은 그렇다. 옆에서 누대에 걸쳐 교분을 쌓아온 가문이 이토록 허물어져가는데 어느 때 한번 살가운 정을 나누어준 적 없다. 같은 양반도 이렇게 층이 지면 사람네 취급 안 해주는 몰인정한 사람들이다.

하지만 막상 떠난다면 누굴 믿고, 뭘 믿고 떠나잔 말인가. 뺑덕 어밀 믿고 어딜 간다구? 심봉사 소견에도 이는 어림 반 푼어치도 없는 소리다. 정든 고향 등지고 근본이 어떤지도 모르는 여자를, 그것도 밤이나 낮이나 어딜 가서 무얼 하는지도 모르는 여자를 따라간다? 그도 남은 재물 바리바리 모다 긁어가지구 간다? 누가 들으면 넋이 빠져 달아난 놈이라고 할 게다.

─영감, 병이 낫구 싶지 않수? 영감이야 앞 못 보니까 자기가 어떤 꼴인지도 모르겠주. 비루먹은 강아지두 당신보담 날 게유.

─흐유, 이를 어떡헌다…….

심봉사가 지금 처한 꼴을 가리켜 꼭 진퇴양난이라 할 것이다. 도화동을 뜨자니 뺑덕 어멈이 무섭고, 눌러앉아 있자니 점점 퍼져가는 매창이 끔찍하다. 무슨 묘수가 없을까 하나, 심봉사의 지금 정신으로는 뾰족한 답이 떠오르지를 않는다.

─싫으문 관두시우. 나 혼자 떠나려우. 일껏 살 길을 찾아와두 벽

창호가 따로 없수.

빵덕 어미는 심봉사를 향해 심술궂게 핀잔을 주지만 심봉사는 묵묵부답이다. 흐릿한 머릿속으로 되지 않는 주판알을 튕기느라 분주할 뿐이다.

눈먼 아버지는
어디로 가셨나?

새 왕비가 용모만 빼어나신 게 아니라 덕성이 뛰어나시다는 소문
이 궐내에 퍼져가는 데는 단 며칠이 필요치 않았다. 대궐은 모든 사
람의 이목이 지존이신 왕과 왕비께 모이는 곳이다. 두 분의 일거수일
투족이 날에 날마다, 시시각각으로 입에서 입으로 전해져가니, 새 어
린 왕비의 어진 성품을 누구라도 믿어 의심치 않게 되었다.

왕비께서는 무엇보다 아랫사람, 어려운 사람의 처지를 깊이 동정
하실 줄 알았다. 어느 날 밤 왕비께서는 곤성전 왕비의 처소를 지키
는 궁녀가 졸음에 겨워 잠이 들고 만 것을 보시고는 흐트러진 옷섶을
매만져주셨다고 했다. 또한 왕비께서는 백성들을 구휼하시는 일에
먼저 계셨던 왕비들이나 지금의 희빈 정씨 누구보다도 깊은 관심을
가지고 계셨다. 화려한 옥좌를 물리치고 소박한 생활을 즐겼던 젊
은 날의 왕처럼 새로운 왕비도 화려한 금침과 예복을 피하셨다.

사치를 부리는 일에 들어갈 비용을 아껴 어려운 백성들을 돕는 데 쓰도록 하시고, 왕실의 혼사를 축하하는 잔치를 벌이는 대신에 왕이 오래전에 베풀었던, 연로하신 어른들을 위하는 잔치를 다시 한 번 벌이도록 청원하셨다.

새로운 왕비께서 스스로 절제하여 소박함을 가까이 하시니 대궐에는 왕께서 한창 왕조의 기풍을 세우시려는 의욕을 품으실 때를 떠올리고 기뻐하는 이들이 많았다.

하지만 어느 때 어느 곳에도 만인의 존경과 사랑만을 받는 이는 없다. 후덕하신 어린 왕비도 이 점에서만은 예외가 될 수 없었으니, 만령전의 정 희빈과 희빈을 따르는 몇몇 궁녀들만은 어디선가 듣지도 보지도 못한 여인이 나타나 희빈을 타고 넘어 왕비가 된 사실을 분하게 여겨 마지않고 있었다. 이것이 한 점 옥의 티라면 티이겠으나, 왕실도 조정도 새 왕비가 실어온 청신한 기운에 흠뻑 도취되어 있었다고 말해두어야 할 것 같다.

그러던 어느 날이다.

한가위도 지나고 가을볕이 무척 따사롭던 날 오후 왕께서는 오랜만에 꽃들을 보시고자 왕비와 함께 후원에 납시었다. 후원에는 가을 꽃들이 아름답게 피어났다.

─중전과 함께 있는 후원은 더욱 아름답구려.

─마마께옵서 가꿔오신 후원이옵니다.

이렇게 응대하시는 왕비께서는 오늘 어쩐지 기운이 없으신 듯하다. 왕은 왕비의 은은한 자태를 가만히 바라보시다 왕비의 얼굴에 슬픔이 깃들어 계신 것을 찾아내시고야 말았다.

―중전. 무슨 근심이 있으신게요? 오늘따라 안색에 그늘이 비치는 구려.

―마마…….

심청은 차마 속마음을 감추지 못한다.

―말씀하시오. 속히.

―마마께오서 소첩의 신원을 묻지 않으사, 이제껏 아뢰지 못한 일이 있사옵니다…….

―으음, 명화야. 너희들은 잠시 물러나 있거라.

―예이.

환관 한명화가 궁녀들을 데리고 잠시 화원 저편으로 물러난다. 이제 왕께서 잠자코 심청의 이야기를 기다리시고, 심청은 비로소 가슴속에 담아놓은 사연을 하나하나 아뢰기 시작한다. 그 사연이란 물론 눈먼 아비에 관한 것이다. 며칠 전 심청은 황주에 계실 아버지 심봉사의 근황을 알아보도록 한 궁녀에게서 말 못할 이야기를 들은 터다.

궁궐 바깥에 사는 궁녀의 오라버니가 애써 알아온 데 따르면 심봉사는 얼마 전에 도화동에서 자취를 감추어버렸다고 했다. 더구나 심청이 바다로 떠난 후 눈도 뜨지 못하였고, 그 많던 재물도 허망하게 탕진하고 말았다는 것이었다. 아버지가 하룻밤 사이에 뺑덕 어미와 함께 사라져버렸으며, 귀덕 어멈이 아버지의 안위를 어떻게나 걱정하는지 모르겠더라는 대목까지, 왕비는 내내 눈물을 흘리며 아버지에 관한 이야기를 들었다.

왕은 왕비의 슬픔 어린 이야기에 옥음을 일층 부드럽게 내셨다.

―중전, 과히 상심치 마시오. 과인이 국구를 찾을 수 있도록 하오

리다. 나라에 방을 내려 안맹한 이들을 모두 궁궐로 불러들이는 게 좋겠소. 세상에 어려운 이들이 많으나 그중에서도 앞 못 보는 이들은 이 세상을 가장 힘겹게 살아가는 사람들이오. 과인이 어찌 이들을 외면하기만 하리오. 이들을 위해 과인이 큰 잔치를 열리다.

—마마…… 성은이…….

심청은 말을 잇지 못하고 다만 눈물을 흘리며 감격해한다. 왕은 그런 왕비를 측은한 눈빛으로 바라보다 화제를 돌리신다.

—중전이 어느 날 홀연히 나타나 과인으로 하여금 이렇듯 기쁘게 하는구려.

왕은 이 여인이 꽃에 실려 오던 날에 생각이 미치신다.

—호오, 참. 그날 중전을 과인에게 인도해준 젊은이를 잊었구려.

왕이 멀찍이 떨어져 있는 한명화에게 눈길을 보내신다. 명화가 즉시 두 분이 서 계신 곳으로 돌아온다. 왕의 수족이나 다름없는 그다.

—명화야, 그날 그 윤상이라는 자가 지금 무엇을 하고 있더냐?

—편전을 지키고 있사옵니다.

—온, 과인이 늘 보면서도 무심히 지나쳤겠구나. 그를 지금 이리로 데려오라.

왕은 지금 상심해하는 왕비의 마음을 위로해주고 싶으신 것이었다. 하지만 윤상이라는 말에 왕비는 까무러칠 듯 놀라 숨이 막혀온다.

설마.

심청은 자기를 궁궐에 데려온 이가 정녕 윤상이 오라버니일까 하면서도 정말 그러면, 하는 생각에 몸서리가 쳐진다.

더구나 심청은 요즈음 기이한 느낌에 사로잡혀 있었다. 자신이 꽃

속에 들어 인당수 바다에 둥실 떠 있던 것이 바다에 몸을 던진 지 일 년이나 지난 즈음이었다는 사실을 깨닫고 있었다.

나는 어느 곳에서 지내다 이곳으로 오게 된 걸까?

심청은 떠오르지 않는 한 해 동안의 일들을 떠올리려 애써보았다. 하지만 그 나날들은 무슨 일이 있었던 듯하면서도 어떤 짙은 안개 속에 감추어져 있었다.

심청은 무서운 예감에 사로잡힌 채 한명화가 데려오는 사람을 기다렸다.

저만큼 어깨 뒤로 어떤 이가 성큼성큼 걸어오는 게 보였다. 그의 몸채가 언뜻 보였다고 느낀 순간 심청은 너무 놀라 정신을 잃고 그 자리에 쓰러져버렸다.

왕비가 갑자기 볏단처럼 쓰러지자 왕은 외마디 소리를 지르며 부축하려 하였다. 그러나 왕의 노구가 뜻대로 움직이지를 않았다.

—여봐라.

왕께서 다급한 음성으로 사람들을 부르기도 전에 궁녀들이 우루루 달려들어 왕비를 부축했다. 한명화도 화급히 달려오고 뒤따라오던 윤상이도 덩달아 달려왔다. 그 순간 윤상이는 궁녀들에 둘러싸인 왕비에게서 꿈에도 잊지 못하던 얼굴을 보았다.

이럴 수가.

자기가 꽃에 실어 궁궐로 데려온 여인은 바로 청이였다. 더 이상은 이 세상 사람이 아니라고 가슴속에 묻어둔 여인. 자기도 따라 죽어버렸어야 한이 풀렸을 여인, 자기로 하여금 먼지바람 이는 가슴을 안고 송나라 산하를 영원히 떠돌며 살아가기를, 아니 죽어가기를 꿈꾸도록 한 여인이, 지금 살아서 자기 앞에 그 미치도록 그리웠던 얼굴을 보이고 있다.

—중전, 정신이 드오?

청이는 궁녀들에 둘러싸여 부축을 받아 겨우 눈을 떴다. 슬픔이 듬뿍 담긴 먹구슬 같은 눈동자가 주위를 바라보다 사람들 틈에서 윤상이의 얼굴을 찾아냈다.

—오, 천만다행이오. 국구의 안위를 어찌 홀로 심려하신단 말이오.

염려가 크신 나머지 왕께서는 왕비를 짐짓 부드럽게 책망하신다. 심청은 아무 말도 하지 못한다. 다만 아름다운 눈에 이슬 같은 눈물이 맺혀 방울방울 흘러내릴 뿐이다. 궁녀들도 무슨 사연이 있는지 알지 못하면서도 자신들이 모시는 고운 왕비께서 이토록 상심해하시니 덩달아 눈물을 뿌리며 운다. 윤상이는 덜덜 떨리는 몸이 그대로 붙박이가 되어 심청에게 달려들지도 못하고 다만 쳐다보며 눈물을 흘린다.

—허어, 얘들아. 왕비를 곤성전으로 어서 뫼시어라. 이러다 몸이 다 상하시겠다.

—예이.

임금의 명이 떨어지자 궁녀들이 울먹이는 목소리로 응답하며 지체 없이 왕비를 부축해올린다. 왕께서는 그제야 정신이 나신 듯 명화와 윤상이에게 잠시 눈길을 주신다.

—네가 윤상이였더냐.

—예에, 마마.

윤상이는 그 자리에 바로 엎드린다.

―편전을 지킨다 하였느냐.

―예에, 마마.

―과인이 너를 미미한 곳에 두고 모른 척해왔구나. 그래, 잠자리는 편안하더냐?

―예에, 마마.

윤상이는 경황없는 중에도 즉시 사뢴다.

―과인이 너로 하여 어여쁘신 왕비를 얻었도다. 무엇이든 원하는 것을 말하라.

―아름다운 꽃이 있는 후원을 지키고 싶사옵니다.

윤상이는 그 순간 심청과 조금이라도 더 가까운 곳에서 지내고 싶었다. 그러나 한명화가 바로 옆에서 임금께 그릇됨을 아뢴다.

―마마, 후원은 궁녀들이 오가며 때로 머무는 곳이옵니다. 자칫 불미스러운 일이 일어나기 쉽사오니 통촉하소서.

―흐음, 명화의 생각이 그렇다면 좀 더 생각해보자꾸나. 어떠냐, 윤상아. 너는 글도 할 줄 알고 얼굴에 무인의 기상이 서렸으니, 변방에 나가 공을 세워보는 것이? 과인이 네게 벼슬을 내리리라. 그리고 네가 성이 없다 하였으니 과인이 하나 하사하도록 하리라.

―성, 성은이 망극하옵니다.

윤상이는 머리를 조아리고 감사의 예를 드린다. 그러나 마음속 한 모퉁이가 무너져 내리는 듯하다.

―왕비가 눈을 뜨기는 하였으나, 과인이 가봐야겠구나. 뜻이 있다면 명화에게 알리라.

―예에, 마마.

왕은 왕비가 심려되시는지 곤성전 쪽으로 총총히 걸음을 옮기신다. 윤상이는 옥체가 보이지 않을 때까지 엎드려 생각한다.

변방이라니.

변방에 가서 요나라를 견제하고 번족들을 몰아내는 공을 세운다면 필시 입신출세의 길이 열릴 수는 있을 테다.

하지만 그것은 청이에게서 영영 멀어지는 길이다. 저렇듯 청이가 살아 왕비가 되어 바로 이 궁궐에 있음을 알게 된 마당에 먼 길을 떠나야 한단 말인가.

사람에게 한 번의 고통은 아직 오지 않은 아픔을 겪어나가는 일이기에 감당할 수 있는 일이 된다. 하지만 그 고통을 한 번 더 겪으라 하면 그것은 차라리 죽느니만 못하다.

사람은 자기 뜻대로 이룰 수 없는 일이 많다. 그 이룰 수 없음, 자기보다 크고 높은 것이 있어 자기를 마음대로 굴려나가는 큰 힘을 가리켜 운명이라 한다. 지금 윤상이는 이 운명 앞에 알몸뚱이로 서 있는 형국이다.

사람은 저마다 다른 운명을 타고난다. 어떤 이는 부잣집 자식으로 태어나고 어떤 이는 가난한 집 자식으로 태어난다. 어떤 이는 평생 건강하고 활력 있게 살도록 태어나고, 어떤 이는 뜻하지 않은 병에 걸리거나 운수 사나운 일로 고통의 나락에 떨어져 뒹굴다 세상을 떠나도록 태어난다.

윤상이는 지금 자기 앞에 가로놓인 두 갈래 길 가운데 어느 쪽을 선택해야 하나. 정을 끊으면 새로운 삶을 살아갈 수 있을 것이요, 정에 얽매인다면 자칫 목숨이 위태로울 수도 있다.

그로부터 며칠이나 지났을까.

밤이다. 왕비마마께서 거처하시는 곤성전은 적요한 빛을 띠고 있다.

본래 왕비의 침전은 삼면이 방으로 둘러싸여 있고 이 방들마다 상궁이나 궁녀가 있어 밤새 왕비를 지켜드리게 된다.

심청은 벌써 며칠째 잠들지 못하고 있다. 자신을 내려다보던 윤상이의 불같은 눈동자가 가슴에 박혀 금방이라도 그에게 달려가고 싶다.

젊음은 고요히 안정을 취하기 어려운 때다. 사랑이 몸에 깃들면 젊은 혼은 육신을 떠나 한밤중에도 구만 리를 날아가 사랑하는 사람이 계신 곳에 비를 뿌린다. 하물며 곤성전 전각문을 열어젖히고 나가면 바로 거기에 윤상이 오라버니가 계시다. 이승에 인연 없는 사랑이라 하여 끊고 또 끊으려 한 정이 이토록 끈질기게 살아 있을 줄이야.

시간은 자시를 넘어 이제 축시를 지나가고 있다.

삐이걱.

이부자리에 누워 뜬눈으로 천장을 바라보고 있던 심청의 귀에 무슨 소리인가 들린다.

심청은 은밀하게 들리는 소리에 귀를 기울인다. 아무 소리도 나지 않는다.

그렇겠지. 여기가 어딘지 내가 아직도 모르고 있었구나.

심청은 그 순간 자기 마음속에 남아 있는 질긴 미련의 그림자를 본 듯하다.

심청은 허망한 심정으로 삼면에서 들려오는 상궁과 궁녀의 숨소리를 듣는다.

그런데 또 무슨 소리가 들리는 것도 같다. 심청은 환청인가 하여 사랑을 잊지 못하는 자신의 어리석은 마음을 자책하려 한다. 헌데 그렇지가 않다. 마루에 어떤 무게가 가만히 실리는 소리가 있다. 그리고 그 소리는 소리의 임자가 사내라고 말해준다.

누굴까.

심청은 응당 소리를 질러야 하는 줄 알면서도 그러지 못한다. 눈을 반짝 뜨고 두려움과 호기심이 뒤얽힌 눈으로 그 소리를 듣고 있을 뿐이다. 마침내 그 소리가 심청의 침전 바로 앞에서 멈췄다. 심청은 숨을 쉬지 못한다.

문이 열린다.

심청은 자기를 향해 다가오는 사내의 모습을 어둠을 뚫고 바라본다. 윤상이다. 그립고 반가운 얼굴, 그러나 심청은 숨소리조차 마음대로 낼 수 없다. 심청은 삼면의 방에 들어 있는 상궁들이며 궁녀들에게 무슨 기척이라도 있는지 촉각을 곤두세운다. 그 사이에 윤상은 심청의 곁으로 다가왔다.

윤상이가 누워 있는 심청을 내려다본다. 심청도 윤상이를 올려다본다. 이글이글 타는 눈동자가 심청에게 묻는다.

'청아, 도대체 이게 어떻게 된 일이야?'

애원하는 듯한 눈동자가 윤상이에게 대답한다.

'오라버니, 저는 아무것도 알지 못해요.'

'내가 널 얼마나 보고 싶어 했는지 알아?'

'미안해요. 오라버니. 제가 몹쓸 짓만 하고 있어요.'

'나는 어떻게 해야 하느냐? 어찌 살아야 하느냐?'

'죄송해요. 죄송해요, 오라버니.'

두 사람은 아무 말도 하지 못한다. 서로 바라보며 눈물만 흘릴 뿐이다.

이런 순간은 사람에게 말하는 능력이 차라리 없어야 한다. 말은 오히려 사랑의 짐이다. 어떤 사랑도 그것이 말이 되어 흘러나오는 순간, 그 충만한 의미의 유동을 잃어버리게 된다. 말이 된 사랑은 빵처럼 굳어진다. 공기에 노출된 사랑은 쇠처럼 산화되고 부식된다. 마음속에 그대로 고여 있는 사랑만이 살아서 흐르는 진짜 사랑이다.

한동안 돌처럼 굳어 있던 윤상이가 손을 내밀어 심청의 얼굴을 어루만진다. 심청의 두 뺨에 흐르는 눈물을 씻어낸다. 심청은 그 두 손을 가만히 잡는다.

윤상이가 심청의 몸을 조심스레 끌어올려 품에 안는다. 심청은 아무 몸짓도 하지 못하고 윤상이의 품에 그대로 안긴다. 뜨겁게 숨이 차오르건만 두 사람은 숨소리를 함부로 낼 수 없다. 부둥켜안아 바스락거리는 소리를 낼 수도 없다. 삼면이 거인들의 외눈으로 둘러싸인 이 동굴에서 살아남으려면 그들의 잠을 깨우지 말아야 한다.

'오라버니, 우리는 어쩌면 이렇게 태어났을까요?'

심청의 가슴이 윤상이의 가슴에 이렇게 속삭인다. 그 소리 없는 말에 눈물이 맺혀 있다.

윤상이야말로 심청에게 할 수 있는 말이 없다. 심청은 이제 한 나라의 왕비다. 윤상이가 심청을 데리고 어디론가 떠난다면, 그것은 역모를 꾀한 것이나 다름없는 중죄다.

'이렇게 너를 언제까지나 옆에서 볼 수만 있다면.'

윤상이는 다만 이 순간을 영원으로 늘려놓고 싶다.

얼마나 그렇게 있었을까.

문득 심청은 삼면의 방에서 잠들어 있을 거인들의 숨소리 하나가 예사롭지 않게 낮아져 있음을 깨달았다. 윤상이도 심청이가 알아차린 것을 똑같이 깨닫는다.

두 사람은 살며시 서로에게서 떨어진다. 윤상이는 왔던 자취를 되밟아 살며시 심청의 침전을 빠져나간다. 소리들, 아주 작은 소리들이 서로 안쓰럽게 헤어져 나가는 두 사람의 괴로운 마음을 은밀하게 드러낸다.

심청은 가슴을 졸이며 윤상의 자취가 멀어지기를 기다린다. 혹여 상궁들이나 궁녀들 가운데 누군가 눈치를 챘다면 윤상이 오라버니는 목숨을 부지하기 어려울 것이다.

'가셨구나.'

윤상이의 은밀한 움직임이 완전히 사라진 것을 느끼며 심청은 탄식한다. 그런데 그 순간 삼면의 방들 가운데 하나에서 바스락거리는 소리가 난다.

누굴까?

심청은 신경을 곤두세운다.

확실히 누군가 몸을 일으켰다. 살며시 문을 열고 살금살금 걸어 나간다. 심청은 소리 난 곳이 어느 쪽 방인지 헤아려본다.

'요화구나.'

그렇다. 희빈 정씨의 총애를 받다 얼마 전에 이곳 곤성전으로 옮겨

온 요화라는 궁녀다. 심청은 요화가 들어 있어야 할 방 쪽을 바라보며 귀를 기울인다. 확실히 아무도 없다. 숨소리 하나 들리지 않는다.

어디로 간 것일까?

심청은 불안한 마음을 진정하기 어렵다. 잠자코 있던 심청은 이윽고 일어나 앉고 만다.

—양 상궁 계시오?

왕비의 음성에 잠에 떨어져 있던 양 상궁이 깜짝 놀라 깨어 몸을 추스른다.

—네, 마마. 말씀하시옵소서.

—답답하오. 불을 좀 켜주오.

—네, 마마.

양 상궁이 초를 켜들고 들어와 침전의 어둠을 밝힌다.

—윤 상궁과 요화도 다들 있는 게요?

왕비께서 찾으시자 윤 상궁 쪽의 방문이 열린다.

—중전마마, 부르셨사옵니까?

잠에 겨운 목소리다.

—아니오. 요화는 어디 있소?

왕비가 요화를 찾자 두 상궁은 아무 말도 하지 못한다.

—찾아오도록 하오.

심청은 요화를 찾아들여 매질이라도 해야 화근을 없앨 수 있을 것 같다. 그러나 한 번도 수하인들을 사납게 대해본 적 없는 심청이다. 다만 왕비의 위엄이나마 드러내어 요화로 하여금 경거망동을 하지 못하도록 해야겠다.

두 상궁 가운데 나이가 어린 윤 상궁이 민첩하게 몸을 일으킨다. 요화를 찾으러 나가려는 것이다.

　―중전 마마, 밤마다 잠을 이루지 못하시니 무슨 심려라도 계시온지요?

윤 상궁이 물러난 후 양 상궁이 왕비의 일을 근심하는 뜻을 보인다. 심청은 수긋하니 자신의 말을 기다리는 양 상궁을 바라보며 한숨을 짓는다.

　―양 상궁, 이 몸이 전생에 무슨 죄를 그리 많이 지었는지 모르겠소.

　―마마, 홀로 괴로워하지 마소서. 아직 어리고 아름다우신데 무슨 근심이온지요?

　―차마 남에게 알리지 못할 일이라오.

　―무슨 일이오신지 모르오나 이 몸이 마마를 지켜드리겠사옵니다.

왕비를 위로하는 양 상궁의 태도며 음성에는 오랫동안 변함없이 왕실을 지켜온 여인의 충직함이 스며들어 있다.

　―말씀만으로도 크나큰 위로가 되오.

이때 윤 상궁이 요화를 데리고 돌아오는 소리가 난다. 삼면 가운데 한쪽 방문이 열리고 요화가 엎드려 말씀을 아뢴다.

　―소녀, 갑자기 복통이 있사와…….

요화의 꾸민 목소리에 심청은 마음이 한층 불안해진다.

　―소임을 어기고 자리를 뜬 년이 어느 안전이라고 값싼 입을 놀리느냐?

양 상궁이 어린 왕비를 대신하여 요화를 엄히 꾸짖는다.

―잘, 잘못했사옵니다.

―사실대로 고하지 못할까.

양 상궁의 추상같은 목소리가 또 한 번 떨어지매, 요화는 마지못한 듯 왕비에게 아뢴다.

―바깥에 인기척이 있는 듯하여 만령전 쪽까지 나가보던 길이었나이다.

요화는 감히 고개를 들어 심청의 눈을 힐끗 올려본다. 심청은 요화의 눈빛에서 무언가를 알고 있는 듯한 여인의 간교함을 발견한다.

―양 상궁, 밤이 깊으니 이만 해두려 하오. 요화는 입직에서 물러나게 하려니 내일부터는 신비를 대신 들게 하오.

―알겠사옵니다. 마마.

―송구스럽사옵니다. 마마.

요화는 고개를 숙이고 예를 표한다. 그러나 그 목소리에는 불충의 뜻이 담겼다. 심청도, 양 상궁도 모두 그것을 느꼈다. 그러나 파문이 번질 것을 염려한 나머지 더 이상 문제를 삼을 수 없다.

이 요화는 정 희빈의 나인이다. 어려서 궁궐에 들어와 어느 땐가부터 희빈 정씨의 사람이 되었다. 성품이 영악해서 희빈 정씨에 기대어 조금이라도 높이 오르려는 뜻을 품었다. 왕실 내전에는 비밀이 없다. 보는 눈이 많아 작은 행동거지도 눈에 띄게 마련이다. 더구나 시녀상궁인 양 상궁의 눈은 날카롭고도 매섭다. 요화를 때로는 타일러도 보고 야단도 쳐보나 성품은 바뀌지 않는다. 더구나 정 희빈이 사사건건 싸고도는 마당이다.

양 상궁은 자신이 깜빡 잠깐 잠든 사이에 무슨 일이 일어났는지 알지 못한다. 하지만 요화라는 계집이 입직 도중에 살며시 빠져나가 정 희빈의 만령전에 다녀왔다면, 이는 예삿일이 아니다. 어리신 왕비에게 좋지 못한 일이 일어날 수 있음을, 양 상궁은 연륜 깊은 상궁의 직관으로 알아차릴 수 있다.

─이제 물러들 가오. 날이 새려면 멀었으니 잠시라도 눈을 붙여보려오.

─예, 마마.

두 상궁과 요화가 모두 문을 닫고 물러서니 심청은 다시 혼자가 된다. 삼면의 문이 닫혀 가로막히니 마음이 비로소 자유로워지는 것 같다. 심청은 홀로 누워 윤상이 오라버니의 일을 생각한다.

생각하면 기가 막힐 노릇이다. 황주 도화동에서는 춥고 배고픈 것이 자기로 하여금 윤상이와 헤어지도록 했다. 오늘은 왕비의 화려한 옷이 오라버니와 자기를 갈라놓고 있다. 결국 자기는 이 세상에서는 사랑을 이룰 수 없는 운명을 타고 난 것 같다. 아니, 자기는 사랑할 수 있는 능력을 못 가지고 태어났는지도 모른다고 생각한다. 아비 때문이라 했지만 어쩌면 핑계에 지나지 않았던 게 아닌가. 자기는 사랑을 위해서는 제 모든 것을 던지지는 못하는 사람인 게 아닌가. 그랬다. 어쩌면 자기는 아비를 위한다는 명목으로 사랑을 저버렸는지도 몰랐다.

심청은 이 어둠의 허공을 헤쳐 그 안에 떠 있을 자기 본 모습을 찾아내고 싶다. 하지만 어둠은 어둠일 뿐이다. 눈을 감는다. 눈 뜬 어둠 속에 보이지 않는 자기 모습을, 눈 감은 어둠 속에서라도 찾아내고 싶다. 하지만 그 어둠 속에도 자신의 모습은 존재하지 않는다. 태어나서 한 번도 거울을 본 적이 없는 사람처럼 심청은 자기 얼굴이며 몸피가 어떻게 생겼는지 전혀 알지 못하고 있는 듯하다.

나는 도대체 어떤 사람일까. 왜 나는 한 사람의 지어미로 살지 못하고 육신 없이 혼백만으로 살아가려는 헛된 꿈에 얽매여 있는 걸까.

번민에 번민을 거듭하는 사이에 동창이 어렴풋이 밝아온다. 희끄무레한 여명이 방 안에 비쳐든다.

오라버니는 무사하실까?

밤은 꿈의 시간이요, 낮은 현실의 시간이다. 밤은 번민의 시간이요, 낮은 판정의 시간이다. 심청은 요화를 어찌해야 할지 다시 생각한다. 혹여라도 정 희빈에게 오라버니의 존재가 알려진다면, 궁궐에 한바탕 피바람이 불어야 한다.

그리 된다면, 만약 그리 된다면.

심청은 밝아오는 창을 바라보며 입술을 지그시 깨문다. 만약 그렇게 된다면, 이제 자신은 다시 한 번 목숨을 버려야 한다. 어지신 왕을 위해, 오라버니를 위해.

사랑하는 이와
사랑해야 하는 이

예부터 고향을 등지는 이는 밤에 떠나는 법이다.

심봉사는 낮에 귀덕 어미가 구해온 궤짝을 등에 지고 지팡이를 짚고 간신히 일어섰다.

─영감, 걸으실 수 있겠소?

─으응, 꽤 무겁기는 허구먼.

─짐꾼이라도 쓰자는 걸 그리 말을 안 드슈?

─세상에 누굴 믿나. 끄응.

─어디 그럼 혼자 걸어보시구려.

뺑덕 어미는 나오는 말마다 핀잔조다. 밉상스러운 심봉사의 손에 새끼줄을 거칠게 쥐여준다. 뺑덕 어미가 앞장을 서고 심봉사가 새끼줄을 잡고 따라간다. 심봉사가 어렵사리 생각해낸 방편이다.

심봉사는 어떻게든 버텨보겠노라고 이를 앙다물고 한 걸음 한 걸음 발을 내딛기 시작한다. 목에 둘러 걸어놓은 궤짝 열쇠가 심봉사의 발걸음을 따라 쩔렁쩔렁거린다. 심봉사는 그러거나 말거나 신경 쓰지 않고 새끼줄을 잡은 손에 지팡이까지 쥐고 부지런히 걷는다.

마을 어귀를 빠져나와 개울을 건너고 뺑덕 어미가 이끄는 대로 방향을 잡아간다. 웬만큼은 견딜 수 있을 만한 궤짝이지만 걸음에 걸음을 더하면서 궤짝의 무게는 점점 커져간다. 선선한 가을밤인데도 땀이 비오듯 쏟아져 내린다. 창이 나서 피부가 헌 데마다 쓰리고 아린 기운이 우후죽순으로 돋아나고 게다가 어떤 곳은 가렵기까지 하다.

─휴, 이럴 줄 알았으면 잠방이라도 걸치고 올걸.

이윽고 심봉사는 제자리에 털썩 주저앉는다. 잠방이 따위를 챙겨입을 마음의 여유가 있었을 리 없다. 다른 잡동사니를 다 버리고 오로지 금은보화에 돈 꾸러미가 든 궤짝만 지고 나온 심봉사다.

─뭬, 힘들다 그러슈.

뺑덕 어미는 심봉사를 따라 길가에 앉는다.

얼마나 왔나.

심봉사는 자기 걸음이 빠른지 느린지 알지 못한다. 오기는 꽤나 왔다. 하지만 이제 겨우 도화동을 빠져나와 봉주 가는 길목으로 접어든 참이다.

─임자도 날 버릴 텐가?

심봉사는 밑도 끝도 없이 뺑덕 어미에게 묻는다.

─참, 영감두. 이 병에 걸려 혼자 도망가서 살면 뭐하우.

─살 수는 있구?

─쳇, 왜 자꾸 물으우?

―임자가 하는 짓이 수상쩍으니 말이지.

뺑덕 어미는 무척이나 치근치근 봉주로 이사를 가자고 졸라댔다. 귀덕 어미한테 맡겨놓은 재물이 얼마나 되는지 묻고, 그걸 전부 찾아다 병을 고치는 데 쓰자 했다. 졸리우고 또 졸리운 끝에 심봉사는 떠나자는 데 응하기는 했다.

하지만 이번만큼은 호락호락 당할 수 없다. 귀덕 어미한테 자물쇠 튼튼한 무쇠 궤짝을 구해달라고 했다. 궤짝 열쇠를 목에 두르고 잠을 잤다. 뺑덕 어미가 무슨 수작이라도 벌인다면 열쇠를 통째로 삼켜버릴 작정이다. 차라리 목숨을 끊어버릴 작정이다.

크기는 그렇게 크지 않아도 무쇠 궤짝이다. 도끼로 패도 깨지지 않을 궤짝을 구해달라 했다. 이 궤짝을 열려면 반드시 열쇠가 있어야 하니, 자신에게 무슨 일이라도 생기면 반드시 그 죄상이 드러나리라 생각한다. 하지만 그런 일은 일어나지 말아야 한다. 뺑덕 어미와 함께라도 나머지 인생을 배 굶지 않고, 춥지 않게 살아갈 수 있었으면 한다.

한참을 등짐에 기대어 쉬고 나니 겨우 힘이 나는 듯하다. 아까부터 뺑덕 어미는 아무 소리가 없다. 심봉사는 새끼줄을 흔들어 가자는 신호를 보낸다.

―가우.

뺑덕 어미가 손으로 땅바닥을 짚어가며 뚱뚱한 몸을 일으킨다.

두 사람은 구불텅구불텅한 길을 걸어간다. 평지를 만나면 그렇게 반가울 수가 없다.

―지금 달이 밝으우?

―그러네유.

―많이 걸었지?

―날이 밝을 참유.

―태평성대라 도적이 없어 다행일세.

―영감 혼자 별걱정 다하구려.

두 사람은 힘을 내서 부지런히 걸었다. 주먹밥 싸온 것을 먹고 냇가에서 물을 떠먹으며 걷다가는 쉬고, 쉬다가는 걸었다.

―에그, 무슨 병이 저렇게 걸렸누.

드문드문 행인들이 오가는 길을 걷기도 했다. 심봉사는 그제야 자신의 병이 눈에 띄게 드러나 있음을 깨달을 수 있었다. 쥐구멍이라도 만나면 숨어들고 싶었다.

―영감 탓에 내가 어쩌다 이 꼴이우.

뺑덕 어미는 역정이 나는지 또 핀잔을 해댄다.

적반하장도 유분수지.

심봉사는 숫제 대꾸를 하지 않는다. 발병이 난 발을 끌고 밤새 걷고 정오까지도 내내 걸으니 더 이상 걸을 수 없는 지경이 된다.

―어디 들어가 쉽시다, 그려.

―안 되우. 쪼끔만 더 가면 주막이 하나 있우.

뺑덕 어미는 막무가내로 심봉사가 쥐고 있는 새끼줄을 잡아끈다. 심봉사는 하는 수 없이 또 걷는다.

얼마나 더 걸었을까. 지쳐 쓰러질 지경이 되어서야 뺑덕 어미는 겨우 주막이 보인다고 한다. 주막집 주인은 뺑덕 어미가 상종을 하고, 심봉사는 급한 대로 방을 더듬어 들어가 궤짝을 내려놓았다. 다리를 뻔자 죽을 곳에서 겨우 살아나온 것 같다.

—여기가 어디쯤인가?

—예서 두 마장만 더 걸으면 봉주 들어간다우.

—벌써 그렇게 많이 왔나?

심봉사 얼굴이 활짝 펴졌다.

—다 왔구먼. 주먹밥 한 덩이밖에 못 먹었더니, 배가 꼬부라질 지경이네.

—고생하셨수.

—국밥이나 한 그릇 청해보우.

—기다리시우.

뺑덕 어미가 훌쩍 나가버리자 심봉사는 목에 열쇠가 제대로 걸려 있는지 한 번 더 확인해본다. 막판에는 어찌나 힘이 드는지 열쇠가 쩔렁거리는 소리도 못 들었던 같다. 더듬거리는 손에 열쇠가 붙어오기는 한다. 마음이 편해진다. 궤짝에 든 금은에 돈냥이면 병도 고치고 여생도 편히 보낼 수 있을 것 같다. 바람기도 있고 성질도 울뚝불뚝한 뺑덕 어미지만 그래도 집이라고 기어들어오기는 하니 세월 가면 이 생활도 나아질 것 같다.

—옴짝 없이 뿌리 뽑힌 놈이 되었구나.

심봉사는 고단한 심사를 혼잣말로 내놓는다. 대를 이어 살아온 도화동을 죄 지은 놈처럼 야밤에 떠나게 될 줄 어찌 알았으랴. 도화동에서 보낸 어린 시절, 소년 시절의 행락이 떠오른다. 누구에게나 순수하고 아름다웠던 시절이 있게 마련이다. 심봉사에게도 어린 몸뚱이가 살구 빛으로 빛나던 아름다운 시절이 있었다. 문득 여기저기 허문 자리가 쓰리고 아프고 가렵다. 이 병은 사람을 편안히 누워 있지 못하게 한다. 고통에 겨운 심봉사의 눈에서 두 줄기 눈물이 주르륵 흐른다. 이 눈물은 대체 무슨 뜻을 담고 있을까.

이때, 덜컥하고 문이 열리면서 뺑덕 어미가 굵직한 목소리로 심봉 사를 꾸짖는다.

—무슨 청승이우. 밥 왔수.

—밥?

심봉사는 눈물을 훔치며 일어난다. 밥 소리가 그렇게 반가울 수 없 다. 국밥이다. 뜨거운 국밥의 온기며 냄새가 훅 끼쳐온다.

—소고기 국밥이우. 맛있게 드시우.

—소고기? 거 좋이.

심봉사는 뺑덕 어미가 건네준 숟가락으로 더듬더듬 국밥을 한 술 떠본다. 입으로 술술 불어 후루룩 소리가 나도록 국밥을 먹어본다.

—맛있네.

—괜찮을 게유.

—임자는 안 먹나?

—영감 드시구나 먹지, 뭐.

—그려?

심봉사는 두 말 않고 국밥 차지를 한다. 맛있다. 얼마 만에 먹어보 는 좋은 밥인지 모르겠다. 뺑덕 어미랑 살면서 뜨거운 밥 한번 제대 로 못 얻어먹은 심봉사다. 마지막 한 숟가락까지 닥닥 긁어 달게 넘 기고 나서야 숟가락을 놓는다.

—국밥이 좋긴 좋이.

—먹성은 잘도 타고 났수.

—흐흐, 먹는 재미 따라갈 게 몇이나 있다구.

—쉬었다 또 떠나야 하니 한잠 주무시우.

—참, 몇 점이나 됐누.

—벌써 해가 서편으로 기울우.

—그려? 그럼 아예 한잠 자고 가야겠네. 배가 부르니 살살 잠이 와.

—그러슈.

한정 없이 냉랭하고 퉁명스러운 뺑덕 어미다. 심봉사는 더 이상 말을 붙이지 못한다. 밤에 떠나 내내 걸어서 지칠 대로 지친 심봉사다. 한밤 자고 떠난다고 뭐랄 사람도 없을 테고, 내일이면 봉주, 황주 일원에 명성이 자르르하다는 명의를 만날 참이다. 집 구하는 일은 그다음이요, 한시라도 바삐 몸을 고쳐놓아야 한다. 배를 채우고 나니 무슨 일이든 잘 풀려나갈 것 같다. 내일은 봉주 명의를 찾아가 진맥을 보고 처방을 받는다. 며칠 동안 좋다는 한약을 달여 먹으면 병은 씻은 듯이 나을 수 있을 테고. 그러면 앞이 안 보이는 대로 힘껏 살아볼 수도 있을 테다.

잠은 회복이요, 부활이다. 심봉사는 자기 삶도 다시 처음으로 돌아갈 수 있으리라고, 단꿈을 꾸며 잔다.

대관절 뉘시오? 뉘신데 소생을 이리 잡아끄시는 게우?

심봉사는 누군가 천 근 만 근 무거운 제 몸을 끌어대는 통에,

괜찮소. 나는 지금 이대로가 좋으우.

하고, 연거푸 잠꼬대를 해대다 겨우 눈이 떠졌다.

—허어, 괜찮다는데. 뉘신데 이렇게 보채대시우?

도대체 무엇 때문에 이러는지 얼굴이라도 봐야겠다고 어렵게 눈을 떠서 자기를 잡아당기는 사람을 쳐다보려는 심봉사다. 뺑덕 어미다. 보아서 아는 게 아니라 인기척이 뺑덕 어미 것이라는 말이다.

—왜 이렇게 자는 사람을 잡아당기누?

심봉사가 잠이 덜 깬 목소리로 투덜거리는데, 무슨 일인지 뺑덕 어미가 몹시 놀라는 듯하다. 이 여편네가 왜 그러나, 하고 심봉사가 안 보이는 눈을 좀 더 크게 뜨며 의아해 하는데, 그러다 심봉사는 깜짝 놀라고 만다. 방 안에 뺑덕 어미 말고도 또 한 사람의 기운이 도사리고 있는 것 같다. 이 기운은 뺑덕 어미 뒤에 떡 하니 버티고 있는 게 필시 남정네의 것이 틀림없다.

—뉘요!

심봉사가 자기도 모르게 외마디 소리를 지른다. 뺑덕 어미가 신경질적인 목소리로 꾸짖는다.

—그러게, 열쇠를 깔고 자면 어떻게 꺼내우.

—열쇠? 왜?

—왜긴 왜유. 내가 좀 쓰려구 그러지.

—안 돼, 이건.

—안 될 게 뭐유. 궤짝에 든 게 본시 영감 거유?

심봉사는 왁살스러운 뺑덕 어미의 손길을 뿌리치며 열쇠를 안 뺏기려고 발버둥을 친다. 차라리 열쇠를 먹어버리겠다고 입을 딱 벌리고 목에 건 열쇠를 삼키려는데, 목에 걸어둔 끈 때문에 그럴 수도 없다.

심봉사와 뺑덕 어미가 옥신각신하는 사이에 뒤에 그림자처럼 서 있던 사내가 다가오는 것 같다.

　—아이쿠.

하고, 심봉사가 저만치 나가떨어진다.

　—이 자식이. 곱게 내주질 못하고. 부엌칼로 포를 떠야 정신을 차
리려나.

　—아니 되오.

　심봉사가 얻어맞은 턱을 싸쥐고 절박하게 외쳐보나, 열쇠는 이미
알지 못하는 사내 손아귀에 낚아채인 뒤다.

　—안 돼, 이건 우리 청이 목숨 값야. 안 돼, 이 연놈들아.

　—아니, 이 호로새끼 같은 놈이. 딸 팔아먹은 게 무어 잘한 짓이라
고 제 입으로 떠들어. 아가리를 그냥.

　—에휴, 그냥 가여. 더 때려서 뭐해.

　뺑덕 어미가 사내를 말린다.

　—마누라 잘 만나서 살아난 줄 알아라.

　심봉사가 방구석에 나동그라져 있는 사이에 사내가 궤짝을 어깨
에 들어멘다.

　—안 돼. 뺑덕 어멈, 안 된다구.

　—허따, 이 자식. 되게도 질기다. 어디 한번 죽어봐라.

　사내가 심봉사의 가슴팍에 호되게 발길질을 한다.

　—으흑.

　심봉사 입에서 숨이 멎어드는 소리가 흘러나온다. 어찌나 정통으
로 얻어맞았는지 숨이 쉬어지지 않는다. 어떻게든 숨을 이어보려고
하지만 뜻대로 되지 않는다. 심봉사가 끊어진 숨을 이어 붙이려고 가

습을 부여잡고 방바닥에 뒹굴고 있는 사이에 사내는 궤짝을 짊어지고 유유히 주막을 빠져나가버린다.

─으, 으윽.

꽉 막힌 숨통이 바늘구멍만 하게 뚫린 곳으로 신음소리가 겨우 흘러나온다. 사실, 심봉사는 여기서 죽을 수도 있는 것을 겨우 살아났다고 해야 한다. 그렇게 우람한 사내의 발길질을, 삭을 대로 삭은 심봉사의 바싹 마른 가슴속 심장이 용케 당해낸 게, 오히려 신기하다고 해야 한다.

심봉사는 금방이라도 죽어나갈 것 같은 고통 속을, 이미 이 세상 사람 되기를 벗어난 사람처럼 중음신의 신음소리를 내며 나뒹군다.

─에, 에거…….

살아야겠어서, 죽어서는 안 되겠다고 몸부림치는 이를 향해 죽음이 다가올 때 나는 소리가 심봉사 입에서 지금 흘러나온다. 이 소리는 육신의 고통이 내는 소리만이 아니요, 마음이 아픔을 극하여 내는 소리이기도 하다.

방바닥에 얼마나 어떻게 나동그라져 있었는지 알 수 없다.

결국 심봉사는 죽지 않고 살았다. 그러나 심봉사는 차라리 죽느니만 못함을 안다. 육신의 고통이 차차 가셔가는데도 심봉사의 입에서는 아무 소리도 나오지 않는다.

심봉사는 그냥 나동그라져 있던 그대로 엎어진 채, 상투머리의 망건이 떨어져 나가고 머리카락이 산발이 된 채, 꼼짝도 하지 않고 있다.

그렇게 한밤의 긴 시간이 흘러간다.

─죽어야지.

심봉사 입에서 겨우 이 말 한마디가 흘러나온다.

죽다니. 누가 죽어야 한단 말이냐. 설마. 심봉사가 자신을 일러 말하는 것이더냐. 그런데 사실이다. 심봉사는 밑도 끝도 없이 어서 바삐 죽어버려야겠다고 생각한다.

엉금엉금 기어서 방문을 열고 바깥으로 나간다. 짚신을 찾아 신고 토방에 쓰러진 지팡이를 더듬어 들고 주막집 벽을 짚으며 주막집 주인 여자를 부른다.

술청 쪽인 듯한 곳에서 여인의 목소리가 난다.

—엥, 어쩌다 이렇게 됐수?

주인 여자는 이 병투성이 사내에게 무슨 괴변이 생겼나 한다.

—같이 오신 분은 어디 가셨대요? 아니, 왜 이렇게 엉망이 되셨대?

잠결에 투닥거리는 소리가 들리기는 했지만 주막에서는 늘 있는 일이라. 그러려니 했다.

—마누라는 어딜 좀 갔수.

—어딜 가셨대요? 사람이 이 꼴인데.

—그나저나 이 근방에 물 있소?

—물요?

—예, 물 말이우. 강이나, 하다못해 냇물이라도.

—있기야 있지만 어딜 혼자 가신대요?

주막집 여인이 극력 만류를 한다.

—지금이 몇 점이나 됐수?

—아침때가 벌써 지났쥬. 하도 피곤타 해서 들여다보지도 않았구먼.

—주모, 나 좀 물가에 데려다주오. 게 가 좀 앉아 있고 싶수.

—그야······.

주막집 여자는 하는 수 없이 심봉사를 가까운 개울가로 끌어다 준다. 마침 멀지 않은 곳에 개울이 있다.

—돌아오실 줄은 아시우?

—그 걱정은 마우.

—그럼 진지 드시러 오세요. 잘 차려놓을 테니.

—알았수, 기다리지 마우.

주막집 여자는 이 양반이 무슨 헛소리를 하느냐는 표정으로 왔던 길을 되돌아간다.

주막집 여자의 발소리가 멀어진다. 심봉사 귀에 개울물 소리가 요란하게 들려온다.

이제 혼자다. 여기가 어디던가.

심봉사는 사실, 지금 자기가 어디에 있는지도 알지 못한다. 뺑덕어미는 봉주 가까운 곳이라 했지만, 이 마당에 그 말도 믿을 수 없다. 하지만 무슨 상관이랴. 아무도 몰래 죽어져 물귀신이나 되려는데. 죽더라도 원한은 품지 말아야겠다. 수살귀는 되지 말아야겠다.

심봉사는 개울가 바위에 더듬어 앉아 콸콸거리는 물소리를 유심히 듣는다. 물소리는 한정 없이 들리고 또 들린다. 소리들이 뒤얽혀 헝클어졌다 풀리고 맺혔다 흐트러지기를 끝도 없이 한다. 이 요란함 속에서 심봉사는 전에 없이 마음이 한가해진다.

산다는 게 다 무엇이냐.

꿈 크던 홍안 소년이 이 지경이 되었구나. 왜 이렇게 살았더냐. 내게 글이 좋은 줄 안 죄밖에 더 있었냐 말이다. 억울하고 원통하다. 계집을 나쁜 것으로 아는 사내도 있다. 왜 내게는 하필 애랑이년에, 뺑덕 어미 같은 계집들밖에 차례가 안 왔단 말이냐. 분하고 비통해서 어찌 세상을 뜨나.

심봉사는 생각은 생각대로, 몸은 몸대로 따로 움직인다. 마침내 심봉사는 바위에서 일어나 짚신을 벗어놓고 개울을 향해 주춤주춤 걸음을 내딛는다.

하지만 이 가련한 심봉사에게는 사는 일도, 죽는 일도 뜻대로 되는 것이 없다.

—애들아, 저 개울에 누가 빠져 허우적거리는 게냐.

이렇게 묻고 있는 사람은 다름 아니라 풍주 현감 김현무다.

김 현감이 멀리 안악까지 행차한 까닭은 근래 들어 이곳 안악에 일정한 주거도 없이 떠도는 이들이 많은 까닭이다. 민심이 소란함을 염려한 까닭이다.

안악은 선대왕 대에 이르러 풍주의 속현이 되었으나 황주에서 멀지 않은 곳임에도 관헌들의 힘이 잘 미치지 못했다. 종종 불미스러운 일들이 발생하곤 했다. 명산으로 널리 알려진 구월산에 인접해 있음에도 땅이 척박하고, 늦게 따뜻해지고 일찍 추워져서 농사짓기가 어려웠다. 도적들이 출몰하여 단군의 자취 어린 명산을 어지럽힌다 하여 현감이 직접 민정을 살피러 나선 참이다.

아전들이 수선스럽게 포졸들에게 명하여 물에 빠진 이를 건져올리게 한다. 포졸들이 달려가 가을날의 차가운 물을 아랑곳하지 않고 사람을 구해놓는다.

물에서 건져올리고 보니 사람치고는 참으로 목불인견이다. 병이 옮을까 염려하여 아무도 가까이 가려고 하지 않는다.

─구했구나. 무슨 일인지 알아봐야겠다.

현감이 물가로 내려가매 아전들, 포졸들이 뒤를 따른다.

─웬 거렁뱅이 행색의 맹인인가 하옵니다.

아전 하나가 심봉사의 행색을 살펴보고 기가 막혀하며 현감께 아뢴다.

─보고 있다. 무슨 병이 저리도 심하게 든 게냐. 스스로 죽으려는 까닭을 묻지 않아도 알겠구나.

─어찌 할깝쇼? 나라에서 앞 못 보는 이들은 모두 궁궐로 올려 보내라 하셨는데요?

─안악 땅이 민심이 흉흉타더니 그 실상을 제대로 보는구나. 가난한 이들, 병든 이들을 힘써 구제하시려는 것이 상감의 뜻이거늘 어찌 이 병인을 모른 체하겠느냐.

심봉사는 기진해 누운 채로 현감과 아전들이 주고받는 말을 듣는다.

병을 고치러 봉주로 간다더니 엉뚱하게도 안악으로 데려와 패대기를 치고 도망을 가버렸다. 안악이라면 남쪽이 아니라 서쪽이 아니더냐. 심봉사는 뺑덕 어미의 잔인한 처사에 기가 막힐 뿐이다.

─병인은 정신이 드느냐?

현감이 심봉사에게 묻는다.

─목숨을 구해줌은 고마우시나 소생은 살아갈 이유가 없소이다.

심봉사는 비감함을 이기지 못한다.

─하늘에서 내린 목숨, 어찌 함부로 저버리려 하느냐.

현감이 부드럽게 꾸짖음에 심봉사는 차마 응대하지 못하고 잠자코 있다.

　—네 성명은 무엇이며 어디 사는 자인가?

　심봉사는 잠시 머뭇거리다 겨우 운을 뗀다.

　—성은 심가이오나 명색 없이 나이만 먹었으니 이름을 알아서 무엇하시리까. 집도 절도 없는 거렁뱅이올시다.

　—허, 현감 나리 앞에서 무슨 망발이냐.

　아전 하나가 화를 내며 나서는 것을 현감이 제지한다.

　—놔두시오. 말씨를 보니 본시 양반인 게요. 사연일랑 차차 듣기로 하고, 꼴이 말이 아니니 우선 옷을 갈아입히고 먹을 것을 주오.

　—예이.

　수하들이 바쁘게 움직이는 사이에 현감은 주위 아전들을 돌아본다.

　—안악에 황 무언가 하는 맹인이 하나 더 있지 않았소?

　—황문재라 하였사옵니다.

　—그도 본디 양반이라 하였으니, 개경 가는 길에 좋은 말벗이 되겠소. 말을 내주고 마꾼을 딸려 개경으로 보냅시다. 궁궐 잔치가 벌써 열린 게 아니오?

　—부지런히 가면 마지막 날에는 닿을 수 있을 듯하옵니다만, 상감께서 저런 병인까지 올려 보냈다고 노여워하실까 두렵사옵니다.

　—내가 아는 상감은 그렇지 않으시오. 보내도록 합시다.

　심봉사는 이때에야 비로소 자기를 구해준 사람들이 풍주 현감의 행렬임을 깨닫는다. 차라리 물에 들어 죽어졌다면 좋았을 것을. 뭇사람들의 구경거리, 웃음거리가 되니 그 수치스러움은 하늘 끝이라 해도 멀지 않은 것 같다. 더구나 궁궐에까지 올라가 만인에게 자기의 이 흉칙한 모습을 보인다면 이는 자기 한 사람의 부끄러움을 넘어 가문에 먹칠을 하는 일이 아닐 수 없다. 그러나 스스로 일을 만들어 꾸밀 수 있는 모든 능력을 상실한 심봉사다. 현감의 뜻을 거슬러 다른 길을 찾을 수 있는 방도가 없다.

어찌하랴.

심봉사는 자기 온몸이 난파선처럼 이미 갈가리 찢어져버렸음을 깨닫는다. 바람이 부는 대로 물결이 밀어가는 대로 흘러가지 않을 수 없게 된 처참한 인간이 바로 심학규 자기 자신이다.

이때 궁궐에서는 왕께서 왕비를 도와 심봉사를 기어코 찾아내리라 하셨다. 나라에 방을 내려 널리 개경 궁궐에서 맹인 잔치를 연다는 소식을 알리고, 고을 수령들에게는 맹인이라면 한 사람도 빠짐없이 잔치에 참례하도록 명을 내리셨다.

잔칫날이 하루 이틀 다가오면서 왕비 심청은 초조한 마음으로 하루하루를 버텨냈다. 그런 왕비의 속마음은 또 하나의 일로 하여 견딜 수 없이 괴로웠다. 윤상이 오라버니가 보고 싶어진 것이다. 아비를 만나리라는 바람만큼이나 사랑하는 사람을 만나고 싶은 마음이 커져 심청은 숨을 쉬기가 어려울 지경이었다. 마음의 병이 몸에 나타나 심청은 하루가 다르게 야위어 갔다.

어떻게 해야 하나.

아무리 생각해도 단념하는 것밖에는 해답이 있을 수 없다. 그러나 사랑하는 마음을 어떻게 쉽게 지워버릴 수 있나. 마음을 끊어내는 것을 단념이라 한다. 그러나 형체도, 부피도 없는 마음이다. 무슨 도리로 끊어낼 수 있겠는가.

번민의 나날이 이어지던 어느 날, 심청은 새로 입직을 서는 신비를 불렀다. 신비는 이제 갓 열다섯 살이 되었을까, 심청보다도 어린 궁녀였다.

―신비야.

―네, 마마.

―어려운 심부름을 해야겠구나.

―무슨 일이시온지요?

신비는 맑은 눈동자를 빛내며 왕비마마의 분부를 기다렸다.

―이 글발을 편전의 궁지기 윤상이라는 자에게 전해다오.

―네, 마마.

―다른 이들 눈에 띄지 않도록 해다오.

―네, 마마.

―명심해다오.

―알겠사옵니다. 중전마마.

신비는 왕비마마의 안색을 살피며 깊이 고개를 수그렸다. 신비는 이 글발 속에 몇 날 며칠 이어져온 왕비마마의 감추어진 번뇌가 들어 있으리라 짐작한다. 그러나 어느 곳에나 충직한 이들은 있게 마련이다. 신비는 주위를 살펴 윤상이에게 무사히 글발을 전했으나, 궁궐은 여러 눈이 무서운 곳이다.

오라버니.

청이예요.

오라버니 앞에서 한 나라의 왕비라 하는 것이 무슨 소용 있겠어요?

제가 어쩌하여 인당수에 몸을 던지고도 살아올 수 있었을까요? 결국 오라버니께서 저를 이곳으로 데려오셨지요. 어쩌면 그렇듯 질긴 인연인지, 생각하면 모골이 송연해져요.

그날 밤 오라버니께서 그렇게 침전을 빠져나가신 뒤로 한숨도 못 자고 생각했어요.

제가 한 나라의 왕비라니요? 주상께서도 저를 지극히 아껴주시고, 상궁과 궁녀들의 떠받듦을 받고 있어요. 하지만 어쩌다 저는 이렇듯 외롭게만 살도록 만들어졌을까요?

보고 싶어요.

왜 소식이 없으신가요?

곤성전 깊은 침전에서 밤마다 오라버닐 생각해요. 긴 슬픔의 밤들이에요.

아아, 아니에요.

이 모든 게 다 끔찍한 생각이겠지요.

부질없는 미련이겠지요.

하지만 오라버니께 사랑한다는 한 말씀만은 전해드리고 싶어요.

우리가 어떻게 살아가더라도 오라버니께서 저를 사랑해주신 것을 잊지 않겠어요.

부디 몸 평안히. 이제는 정말 행복하게 사세요. 늘 오라버니를 생각하며 살겠어요.

주상께서 변방에 가서서 공을 세우라 하셨지요. 오라버니께 다시없을 기회예요. 사람이 세상에 와 자기 뜻을 펴는 보람은 꼭 있어야 해요. 제가 아버지를 그토록 안쓰럽게 생각하는 것도, 무엇이든 이루고자 하는 일을 이루지 못하시고, 길가의 돌멩이처럼 살아가시기 때문이에요.

오라버니.

새로운 길에서 삶을 찾으세요. 이 청이가 오라버닐 돕겠어요.

윤상이는 등잔불에 기대어 신비가 전해준 심청의 글발을 읽고 또 읽었다. 변방에 나가 공을 세우라는 대목에 이르러서는 두 눈에서 굵은 눈물이 저절로 흘러내렸다.

심청이 써보낸 글발 마디마디에 심청의 깊은 정이 스며들지 않은 곳이 없다. 마침내 윤상은 글발에 머리를 묻고 생각한다.

사랑을 이루지 못하는 목숨 살아서 무엇하랴.

먼 곳으로 떠나 야인들 속에서 한 세상 잊고 살아가고픈 마음도 솟아났다. 이미 저 먼 송나라까지 다녀온 자기가 아니더냐. 세상은 넓었다. 이곳에서 세운 법리가 저곳에서는 무용지물이 되는 것을 수없이 보았다. 이 세상 어느 한 곳의 질서를 위해 몸과 마음을 바치는 것은 다 부질없다. 삶의 좌표를 잃어버린 자신에게 출장입상은 이 허무한 세상을 살아가기 위한 거짓된 방편에 지나지 않는다. 그런데도 심청은 자기에게 마음을 끊어내라 한다. 사랑을 이루지 못한 숫사내의 가슴속에서 뜨거운 기운이 솟아올라 눈물이 되어 흘렀다.

그때다.

바깥에서 무슨 인기척이 들리는 듯하다. 윤상은 급히 심청의 글발을 품에 넣고 방문을 열어젖혔다.

―누구냐!

―에그머니나.

요화다. 그러나 윤상이는 이 궁녀의 이름도, 얼굴도 알지 못한다.

―뉘시관대 남의 사내 방을 엿보는 게요?

윤상이는 요화를 수상쩍이 여겨 엄하게 따져 묻는다.

―엿보기는 누가 엿보았다 하오. 희빈마마 심부름으로 편전에 들어갈 일이 있어 지나가는 길인 것을.

―이 야심한 시각에 희빈께서 편전에 무슨 급한 일이 있으시단 게요?

―궁지기가 문 앞을 지키지 못하고 방에 들어앉아 있으면 죄가 아니 되오? 무엇이 잘났다 따져드는 게요?

과연 자기 허물이다. 심청의 글발이 궁금한 나머지 불침번을 서야 할 시각에 방에 들어와 앉았는 것이다.

―무슨 일이시오? 지금 편전에 들어가시겠소?

―관두시오. 희빈마마께 그대로 고하리다.

요화는 싸늘하게 쏘아붙이고는 휙 돌아서서 총총히 사라진다. 불안하다. 희빈 정씨라면 왕비를 못내 미워한다는 소문이 파다하다. 윤상이는 품에 넣은 심청의 글발을 어루만지며 무슨 일이 있어도 이 글발만은 고이 간수하리라 다짐한다.

어느덧 맹인 잔치 날이 오기는 왔다.

왕과 왕비가 손수 오는 이들을 맞이하니 세상에 다시 보지 못할 진풍경이 벌어졌다. 어른 아이, 남자 여자를 막론하고 눈 못 뜨는 이들은 빠짐없이 모여들고, 그 구경을 하느라 개경 사람들이 모두 큰길에 나와 사람 구경을 한다. 첫날부터 동서남북에서 몰려든 맹인들이 물결을 이루어 대궐로 밀려간다. 개경 사람들은 떼를 지어 때로는 혀를 차며 동정을 하고, 때로는 왕과 왕비의 성덕을 칭송해 마지않는다.

앞 못 보는 이들만 몰려들었느냐 하면 그럴 리가 없다. 예나 지금이나 호기심 많은 사람은 가리는 일이 없다. 이 틈에 대궐 구경 한 번 해보겠다고, 눈 못 뜨는 행세를 해서 대궐문을 통과해 가려 하니, 포졸들이 지키고 서서 진짜 앞 못 보는지 시험을 해댄다.

대궐 문을 겨우 통과한 맹인들이 여러 겹 문들을 차례로 지나쳐 마침내 중신들이 조회를 서는 회경전에 다다르면, 바로 이곳이 그들이 주빈이 된 잔치판이다.

앞 못 보는 이들이라고 충효를 모르는 법은 없다. 환관과 궁녀들로부터 왕과 왕비가 계신 곳이라는 말을 듣기 무섭게 모두들 바닥에 바짝 엎드려 일어설 줄 모른다. 환관과 궁녀들이 이들을 하나하나 일으켜 세워 잔칫상 앞으로 모셔 앉힌다. 처음 듣는 아름답고도 흥겨운 음악소리에 맹인들의 귀가 황홀해질 지경이다.

—거, 진수성찬일세.

—예끼, 눈도 안 보이는 사람이 뭘 봐서 진수성찬이라 하나.

—자네는 꼭 눈으로 봐야 진수성찬인 줄을 아나. 이 서로 뒤얽힌 향기에, 이 미묘한 소리에, 이 깍듯한 예절을 보면 진수성찬, 산해진미를 단박에 못 알아보겠나.

—크아, 말 한번 잘했네. 그러고 보니 진수성찬일세 그려.

왕과 왕비는 서로 정담을 나누며 맹인들이 맛보고 있는 인생의 기뿜을 함께 나눈다.

—중전, 이 잔치로 국구를 꼭 찾게 되려니와, 앞 못 보는 이들이 이렇듯 기뻐하니 이 얼마나 좋은 일이오.

—정녕 그렇사옵니다. 상감의 어지심이 끝이 없사옵니다.

심청은 한시라도 바삐 아버지를 만나뵙고 싶다. 그러나 심봉사의 모습은 즐비하게 차려진 잔칫상 어느 자리에도 없다. 옥체가 불편하신 왕이 편전으로 돌아간 후에도 심청은 자리를 지키며 아버지의 모습을 찾느라 애를 태운다. 심청은 혹여 자기가 그 사이에 변한 아버지의 모습을 보지 못한 게 아닌가 하여 사람들 사이를 헤집고 다니며 일일이 확인해본다. 역시 아버지는 오시지 못했다.

첫째 날의 시간이 허망하게 흐르고 둘째 날도 지나갔다. 셋째 날이 되매 맹인 잔치의 흥성스러움이 한결 스러져간다. 심청 왕비의 쓰리고 아린 심정은 그 어디에도 비할 곳이 없다.

그러면 이때 심봉사는 무엇을 하고 있었나.

풍주 현감 김현무가 마필에 사람까지 딸려 심봉사와 더불어 황봉사라는 이를 개경으로 올려보내니, 말 한 마리에 한 사람씩 마꾼이 고삐를 쥐고 두 사람을 모셨다. 심봉사와 황봉사는 이날 나중에 금교도라 일컬어지는 역도를 타고 올라와 평산을 지나 금천을 향하고 있었다. 금천을 지나면 곧 왕경인 개경이 지척이다. 꽤나 먼 길을 그래도 수월하게 따라온 셈이라 할 수 있다.

병들고 버림받은 심봉사에게 이 여행은 너무나 힘에 부쳤다. 김현무 현감이 노잣돈을 넉넉하게 붙여준 덕분에 해가 저물면 나랏일임을 들어 역참에 들러 편히 쉬고 좋은 음식을 먹었다. 하지만 무너져 내리고 있는 심봉사의 몸상태는 하루가 다르게 악화되어갔다.

　—소생이 잔치에나 참례하고나 살지 말지 하우.

　심봉사가 심약한 소리를 하니, 황봉사가 심봉사 쪽으로 고개를 돌린다.

　—심 선비께서는 능히 살아서 잔치를 보실 거외다.

　—황 선비는 무슨 예언이라도 하시우? 이 몸은 당장에라도 죽어질 것 같은데.

　—살고 죽음은 하늘에 매인 일 아니오. 우리 사람네야 정성을 바쳐 살 뿐.

　—허, 또 그 도통한 소리. 어째 그리 천지간 이치에 달통한 소리만 허시우.

　—기분 상하셨다면 미안하외다.

　—그건 아니우.

　심봉사는 말을 타고 가는 것도 견뎌낼 수 있을 것 같지 않다.

　—앞 못 보고 한 세상 살다 가야 하니 이 원통함을 어떻게 썼으우.

　왕경을 향해 말을 타고 오는 내내 심봉사는 몇 번이고 지치지 않고 신세타령을 했다.

　—글랑은 생각 마시우.

　황봉사가 좋은 말로 심봉사를 달래주려 하니 심봉사는 더 못 참고 왈칵 짜증을 낸다.

　—생각 말라니. 그럼 황봉사는 후생에도 봉사로 세상에 나시구려.

　황봉사는 얼굴에 쓸쓸한 빛을 띄우고 묵묵히 갈 뿐이다.

　—대체, 황봉사는 앞 못 보는 게 뭐가 그리 좋아서 나를 비웃는

게우.

심봉사가 거듭 성을 내니, 황봉사가 이윽고 무거운 입을 연다.

―심 선비, 우리가 마침 동갑 아니오. 나 역시 스무 살 남짓에 눈을 잃어버렸으니 어쩌면 우린 같은 운명을 타고났는지도 모르오. 소생은 견디고 참고 살아야 했소. 하고자 하는 바를 줄이고, 주어진 운명을 달게 받아들여야 했소. 그러지 않고는 살아낼 수가 없었다오. 소생인들 어찌 삶이 신산스럽지 않았겠소.

보이지 않는 눈으로 말이 터벅터벅 걸어가는 길을 바라보는 황봉사의 두 눈에 깊은 그늘이 졌다.

―육신의 눈을 잃은 대신 마음의 눈을 떠야 했소. 그 눈을 뜨지 않고는 소생은 삶을 이어갈 수 없을 것 같았다오. 이 소생에게도 아들이 있었다오. 심 선비보다는 이른 나이에 얻은 아들이었소. 금쪽같은 아들아이가 다섯 살이 채 못 되어 역병에 걸려 세상을 하직할 때, 싸늘하게 식은 아들의 몸을 부여안고 얼마나 울었는지 모른다오. 아내가 또 얼마 지나지 않아 세상을 떠났소. 소생이 과거에 급제하기를 그토록 애달프게 기다리던 아내가 아들이 죽고 나서 시름시름 앓다가 죽어버린 것이오. 한겨울도 이런 추위는 없었을 것이오. 홀로 남아 살아가는 일이 어디 쉬운 일이오. 겨울 땅을 두드려 녹여내는 것 같은 나날이었소이다. 나한테 닥쳐온 불행을 원망했소. 저주했소. 식구들이 그렇게 허무하게 세상을 떠나도록 아무 일도 할 수 없던 나 자신을 원망했소. 내가 그렇게 미울 수가 없었소. 나 자신을 이 지상에서 지워버리고 싶었소. 왜 하필 소생에게만 이토록 가혹한 시련이 내리는지 하늘을 우러러 원망하고 싶었소. 미칠 것 같은 마음을 다스

리지 못해 앞이 보이지 않는 길을 한없이, 미치도록, 쓰러지고, 엎어지며 날뛰어 보기도 했소. 심 선비도 아실 것이오. 육신의 눈이 보이지 않는 형벌이 얼마나 끔찍한가를. 겨울 땅에 삽이 어느 한쪽이나 들어가오? 심 선비, 겨울 땅이 내 바깥에 있지 않고 안에 있음을 깨닫기까지 소생이 얼마나 불구에서 벗어나고자 몸부림쳤는지 아오? 심 선비와 내가 다른 사람 아닐 것이오. 내 고통이 바로 심 선비 것이오. 겨울나무에 움이 트듯이, 얼마나 세월이 흘렀을까, 겨우 내가 어렴풋이 보이더이다. 천지에 봄이 온 듯 세상이 달라 보이더이다. 보인 게 아니지. 하지만 나는 봤소. 소생의 마음의 눈이 세상을 봤소이다. 마음이 눈 뜨는 게 얼마나 소중한지 깨닫는 날이 오더이다. 심 선비도 아실 게요. 그런 기적 없이 어찌 오늘까지 견딜 수 있었겠소. 있지 않소? 그 황홀한 기적의 밤. 언제까지나 계속될 것 같던 캄캄한 밤의 나날이 대낮처럼 말할 수 없이 환하게 다가오던 날, 그때 소생은 마음이 열렸던 게요. 심 선비. 더 이상 무에 거리낄 게 있소. 마음을 내려놓으면 살아갈 수 있는 게요. 마음이 눈 뜨면 어떤 괴로움도 내 것 아닌 게 되오. 소생은 많은 것을 포기해서 겨우 한 줌의 기쁨을 얻었소. 하지만 그것은 내 손 안에 있는, 내가 손에 쥐고 있는 보람이오.

갑자기 말문이 터진 황봉사가 자신의 사연을 털어놓자, 심봉사는 오히려 자기의 말문이 막힘을 느낀다. 어쩌면 자기와 그렇게도 사연이 같은지, 이건 마치 쌍둥이가 서로 모르고 세상을 살아온 것 같은 형국이라고나 할 것 같다. 하지만 자기는 지금 목숨이 경각에 달려 있는 반면 황봉사는 꿋꿋하게 스스로를 버팅기고 있었다.

―휴우, 당신도 힘들었구랴.

—아니오. 이 시련에 뜻이 있겠거니, 하오. 그리고 눈으로 보지 않아도 내 마음에 보이는 세상을 보오. 그리고 또 내게는 귀가 있고 코가 있고 감촉을 느낄 수 있는 이 두 손이 있소. 어떠오, 이 가을 경치가, 소리들이 들리지 않소. 소리가 빛깔이 되어 형형색색 모양을 빚어내어 보여주지 않소. 참 좋은 날이오. 그리고 내일이면 우린 왕경에 들어가오. 참 좋지 않소? 임금께서 우릴 부르신다지 않소.

심봉사는 아무 대꾸도 하지 않았다. 황봉사의 말 속에 자신이 생각하지 못했던 게 들어 있음을 느낀 까닭이다. 황봉사도 더 이상은 아무 말도 하지 않는다. 두 사람 사이에 짧은 침묵의 공간이 만들어진다. 그러자 심봉사의 두 귀에 언덕길을 올라가는 말들의 발굽 소리며 숨소리가 생생하게 들린다. 말들도 많이 지쳐 있는 것 같다.

—이랴, 이랴이랴. 허. 이놈이. 왜 쉬고 싶으냐?

마꾼이 심봉사가 타고 있는 말고삐를 바짝 당긴다. 말안장에 올라타 앉아 있기를 며칠씩이나 했다. 엉덩이며 사타구니 짓무른 곳이 터지고 딱지가 져 몹시 아프다. 삶이 다 끝나버린 것 같은 이 지경에 왜 왕경에 가야 하는지 알 수 없다.

—조금만 쉬었다 가우.

—저기 언덕에서 쉽지요.

마꾼은 아랑곳하지 않고 언덕길을 올라간다. 정신이 어질어질한 게 아무래도 더는 못 버틸 것 같다. 심봉사는 이를 악물어본다. 아무래도 개경 궁궐이 자기 죽을 자리가 될 것 같다. 세상에서 가장 화려한 곳에 들어, 일생의 소원을 이렇게 풀고 죽으려는 것 같다.

이렇게 해서 심봉사가 주막에 들어 완전히 지쳐 쓰러져버린 밤, 궁궐에서는 또 다른 사건이 벌어지고 있다. 그것은 윤상이의 일이다.

윤상이는 지금 막 편전 지키는 일을 교대해서 자기 방으로 들어왔다. 며칠 사이에 윤상이는 심청의 말을 따라 변경으로 떠나겠다는 쪽으로 마음이 얼추 돌아서고 있다. 윤상이는 방에 드러누워 손깍지 베개를 베고 멍하니 천장을 바라보다 이불장 밑에 감추어둔 심청의 글발을 또 꺼내본다. 허전한 마음을 그렇게라도 해서 달래보려는 것이다.

그때다. 문밖에 수상한 인기척이 느껴진다. 대궐의 한밤은 고요하다. 사람들이 움직이는 소리가 더 크게 들린다.

누굴까?

그런데 은밀하게 다가오는 소리는 한 사람의 것이 아니다.

윤상이는 불길한 예감에 심청의 편지를 품속에 넣는다. 또 귀를 기울여본다. 분명히 자기 방 쪽으로 사내의 무게가 실린 발걸음들이 다가오고 있다.

어떤 자들일까?

윤상이는 불현듯 며칠 전 웬 궁녀가 자기 방을 엿보던 일이 떠오른다. 그렇잖아도 궁궐이 어수선한 때다. 왕과 왕비는 맹인들을 불러들여 잔치를 치르기에 여념이 없는데, 한쪽에서는 희빈 정씨가 왕비를 해치려 한다는 소문이 번지고 있었다. 궁지기들, 환관들은 소식이 빠른 법이다. 그렇잖아도 불만이 등등하던 희빈 정씨가 왕비를 단박에 거꾸러뜨릴 묘수를 찾고 있다고 했다. 윤상이는 그것이 자기에게 관련된 일일지도 모른다고 불안해하던 참이다.

방문 앞으로 조용히 다가가서 다시 한 번 귀를 기울여본다. 분명 방문 앞에서 인형들이 낮은 숨을 토하고 있다. 이 상태라면 꼼짝없이 방 안에 앉아서 당할 판이다. 깊이 생각할 겨를도 없이 윤상이는 한 쪽 발로 방문을 거세게 걷어찬다.

—누구냐!

낮게 소리 지르는 서슬에 사내들이 흠칫 놀라 뒤로 물러선다. 하지만 인형들은 곧 윤상이를 향해 왈칵 달려든다.

—죄인이 얻다 대고 소리를 지르느냐.

인형 가운데 하나가 윤상이와 마찬가지로 낮은 목소리를 내뱉는다. 몸을 민첩하게 놀려 피하는 윤상이를 향해 검은 옷을 걸친 인형 셋이 날렵하게 다가선다. 대궐에서 일찍이 본 적이 없는 자들이다. 윤상이는 세 놈들을 한꺼번에 호되게 쥐어박고 걷어찬다. 바다의 뱃일에 단련된 주먹이며 발길질이 맵디맵다. 사내들이 면상을 싸쥐고 나가떨어진다. 그 틈을 타서 윤상이는 왕비의 처소인 곤성전 쪽으로 내달린다. 쓰러졌다 일어난 세 사내가 윤상이의 뒤를 바싹 쫓아 달린다.

곤성전으로 통하는 길에 우물이 하나 있다. 지금 윤상이는 다른 무엇보다 심청의 글발을 없애는 일이 급선무다.

우물이다. 윤상이는 우물을 덮고 있는 나무판을 쓸어버리고 그 안으로 품 안의 글발을 던져 넣어버린다.

—이놈이!

뒤따라온 인형중 하나가 혀를 찬다. 윤상이는 곧바로 곤성전의 전각문에 달려든다. 하지만 문은 안으로 빗장이 걸려 있다. 윤상이가 문을 열려고 빗장을 들썩거리자, 마침 안쪽에서 문 앞을 지나가던 궁녀가 놀라 묻는다.

―야심한데, 뉘, 뉘시오?

―열어주오. 왕비마마께⋯⋯.

윤상이가 말을 미처 다하기도 전에 세 사내가 윤상이의 입을 틀어막고 팔다리를 제각기 얽어매어 꼼짝 못하게 한다. 얻어맞은 게 분해선지 윤상이한테 우선 사정없이 뭇매를 가한다.

―죄인 놈이 감히 우릴 때려.

신비가 전각문 안에서 어쩔 줄 모르고 이 광경을 훔쳐보다 빗장을 열고 냅다 소리를 지른다.

―웬 놈들이 왕비마마 처소를 어지럽히느냐. 궁지기를 내려놓고 썩 물러가지 못하느냐.

사내 하나가 나서서 신비의 뺨을 후려갈긴다.

―어맛!

신비가 얼굴을 부여잡고 주저앉는다. 그 사이에 사내들은 윤상이를 붙들고 정 희빈의 만령전 쪽으로 사라져버린다.

―희빈마마 수하들이로구나.

신비는 무언가 큰 사달이 났음을 직감한다. 왕비마마 처소로 다급히 달려가 엎드린다.

―큰일 났사옵니다, 마마.

번민에 잠겨 있던 왕비께서 예도 갖추지 못하고 엎드리는 신비를 맞는다.

―무슨 일인데. 그러느냐?

―궁, 궁지기가 잡혀 갔사옵니다.

―누가?

―마마께서 글발을 보내신 궁지기 말이옵니다.

그러자 왕비의 침전을 감싸고 있는 삼면의 문 가운데 두 개의 문이 일제히 열린다. 양 상궁과 윤 상궁의 놀란 얼굴이 모습을 드러낸다.

―마마, 바깥이 소란타 했더니, 무슨 일이오니까?

양 상궁이 근심스런 목소리로 묻자온다. 심청은 두 눈을 감고 아무 말도 하지 않는다.

―대궐의 법도가 준엄하니, 나쁜 일이 벌어질까 두렵사옵니다. 말씀해주소서.

윤 상궁의 목소리다. 왕비에게 무슨 일이 생긴다면 두 상궁이나 신비도 무사하지 못할 것이다. 왕비는 아무 말씀도 하지 않으신다. 상궁들은 불안한 눈빛으로 왕비를 올려본다. 글발을 전해준 신비는 제가 저지른 일이 큼을 깨닫고 벌벌 떤다.

심청은 두 눈을 감고 머릿속에 어렴풋이 떠오를 듯한 일을 생각해내려고 애를 쓴다. 언제였나? 어디서였나? 분명 이와 같은 일이 한 번은 더 있었던 것 같다. 그러나 생각이 나지 않는다. 대신에 요화의 요사스러운 얼굴이 자기를 향해 크게 다가섬을 느낀다.

요화라.

심청은 알지 못한다. 대궐의 한갓 궁녀일 뿐인 요화, 나서 한 번도 만난 적 없는 요화가 왜 이 순간에 이다지 낯익은 사람처럼 다가오는 가를. 아득히 먼 천공의 인연으로 뒤얽힌 사람을 어떻게 이 지상에서 알아볼 수 있겠는가. 저 하늘 북극 자미원에서 요화도 또한 상제의 탕약을 달여드리는 선녀였던 것을. 상제의 어여뻐하심을 받던 벗 하나를 지상의 나락으로 떨어뜨렸던 것을. 세월이 흘러 자신도 죄를 짓고 이 지상에 귀양살이 신세가 되어 태어나게 된 것을.

─양 상궁, 잠시만 혼자 있도록 해주오. 머리가 아프다오.

두 상궁은 아무 응대도 하지 못하고 다만 왕비를 올려다본다.

─맹인 잔치를 마치고 나면 소상히 알려드리겠소.

─네. 마마.

─알겠사옵니다. 마마.

두 상궁이 조용히 문을 닫고 물러나고 신비도 삼면 중 하나의 방으로 모습을 감춘다.

혼자로 돌아가자 심청은 막막한 심정에 사로잡힌다. 아비는 행방이 묘연하고, 윤상이 오라버니는 희빈 정씨의 수중에 떨어져버렸다.

어쩌자고 오라버니께 글발을 보냈던고.

심청은 자기의 어리석음을 곱씹고 또 곱씹는다. 글발 하나가 자기뿐만 아니라 사랑하는 이의 생명까지 해칠 형세다. 그렇게 글발이라도 써 보내드리지 않고는 차마 스스로 단념할 수 없을 것 같은 마음에 큰일을 저질러버렸다.

어떻게 해야 하나?

심청은 머릿속이 몹시 혼란스러워진다. 윤상이 오라버니를 어떻게 구해내느냐, 아버지가 안 오시면 어떻게 하느냐 하는 문제들이 뒤얽혀 심청은 더 이상 사태를 감당해나갈 수 없을 것 같은 절망감에 빠져든다.

내일 날이 밝으면. 그렇다. 내일은 잔치가 끝나는 날이요. 윤상이 오라버니의 행방도 저절로 드러날 테다.

심청은 고단한 마음을 스스로 다독이며 애써 잠을 청한다. 벌써 사흘째 제대로 잠을 못 잔 심청이다. 날이 밝으면 서로 꼬리를 물고 뒤얽혀 있는 듯한 문제들이 스스로 얽힌 똬리를 풀고 각기 제 갈 데로 가기를 고대하며 자리에 누워 눈을 감아본다.

가녀린 여인의 가슴 위에 두 사내의 무거운 존재가 그늘을 드리운다. 이런 때면 한 나라의 왕비라는 존귀한 위치도 아무 소용이 없다. 이런 때 사람의 의지는 지친 날개를 접는다. 대신에 바야흐로 운명의 나침반이 결말의 방향을 가리키기 시작한다.

이 자침의 힘 앞에서 사람의 투쟁은 무효화된다. 원인도, 이유도 알 수 없는 무자비한 이치가 사람을 옴짝달싹 못하도록 결박 지어서는 모든 것을 끝맺는 운명극의 마지막 무대로 끌고 가는 것이다.

살고 죽는
운명의 막은 오르고

이제 이 무대의 막이 오르고 있다. 이 막이 천천히 올라감에 따라 두 마리 말의 지친 걸음걸이와 똑같이 지친 걸음을 걷고 있는 마꾼들의 다리가 보인다. 그리고 그 위로 말안장에 올라앉아 있는 심봉사와 황봉사의 모습이 보인다. 함께 사흘 낮밤을 함께 걸어온 사람들이건만 어째서 두 모습은 그렇게 다른 것인지.

독자들은 놀랄 것이다. 심봉사의 처참한 모습에. 사람의 마지막 가는 길은 언제나 갑작스럽다. 아무리 몸에 깊은 병이 든 사람도 정신을 차리고 있는 동안은 아직 생명의 활기가 붙어 있어 내일도, 모레도, 글피도, 그렇듯 숨을 붙이고 살아 있을 것 같지 않던가. 그러나 갑자기 위기와 파국의 순간이 닥친다. 그 사람의 몸과 마음 속에서 영토를 넓혀온 죽음의 그림자가 마침내 수면 위로 모습을 드러내면 모든 게 빨라지기 시작한다. 마치 급한 여울목에 다다른 물살처럼 생명의 마지막 기운이 검은 회오리 속으로 순식간에 빨려 들어가버린다.

물론 심봉사는 여울물이 아니다. 사람의 일은 급한 여울물과는 다를 수 있다. 마지막 순간은 연기되고 그 순간이 올 때까지 사람은 아직 산 자로서 움직인다. 마지막 연기를 충실하게 수행한다.

이 심봉사와 황봉사가 개경 궁궐문 앞에 다다른 것은 가을날 짧아져가는 해가 하늘의 정심을 지나 서산 쪽으로 훌쩍 기울어진 때다.

—휴, 다 왔수. 우린 예서 기다릴 테니 어서 맹인 잔치에 들어가보시우.

마꾼이 두 사람을 부축해서 내려준다.

—허, 참. 일찍들도 오시네 그려.

대궐문을 지키는 궁지기가 혀를 차며 빈정댄다. 맹인인지 아닌지는 물어볼 것도 없다는 듯 두 사람을 그대로 통과시킨다. 궐 안에서 궁녀들이 이 늦은 손님들을 안으로 맞아들인다. 하지만 심봉사를 보고는 그만 기가 질리는지 멀찌감치 앞서서,

—이리 오세요.

할 뿐이다.

—왔구려.

황봉사 쪽을 돌아보는 심봉사 목소리에 힘이 없다.

—심 선비, 기운 내시오. 그토록 와보고 싶어하신 궁궐이 아니오.

—다 죽을 때 오면 뭐하우. 나는 정말 예서 죽으려나 보우.

황봉사가 악취가 나는 심봉사를 부축해준다.

—미안허우.

—무슨 말씀을. 풍악도 좋고 잔칫상 냄새도 여간 좋지 않으오.

―그렇구려. 밥술이라도 뜰 수는 있으려나……

잔치 마지막 날이라 그런지 회경전 잔치마당은 첫날보다도 더 흥청거리는 듯하다. 황봉사는 심봉사를 데리고 궁녀가 정해주는 곳에 가 앉는다. 공교롭게도 잔칫상의 맨 구석자리 말석이다.

―무슨 냄샌가?

―흐, 안 좋으이.

심봉사가 자리를 비집고 들어가 앉으니 다른 맹인들이 심봉사의 몸 냄새에 자리를 비켜 앉는다. 황봉사만은 악취를 참고 심봉사 옆에 묵묵히 앉았다.

―왕비마마 납시오.

심봉사가 기운 없는 손목을 놀려 젓가락질을 할 때 환관들의 목소리가 왕비마마가 회경전에 들어오셨음을 알린다. 맹인들이 일제히 자리에 그대로 엎드린다.

―식사들 하시라 하시오.

―예이.

왕비는 잔치 손님들이 자기로 하여 부산히 움직이는 것이 못내 죄스럽다.

―비단은 충분하지요?

심청이 환관 한명화에게 돌아가는 손님들에게 들려줄 선물에 관해 묻는다.

―예, 마마. 주상 전하께옵서 마지막 날에도 소홀함이 없도록 하라 하셨사옵니다.

―상감께서는 몸이 좀 나아지셨나요?

―오후가 되어 일어나 앉으셨사옵니다.

―조금 있다 중광전에 가보겠습니다.

―예, 마마.

왕께서는 열이 있어 아침 조회에 나오지 못하셨다. 연로하신 몸으로 며칠 애를 쓰신 게 탈이 나버렸다.

심청은 밤새 전전반측 잠을 이루지 못하고 고민했다. 과연 임금께 자기 일을 고하여야 하나? 하지만 답을 구할 수 없다. 윤상이 오라버니 일을 무어라 말씀 드리고 찾아달라고 한단 말인가. 자칫 건강이 좋지 못하신 임금께서 충격을 받으시거나 노여움을 품으시면 어떻게 감당하나. 자기를 그토록 어여삐 여겨주사 아버지를 찾도록 잔치까지 베풀어주신 임금이 아니신가.

더구나 임금은 지금 자기의 지아비이시다. 비록 합궁을 이루지 않았으나 엄연히 혼인을 치르고 지아비와 지어미로 결합하지 않았던가. 그런 마당에 윤상이 오라버니라니. 차마 입 밖에 내지 못할 일이다.

하지만 윤상이 오라버니는 어떻게 하나. 신비의 말에 따르면 만령전 뒤 전각에서 희빈 정씨가 윤상이 오라버니를 직접 문초하려 한다지 않던가.

사라진 궁지기를 찾는 환관들에게 희빈 정씨는 윤상이가 대궐 법도를 어긴 것이 있어 죄를 묻고 있다고 대담하게 밝혀 놓았다고 한다.

필시 자신의 글발이 희빈 정씨의 수중에 들어갔을 테니, 윤상이 오라버니나 자기에게 머지않아 큰 화가 미칠 것이다. 그 전에 윤상이 오라버니를 구해내려면 아무래도 임금의 도움을 받는 수밖에 없으련만 지금 심청은 이러지도 저러지도 못한다.

심청은 윤상이가 어젯밤부터 벌써 모진 고문을 받고 있는 것을 전혀 알지 못한 채 잔칫상에 앉은 사람들을 일일이 훑어보고 있다. 오늘 아버지를 만나지 못한다면, 영영 못 만날 수도 있다. 심청 왕비의 수심 어린 눈동자가 맹인들 하나하나를 유심히 살펴본다.

먼 자리 구석까지 사람들을 살피는 심청의 눈에 낯익은 듯한 체구가 눈에 들어온다. 아버지 심봉사를 많이도 닮았건만 유난히 초췌하고 몸놀림에 병색이 완연하다. 겨우 한 숟가락 뜨고는 손목을 떨어뜨리는 것이 몹시도 힘든 기색이 역력하다. 환자를 건너보는 심청의 가슴이 불현듯 찌르르 아파온다. 심청은 서둘러 한명화를 부른다.

—한 내관.

—예, 마마.

—저 끝에 맹인 두 분이 떨어져 앉은 것이 보이시오?

—예, 마마.

—그중에 몸이 한층 수척한 분도 보이시지요?

—예, 마마. 무슨 분부이시옵니까.

—그분을 이리로 좀 모시고 오오.

—분부, 거행하겠나이다.

한명화는 환관 하나를 대동하고 사람들 속으로 들어갔다.

심청은 마음이 다급한 가운데도 자신이 뭇사람들 속으로 들어가 잔치마당에 방해가 될까 염려한다. 저만치 한명화가 아버지인 듯 보이는 이를 일으켜 세우고 있다. 일어서는 몸놀림이 정녕 아버지 같다. 하지만 며칠 사이에 심청은 이런 일을 여러 번 겪었다. 아버지를 만나고픈 마음에 맹인들 가운데에서 언뜻언뜻 아버지를 발견하곤 했지만, 정작 그들은 아버지가 아니라 아버지의 환영일 뿐이었다.

이제 한명화의 손에 이끌려 걷기조차 힘들어 하는 맹인이 한 발자국 한 발자국 자기를 향해 다가온다. 심청은 먼저 그 병인의 얼굴이며 손이 무슨 역병의 자국처럼 여기저기 헐고 곪은 데 놀란다. 하지만 그 얼굴의 본바탕은 정녕 자기의 아버지 그대로다. 차마 믿고 싶지 않다. 이토록 처참한 몰골을 가진 이분이 정녕 나의 아버지 심학규란 말인가.

이윽고 병든 맹인이 왕비 앞에 와 섰다. 그는 깡마른 체구를 지탱하느라 다리를 후들후들 떤다.

—마마, 모셔왔사옵니다.

—수고하시었소.

심봉사는 힘이 들어 정신을 가누기 힘든 중에도 자신이 왕비마마 앞에 섰음을 깨닫는다. 그대로 제 자리에 엎드려 부복한다.

—왕비마마, 황해도 황주 도화동에서 온 심학규, 하례드리옵니다.

심청은 방금 자신이 들은 말을 믿을 수 없다.

이토록 처참하게 변해버리셨다니.

심청은 가슴이 억색하여 뭐라 말을 하지 못하고 눈물만 흘린다. 아버지가 이 지경이 되시다니. 눈조차 못 뜨시고 이토록 참혹하게 변해버리셨다니.

—마마, 고정하시옵소서. 대관절 무슨 일이신지요?

그래도 심청은 말을 내지 못하다 한참 후에야 겨우 심봉사를 부른다.

—아버지.

심청은 떨리는 목소리로 아버지를 다시 부른다.

―아버지!

심봉사는 영문을 모르고 엎드린 채로 고개를 숙이고 있다 딸의 낯익은 음성에 고개를 든다.

아버지라니. 이것은 분명 청이의 목소리가 아니냐.

그러나 그것은 청이의 것일 리가 없다. 자기 딸 청이는 저 죽음의 바다 인당수에 수장되어버리지 않았느냐.

―아버지, 저 청이에요.

심봉사는 그래도 자기 귀를 의심한다.

―왕비마마, 소인을 놀리지 마소서. 제 여식 청이는 이미 이 세상 사람이 아니옵니다.

심봉사는 그날 청이가 뱃사람들에게 팔려가던 일이 엊그제 일처럼 떠오른다.

―제 여식 청이는 이 못난 아비가 사지로 보내고 말았나이다, 마마.

심봉사의 울음 섞인 목소리에 심청은 말없이 눈물만 흘린다. 자기를 향해 엎드려 있는 심봉사에게 다가가 몸을 기울여 아버지의 손을 부여잡는다.

―아버지, 그 청이에요. 이 나라 왕비가 바로 아버지 딸 청이에요. 저를 좀 봐주세요. 이렇게 살아 있어요, 아버지.

심봉사는 그때야 이 고운 목소리의 임자가 정녕 청이인가 한다.

―정말이우? 내 딸 청이라고? 내가 죽게 만든 청이가 살아서 이 앞에 있는 거유?

심봉사는 왕비마마를 향한 예법조차 잊고 소리를 지른다.

—내 딸 청이? 어디, 어디, 한번 보자꾸나. 청아.

심봉사는 있는 힘을 다해 자기 앞에 다가와 있는 왕비의 얼굴을 그러안으며 눈을 꿈벅인다. 자기 앞에 계신 분이 정녕 청이인지 확인해보려는 심사다.

—어디 보자, 청아.

—보세요, 아버지. 제발 눈 뜨셔서 저를 보아주세요.

심청도 심봉사를 끌어안으며 울먹인다.

하지만 아무리 살아 있는 딸을 자기 두 눈으로 똑똑히 확인해보고자 하나, 어찌 죄 많은 눈이 단번에 광명을 찾을 수 있으리.

—청이라니, 청이라니. 보고 싶어도 볼 수 없구나. 청아, 아니다. 내가 무슨 면목으로 눈을 떠 너를 본단 말이냐. 이 죄인이, 무슨 염치로 눈을 떠 너를 본단 말이냐.

심봉사는 회한과 후회와 부끄러움이 뒤얽힌 심정이 되어 몸을 비틀며 운다.

—죄인이라니요, 아버지.

심청은 왕비의 위엄을 잊고 아버지와 함께 흐느낀다.

그런데 이게 무슨 일인가. 심청을 부여잡은 심봉사의 손이 힘을 잃어버렸다. 심봉사는 기운이 다한 듯 몸을 벌벌 떨며 옆으로 나동그라지고 만다.

—아버지, 정신 차리세요. 얘들아, 뭣들 하느냐. 어서 전의를 불러다오.

—예, 마마.

환관들과 궁녀들은 어안이 벙벙한 채 시위해 있다가 그제야 정신이 든 듯 허둥지둥 움직인다. 왕비를 대신하여 심봉사를 부축해 올리고, 전의를 불러오고, 냉수를 떠서 심봉사 얼굴에 좍좍 뿌려댄다. 그러나 생명의 마지막 심지가 타들어가는 듯 심봉사는 의식을 잃어버리고 만다.

—몸, 몸이 불덩어리이옵니다.

심봉사를 부축하고 있는 환관이 절박한 목소리로 위급함을 알린다. 그 서슬에 회경전 잔치 마당의 풍악소리가 뚝 멈춘다. 맹인들의 왁자지껄한 소리도 딱 끊긴다.

—어서 아버지를 침전으로 옮겨주오.

—마마, 침전은 너무 머옵니다.

—그럼, 가까운 전각 어디라도 옮겨주오.

왕비의 분부에 환관 몇이 달려들어 심봉사를 업고 받치고 하여 편전에 가까운 전각으로 옮긴다. 심청은 조바심을 내며 이를 따라간다. 회경전 옆 임천각에 심봉사를 눕히자 곧바로 전의가 달려온다.

—살려주시오, 제발. 이 몸의 아비라오.

—예에, 마마.

전의는 이렇게 아뢰고 병인에게 다가서다 말고 안색이 파랗게 질린다. 병인이 이미 삶과 죽음을 가르는 가는 선을 넘어가고 있다. 전의는 부랴부랴 소매 춤에서 침구를 꺼내 긴 침을 심봉사의 정수리 어딘가에 찔러 넣는다.

—후우.

심봉사의 입에서 깊은 한숨이 흘러나온다.

—다행이옵니다.

전의는 우선 급한 숨을 돌려놓은 것에 안도한다. 전의는 자세를 바로잡고 앉아서 자는 듯 누워 있는 심봉사의 손목을 잡는다. 맥을 여러 번에 걸쳐 세심하게 이리 짚고 저리 짚은 끝에 전의는 고개를 끄덕거린다. 그러나 이것은 심봉사를 살릴 수 있음이 아니다. 이 늙은 전의는 고갯짓 잘못하는 이 버릇 때문에 여러 번 대궐에서 쫓겨날 뻔했거니와, 병인의 증세가 무엇인지 알겠다 싶으면 무턱대고 고갯짓을 하곤 했다.

—돌아오시겠는지요?

심청은 간절한 소망이 담긴 눈으로 전의를 바라본다. 전의는 왕비를 향해 엎드려 아뢴다.

—마마, 떠나가려는 혼백을 거우 붙잡아두기는 하였사오나 국구께옵서는 산 사람이 아니신 것이나 진배없사옵니다. 아뢰옵기 황송하오나 국구께서 회생하심은 더는 사람의 소관이 아닌 줄로 아옵니다.

늙은 전의가 진맥으로 얻은 생각을 숨김없이 아뢰자, 심청의 하얀 얼굴에 절망이 담긴다.

—아니 되오. 이대로 가시게 할 순 없소. 살려내시오. 이 몸이 무슨 일이든 가리지 않고 하리이다.

—마마, 국구께옵서는 오랫동안 섭생을 제대로 거두지 못하셨나이다. 심신에 깊은 병이 들어 골수에까지 미쳤으니 혼백이 돌아오시기 어려운가 하옵니다.

—살려주시오. 이 몸이 손가락을 자르라면 자르리다.

심청은 필사적으로 매달린다. 하지만 이미 병인의 죽음을 숱하게 보아온 늙은 전의다. 사람의 최후의 순간이란 이런 것임을 안다.

—마마, 통촉하옵소서.

—무엇이라 하시오. 아니 되오. 아니 되신단 말이오.

심청은 어린 아이가 떼를 쓰듯이 전의에게 매달린다. 전의는 어리신 왕비의 처분만을 기다릴 뿐이다.

—조금만, 다만 하루라도 목숨을 잇게 해주오. 천지신명께 빌어서라도 아비를 살리겠소.

심청은 절박한 목소리로 전의에게 당부를 내리고는 고개를 돌려 궁녀들을 찾는다. 그때 마침 신비가 왕비를 찾아 임천각으로 뛰어들었다.

—신비야.

—네, 마마.

—곤성전 후원에 제단을 차려다오.

—네, 마마. 하온데?

—무슨 일이 생겼느냐?

—네, 마마. 잠시 말씀 드릴 일이 있사옵니다.

심청은 신비의 얼굴 표정에서 윤상이 오라버니의 일임을 직감한다.

—곤성전으로 가자꾸나. 전의, 아버님을 부디 지켜주시오.

—네, 마마.

심청은 신비를 이끌고 곤성전으로 급히 걸음을 옮긴다. 환관과 궁녀들이 두어 발자국 떨어져 왕비를 따라온다.

—마마, 희빈 정씨가 궁지기를 직접 문초하신다 하옵니다.

—언제 말이더냐.

—조금 전에 궁지기를 결박하여 만령전 뒤뜰에 내놓았다 하옵니다.

심청은 어찌해야 할지 갈피를 잡을 수 없다. 윤상이 오라버니를 구해내려면 지금 당장 만령전으로 달려가 희빈과 담판을 벌여야 한다. 그렇지 않다면 중광전으로 가 편찮으신 왕께 자초지종을 그대로 아뢰어야 한다.

설상가상으로 지금 아버지 심학규의 목숨이 경각에 달려 있다. 지금 당장 천지신명께 최후로 아버지를 살려달라고 정성을 들여 빌어야 한다.

어떻게 해야 하나.

—신비야.

—네, 마마.

심청은 마음을 정한 듯 차분한 목소리로 신비에게 당부한다.

—곤성전 후원에 제단을 차려다오. 아버님을 살려야겠다.

—네, 마마.

이 순간 심청은 먼저 아버지를 살리고 이후에 오라버니를 구하리라 생각한다. 신비가 명을 이행하러 서둘러 뛰어갔다.

심청 왕비가 심학규의 일로 시각을 다투며 움직이는 잔치의 마지막 날이 저물었다. 왕실이 벌집을 쑤셔놓은 듯 어지러운 중에도 회경전 맹인 잔치는 박사 송인영이 솜씨 있게 마무리를 했다. 날이 저물면서 맹인들은 비단 한 필씩을 받아들고 왕실의 어진 덕을 칭송하며 돌아갔다. 황봉사도 왕비 앞에서 쓰러진 심봉사의 안위를 걱정하며 기다리다 잔치마당의 마지막 손님이 되어 회경전을 빠져나갔다.

잔치가 끝난 밤의 궁궐의 뒤뜰에는 풀벌레 소리가 가득하다.

쓰륵쓰륵. 초록초록. 귀뚤귀뚤.

심청은 신비가 차려놓은 제단 앞으로 나아간다. 신비가 뛰어가서 보고 온 데 따르면 임천각에 누워 계신 아버지는 갑자기 숨이 평온해지셨다고 한다. 전의는 이를 두고 떠나가는 사람의 마지막 모습이라고 했다. 하지만 심청은 천지신명만은 꺼져가는 아버지의 생명을 구해줄 수 있으리라고 믿었다.

한편, 심청이 아비를 살려달라고 옥황상제께 빌려 하는 이때, 만령전 뒤뜰에서는 희빈 정씨가 바야흐로 법도에 없는 문초를 시행하고 있었다.

— 네놈이 나를 능멸하려고 드는구나. 얘들아. 저놈의 주리를 틀어대라.

— 네, 마마.

— 아니, 아니란 말이오.

윤상이는 또다시 닥쳐올 고통을 떠올리며 울부짖었다.

어젯밤 윤상이는 만령전 쪽으로 끌려오자마자 모진 문초를 당했다. 본래 왕께서는 중죄를 범한 이라 해도 형리를 세 사람 이상 참례시키지 않고는 심문할 수 없도록 했다. 억울한 사람이 없도록 하기 위함이다.

하지만 희빈 정씨는 심복들로 하여금 반드시 하룻밤 사이에 자백을 받아내라 했다. 자백이 있은 다음이야 사소한 위법쯤은 문제 될 수 없으리라 여긴 까닭이었다. 이날 밤 정씨의 수하들이 윤상이에게 가한 고문은 상상을 넘어서는 것이었다.

그들은 모든 음습한 권력의 소유자들이 가진 육체의 기술을 부릴 줄 알았다. 말하지 않는 자들을 말하게 하고, 믿지 않는 자들을 믿게 하고, 보지 않는 자들로 하여금 보게 할 수도 있었다.

그들은 윤상이가 우물에 버린 글발을 가리켜 왕비의 것이라 토설하라고 했다. 물에 씻겨나가 글씨를 알아볼 수 없게 된 글발인즉 왕실의 금도를 어긴 사련이 담겨 있는 게 아니냐는 것이다. 그들은 또 한밤에 윤상이가 왕비의 처소에 들어간 일이며, 신비가 윤상이에게 글발을 전한 일을 고변하라 했다. 이 모든 물음의 칼끝이 왕비를 겨냥하고 있음은 두말 할 필요가 없다. 왕비와 궁지기 사이에 있을 수 없는 관계가 도사리고 있음을 밝혀내자는 것이다. 이것이 그들이 원하는 모든 것이었다.

그들은 한밤 사이에 자신들이 구사할 수 있는 모든 기술을 다 발휘했다. 윤상이의 손을 뒤로 묶고 입을 헝겊으로 틀어막은 후, 박달나무 몽둥이로 사정없이 온몸을 두들겼다. 이마며 등짝이며 허벅지에서 피가 터졌다. 급기야 다리 정강이가 부러지는 일이 벌어졌다. 몸부림을 치다 축 늘어져버린 윤상이에게 찬물을 끼얹고는 또다시 몽둥이찜질을 했다. 의식이 있어야 고통을 느끼기 때문이다.

윤상이는 모질게 버텨냈다. 여기서 자신이 무너진다면 자기와 심청 모두가 죽을 죄인이 되는 것이다.

고문을 받는 이에게 시간은 아주 더디게 흐른다. 아니, 그에게 시간은 아예 정지해버린 것이나 다름없다. 죽을 것 같은 고통이 영원히 계속되는 지옥이 펼쳐진다. 그와 같은 고통 속에서도 사람은 생각이란 것을 할 수 있을까. 현재와 미래를 살펴보고 생각의 방향을 정하는 일이 가능할까. 대부분은 그렇지 않다. 하지만 윤상이는 그렇게 했다. 살고자 하지 않고 죽음을 각오하면 이루지 못할 일이 없기 때문이다.

알아내려는 자들과 감추려는 자 사이에서 무서운 일들이 밤새 벌어졌다. 그들은 윤상이를 몽둥이로 다스리지 못하자 이번에는 바늘 끝으로 다스리려 들었다. 사람의 삶을 윤택하게 해주는 바늘이건만 이런 때는 그것만큼 사람을 몸서리치게 하는 것도 없다. 그들은 긴 바늘을 윤상이의 결박된 엄지손가락 손톱 밑에 찔러 넣었다. 손톱 밑 생살이 찢어지는 고통은 말이나 문장으로 표현할 수 없다. 몸은 소스라치게 놀라 뒤틀며 피하며 바늘을 빼내려 하나 그 손을 단단히 부여잡고 있는 억센 손들이 여럿이다. 이 손들은 바늘을 찔리우는 손에게 왕비와의 관계를 토설하라고 한다. 그날 밤 곤성전에 들어가 왕비와 말 못할 일을 벌인 것이 아니냐는 것이다. 우물에 처넣은 왕비의 글발 속에는 괴이한 애욕이 적혀 있지 않았더냐는 것이다. 그러나 날카로운 바늘에 두 번째 손가락, 세 번째 손가락을 차례로 찔리는 윤상이는 고통에 몸부림치면서도 왕비와의 관계를 한사코 부인한다.

─그렇지 않소, 으으. 모르오, 나는 모르오. 살려주오. 아니오, 아악, 아니라잖소.

유일한 증거라 할 글발이 우물물에 녹아 풀어 없어진 지금 그들은 윤상이의 자백을 구하지 않으면 안 된다. 손가락들이 차례로 검은 피를 뿜으며 퉁퉁 부어올랐다. 하지만 윤상이는 아무것도 자인하지 않았다. 열 손가락 손톱 밑에 바늘을 다 찔러넣고도 원하는 말을 못 얻어낸 그들은 윤상이의 얼굴 위에 한지를 씌우고는 찬물을 들이부었다. 입으로, 코로 물이 흘러들었다. 윤상이는 몸부림을 쳤다. 물에 빠져 죽었다 깨어나는 듯한 순간이 몇 번씩 거듭되었다.

정신이 혼미한 중에도 윤상이는 자백하면 둘이 죽는 것이요, 자백하지 않으면 하나가 죽을 뿐이라고 이를 악물었다. 자기는 죽을지언정 청이만은 함께 데리고 가지 않겠다고 다짐했다.

사람의 마음이란 참으로 알 수 없는 힘을 가지고 있다. 건장한 육신을 죽일 수 있는 게 마음인가 하면, 육신의 죽음 앞에서도 뜻을 굽히지 않는 게 또한 마음이라는 것이다. 마음은 불가측하면서도 능소능대하다.

그렇게 하룻밤새 곤죽이 되어버린 윤상이를 이번에는 희빈 정씨가 직접 문초를 한다.

─저놈이 뉘를 속이려는 게냐. 여봐라. 저놈 입에서 제대로 된 소리가 나오도록 하지 못하느냐.

희빈 정씨의 노여움은 왕비를 대신해 자기 손아귀에 들어온 윤상이에게로 퍼부어졌다. 희빈 정씨 수하의 사내들이 윤상이에게 달려들어 입에 재갈을 물리고는 윤상이의 묶인 두 다리 사이에 빗장을 질러 넣고 잡아당긴다.

─아악, 아아악.

소리로 만들어 토해내지 못하는 고통이 윤상이의 몸속에서 몸부림치며 돌아다닌다. 몸뚱이는 풀썩풀썩 날뛰며 주인을 향해 제발 자백해달라고 한다. 윤상이는 몸부림치는 중에도 도리질을 한다.

우두둑, 하는 소리가 났다. 남은 무릎 뼈 하나가 부러져 나가는 소리다. 마침내 윤상이는 의식을 잃었다.

―신비야, 냉수 한 사발 떠주려무나.

―네, 마마.

윤상이가 죽음과 같은 고통을 맛보는 동안 심청은 제단 앞에 나아가 하늘에 빈다. 정한수 한 사발을 제단에 바쳐놓고 수없이 절을 올린다.

삶은 정녕 반복임에 틀림없다. 하지만 반복할 때마다 한 번도 똑같이 반복하지 않는 반복이다. 도화동 성황당에서 성황신께 빌던 심청이는 어디로 갔는가. 왕경 궁궐 뒤뜰에서 천지신명께 빌고 있는 이 여인은 누구인가.

심청은 두 눈을 감고 사방에 가득 차 있는 하늘의 기운을 느낀다. 정녕 신은 이곳 지상에까지 내려와 계시다.

―하늘이시여. 상제마마시여. 소녀, 심청이옵니다. 겉은 비록 왕비오나 속은 저 황주 도화동, 헐벗고 굶주리는, 눈먼 아비를 봉양하는 여아일 뿐이옵니다. 그때, 아무것도 몰랐나이다. 감히 제 생명을 바쳐 아비의 눈을 뜨게 하려 했나이다. 죽고 사는 이치도 모르면서, 오로지 아비의 눈을 뜨게 하고 싶은 성마른 욕심만 있었나이다. 그것이 제 사랑을 이루는 일인 줄로 알았나이다. 제 생명을 한갓 꿈같은 소망에 맡기려 했나이다. 부처님께 빌면 아니 되는 일 없이 이루어지는 줄 알았나이다. 어리석었나이다. 이제야 그것을 깨달았나이다.

심청의 꼭 감은 두 눈에서 눈물이 흘러내린다.

―하늘이시여. 상제마마시여. 소녀, 이제 아비의 목숨만을 애걸하나이다. 배고프고 추운 나날이었나이다. 헐벗고 굶주린 육신의 고통에서 하루도 벗어나 보지 못한 불쌍한 사내이옵니다. 물질이 마음

을 짓눌러 마음껏 숨도 쉬어보지 못한 못난 사내이옵니다. 이 사내
에게 단 한 번만이라도, 마음의 눈이 떠질 수 있는 나날을 주소서. 단
일 년, 아니, 단 한 달만이라도 후회와 한탄 말고, 기쁨과 겸허 속에서
숨 쉴 수 있는 나날을 주소서. 만약 그럴 수만 있다 하오시면 제가 가
진 가장 소중한 것을 잃어버려도 좋사옵니다. 제 모든 것을 바치겠나
이다. 제 목숨을 한 번 더 바치겠나이다. 그보다 더 소중한 것이 있다
하면 그조차 아끼지 않고 바쳐 올리겠나이다. 제발, 아버지를 살려주
옵소서.

심청은 이제 비로소 자기가 원하는 것이 무엇이었는지 알 수 있을
것 같다. 자신이 아비로 인해 고통스러웠던 것이 무엇이었는지, 아비
를 위해 자신이 그토록 얻으려 한 것이 무엇이었는지 알 수 있을 것
같다. 심청은 마음이 고요해짐을 깨달았다. 닥쳐올 모든 일을, 그게
무엇이든 감당할 수 있을 것 같았다.

하늘에 빌어 자신이 원하는 일을 이룰 수 있을까. 세상이 열린 이
래 사람들은 그럴 수 있기를 바라왔다. 사람의 의지를 떠받드는 이들
은 사람의 힘으로 이루지 못할 게 없다고들 했다. 사람은 자신이 풀
수 있는 문제만을 제출하는 법이라고, 제법 그럴 듯한 논리를 펴는
이들도 없지 않았다. 하지만 사람들은 즐겨 하늘에, 하느님께, 상제께
빌었다. 자기의 불완전함을 믿고 그 결핍을 채워줄 초월적 존재를 믿
었다. 사람들은 그 바람만으로도 그 사이에 이루지 못했던 많은 일을
이룰 수 있었다. 이 발원에는 그것을 자신의 내적 신념으로 바꾸어
문제를 풀 수 있는 능력이 내재해 있었다.

심청이 하늘에 빌기를 마치자 신비는 왕비께서 쓰러지시기라도

할까봐 잔뜩 염려한다.

―마마, 잠시 곤성전에 드시옵소서. 이러다가 마마께서 먼저 쓰러지실까 겁나옵니다.

―나는 괜찮다. 어서 임천각에 가자꾸나.

―네, 마마. 조심하시옵소서.

―고맙다.

두 사람이 곧장 임천각으로 향할 때, 심봉사를 돌보고 있던 전의는 병인에게서 이상한 변화를 감지했다. 이미 세상을 떠나버린 듯 미동조차 하지 않던 심봉사가 깊은 잠에서 깨어나듯 부스럭거렸다. 전의는 깜짝 놀라 병인을 살폈다. 잔뜩 긴장한 눈으로 병인의 변화가 무엇을 뜻하는지 알아내려 했다. 국구께서 운명하시려 한다 하면 환관으로 하여금 서둘러 왕비를 모셔야 했다.

그런데 그게 아니다. 병인의 얼굴빛이 달라져 있다. 죽어가는 자, 이미 죽은 자의 것이 아니라 살아나는 자, 살려 하는 자의 얼굴이다. 화색이 돈다. 그 헐고 짓무르던 농창들도 한결 잦아든다.

전의는 자신이 병인을 살피기를 잠시 소홀히 한 사이에 대체 무슨 일이 일어났는지 알 수 없다.

임천각에 가까웠을 즈음 왕비와 신비는 뒤미처 급히 따라온 궁녀를 맞이했다. 희빈 정씨의 처소에서 벌어지는 일을 살피라고 신비가 당부해서 보냈던 궁녀다.

―마마.

―다미로구나. 무슨 일이더냐.

―마마, 궁지기 어른이…….

다미는 숨이 급한 듯 말을 잇지 못했다. 심청은 다미의 목소리에서 무슨 변고가 생겼음을 알아차린다.

—그분은 내 고향의 가까운 오라버니시니라. 말해보라.

심청은 이제 아무 감출 것이 없다. 아비를 위해 마지막 정성을 드렸으니, 이제 임금께 모든 것을 아뢰고 오라버니를 구할 차례다.

—마마, 아뢰옵기 황공하오나…….

—다미야, 어서 아뢰거라.

신비가 참지 못하고 다미를 재촉했다.

—희빈 마마께서 궁지기에게 인두를 쓰신다 하옵니다.

다미가 전한 말을 듣자마자 심청은 그만 의식을 잃고 그 자리에 쓰러져버린다. 궁녀들이 화급히 달려들어 왕비를 떠받들어 올린다.

—어서 전각 안으로 모시자.

마침 전의가 전각 안에 있어 그나마 다행이다. 궁녀들은 왕비를 받쳐들고 전각 쪽으로 황급히 몰려들어간다.

잠시 후 심청은 임천각 안에서 의식을 회복했다. 심청이 눈을 뜨자 이를 누구보다 반긴 것은 심봉사다. 심봉사는 근심스러운 표정으로 무릎을 꿇고 엎드려 있다가 왕비께서 눈을 뜨자 기쁨의 눈물을 흘렸다.

이 대목에서 독자들은 생각할 것 같다. 이 이야기꾼이 심봉사가 장님인 것을 깜빡 잊은 게 아닌가 하고.

하지만 금방 심봉사가 왕비께서 의식이 돌아오심을 보고 기뻐했다 함은 이 이야기꾼의 실수가 아니다. 의식을 잃고 죽음의 강 저편으로 건너가던 심봉사는 무슨 연유인지 모르나 이승의 삶으로 되돌려졌다.

　—돌아가라. 가서 네가 해야 할 일을 하고 돌아오라.

　눈이 떠지자마자 심봉사는 주위를 돌아보았다. 누군가 자기에게 분명 그렇게 말한 것 같다. 하지만 그것은 죽음의 문턱에서 살아난 심봉사의 마음 깊은 곳에서 솟아난 스스로의 말이었는지도 모른다.

　—무엇이라 하셨소? 내가 지금 어디에 있는 것이오?

　심봉사는 눈앞에 보이는 흰 수염이 수북이 난 이를 향해 물었다.

　—아니! 국구께서 살아나셨소이다.

　—그렇습니다요, 전의 나리.

　모두들 굉장히 놀란 눈치다.

　국구라니. 나를 보고 국구라 부르는 것을 보면, 이곳은 아직 고려국 궁궐인가 보다. 하지만 이 사람들의 얼굴이 마치 꿈속이라도 되는 듯 또렷이 보임은 어인 까닭인가.

　—엥, 국구께서 눈이, 눈이 보이시나 보옵니다.

　—정말이냐? 어디, 어디 보자꾸나.

　전의가 누워 있는 심봉사 앞으로 다가와서는 두 눈동자를 유심히 바라본다. 소매 안에서 손을 꺼내 심봉사 눈앞에서 휘휘 저어보기도 한다. 전의의 손바닥의 움직임을 따라 심봉사의 눈동자가 이리저리 움직인다.

　—정말, 정말이신가 보오. 국구마마, 소인이 보이시옵니까?

　수십 년 병인을 만나 온 전의가 자기 눈을 믿지 못하고 심봉사에게 여쭙는다.

　—보이기는 보입니다만, 지금 소생이 꿈속에 들어 있는 게 아닌

지요?

—정녕 보이신단 말씀이오니까?

전의는 심봉사의 말을 믿지 못하고 재차 묻는다.

—소생이 지금 꿈이 아니라 현실에 들어 있는 것이와까?

심봉사는 이렇게 물으면서도 이미 기쁨의 눈물을 흘리고 있다.

—꿈이 다 무엇이오니까. 저승에 가셨다 돌아오셨사옵니다.

—정말이오? 내가 정녕 살아서 이 두 눈으로 당신들을 보고 있는
게오?

—두말하면 잔소리옵니다요. 전의께서 국구마마를 되살려놓으셨
습니다요.

옆에서 시위하고 섰던 전의의 젊은 제자가 그 순간을 놓치지 않고
스승께 아첨을 한다.

—고맙소이다.

—아니옵니다, 마마. 돌아오셔서 천만다행이옵니다.

내가 눈을 뜨다니.

심봉사는 두 눈을 감았다 새로 떠본다. 정녕 두 눈동자에 세상이
비친다.

참으로 놀랍고 또 놀라운 일이다. 두 눈 앞이 캄캄해진 후로 단 한
순간도 새로 눈 뜨기를 바라지 않은 적이 없다. 하지만 빛은 자기에게
돌아오지 않았다. 딸을 팔아서라도 눈을 뜨고자 했고, 떠서는 아무리
늦더라도 과거를 보아 조정에 나가 이름을 떨치려 했다. 모든 꿈이 덧
없이 스러졌다. 한갓 색주가 계집년들에게 그 많은 재물 다 빼앗기고
더는 살지 말자고, 더는 살 수 없으리라고 단념해버린 마당이다. 그런

데 죽은 줄만 알았던 청이를 만나고 새로운 빛까지 되찾은 것이다.

정신이 차츰 맑아지매, 심봉사는 비로소 자기 몸을 천천히 훑어보았다. 두 눈에 비친 자신의 모습은 처참했다.

사람이 아니야, 아니로구나. 누가 이 몸을 사람이라 하겠느냐. 어쩌다 이렇게 더럽게 늙었느냐.

부끄러웠다. 전의며, 그의 제자며, 환관들 보기가 부끄러웠다. 이렇게 생겨놓고 왕비마마의 아비라니. 왕비마마께 이렇듯 누를 끼치고도 어찌 더 목숨을 이어갈꼬.

그렇다. 스무 살 야망에 불타던 홍안 소년은 어디로 갔는가. 바싹 마른 볼이며 이마에는 굵은 주름이 갈퀴같이 잡이고 매장에 헌 부스럼 자국이 덕지덕지 붙었다. 정녕 이것은 저 먼 옛날의 아름다운 청년의 모습이 될 수 없다.

심봉사는 두 눈을 감고 소리 없이 운다. 하지만 이 울음은 주위 사람들이 알아볼 수 없다. 눈물을 흘리지 못하고, 가슴조차 들먹이지 못하면서 오로지 속으로만 우는, 회한과 후회의 울음인 까닭이다.

이때 의식을 잃은 왕비마마를 모신 궁녀들이 들이닥쳤다.

―왕비마마를 살리시오.

신비가 전의를 향해 소리를 질렀다. 궁녀들이 왕비마마를 급히 뉘여드리고 무턱대고 팔다리를 황급히 주물렀다.

―허, 다들 비키시오.

전의는 궁녀들을 물러서게 하고 명주실을 꺼내어 신비로 하여금 왕비마마의 손목에 두르도록 했다.

―연수야, 빨리 가서 각혼단을 가져와라.

―예, 나리.

연수라 불리는 젊은 제자가 재빠르게 문을 밀치고 나갔다.

―어떠하시오?

심봉사가 전의를 향해 근심스럽게 물었다. 아까부터 이 모든 일을 지켜보고 있던 심봉사다.

―국구마마며 궁지기 일에 속을 너무 많이 태우셨사옵니다.

신비가 옆에서 왕비마마의 얼굴을 살피며 울먹였다.

―국구마마를 찾으시겠다고 잔치 때 얼마나 애를 끓이셨는지 모르옵니다.

다미도 곁에서 신비를 거들었다.

―에그머니, 국구마마, 눈이 보이시옵니까?

신비는 심봉사가 자기들을 똑바로 바라봄에 깜짝 놀란다.

―그렇다오. 눈이 보이신다오.

전의가 옆에서 열없이 대답하자 신비는 그 자리에 주저앉아 엉엉 운다. 왕비마마의 정성이 국구마마의 목숨을 살리고 두 눈마저 뜨게 해드린 것이다. 궁녀들, 환관들이 모두 왕비마마의 지극한 효심에 감동한 나머지 전각 안은 온통 울음바다로 변했다. 그러나 심청의 마음이 효심을 넘어선 것임을 그네들은 알지 못한다.

잠시 후 전의가 제자가 가져온 각혼단을 왕비의 입속으로 떨어뜨리자 심청은 비로소 의식을 되찾았다.

―정신이 돌아오십니다.

신비가 반가워 소리를 질렀다. 의식이 돌아오면서 심청은 곧 윤상이 오라버니의 일을 생각해냈다.

—신비야, 궁지기 어른은 어찌 되었느냐.

—마마, 이제 곧 알아보겠사옵니다. 그보다도 국구마마께서 살아
나셨사옵니다.

—그뿐 아니라 두 눈이 돌아오셨사옵니다.

궁녀들이 다투어 전하는 말을 듣고, 심청은 놀라지 않을 수 없다.
아버지 생명을 구해달라고, 간절히 발원을 올린 것은 사실이다. 그러
나 그 발원에 하늘이 이렇게 감응해주시리라고는 자기도 미처 생각
하지 못했다.

심청은 저만치 떨어진 곳에 무릎을 꿇고 엎드려 머리를 조아리고
있는 아버지를 본다. 기쁘다고만은 할 수 없는 마음으로 눈물을 흘린
다. 심청은 일어나서 아버지에 대한 예의를 갖추려 했지만, 몸이 말
을 듣지 않는다.

—그대로 누워 계시옵소서, 마마.

심봉사가 침중한 음성으로 심청을 염려한다. 심청은 무엇인가 말
을 하려 하나 하지 못한다. 자꾸 눈물만 흘릴 뿐이다. 왕비의 심정을
헤아린 궁녀들이 모두 심청을 안쓰럽게 여겨 운다. 한참만에야 심청
은 겨우 마음을 진정한다.

—전의는 수고하시었소. 장차 상을 내릴 터이니 오늘은 이만 물러
가 쉬시오.

—네, 마마.

전의가 물러가자 심청은 시위하고 섰던 환관들도 물리쳤다.

—내관은 주상전하의 용태가 어떠하신지 여쭈어보고 오라. 오후
에 들르고자 했으나 경황이 없었다. 전하께 내가 깊이 염려하고 있다

고, 곧 문안드리러 간다고 전하라.

—네, 마마. 분부 거행하겠사옵니다.

참으로 자애로우신 왕께서 환우에 들어계신 것을 심청은 아직도 찾아뵙지 못하고 있는 것이다. 심청은 자신이 왕께 대하여 큰 죄를 짓고 있음을 알았다.

환관이 자리에서 물러나자 전각 안은 한결 조용해졌다.

—아버님.

—네, 마마.

심봉사, 아니 이제는 두 눈을 뜬 심학규가 근심스러운 눈빛으로 왕비를 바라본다. 아버지의 눈빛은 자기가 보아온 옛날의 그 눈빛이 아니다. 고요하고도 깊어진 것이, 눈을 뜨면서 마음조차 달라진 느낌을 준다. 심청은 그런 아버지의 눈빛을 대하며 또다시 말을 잇지 못한다. 눈물이 샘솟듯 흘러 고운 볼을 타고 흘러내릴 뿐이다.

—이 죄인을 어찌 이렇듯 살려주셨나이까?

아버지 심학규의 목소리는 떨리고 있다. 그 떨리는 목소리에는 지난날의 모든 기억들에 대한 죄스러움과, 왕비가 되어서까지 자신을 잊지 않고 구해준 딸에 대한 절절한 고마움이 담겨 있다.

심청은 그런 아버지를 향해 아무 말씀도 드리지 못한다. 눈물이 그득한 심청의 두 눈 속으로 자기를 지키려고 죽음을 무릅쓰고 있는 윤상이의 모습이 떠올랐기 때문이다.

심청은 오늘밤 자기가 무슨 일을 한 것인지 되새겨 본다. 윤상이 오라버니의 목숨이 경각에 달려 있었으니, 당장이라도 주상께 달려가야 옳았다. 하지만 그렇게 하지 못했다. 두 소중한 사람 가운데 순서를 정해야 할 상황에 윤상이 오라버니를 저만큼 밀쳐놓고 아버지를 살리겠다고 나섰다. 아버지를 살리겠다고 윤상이 오라버니를 외면해버렸다. 윤상이 오라버니가 국법에도 없는 국문을 당하는 때, 아비를 살려달라고, 아비를 살릴 수 있다면 자신의 가장 소중한 것을 버려도 좋다고, 그렇게 천지신명께 빌고 있었다. 그것은 결국 윤상이 오라버니의 목숨을 바칠 테니 아버지를 살려달라고 애걸한 것과 무엇이 다르단 말인가.

이 죄를 어찌 하나.

돌이켜보면 자기는 인당수에 몸을 바칠 때도 윤상이 오라버니의 바람을 철저히 외면해버렸다.

내, 그렇듯 윤상이 오라버니를 멀리 하고 싶었던가.

그것은 아니었다. 세상에 나서 사내라고는 귀덕 오라버니와 윤상이 오라버니밖에는 몰랐다. 마음 바쳐 사랑한 것은 윤상이 오라버니뿐이었다. 오라버니의 가슴 깊은 곳에 박혀 있는 그 한을 사랑했다. 그 깊은 상처를 보듬어드리고 싶었다. 하지만 그러지 못했다. 그러기는커녕 늘 그를 외면하기만 했다. 그를 버려 대신에 아버지를 구하려 했다.

왕께 전갈을 보낸 환관이 돌아왔다. 왕께서는 오후에도 몸이 몹시 편찮으셔서 누워 잠들어 계시다 이제야 겨우 기침하셨노라 한다. 비록 임금께서 환우 중에 계실망정 이제는 윤상이 오라버니를 위해 마지막 손을 써야 했다.

심청은 마음을 가다듬고 힘을 내서 자리에서 일어났다. 몹시 어지럽다. 하지만 심청은 아무런 내색도 하지 않는다. 먼저 환관에게 일러 아버지를 왕실 인척들을 위한 처소에 모시도록 했다. 내일 아침 날이 밝으면 다시 뵙기로 하고 중광전 쪽으로 총총히 걸음을 옮겼다. 만약 인두로 지짐을 당했다면 윤상이 오라버니는 이미 이 세상 사람이 아닐 수도 있다. 시간이 없었다. 모든 것을 각오해야 했다.

중광전 임금의 침전으로 들어가 문안을 드렸다. 임금께서는 누워 계신 중에도 인자하고도 밝은 미소로 어린 왕비를 맞이했다.

―중전, 국구를 마침내 찾으셨다고 들었소.

―네, 마마. 못 보시던 눈까지 뜨셨사옵니다. 전하의 성은이 하해와 같사옵니다.

―무슨 말씀, 이 모두 중전의 정성 덕분 아니겠소. 국구께는 과인이 내일 예를 갖추어 인사를 드리겠소.

―부친은 전하의 환후가 차도가 있으신 후에 만나셔도 되옵니다. 마마.

―좋으시도록 하오. 헌데, 명화에게 들은즉 중전을 이곳으로 인도해 온 윤상이란 자가 희빈에게 고초를 당하고 있다 하오.

그렇잖아도 심청은 윤상이 오라버니 일을 어떻게 여쭈어야 할지 고심하던 차다.

―마마, 듣자 하오니 희빈의 문초가 도를 넘었다 하옵니다.

심청은 윤상이 오라버니가 인두로 지짐을 당하고 있다는 말씀은 차마 올리지 못한다.

―듣고 있소. 환관들이 보고 오기를 어젯밤부터 국사범을 다루듯 하였다 하오.

―어젯밤부터라 하셨사옵니까.

심청은 몸이 덜덜 떨려온다. 홀로 그 참혹한 형벌을 당하면서 얼마나 외로우셨을까.

—과인이 몸이 편치 않아 자세히 살피지 못하였소. 내일은 희빈을 불러 엄히 타이를까 하오.

—궁녀가 이르기를 희빈이 오늘밤 인두를 쓴다 하옵니다.

심청은 드디어 참지 못하고 떨리는 목소리로 윤상이 오라버니의 일을 임금께 고하였다. 왕은 눈물 그렁그렁한 왕비의 얼굴을 측은한 눈빛으로 바라보셨다.

—중전을 과인에게 인도해온 자를 그렇듯 무참히 벌하다니. 과인이 그동안 희빈을 너무 관대하게 대해준 모양이오.

왕은 고개를 돌려 엄한 목소리로 명화를 찾으신다.

—찾으시었사옵니까, 마마.

—명화야, 이미 밤이 늦었으나 만령전에 즉시 국문을 멈추도록 전하라. 윤상이란 자를 즉시 풀어주도록 하고 용태가 어떠한지 알아오도록 하라. 또한 형조에 전갈을 보내 내일 당장 희빈의 만행을 엄중히 문책하도록 하라.

—예, 마마.

왕께서는 이번이야말로 희빈의 버릇을 고쳐놓을 때라고 생각하셨다. 지금 희빈의 만행을 엄히 다루지 않으면 장차 왕실에 편할 날이 없으리라 생각하신 것이다.

그러나 심청이 임천각에서 의식을 잃고 있던 사이에 만령전 뒤뜰에서는 이미 생떼같은 한 젊은 목숨이 스러지고 있었다.

주리를 트는 일은 고통이 극심하기로 으뜸가는 고문이다. 그럼에도 윤상이가 태도를 바꾸지 않자 정 희빈은 화가 머리끝까지 뻗치었다. 본디 성정이 급하기로 소문난 여인이다. 희빈의 표독스러운 매질에 물고가 난 궁녀들이며 환관들이 하나둘이 아니다. 궁궐의 법도가 워낙 엄해서 모두들 쉬쉬하는 형편이지만, 희빈 정씨가 왕비 될 어지심을 갖추지 못했음은 이미 공공연한 사실이 되었다.

—네놈이 정녕 죽기를 바라는구나. 왕비마마께 사사로이 드나들었다는 고변 한 마디면 네 목숨 하나는 이어 붙일 수 있느니라. 어서 말하라. 내 너에게 목숨을 주리라.

희빈 정씨는 마지막까지 자백하라 하나, 윤상이는 이미 대답할 기력조차 잃어버렸다. 그의 입에서는 신음 소리 말고는 새어나오는 것이 없다.

정 희빈은 마침내 이를 빠드득 갈았다.

—뭣들 하느냐. 인두를 가져오라. 내가 직접 네놈의 얼어붙은 입을 녹여주도록 하리라.

—마마…….

정 희빈 옆에서 요화가 만류하려 하나 사세가 이미 기울었음을 깨달았는지 아무 말씀도 아뢰지 않는다.

잠시 후 숯불이 이글이글 타오르는 화롯불에 인두가 빨갛게 달아올랐다.

—다, 달구어졌사옵니다. 마마.

이제껏 희빈의 문초를 도와 고문을 일삼던 정 희빈의 수하 심복마저 잔뜩 긴장해서 말까지 더듬는다.

윤상이는 초점을 잃어버린 흐릿한 눈망울로 붉게 달궈지는 화롯

불 속 인두를 쳐다본다. 과연 자기는 죽으려 하느냐고 스스로에게 한 번 더 묻는다. 무엇을 위해서 아까운 목숨을 버리려 하느냐고, 돌이 켜보면 한 번도 자기에게 흡족한 사랑을 바치지 않은 여인이 아니었 더냐고, 전생에 맺어질 인연을 쌓지 못한, 잊어야 할 여인이 아니었 더냐고 묻는다.

그랬다. 이 모든 것이 사실이었다. 그럼에도 윤상이는 자기 목숨을 바쳐 심청을 구하려 하고 있다.

왜일까.

윤상이는 돌이켜 그 이유를 생각해본다.

슬픔.

슬픔 때문이다. 자기도 청이도 모두 슬픔이 크고 그 슬픔을 덜어낼 곳 없는 아이들이었다. 마치 고아처럼, 길에 같이 버려진 아이들처럼, 청이와 자기는 슬픔 속에서 서로를 의지하며 자라났다. 높은 사람, 가진 사람들은 서로를 이용하면서 살 줄 알지만 청이나 자기 같은 존 재들은 서로 이해하면서, 서로 도우면서 사는 수밖에는 다른 삶의 방 도가 없었다.

다른 길이 있었다면, 심청이 아비를 짊어지지 않고 자기가 아비에 게 짓눌리지 않았다면, 같이 멀리 떠나서라도 사랑하며 살 수 있었을 것이다. 하지만 이승의 인연들은 질기디 질긴 거미줄 같다. 햇살 아 래 모습을 감춰 사라져버린 듯하다가도 삶을 바꿔 새롭게 살려 하면 동여매놓은 밧줄같이 움쩍도 하지 않는다. 그게 바로 이 세상의 이치 요, 법리요, 도덕이라는 것이다. 떨쳐버리고 자유롭게 되고자 해도 찰 거머리처럼 붙어 떨어지지 않는다.

이윽고 희빈 정씨가 뜰 아래로 내려서서 수하의 사내가 건네주는 인두를 받아들었다.

―이 인두가 꼭 틀어막힌 네놈의 입을 열게 해줄 게야. 자, 어서 고하거라. 네놈과 왕비가 무슨 짓을 벌였는지, 어서 자복하지 못하겠느냐.

윤상이는 희빈 정씨를 똑바로 바라보려 애썼다. 말 한 마디에 잠시 더 살고, 또 한 마디에 즉시 죽음의 문을 열어젖힐 수도 있다. 윤상이는 희빈 정씨를 바라보며 희미하게 웃는다.

―돌아올 수만 있다면, 내 다시 돌아올 것이오. 이렇듯 반상이 다르고 귀천이 다른 세상 말고, 사람사람이 하나같이 귀한 세상에 말이오. 희빈이 나를 죽이는 게 아니라 내가 이 세상을 버리는 줄만 아시오. 내가 죽어 희빈은 죄인이 되고, 왕비마마께옵서는 살아 이 나라를 사랑으로 이끄실 게요.

―네놈이 잘난 입을 놀리는구나. 어디 입술에 인두자국이 나고도 그러는지 보자꾸나. 얘들아, 이놈의 머리채를 꼭 붙들어라.

―예이, 마마.

수하들이 달려들어 단단히 결박당한 윤상이의 머리채를 뒤로 확 잡아끈다.

―읍, 으으읍.

희빈 정씨가 윤상이의 입술에 빨갛게 단 인두를 갖다 대니, 윤상이의 목구멍에서 처참한 괴성이 흘러나온다. 고통을 못 이긴 윤상이의 몸이 마구 비틀리는데 희빈 정씨는 인두질을 끝내지 않는다. 윤상이가 까무러친다. 만령전 뒤뜰에는 인고기 타는 냄새가 자욱히 번진다.

정 희빈의 궁녀들은 차마 광경을 바로 보지 못해 외면하는데, 요화만은 희빈이 벌이는 일을 두 눈 똑바로 뜨고 낱낱이 바라본다.

—지독한 놈이로다. 이 일을 어찌해야 한단 말이냐.

의식을 잃고 축 늘어진 윤상이를 바라보며 희빈 정씨가 넋두리를 하듯 기운 빠진 말을 내놓는다. 그렇지 않아도 임금의 사랑과 관심을 잃어버린 지 오래다. 이렇듯 궁인을 물고를 낸 것을 아시게 되면 그 노여움을 쉽사리 감당하기 어려울 듯하다. 하찮은 놈한테 자인 받지 못하는 게 분해서 참지 못하고 저지른 일이건만 일이 너무 커져 감당할 수 없다.

—어떻게 해야겠느냐?

희빈이 요화를 돌아보자 요화는 싸늘한 표정으로 나지막이 속삭인다.

—마마, 이제는 죽이지 않고는 다른 방도가 없을 듯하옵니다.

순간, 희빈 정씨는 요화를 원망스러운 눈으로 흘겨보았다. 그날 밤 요화가 고자질을 해오지만 않았다면 오늘의 사태는 일어나지 않았을 터다. 하지만 지금 희빈은 요화의 말을 따르는 수밖에 없음을 알고 있다. 사태를 그냥 접어두기에는 너무 멀리 와버렸다. 마침내 희빈은 무거운 결정을 내린다.

—얘들아, 너희들은 만령전 앞뒤 문밖에 나가 단단히 지키고 서 있도록 해라.

희빈은 요화를 포함해서 주위의 궁녀들을 현장에서 물러나게 했다.

혹여라도 임금이나 왕비의 궁녀들, 환관들이 훔쳐볼까 두려워함이요. 자기를 따르는 궁녀들조차 믿지 못하고 보는 눈들을 단속하기 위함이다.

—예이, 마마.

—살펴보겠나이다.

궁녀들이 흩어진 후, 희빈 정씨는 수하의 사내들을 돌아본다.

—누가 이놈을 처치하겠느냐?

희빈 정씨가 사내들을 훑어보매, 모두들 두려운 기색이 역력하다.

—못난 놈들. 황금 스무 냥을 내리겠다. 누가 하겠느냐?

역시 모두들 움직이지 않는다.

그러자 희빈 정씨는 스스로 빨갛게 달아오른 인두를 다시 집어 들고 윤상이에게로 다가갔다. 잠깐 윤상이의 일그러진 얼굴을 바라보았다. 그리고는 차마 보기 싫다는 듯 진저리를 치며 윤상이의 두 눈을 인두로 지져댔다. 의식을 잃고 있는 중에도 윤상이는 처절한 고통으로 온몸을 꿈틀대며 불길에서 벗어나려 했다. 윤상이가 다시 깨어났다. 그는 희빈 정씨가 입술을 지져댈 때 인둣불의 화기에 이미 치명상을 입었다. 그런 중에도 윤상이는 만들어지지 않는 말을 신음소리로 만들어 웅얼거리며 발버둥쳤다. 그 순간 희빈은 윤상이의 말을 똑똑히 들은 것 같다. 그 웅얼거리는 소리는 분명,

—다시 돌아올 테다. 다시.

라고 말하는 듯했다. 이 말을 알아듣는 순간 희빈 정씨는 윤상이가 원귀라도 되어 자신을 해칠 것만 같은 공포에 사로잡혔다.

—어딜 돌아온다는 게냐, 감히.

희빈 정씨는 발작을 하듯 뜨거운 인두를 윤상이의 목구멍 깊이 찔러 넣었다. 그런데도 윤상이는 죽지 않고,

—잊지 않을 테다. 너를 내가 죽여버릴 테다.

하고 말하고 있는 듯했다. 윤상이의 몸의 전율이 서서히 잦아들고 있었다. 하지만 희빈은 윤상이가 계속해서 다시 살아돌아오겠다고 말하고 있는 듯했다.

돌아올 수만 있다면, 윤상이는 이 한 많은 세상을 지금까지와는 다르게 살 것이다. 하지만, 돌아오지 않을 수 있다면 이곳 같은 세상으로는 다시 돌아오지 않는 게 더 좋다. 젊고 피가 뜨거운 그가 바라던 세상, 차별 없는 세상, 귀천과 반상과 왕후장상의 씨가 따로 없는 세상에, 한 번은 다시 태어나 이승에서 맛본 절망을 보상 받을 수 있어야 한다.

그런 세상이 과연 있겠느냐고 물을 수도 있겠다. 그러면 밤하늘의 별들을 보라. 맑은 날 밤이면 캄캄한 천공에 발 디딜 틈 없이 무수한 별들이 떠 있지 않던가. 우주는 대체 얼마만큼이나 넓은 것이냐. 이렇게 묻는 것은 어리석다. 우주는 무한히 넓어 시작도 끝도 없다. 무한하다는 것은 그곳에 우리가 상상할 수 있는 모든 가능성이 잠재되어 있고 또 그것들이 바야흐로 꽃송이가 열리듯이 실현되고 있음을 의미한다.

우주의 별들은 그 수가 얼마나 될까?

아마 저 부처님 나라 인도의 갠지스 강의 강가 모래밭의 모래알들보다도 많을 것이다. 그것들이 모여 하나의 은하를 이루고 있을 것이다. 그리고 또 이 은하들이 수없이 모여 하나의 우주를 이루게 된다. 그런데 그것으로 끝이 아니다. 우주에는 그런 우주들이 포도나무에 포도송이가 열리듯이 다닥다닥 붙어 있다. 또 그런 포도나무들이 포도밭을 이루고 있고, 그리고 또 이 포도밭이 하나가 아니요, 포도를 팔아서 살아가는 나라의 포도밭처럼 숱하게 펼쳐져 있다. 그렇다면 그 숱한 별들 어딘가에 우리들 생명의 씨앗이 지금 우리들의 모습 그대로 싹을 틔워 새로운 삶을 만들어나가게 되리라고 말할 수도 있다. 우리는 누구나 이 우주의 어딘가로 돌아와 새로운 생명의 꽃을 피우게 되리니, 이 부조리한 세상에 태어나 절망과 고통을 맛본 것을 원통해하지만은 말아야 할 것이다. 이승에서의 우리들의 삶은 이 무한한 우주의 시공간 속에서 우리가 연출하고 있는 하나의 무대에 지나지 않는다. 그리고 우리 각자가 죽어 나를 잃어버리게 됨을 슬퍼하지 말자. 나라는 것이 본래 이 세상에는 존재하지 않는 가설적인 것이 아니던가. 나는 나의 뿌리로부터 피어난 하나의 꽃송이에 불과한 것이니 꽃이 져도 꽃나무는 죽지 않고 영원한 생명을 이어갈 것이다.

가을 석양빛 속에
떠나보내다

만령전에 왕명을 전하러 갔던 명화가 돌아오자 중광전에는 그 사이에 벌어진 참혹한 일이 알려졌다. 명화가 만령전 뒤뜰에 당도했을 때 궁지기는 이미 절명해버린 뒤였다고 한다. 비록 희빈의 수하들이 벌인 짓이라고는 해도 입과 두 눈을 인두로 지진 것은 지극히 어지신 임금님의 치세에 있을 수 없는 일이라 했다.

임금께서 대로하셔서 희빈을 폐하리라는 소문이 한밤 새 궐내를 한 바퀴도 넘게 돌아다닐 즈음, 심청은 넋을 잃고 곤성전에 돌아와 자리에 그대로 몸져눕고 말았다.

다음 날, 신비를 비롯한 왕비의 궁녀들이 일제히 입을 다문 가운데, 형조에서 만령전에 들어가 궁지기의 죽음에 관해 엄히 캐물었다. 희빈 정씨는 형조 관원들의 새파란 서슬에 놀란 나머지 감히 왕비마마와 궁지기의 관계를 운운할 수 없었다. 만약 그러한 일로 궁지기를 죽음에 이르게 했음이 드러나면, 칠거지악을 어긴 죄로 폐서인에 처해질 수도 있는 상황임을 희빈 자신이 너무나 잘 알고 있었다. 궁여지책으로 정 희빈은 궁지기가 한밤에 만령전 담을 넘어 궁녀를 농락하려 했다고 강변했다. 하지만 근거를 댈 수 없었다. 요화에게 그 역할을 떠맡기려 하였으나 이 영악한 궁녀는 자기를 희생하여 희빈을 구해줄 뜻이 없다. 형조에서는 희빈에게 숨은 이유가 있으리라는 혐의를 두었으나 더 이상 깊이 캐물을 수 없었다. 다만, 왕명을 대신하여 궁지기를 죽음으로 몰아간 책임을 물어 그 말을 낸 희빈의 궁녀들 모두에게 곤장 백 대씩을 내리고 오 년 동안 지위를 올려주는 일이 없도록 했다.

또한 왕께서는 따로 지밀상궁을 통해 희빈에게 한 해 동안 근신할 것을 명하시고, 예조에 명하시어 억울한 죽음을 당한 궁지기를 후히 장사지내도록 하셨다. 마지막으로 왕께서는 궁지기에게 생전에 성씨를 내려주지 않으신 것을 안타까이 여기사 융이라 하는 성씨를 내리셨다. 또한 현숙한 왕비를 궁궐에 인도해 온 공을 높이 사시어 종7품에 해당하는 벼슬을 내리셨다.

맹인 잔치에 이어 희빈 정씨의 일로 벌집을 쑤셔놓은 듯했던 궁궐도 하루 그리고 이틀이 지나면서 차츰 평온을 되찾아갔다.

오늘은 윤상이를 장사지내는 날이다.

비록 뒤늦게 벼슬을 하사받았다고는 하나 왕이 엄존해 계신 궁궐에서 곡소리를 낼 수 없다.

발인하는 날 아침 일찍 꽃상여에 실어주되, 대궐 뒤 작은 북소문으로 조용히 내보내기로 했고, 아무도 뒤를 따르는 이 없이 조용히 장례를 치러주기로 했다.

심청은 밤을 뜬 눈으로 지새우고 아침을 맞았다. 묘시를 넘기기 전에 발인을 하리라는 말에 따라, 비록 상여를 따라가지는 못한다 해도 윤상이 오라버니 마지막 가시는 외롭고 슬픈 길을 마음으로나마 배웅해드리고자 한 것이다. 자기를 대신해 신비를 보내어 그의 마지막 길을 지켜주리라 했다.

가을이 짙어가는 궁궐의 아침은 서늘하다 못해 추운 기운이 감돌았다. 심청은 옷을 소박하게 차려입고 침전 앞마루에 다소곳이 앉았다. 이것으로 정말 영영 이별이라 생각하니 기가 막힐 따름이다. 그가 살고 자기가 죽어야 할 것을, 자기가 살고 그가 죽어 북망산으로 오늘 떠나가는 것이다.

묘시가 넘었을까. 심청이 괴롭고 허전한 마음으로 지금쯤 북소문을 나가셨을지 가늠하고 있을 때, 신비가 얼굴이 새파랗게 되어 뛰어들었다.

—중전마마.

—신비로구나. 궁지기 어른의 상여가 이제 나가셨더냐.

—상여가 북소문 앞에서 움직이지를 않사옵니다, 마마.

신비는 그 연유가 왕비마마에게 있음을 안다는 듯한 표정으로 심청을 올려보았다.

원통하신 게야. 차마 몸을 움직이지 못하시는 게야.

심청은 신비의 말 한마디로 모든 것을 이해할 수 있었다.

어찌하면 좋으실까요. 오라버니? 제가 어떻게 해드려야 할까요?

심청은 잠시 머뭇거렸으나 마침내 마음을 정한 듯,

—신비야, 북소문으로 가자꾸나.

한다. 신비가 눈을 동그랗게 떴다.

—마마, 중인들의 눈이 무섭사옵니다.

왕비의 마음은 이해하겠지만, 그로써 일어날 수도 있는 풍파를 두려워함이다.

—알고 있다. 하지만 너라면 어찌 하겠느냐.

—알, 알겠사옵니다, 마마. 상여꾼들밖에 없는 게 다행이옵니다.

신비는 왕비를 윤상이를 태운 꽃상여가 있는 곳으로 왕비를 모셔 갔다. 과연 상여는 북소문을 넘어가지 못하고 누워 있고, 상여꾼들이 난처한 표정으로 앉아들 있다가 왕비마마를 보고 황급히 그 자리에 엎드린다. 심청은 먼저 상여꾼들에게 분부를 내린다.

—고생들 하고 계시오. 나를 이 궁궐에 인도해온 이니, 어찌 내가 왕비라 하여 마지막 길을 모른 척하겠소. 그대들이 지금 본 것을 못 보았다 여길 줄 안다면 내가 그대들에게 후히 상을 내리겠소.

이에 무리 가운데 우두머리 격인 자가 앞으로 기어나와 아뢴다.

—마마, 쇤네 같은 어리석은 것들이 무엇을 보고 들었겠사옵니까.

심청은 고요한 음성으로 그에게 분부한다.

—그러면 잠시 떨어져 있도록 하오.

—예, 마마. 이보게들, 잠시만 멀찍이 앉아 있도록 하세나.

무리들이 뒷걸음으로 물러나 자취를 감추고 난 뒤, 심청은 상여를 향해 큰절을 두 번 올려드렸다. 그리고 상여에 손을 얹고 마지막으로 그를 보내는 자기 마음을 열어드렸다.

—오라버니, 부처님은 나고 죽기를 거듭하신 그 긴 윤회의 세월 동

안 한 생에 오로지 한 사람씩만을 제도하사, 인간을 구원하는 법을 밝혀 보이셨다지요. 오라버니께선 이 땅에 오셔서 이 청이를 구하시고 떠나시는가 봅니다. 오라버니, 만약 사람이 사람을 구원하는 일이 이렇듯 한 생애를 걸고서야 이룰 수 있는 것이라면, 이 생에 저에게 주어진 운명이란 오라버니를 사랑하고 그 사랑 속에서 행복을 얻음이 아니요, 앞 못 보고 어리석은 아비를 구하여 바른 길로 제도하는 그것이었나 봅니다. 오라버니, 얼마나 억울하고 원통하시겠어요. 부디 마음 풀고 모든 한을 내려놓고 떠나가세요. 가서서 저를 기다려주세요. 이 생에 못다 이룬 사랑의 인연을 우리 저 하늘에서는, 아니 우리의 다음 생에서는, 그도 아니면 영원히 기듭헤갈 생의 어느 길목에서 새롭게 만나 이어가도록 해요. 저도 그날을 기다리며 살겠어요.

그를 향해 못다 했던 속엣말을 드리매, 모든 일이 유루 없이 결락 짓는 것 같다. 심청은 신비를 돌아보며 상여꾼들을 부르라 한다.

상여꾼들이 왕비께 다시 예를 표하고 각기 제자리를 잡아 상여를 드니 꿈쩍 안 하던 상여가 마침내 들려 움직였다.

이제야 심청은 윤상이 오라버니의 한만이 아니라 자기의 한도 풀리는 듯하다.

심청이 놀라서 입을 다물지 못하는 신비를 데리고 중광전으로 왕께 문안을 드리러 들어가자, 왕은 용안에 기쁜 빛을 띠시고 왕비를 맞이하셨다.

─중전, 드디어 쾌차하셨구료. 과인이 어리신 중전을 얼마나 염려했는지 아시오?

─마마. 아름다운 꽃도 가을이 지나면 시드는 법이온데, 어찌 저를

어리다, 어리다 하시옵니까. 한 해가 가고 또 한 해가 가면 주상전하의 어여삐하심을 잃을까 걱정이옵니다.

심청은 아픈 일을 가슴에 묻어놓고 자기를 지극히 위해주시는 임금을 위하여 애써 얼굴에 명랑한 빛을 띠려 한다.

—허허, 과인이 어제는 더 기다리지 못하고 국구 어른을 중광전으로 모셔들이지 않았겠소. 병이 있으시다더니 슬몃슬몃 자욱이 비칠 뿐 얼굴이 그렇게 맑으실 수 없더이다. 뵈지 않으셨다던 두 눈도 어찌나 맑고 밝으신지, 과인이 늦게 훌륭한 말벗을 얻었나보오이다.

—그러셨사옵니까, 마마.

아버지가 며칠 사이에 그토록 놀랍게 변하셨다니, 심청은 아버지께 새로운 사랑이 일어나는 듯하다.

—오늘은 중전께서 국구 어른을 기쁘게 해드리시오. 과인은 회경전에 나가 중신들과 미뤄둔 나랏일들을 의논해야겠소. 며칠 후면 요나라에서 보내온 사신들이 들이닥칠 테니 이 고려국을 위해 준비해두어야 할 일들이 참으로 많소이다.

—그리 하시옵소서, 마마.

왕과 왕비가 오랜만에 단출한 기분으로 수라를 드시니, 서로 위해주는 이 두 사람처럼 사람마다 서로 자기보다 앞에 앉은 이를 위한다면 나라와 집안이 모두 두루 평안해질 것이었다.

바로 이날, 심학규는 왕비께서 신비를 보내 자신이 묵고 있는 처소로 직접 찾아오겠다 하신 것을 극구 사양하여 돌려보냈다. 대신에 오정을 넘겨 곤성전으로 인사를 드리러 올라가겠노라 했다. 그것이 자신과 심청의 신분에 맞는 일일 것이라 생각했다.

새로 눈을 뜨고 며칠 사이에 심학규는 왕께서 목도하신 것과 같은 놀라운 변화를 겪었다. 처음 눈을 떴을 때 그토록 처참하게 보이던 몰골에 차츰 핏기가 돌고 더러운 매창들도 눈에 띄게 가라앉고 사라졌다. 뜨거운 열병을 앓듯 사경을 헤매는 사이에 몹쓸 기운들이 모조리 몸 밖으로 빠져나가 심학규의 육신은 새로워졌다.

그러나 더욱 달라지고 새로워진 것은 그의 마음이다. 사경을 헤매다 겨우 살아나 두 눈마저 뜨자 황봉사가 말하고자 한 것이 무엇이었는지 이제 알 것 같다.

메마르고 거친 사막이 끝없이 펼쳐진 듯했던 심학규의 마음속 세상에 실로 오랜만에 소록소록 단비가 내렸다. 그의 황량한 마음밭에도 빗물이 스며들어 그 딱딱한 각질 밑에 숨죽이고 있던 풀꽃들이 싹을 틔우려 했다.

무엇이냐. 무엇이 나를 이토록 바꾸려 하느냐.

알 수 없었다. 하지만 분명한 것은 이제부터라도 지금까지와는 다른 삶을 살아야 한다는 것이었다. 그 삶이 무엇인지 그는 알고 있었다.

심청이 사흘 내리 앓아누워 있는 동안 심학규는 윤상이가 청이를 지키려고 희빈 정씨에게 인두로 입과 눈을 지지는 형벌을 받다 죽어버린 것을 알았다. 궁인들은 사건의 자세한 내막은 알지 못해도 궁지기가 왕비마마를 위해 죽음을 자초했다고들 여겼다. 그리고 그것은 청초하신 왕비마마의 고결함을 지켜주기 위한 것이라고들 믿었다.

심학규는 밤을 새워가며 자신의 삶에 무엇이 잘못되었는지 생각에 생각을 거듭했다. 밤잠을 이루지 못했다. 귀뚜라미 우는 소리가 그렇게 크게 들릴 수 없었다. 두 눈이 보이지 않고 귀만 열려 있을 때도 듣지 못하던 요란한 소리였다. 새벽에 몸을 일으켜 후원에 나가 거닐었다. 어둠 속에 잠겨 있던 세상이 미명으로 차츰 자기 빛을 드러내고, 이어 물상들이 하나, 둘 제 가진 형체를 드러낼 때, 그것들은 저마다 아름다웠다. 나뭇잎들이 아침을 맞아 빛나는 햇살 아래 밤새 내린 이슬을 머금고 있는 것을 보았다. 노란 국화 꽃잎이 아침 서늘한 기운에, 마치 살갗에 소름이 돋듯이 샛노랗게 떨고 있는 것을 보았다.

그 옛날 홍안 시절에는 알지 못했던 아름다움이, 너무 아름다워 슬프디 슬픈 아름다움이, 이 세상 모든 살아 있는 것들에게, 그리고 단지 존재하기만 하는 것들에도 깊이, 깊이 스며들어 있다.

삶이란 대저 무엇이었던가.

심학규는 저 옛날 출장입상에 매달리기보다 사물의 이치 자체를 궁리하던, 짧디 짧았던 잊힌 시간으로 돌아가보았다. 왜 자기는 그토록 목마르게 빛나는 세상을 갈구했는지 몰랐다. 그 생생한 생명의 빛이 바로 이곳에서 보고 있는 제각기 다른 존재들에 엄연히 스며들어 있는 것을, 자기는 대체 무슨 신기루를 쫓아 이날 이때까지 살아왔더란 말이냐.

몸과 마음이 며칠 사이에 새로 바뀌어버린 심학규는 마치 기나긴 꿈에서 깨어난 것 같은 느낌이 들었다. 두 눈으로 앞을 보지 못하던 그 긴 세월이 그에게는 마치 긴 악몽의 나날인 듯 느껴졌다. 심청은 그 어두운 꿈의 나날을 밝혀주던 한 점 작으면서도 가장 밝게 빛나는 별이었다.

─국구마마, 왕비마마께서 건너와주시기를 청하옵나이다.

─알았소. 수고하셨소.

오정을 넘어 얼마나 지났을까. 신비가 바깥에 와서 왕비마마의 뜻을 전해주고 돌아갔다. 심봉사는 의관을 정제하고 환관의 뒤를 따라 곤성전으로 들어갔다.

─아버님.

심청은 새 도포를 입은 심학규의 모습을 눈이 부신 듯 바라보았다. 심청의 눈에 보이는 새로운 부친은 비록 연로하시기는 하였으나 그 옛날 자기가 더러 꿈에 보던 늠름한 젊은이를 꼭 닮은 모습이었다.

─마마. 환후는 어떠하시옵니까.

─많이 나아졌습니다. 처소는 불편한 것 없으신지요?

─편안하고 평온하게 지냈사옵니다.

─다행이십니다.

심청은 심봉사의 단정한 모습에서 지난 며칠이 실로 그러했음을 알아차렸다. 자신이 바로 아버지의 이 모습을 보려고 인당수에 몸을 던졌던 게 아닌가 하는 생각이 들었다. 그러자 그 옛날 고달팠던 일들이며, 아버지로 인해 마음 아팠던 일들이 떠올라 새삼스럽게 가슴이 저려왔다. 윤상이 오라버니를 아버지의 생명을 살리겠다고 외면했던 데까지 생각이 미치자 심청은 그만 가슴이 미어질 것 같았다.

─아버지.

왕비의 두 눈이 새로운 슬픔으로 가득 차 올랐다.

─마마, 너무 상심하지 마소서. 윤상이는 목숨을 값있게 바친 것이옵니다.

심학규는 왕비가 되신 심청의 가슴 아픈 사연을 꿰뚫어보고 있었다.

그러나 이 말은 무던히 참고 있는 심청의 누선을 또다시 건드렸다. 비록 나이보다 숙성한 여인일망정, 또 한 나라의 왕비일망정 심청은 아직 스무 살도 안 된 여리디여린 여인이었다. 마음을 정할 때는 한 없이 강할지언정 그 속을 들여다보면 어미를 잃고 아비 밑에서 외롭고 고단하게 자라난, 그래서 더 마음 약한, 자기 안에 깊은 함정을 가진 가련한 여인이었다.

—아버지, 저는 아버지만 계시면 되어요. 이제 저와 같이 이 궁궐에서 행복하게 사세요.

심청은 자기의 불행을 애써 외면하고 굳이 아버지를 위로해 드리려 했다.

—왕비마마, 이 아비가 왕비마마께 여쭙고 싶은 말씀이 있사옵니다.

심학규는 왕비마마를 고요한 눈빛으로 올려보았다.

—무엇이옵니까?

—마마, 이 아비의 말씀을 들어주소서.

—말씀해보시어요.

심청은 이 순간 정든 아비의 하명을 기다리는 어린 소녀로 돌아간 것 같다.

—왕비마마. 사흘 내내 밤이나 낮이나 생각해보았나이다. 미욱하고 어둡기 짝이 없는 제가 전생의 무슨 인연으로 이 세상에 왕비마마와 더불어 아비와 딸로 태어났사옵니까. 지난 나날들을 돌이켜보매 어느 하루도 왕비마마를 괴롭혀드리지 않은 날이 없고, 급기야는

인당수에까지 몸을 던지시도록 하지 않았사옵니까. 마마께서 잔치를 여시자 무슨 모진 악연인 것인지 이 아비, 차라리 물에 빠져 죽어버릴 것을, 추하고 더러운 몸을 이끌고 이 왕경에까지 올라오고 말았나이다. 이 무슨 질기디 질긴 악연이옵나이까. 이 못난 아비가 마지막 날에 모습을 드러내지 않았던들, 윤상이의 그 생떼 같은 젊은 목숨이 어찌 버려지며, 유리구슬처럼 여리신 마마의 마음이 그토록 산산이 깨어졌겠나이까. 이 아비, 비록 어리석기 짝이 없는 자이옵니다만, 생각을 거듭하여 얻은 것이 있사옵니다.

심학규는 이 대목에서 잠시 말을 멈추어 가쁜 숨을 골랐다. 비록 고비를 넘겨 좋아졌다고는 하나, 여전히 그는 병인이다.

심청은 심학규의 말을 끊어내지 않고 침착히 들어보려 한다. 나고 자라면서 한 번도 들어본 적 없는, 지극히 부드러우면서도 의지적인 아버지의 목소리다.

—마마. 저는 이제 왕비마마와 이 몸을 엮어놓은 아비와 딸의 인연을 끊어내려 하옵니다. 지금껏 왕비마마를 괴롭혀드린 것만 해도 죄악이 산과 같사옵니다. 이 몸이 어찌 두렵고 슬프지 않겠사옵니까. 전생에서 이생으로, 이생에서 미래세로 이어질 왕비마마와 소생의 이 질긴 인연의 사슬을, 이제는 도끼로 밧줄을 끊어내듯 끊어낼 수 있도록 해주소서. 그로써 왕비마마도, 저도 새로운 삶을 받을 수 있게 하소서. 이제는 이 죄 많은 아비가 왕비마마를 풀어드려야 할 때이옵니다. 이생에도, 미래세 그 어느 때에도 왕비마마는 저로부터 자유로우실 것이옵니다. 이제, 소생으로 하여금 궐 밖으로 나가 여생을 산야에 묻혀 세속의 일을 잊고 살아갈 수 있게 해주소서.

심학규가 아뢰기를 마침에, 심청은 모든 일이 이렇게 예정지어졌음을 깨달았다. 아버지도 자신도 더 이상은 이 인연을 부지해갈 수 없음을, 심청은 아무 긍정도 부정도 하지 못하는 중에 스스로 인정하지 않을 수 없었다.

잠시 후, 깊은 생각에서 깨어난 심청은,

—아버지.

하고, 한시도 잊지 못한 그의 이름을 부르고는 그 자리에서 일어나 큰절을 올렸다. 왕비의 거동을 보고 심학규 또한 왕비께 서둘러 큰절을 올렸다.

—왕비마마. 부디, 만수무강하소서.

심청이 절을 올리고 일어난 후에도 심학규는 머리를 조아린 채 한동안 고개를 들지 못했다. 막상 심청과 영영 헤어지려 함에, 왜 그 긴 세월 동안 그녀에게 그토록 모질게, 미련하게, 욕심스럽게만 대했는지 깊은 회한이 일어났기 때문이다.

—일어나시어요.

왕비이신 심청의 말씀에 마침내 심학규가 고개를 들었다.

—왕비마마. 저는 아무렇지도 않사옵니다.

다만 이 한마디밖에, 바야흐로 헤어지려 하는 아비와 딸로서, 심학규는 더한 말씀을 올릴 것이 없었다.

그날 해질 무렵이다.

개경 궁궐 밖 큰 저잣거리에 사는 이들은 흰 도포를 걸친 웬 중노의 사내 하나가 삿갓을 쓰고 궐문을 나서는 것을 보았다. 아무도 이 사내가 며칠 전, 앞만 못 보는 게 아니라 온몸이 썩어 들어가는 중병이 들어 악취를 풍기면서 잔치에 참례코자 상경한 심학규임을 알아 보지 못했다.

사내는 한 번도 궐문을 돌아보지 않고 동쪽을 향해 걸어, 걸어 어디론가 모습을 감추었다. 그 후 어떤 이는 이 사내가 가을비 내리는 철원 들판을 건너가는 것을 보았다고 했다. 또 어떤 이는 그가 삭주를 스쳐 지나가 더 깊은 산중을 향해 걸어가는 것을 보았다고도 했다. 그가 방향을 잡은 동쪽에는 금강산이 있으니, 아마도 그는 산에 들어가 여생을 마쳤는지도 모른다. 그러나 그가 그 뒤로 어디에서 무엇을 하며 살아갔는지를 아는 사람은, 아무도 없었다.

그리고 그날 황혼녘에 아비를 떠나보낸 심청 왕비는 총명함과 이지심을 겸비한 그대로 연로하신 왕을 지혜롭게 모시고 가난한 이들, 병든 이들, 부모 없는 이들을 보살피며 십 년 넘는 세월을 백성들의 존경과 사랑 속에서 살아가셨다고 한다.

그러나 안타깝게도, 왕비를 어여쁜 꽃처럼 극진히 아끼시던 왕께서 세상을 떠나심에 왕비는 산이 가까운 궁궐 깊은 곳에 머물러 계시다 어느 날 아침에 홀연히 모습을 감추셨다고 한다. 그로부터 장장 일주야를 대왕대비마마를 찾아 헤맨 이들은 결국 아무 흔적도 찾아내지 못했고, 이에 궁인들은 본래 이향에서 오신 분이시니 그곳으로 돌아가신 게 틀림이 없노라고 입을 모았다. 이 말이 소문이 되어 퍼져 그 후 사람들은 마치 심청이 하늘에서 내리신 선녀라도 되는 듯 전각을 지어 그 형상을 모셔놓고, 그 신이한 행적을 기리며, 살아가는 일이 고통스러울 때마다 향을 피우고 기도를 올렸다. 그러나 이 모든 것은 죽을 운명을 타고난 사람들이 이 춥고 배고픈 세상을 살아가며 한 가닥 그 삶에 깃든 뜻을 찾으려는 안타까운 기원에 지나지 않았다.

그러면 독자들은 과연 심청이 다시 하늘로 올라가 유리 선녀의 본모습으로 돌아갔는지 궁금할 것이다. 그리고 이 유리는 윤상이와 그곳에서 새로 만나 사랑을 이루었는지도.

이 이야기를 쓰는 사람도 그랬으면 좋겠다고 생각한다. 하지만 삶과 죽음을 초월한 이야기의 끝을 작가같이 어리석은 사람의 생각으로 어찌 다 알랴. 이 문제는 독자들 각자의 상상에 맡겨두려 한다.

작가의 말

『연인 심청』.

오랫동안 이 한 편의 소설을 가슴속에 품어왔다. 이제 겨우 작업을 마쳤다. 이제는 내게서 떠나야 할 때다. 세상 속으로. 독자들에게로.

이에 이르니 여러 생각이 난다. 무엇보다 이 소설은 스마트폰으로, 즉 갤럭시노트2의 장문 문자 메시지 기능을 사용하여 쓴 것이다. 장문 문자 메시지 한 바닥을 200자 원고지로 환산하면 7매가 되는데, 이 소설은 이렇게 2백 수십 회를 쓴 끝에 비로소 초고를 완성할 수 있었다.

혼자서는 이렇게 할 수 없다. 문자메시지를 받아줄 사람이 꼭 필요한데, 그분이 바로 설악 무산 큰스님이셨다. 스마트폰 문자메시지함을 뒤져보니 처음 연재를 드린 때는 2013년 6월 2일이요, 그것이 끝난 때는 2013년 8월 27일이었다. 이렇게 긴 소설의 연재가 그토록 빠른 시간에 끝날 수 있었던 것은 내가 이미 원고를 많이 써놓은 상태였기 때문이다. 나중에는 급히 뒤쫓아오는 연재 때문에 하루도 쉴 사이 없이 초조한 심정으로 원고를 써야 했다.

큰스님과 소설로 이야기를 주고받던 그 여름. 덕분에 어깨와 팔목이 상했지만, 즐거운 고통의 나날이었다.

더 많은 일들이 생각난다.

이 소설의 시작점은 지금부터 15년 전쯤으로 거슬러 올라간다. 그 무렵에 〈심청전〉 경판본 24장본을 읽었다. 다른 판본들도 살펴보고 작고하신 성현경 선생의 글들도 읽었다. 작가 채만식이 〈심청전〉을 『심봉사』로 세 번이나 다시 썼음도 알았다.

그때 눈이라면 눈을 떴다. 작가란 황무지에 자기만의 꽃을 심는 존재가 아니었다. 길고 깊은 문학의 전통 속에서 나타나 그것에 한 줌 흙을 더하고 사라지는 존재였다. 나 또한 그런 작가의 한 사람이 되어야 했다. 다행스럽게도 이를 뒤늦게나마 깨달았고, 그것이 이 긴 여행의 출발점이었다.

그런데, 그 후 오랜 시간 동안 이 소설을 구상하면서 홀로 생각한 것이 있다. 그것은 눈에 보이지 않는 것은 믿지 못하는, 눈에 보이지 않는 힘으로는 세상을 바꿀 수 없다고 믿는 우리들 현대인의 어리석음에 관한 것이다. 나 또한 늘 있을 법한, 그럴 법한 일들로 소설을 써야 한다고 믿었던 어리석은 소설론의 소유자였다. 그것이 바뀌었다. 상상적인 것, 환상적인 것, 마음속에서만 작용하는 것, 이것이 세상을 바꿀 수 있다고 생각하게 되었다.

우리 선인들의 이야기책 속에 그득히 담겨 있는 눈에 보이지 않는 이야기, 있을 법하지 않은 이야기들에 우리들 현대인이 조금이라도 더 많이 귀를 기울일 수 있다면 우리는 지금보다 훨씬 더 지혜로워질 수 있다.

그리하여 나는 그러한 이야기의 하나인 〈심청전〉을 오랜 세월이 흐르는 사이에 흐려지고 잊혀진 본 뜻을 살려, 채만식이 삭제하고 싶어 했던 초월적인 힘의 작용까지 아울러 그림으로써 우리 현대의 독자들을 상대해보고자 했다. 그러나 이 책은 채만식의 소설 『심봉사』에서 착상을 얻은 만큼 이야기 속에 그에 대한 오마주를 표현해놓기도 했다.

『연인 심청』은 어떤 소설이냐.

누군가 내게 그렇게 묻는다면 나는 이렇게 되묻고자 한다.

사람은 어떻게 하여 이 세상에 왔나. 왜 이렇게 춥고 배고프고 외롭게 살아야 하나. 이 고통과 슬픔의 수렁에서 어떻게 해야 헤어날 수 있나.

생각하면 심청만큼 아름다운 여인이 없다.

나는 이 여인을 만인의 연인으로 만들고 싶었다. 자신의 죄를 씻어내고도 홀로 구원받음에 기뻐하지 않는 여인. 사랑의 힘으로 모든 절망을 초극할 수 있는 여인. 나는 이 심청 속에 내가 그리워하여 마지않는 우리의 인간상이 깃들어 있다고 믿기 때문이다. 그런 의미에서 나의 심청은 과거가 아니라 차라리 미래의 여인이다.

또한, 나는 우리의 『연인 심청』의 인간상 속에 사람의 운명에 관한 보편적인 질문이 담겨 있다고 생각한다. 나만의 전통이란 없으며 남의 것이기만 한 전통도 없다. 〈심청전〉에는 서양에서 말하는 인간의 원죄와 고통과 구원이 담겨 있다. 〈춘향전〉에 사랑이 있다면, 〈심청전〉에는 사랑에 더하여 인간과 인생을 둘러싼 근원적 물음이 있다. 나는 이 전통을 오늘에 새롭게 비추어 내고자 했다.

실로, 인간은 자기가 처한 상황보다 항상 더 큰 것을 욕망하며, 현대는 그 극심한 욕망이 충돌하는 아비규환의 쟁투장이다. 여기에 나오는 심봉사는 바로 우리 현대인의 표상이라고 할 수 있다. 그리고 이 세계를 구할 수 있는 것은 자기를 버리고 남을 위할 줄 아는 이타적 사랑밖에 없다. 『연인 심청』은 이타적 사랑의 이야기다. 그것을 실현해가는 운명 개척의 이야기다.

사람이 하늘이 정한 운명대로 살아갈 수밖에 없다고 믿는 것을 숙명론(宿命論)이라 한다면, 정성과 의지로써 타고난 운명조차 바꾸어갈 수 있다고 믿는 것은 조명론(造命論)이라 할 수 있다.

여기 지극히 기구한 운명을 타고난 한 아리따운 소녀가 있으니, 그녀의 이름을 심청이라 하였다. 이 소녀가 무슨 운명을 타고났으며 어떻게 자기 운명을 바꾸어갔는지를 이 이야기는 말해보고자 한 것이다.

이제 막상 이 소설을 세상에 내놓으려니 마음이 한없이 무거워진다.

이 소설을 가다듬는 동안 이 나라에 밀려든 슬픔, 고통, 원한, 절망, 분노, 무력감 같은 것을 생각하면, 소설로써 대체 무엇을 할 수 있겠는가 하는 회의감마저 들지 않을 수 없었다.

거칠고 차가운 바다에서 스러져간 어린아이들에게, 그날 이후 함께 슬퍼하고 괴로워해온 이들에게, 그리고 이 수렁 속에서 건져올려져야 할 이 나라의 모든 이들에게, 이 작은 정성을 바친다.

마지막으로, 여러 모로 부족하기 짝이 없는 소설을 기꺼이 내주신 다산책방의 김선식 사장, 조언과 노고를 아끼지 않으신 김현정, 백상웅 님께 깊이 감사드린다.

2015년 1월
방민호 씀

연인심청

초판 1쇄 발행 2015년 1월 12일
초판 4쇄 발행 2015년 6월 3일

지은이 방민호
펴낸이 김선식

경영총괄 김은영
마케팅총괄 최창규
책임편집 백상웅 **디자인** 문성미 **책임마케터** 이상혁 **크로스교정** 이은
콘텐츠개발2팀장 김현정 **콘텐츠개발2팀** 백상웅, 문성미, 이은
마케팅본부 이주화, 이상혁, 최혜령, 박현미, 반여진, 이소연
경영관리팀 송현주, 권송이, 윤이경, 임해랑

펴낸곳 다산북스 **출판등록** 2005년 12월 23일 제313-2005-00277호
주소 경기도 파주시 회동길 37-14 3, 4층
전화 02-702-1724(기획편집) 02-6217-1726(마케팅) 02-704-1724(경영관리)
팩스 02-703-2219 **이메일** dasanbooks@dasanbooks.com
홈페이지 www.dasanbooks.com **블로그** blog.naver.com/dasan_books
종이 한솔피엔에스 **출력 · 인쇄** (주)스크린 **제본** 신안

ISBN 979-11-306-0451-0 (03810)

다산북스(DASANBOOKS)는 독자 여러분의 책에 관한 아이디어와 원고 투고를 기쁜 마음으로 기다리고 있습니다.
책 출간을 원하는 아이디어가 있으신 분은 이메일 dasanbooks@dasanbooks.com 또는 다산북스 홈페이지 '투고원고'란으로
간단한 개요와 취지, 연락처 등을 보내주세요. 머뭇거리지 말고 문을 두드리세요.